你是夏天 我是叶

丹华 著

远方出版社

图书在版编目 (CIP) 数据

你是夏天我是叶 / 丹华著. -- 呼和浩特：远方出版社, 2016.10

ISBN 978-7-5555-0759-8

Ⅰ. ①你… Ⅱ. ①丹… Ⅲ. ①长篇小说 – 中国 – 当代 Ⅳ. ① I247.5

中国版本图书馆 CIP 数据核字 (2016) 第 260241 号

你是夏天我是叶
NI SHI XIATIAN WO SHI YE

作　　者	丹　华
责任编辑	孟繁龙
责任校对	秋　藏
装帧设计	韩　芳
出版发行	远方出版社
社　　址	呼和浩特市乌兰察布东路 666 号　邮编 010010
电　　话	（0471）2236471 总编室　2236460 发行部
经　　销	新华书店
印　　刷	内蒙古爱信达教育印务有限责任公司
开　　本	170mm×240mm　1/16
字　　数	266 千
印　　张	18
版　　次	2016 年 10 月第 1 版
印　　次	2017 年 1 月第 1 次印刷
印　　数	1—3 000 册
标准书号	ISBN 978-7-5555-0759-8
定　　价	38.00 元

如发现印装质量问题，请与出版社联系调换

十六年前内蒙古电影制片厂国家一级导演庆无波老师为作者的一篇短文写下的评语

你是夏天我是叶

写作的秘诀，一要真诚，二要投入。所谓真诚，就是写心里所思所想，不掩饰，不造作，不装腔作势；所谓投入就是用"心"去写，每句话，每个字都要浸透感情，无情的文字犹如一杯白水，淡而无味。我追求的是用写诗的方法去写散文，追求"言外之意，弦外之音"。

你的这篇习作写得极好，好在真实自然，文字明白如水，真有"大巧若拙"之感。我喜欢读这样的文章。我想你也许从这篇小文中感悟到作文的秘诀。

这篇小文，写得让人感动。人一生中要做许多想做和不想做的事，有过情意和失情意的事都会给你一种世情。我总觉得人年青奋斗时代应该经历些清贫、艰难、挫折，甚或苦难，这么到的东西会成为你一生都用不完的宝贵财富。

读过此文后我对你有了更深的理解，我们之间也许有更多的闻道，有助于对你的帮助。我想你会成功，我坚信这一点，因为你是一个有心人。

沙浪
2001.5.8.

我区已故著名作家，作者大学系主任沙浪老师十六年前为作者写下的文章评语

序

路远

家乡锡林郭勒草原经常会给我一些惊喜，每每回乡，老友相聚，最令我高兴的，是大家各自的成就或是收获，如：某友出书了，某友出版画册了，某友在仕途上进步了，某友在生意上发财了，某友的病好转了……

然而二〇一五年，锡林郭勒给我的惊喜却是由一部长篇小说而起的。如果这小说是我熟悉的那些老作者所写的，倒也罢了，那是正常的收获。大家多年来苦心经营，早应该瓜熟蒂落了。可是这位非常年轻的作者突然间捧出一部沉甸甸的作品来，却令我又惊又喜。惊的是我没想到如此年轻的她，居然以如此成熟的社会阅历，记录下一段人生百态；喜的是小说文笔如此娴熟老道，人物特点抓得如此准确，时代精神呼之欲出，完全是一部昂扬之作！

作家们，尤其是老一点儿的作家们，都去写历史了，而现实题材几乎无人问津。这可能有两个原因，一是历史题材虚构的空间比较大，更利于编织故事，二是现实题材禁区较多，许多雷区不能触碰，创作时会受到诸多限制。我曾在一次创作规划会上提出过这个意见，呼吁作家们多向现实题材靠拢，但看到这些年大家所创作的文学作品，依然是历史题材的居多，包括我自己，小说题材的选择也是以历史题材为重。现实题材不好写，这是大家公认的。

我想丹华是初生牛犊不怕虎吧，或许是在生活中积累了太多的感慨和情

你是夏天我是叶

悚，急着想宣泄出来，便选择了文学。她选择对了，文学正是一个各种感情大发泄的最好的出口，所谓"悲愤出诗人"说的就是这个意思。当然，光凭情感积累和冲动还不够，还得需要创作主体有足够的文学艺术才华，而她，这两点都恰恰具备了——生活丰厚的积累，情感充沛的喷发，思路清晰而敏捷，文笔细腻而纯真，人物形象的准确把握，便是这部小说的特色。

我把这部小说称为"青春成长小说"。你从字里行间时时能感受得到浓浓的青春气息。从形式上，它既有传统小说的叙事模式，又有网络小说的新潮和观念。如果它能引起"八零后"读者的共鸣的热捧，我一点儿也不奇怪。

这是一部什么样的小说呢？

这是一部充满正能量的青春题材小说，二十万字的篇幅紧紧围绕一个人物——雨竹为中心，讲述了刚刚毕业走向社会的大学毕业生在新工作环境——省电台，遭遇电台节目制作人也是负能量的集合体——韩冰的各种刁难攻击，淡定自若，不卑不亢，以实际行动证明自己的工作能力，证明自己的个人魅力，并将自己的正能量传递给周围的电台主持人柳青青、电台制作人秦思璇、冷俊和同宿舍的舍友甄艳丽。

雨竹是优秀的大学毕业生，靠着自己的努力和优异表现在层层选拔中被省电台以第一名的成绩录用。甄艳丽成绩不佳，花了重金贿赂走后门才进了省电台的天气预报频道。甄艳丽不满足于自己的现状，希望坐雨竹一样的主持人的位子，便在电台制作人韩冰身上投下重金，希望她帮忙疏通关系，以此上位。韩冰重财贪权，感情、生活、工作、事业皆不得志，导致她浑身负能量，对社会、对人生、对工作都是各种抱怨、各种不满意的仇视状态。韩冰收了甄艳丽的重金却无法兑现承诺，雨竹主持的节目有声有色，得到听众及其他同事的一致赞赏和肯定。韩冰为此对雨竹既妒忌又怀恨在心，开始各种刁难、打击、羞辱，并在雨竹与其他主持人之间制造误解。在一系列的打击之下，雨竹坚强地挺了过去，并得到其他节目制作人和好朋友的帮助，终

于在台里站住了自己的阵地，最后如愿以偿地考取了电视台主持人职位。甄艳丽因为无法成为电台主持人，得知韩冰窝藏了自己送去的财物，并没有为自己打点领导疏通关系，与韩冰发生争执、打斗，最后以故意伤害罪被逮捕，韩冰也因为收受贿赂被公安机关逮捕。正能量战胜负能量！真才实学终究比重金贿赂来得靠谱。

可以看出，小说的故事主线比较简单明了，这是这部小说的优势，亦是它的薄弱之憾。线索单一，可以集中笔力刻画主人公雨竹的形象，使之更加丰满。不足的是故事的包容量较小，不足以展示更广阔的社会生活画面，作品的份量稍显轻了些。全书只写雨竹一个人，能把全部笔墨集中在主人公身上。我们经常说，一部小说里，能成功地塑造出一个人物，就已经非常不错了。

冷俊作为男主角，亦给人很深的印象。正如他的名字一样，此人起初给我们的感觉是"冷"的，但随着故事的进展，读者慢慢发现，在他冷峻的外表下面，其实蕴藏着一颗火热的心。在小说中，作者表达了冷俊与雨竹之间朦胧模糊的情感，也许作者只想让这份感情纯净，所以并不愿多加描述，欲说还休，并未点破，留给读者无尽的想象空间。

故事塑造的两个比较个性鲜明的人物是雨竹与韩冰，也就是正能量与负能量的代表人物。这两个人物是本小说的亮点，韩冰的性格被描述得很鲜活，读来便能想象这个人物的立体画面。不足之处在我看来，韩冰的情感生活描述稍显欠缺，人物的语言还需要多加凝练和传神，描述人物性格的语言也需要再精炼一些。而她本身不可能只有"坏"的一面，她的其他面揭示的不足，使之有脸谱化的感觉——这是我阅读初稿的感觉。作者虚心听取了我的意见之后，又对这个人物进行了反复的修改，现在看来，韩冰的形象已经大有改观，变成了一个活生生的人物。

林雨竹是主角也是最清晰的一个人物，对于她的表述比较丰富，性格上的坚强脆弱、委屈勇敢，都有比较到位的表现，对于雨竹的工作表现也有不错的铺展，读来形象立于纸上，但在语言上仍稍显单薄。

你是夏天我是叶

可以肯定,作者写得很用心也很用情。细细读来,正能量充满全文,能感受到作者想表达正能量贯彻全文的意味。小说告诉我们:真才实学才是做人处世的资本,而一切贿赂诡计都终将被社会严惩和淘汰。

我有个预言:

这部小说会让"八零后"们喜欢,因为写的是他们的生活、他们的奋斗史、他们的情感史,汇集了他们的喜怒哀乐……

这部小说会在网络上流行,因为它融合了时代的许多新鲜东西,譬如思考,譬如审美,譬如观念,譬如时髦……

这部小说会成为作者创作上的一个新起点,我们有理由期待她会创作出更多更好的作品……

最后,我还有个小秘密与读者分享——丹华的父亲李森老师是我的文学启蒙老师,曾经在创作初期给予过我帮助。而丹华尚在襁褓中时,我和几个朋友曾去李老师家中喝过她的满月酒呢。岁月真的催人老啊,如今,襁褓中的婴儿已经成了作家,我们还有什么理由不老呢?

毕竟,世界将是他们的,文学也将是他们的。

二〇一六年八月二十五日于青城

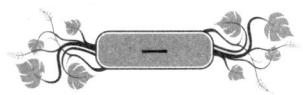

从门口到窗户七步，从窗户到门口七步。林雨竹一边来回踱着步子，一边在心里数着，不由地想起捷克作家伏契克的小说《二六七号牢房》当中的开篇描述。此时她觉得这个地下室现在就像牢笼一样，困住她的人，同时也困着她的心，她无法自由呼吸，有种快要窒息的感觉。

"今天的表现真那么糟糕吗？"林雨竹在心里问自己，心中被懊恼的情绪充塞得满满的，自己也搞不清到底是怎么一回事。今天是林雨竹第一次单独上节目，这并不是提前安排好的，而是临进直播间前几分钟才接到的任务通知，之前一点征兆都没有。

林雨竹刚刚大学毕业，在艺术院校学了四年播音主持，表现突出，被学校推荐到省广播电台从事播音主持工作。说是推荐，其实并非完全如此，因为广播电台的某一栏目组正在招聘采编播人员，名额只限一个，是学校出面给报的名，仅此而已。她是经过了好几关严格的考试和考核，层层突围、脱颖而出被选拔上来的，在这点上，林雨竹的入围并没有什么特殊的地方。当时一起报名的还有同校同专业的另外三人，再加上各大院校已经毕业和即将毕业的，以及社会上的应聘者，应试那天，密密匝匝足足站了一走廊。尽管已是早春三月，但天气并不热，天空中还零星地飘着些雨，在这个北方小城，春天也像是怕冷一般，总是迟迟不肯光顾。

你是夏天我是叶

而眼前这一走廊的人,却像是迎来了仲夏一般,一个个涨红着的脸汗津津的,有几个小伙子干脆脱掉了呢子或棉服之类的上衣,露出各具个性的休闲 T 恤或西装衬衣。

热?雨竹没觉得,相反,她时不时立一立夹克服的领子,好让自己更保暖一些。雨竹的目光向拐角处投去,只见那些女孩子,人人涂脂抹粉、个个唇红眉黛。还有一个顶着夸张爆炸式烟花烫发型,将半长不短染成金黄的头发披散在肩头的女孩子,穿着与季节和场合完全不符的衣装,敞口高跟皮鞋、薄筒丝袜配一条未及膝盖的裹身豹纹黑色连衣裙,硕大的银色圆圈耳环,像极了体操运动员手中的吊环,在两腮旁对着脸颊又是拍又是碰的,在人群中显得十分扎眼。雨竹是从来不化妆的,不是不喜欢,女孩子嘛,哪里有不喜欢这些胭脂水粉的,可是,大学四年的时间里,她着实没有时间和精力每天对着镜子来精致自己这张脸,也没有更多的花销来琢磨每天穿什么样的衣衫裙裤,搭配什么样的鞋子和发型。她认为只要着装整洁大方得体即可,特别是在学生时代。她所有的心思都用在了功课上,不然的话,也不可能连续四年担任学生会主席和团支部书记的职务,要知道,那可是全校师生几千号人投票选举出来的,并且连续四年拿的是学校最高奖学金。艺术院校的教学设计和普通高校的惯常做法有很大不同,除了课上艺术理论的教授和基本功的严格训练外,还要抓艺术实践。为了能让学生得到充分锻炼,积累更多舞台经验,学校组织和安排登台演出的次数总是逐年增加,在校四年,无论是校内还是校外,无论是大舞台还是小剧场,无论台上有几个主持人,林雨竹,总是不可或缺的。用和她关系最好的同学汪悦的话来讲,"不是别人不好,而是你林雨竹'林妹妹'太优秀。"

此时,雨竹用不经意的眼光扫过眼前这些和自己年龄相仿的应试者,他们或三五成群小声说着什么,或像自己这样一人独处,只是这实在不是一个可以放松的场合,看似轻松的神态下人人难掩内心的紧张,空气中弥漫着静穆的气氛。虽说,这不是一场决定前程命运的角逐,但却可以拿到走出校门

进入社会最好、最及时的入场券,是一次可遇不可求、竞争入围的珍贵机会,没有不重视的道理。

等待总是让人焦灼而又烦躁,一个接一个的应试者走进又走出那间面试厅,脸上神情各异,包括她的那三位同学。雨竹没有心思去剖析这些表情背后的欢喜忧愁,她唯一要做的就是等待那个面试厅里传来自己的名字,"下一位——林雨竹……"

一切还算顺利,从普通话标准测试到疑难多音字辨析,从四词组串联讲述情景故事到现场抽签即兴发挥主持……雨竹一切发挥正常。在来应试之前,雨竹没有过多地预想自己能不能顺利通过这层层严格的考试和选拔,所以,三天之后,当她接到聘用电话的时候,心里多少有些吃惊,但随即坦然地接受了这份工作,"似乎也应该是这个结果",雨竹在心里这样想着,这是一个星期前的想法,而在这之后短短几天里,她的那种"坦然"便荡然无存……

"真的那么糟糕吗?真的就像她说得那样不堪吗?"夜已经很深了,在这个地下室里,雨竹还在心里琢磨着上午直播节目当中自己的表现,她一整天都没怎么吃东西,实在没胃口,上午发生的一切,一遍一遍反复出现在她的眼前,扰得她烦乱不堪……

还差十分钟就是节目直播时间了,导播间里,早早等候着的雨竹看着节目制作人韩冰难看的脸色,心里不停地祈祷:"柳青青啊柳青青,你赶快出现吧!"

这时,只听韩冰一字一句几乎是咬牙切齿地说:"可恶,不想干了是吧?不想干滚蛋,有的是大把大把排着队等着的,这地儿,什么都缺,唯独就是不缺人。"声音不大,却是字字清楚明白。说这话的时候,韩冰面对着窗外,有些狰狞的脸投影在窗户的玻璃上,和着映射、折返在上面楼外的树木、房屋、高架天线的虚影,重合、混乱、叠加在一起,这些重影拼命拉扯、撕拽、

你是夏天我是叶

拖动着韩冰的脸，扭曲地变了形。雨竹站在她背后，可是，即便没有看到韩冰此时的表情，雨竹也知道，那面容定是难看无比的，在她上班的这一个星期时间里，已经充分领教到了这一点。

旁边，另一个栏目的制作人冷俊，正在配合此时直播间里的主持人，做新闻直播的导播监听。听到韩冰的话，扭过头用一种见怪不怪的眼神看了一眼，耸耸肩膀，一脸的漠然，甚至带着几分不屑。对于韩冰的态度，雨竹可以理解，但是对于冷俊的反应，她倒是感到意外，她奇怪的是为什么冷俊对韩冰的表现这么不以为然？一个人的心理世界不会比整个宇宙奥秘简单，人都是有猎奇心理的，而冷俊眼神里没有一点儿探其究竟的意思，真是人如其名够"冷俊"的，这不免让雨竹在心里对冷俊打了一个大大的问号……

冷俊看上去大概三十岁左右的样子，人清瘦、身颀长，这是他大多时候给别人的第一印象。面部线条分明，双眸目光犀利，嘴角时常不易察觉地微微翘起，唇线勾勒出的棱角似乎总是挂着似是而非嘲讽的笑容，给人一种玩世不恭、不屑一顾的味道。

雨竹和冷俊并不熟，只是在导播间见过几次，冷俊的节目正好在她跟着的这档节目之前，所以，每天碰面是必然的，冷俊节目结束的时候，正好是雨竹她们节目即将开始之时，所以每天交错而过，两人见面仅仅点点头，几乎没有说过话。而雨竹发现，每次柳青青见到冷俊时，眼神和表情总是有些微妙，很是复杂，除了对冷俊佩服、欣赏之外还有那么一点点……不，雨竹不敢往下想了，觉得自己过于敏感，如此臆想他人，真的是太不应该了。

此时，直播间里，主持人正在用温婉的声音做着节目接近尾声的铺垫……

墙上钟表的秒针，今天走着的声音似乎比往常格外响，滴答滴答闹得人心烦，眼看着直播的时间就要到了，可是柳青青还是不见踪影，韩冰的脸色愈加难看了。

韩冰负责制作和导播的这档广播节目叫《青春，与你同行》，是一档时尚综合服务类节目，每天上午九点到十点为直播时间段，柳青青就是这档节

目的主持人,在这里干了有半年的时间了。

一个小时的节目时长,信息量大,容量多,这就要求采编记者必须做大量采写的前期案头工作,才能保证主持人在节目播出过程中有的播、有的说、有的聊、有的唠,不会出现"山穷水尽"的尴尬局面。而现场直播,对于一个主持人来说,更是每天都要面对的真实考验,广播节目不同于电视节目,电视节目首先是直接用眼睛去看,而后才是听,有时候甚至不需要任何声音辅助,你也能知道画面传达给你的是什么意思或是怎样的意境,画面让观众一目了然、黑白分明,电视是以视觉效果为主的媒介。而广播节目则不然,广播节目当中的主持人每一句话的播报,通过电波传递出去之后,必须保证做到字、词、意准确无误,不仅如此,主持人对所播内容中的事件、人物持何种态度和观点必须明确肯定,若赞美,你的声音要让听众感觉到直播间里那甜美的微笑和心底的热情;若反对,你的声音要让听众体会到话筒前那严肃的态度和准确的判断,从这个意义上来讲,主持人的声音必须是有颜色、有光泽、有质感的,甚至是芬芳馥郁的,是灵动斑斓的。内容决定形式,故事选择基调。今天的节目需要忧伤的基调,你决不能欢快,今天的节目需要愉悦的气氛,你便必须要热烈,不可过分夸张,亦不可墨守成规,这当中的尺度把握和分寸拿捏实在是一门学问,干得时间久了,才能慢慢体会和总结出其中的规律和经验来,但即便是干得久了,也不是人人都能有这样的领悟。况且,这里毕竟是省台,业务要求、质量标准还是很高的,容不得一丝一毫的马虎。

虽说雨竹在校期间积累了不少舞台主持经验,可这回毕竟是第一次真正坐在话筒前"触电"面对广大受众播音,这种感受前所未有。对于广播,雨竹完全是个新人,更何况,走上舞台光鲜炫目的现场感和走入直播间万籁俱寂的话筒感,在很大程度上是不同的,区别是非常明显的。雨竹每天和柳青青一同进到直播间,看着她展文稿,放CD,调麦克,推推子,柳青青偶尔也会让雨竹在麦克风前说上那么一句半句的,例如"现在是××××节目时间",

你是夏天我是叶

"不要走开，先进一段音乐，音乐过后再回来"之类的话……

走廊里，传来了高跟鞋的声音，不紧不慢，不慌不忙，由远及近。雨竹能听得出这脚步的节奏当属谁，自然韩冰也能听得出来——柳青青。雨竹偷偷去看韩冰，韩冰此时似乎不似先前那般生气，没有表情的脸上，一双浮肿的眼睛直直地盯着墙上的钟表，双目几乎眨都不眨一下，这样的韩冰更让雨竹感到不安。

"哟，韩主任，今天怎么上直播间来了，怎么不在办公室里听我广播呀？"柳青青扭着腰肢走进导播间，第一眼便看到了韩冰，笑盈盈地说到，随即又向一旁的冷俊更加温柔地笑了笑，柔声细语地说："冷老师还没有下节目啊。"

然后这才扭过身转过头对站在一旁的雨竹轻轻点了一下头，嘴角微微上翘，露出了一个不太明显的笑容，算是打了招呼，雨竹礼貌地颔首微笑，回敬还礼。

柳青青是一个个子高挑、身材修长的女孩儿，说不上多么漂亮，但也五官端正，眉毛修得精致，唇线画得有型，也还算得上眉目清秀。一条深粉色方格微喇长裤，配白色薄毛衫上衣，一条马尾辫扎得高高的，在后脑勺随着她说话的节奏晃呀晃的。柳青青是本地人，有着属于这座城市的身份证和户口本。据说，她父母是做房地产生意的开发商，家里有千百万资产，这些单从柳青青的衣着打扮上就能看出来，一支LV的手提包就是三万元，还是全球限量版；身上喷着的香奈儿coco香水，那一小瓶就将近两千块钱。她还经常出入高档休闲会所，是那些地方常年的VIP会员。当年，柳青青说想学播音将来要做主持人，她的父母便给某一高校赞助了几十万，她得以顺利进入学校并学满毕业，后来，她果然又如愿以偿进了电台，坐到了话筒前。在台里一直流传着一个关于柳青青真实而又精彩的桥段，一次，几个年龄相仿的同事聚会，席间，有人问她："早就听你嚷嚷着说要换车，到底换了吗？什么时候换？打算换什么牌子的？"

"换了,就是昨天,刚才开过来的时候,你们没看到吗?挑来挑去也没什么可选的,算了,凑合地换了一部卡宴……"

所以,在像雨竹这样的"外来妹"面前,柳青青总是有一些优越感的。

雨竹不知道自己心里对柳青青是一种什么样的感觉,她总觉得在柳青青身上似乎多了一些什么,又似乎少了一些什么,她说不清楚这一多一少到底是什么。但雨竹想,谁没有自己的个性呢,不能说哪个就好,哪个就不好,更何况这是一个张扬个性的时代,甚至可以说是一个鼓励张扬个性的时代,像柳青青这样的个性,虽然有时候有些矫情有些公主病,但人心眼儿不坏,说话既不走脑又不走心,大大咧咧、没心没肺的,简单易处,说起话来声音娇滴滴的,甚至在主持节目播音的时候也依然如此。再说了,柳青青比自己来台里早,自然有着比自己丰富的播出经验,总是有自己需要向她学习请教的地方吧,多看别人的优点和长处吧。

"牧老师呢?"柳青青左右环顾这间屋子问道,"怎么,今天又是韩主任您替牧老师代班当导播啊?"说着话,柳青青往桌子的方向走去。

"看来牧老师昨天晚上又喝多了,估计现在还在被窝里睡大觉呢吧。我就说嘛,牧老师真是运气好,搭了您这么一个好搭档,您说说看,他的事情,韩主任您帮他做了多少啊?"柳青青并没有注意到韩冰的脸色不好看,也没有察觉到屋里的气氛不对,一边将手里的提包和节目播出时用来装播出资料的文件筐放在桌子上,一边自顾自喳喳地说着。

韩冰听了这话更加恼怒,这看似夸赞的话语,却让她如此不舒服,胸腔里如同有束火苗直往上蹿,她表面上实在不好发作,但脸上的颜色明显起了变化,红一阵、白一阵。韩冰真想接过话茬指着柳青青的鼻子质问她是什么意思;或者,干脆甩开膀子扇她两个响亮耳光;再或者,扯开嗓子对着她的脸破口大骂。可是,如果真的那样做,实在是没有原因和道理,反而显得自己敏感、多疑、心虚、不够冷静。再说了,人家柳青青说什么了?人家什么都没说啊,只是说姓牧的运气好罢了,这又与我韩冰何干?我韩冰干吗要着

你是夏天我是叶

急上火?想到这儿,韩冰将目光从墙上的钟表移到了柳青青的脸上,目不转睛地足足盯着看了好几秒钟,雨竹注意到,韩冰真的是连眼睛都没眨一下。韩冰这一盯着看,弄得柳青青有些不好意思了,脸上反而没了刚才的笑容,这时候的她才意识到这些话说得突兀,可是后悔已经是来不及了。

"今天节目的播出文稿呢?"韩冰依然没有把眼睛从柳青青的脸上移开,冷冷地问,这话像是从冰窖里发出来一样,语气里还带着冰碴。

"哦,嗯,在这儿……"柳青青这时才回过神来,慌忙去拿手边的提包,可是翻找了半天却什么都没有找到,这时候的她开始有些神色紧张了,前一分钟还笑语盈盈春风满面,后一分钟便话语支吾娇容失色。

"怎么搞的,难道是忘带了?"柳青青像是在自言自语,又像是在说给周围人听。

"天啊,要是真的忘了带,那可麻烦大了!"柳青青在心里暗暗想着,有些害怕,她知道这可不是开玩笑闹着玩儿的,节目开始的时间马上就要到了,如果耽误了直播,那可就是播出事故,是要受处分的,况且这个后果不是她一个人能够承担得了的。

"不可能啊,怎么可能呢?我记得清清楚楚,出门的时候明明是带在身上的。"能够听得出来,因为紧张,柳青青的声音有些颤抖,她努力地让自己镇定,又赶忙拽过文件筐来翻找,可是依然没有找到,这时的柳青青有些慌神了。

"再仔细找!"此时,韩冰倒是冷静得很,双手交叉抱在胸前,冷冷地说。

柳青青听到这话,像是突然想起什么似的,干脆把文件筐底朝上倒扣过来,一筐用来上节目的磁带、光盘、录音笔、资料卡、笔记本、圆珠笔,甚至于进出直播间的出入证等等都稀里哗啦一股脑地摊堆在了桌子上,有两支圆珠笔骨碌着差点掉在地上。果真,文稿在筐里面的最底层压着,只是原本叠得四四方方的痕迹,现在竟然揉搓得乱七八糟。

柳青青长长地出了口气如释重负,她不敢抬眼看韩冰,脸微红,眼神在

文稿上飘来飘去，半歉意半解释地说：

"韩、韩主任，您是了解我的，每次上节目我都特认真，为了有一个好的主持效果，能够提前再好好温习一下今天的主持内容，我刚才上楼时在电梯里还抓紧时间边走边看，可能在外间拿文件筐往里放磁带和光盘的时候，顺手就把文稿放到了最底层。韩主任，你也是知道的，每次上节目，这需要拿的东西不是多，简直是太多了，一会儿磁带，一会儿光盘，一会儿书籍，一会儿报刊，左手稿纸，右手握笔，有时候真的是有些顾不过来。所、所以，偶尔不知道把东西随手放到哪儿了，也是很正常的，但是一定不会影响节目播出的，我不是那样不负责任的人。"柳青青一边小心翼翼地说着，声音不大，又一边重新把倒了一桌子的东西逐个捡回放到筐里，动作很轻，全不似刚才进来时说话走路那般铿锵有力。柳青青不敢正面和韩冰对视，用眼角的余光瞥了瞥从始至终保持着一个姿势的韩冰，她是了解韩冰的性格和脾气的，她一口气说了这些话，看韩冰却一语不发，不由得比刚才找不到文稿时更心慌，她极力放轻放慢手上的动作，以此掩饰内心的无所适从……

雨竹这时候在想，韩冰可真是没有辜负这个名字啊。几天前，雨竹接到聘用电话的时候，说是让她找一个叫韩冰的人报到，听这名字，她以为是位二十多岁的同龄帅哥，或者是人到中年的成熟男士，再或者是一位广播界的前辈，但无论年龄大小，总是要尊称一声老师的。

雨竹敲开那间走廊深处办公室的房门，向着一位靠窗而坐的中年妇女问询韩冰老师在不在，那位四十六七岁样子的中年妇女并没有说话，头也不抬，只是从鼻子里沉闷地发出了"嗯"的一声，之后下巴一扬，示意她进来。雨竹不知道这"嗯"代表什么意思，是韩冰就在这间办公室，还是她就是韩冰，还是其他什么含义，雨竹顾不得多想，但有一点可以肯定，报到的地点没有走错。

这间办公室原本很大，只是中间以两排柜子为墙分隔开来，形成了房中房的格局，那"柜墙"是柜子上面摞柜子，已经抵到顶棚，怕是一只飞蛾也

你是夏天我是叶

别想跨越这道墙从上面自由飞翔。柜墙前，只留了一窄条可以容一个人走路的过道和门连接着，或者换个说法更为准确，两间办公室，走的是一扇房门，也就是这扇门，才让人意识到这原本是一间相连完整的屋子。而在各自"房中"靠窗户的一面，又各面对面地放了两张办公桌，布局摆设完全一样的"两个房间"，看上去像是两个阵营，如同楚河汉界一般。此时，那个中年妇女逆光而坐，窗外光照强烈，雨竹看不清楚她的面容和表情，只是觉得整个人的轮廓都陷在阴影之中。而事后在这间办公室里所发生的种种、种种，都让雨竹深刻地体会到她当初的感觉是多么的准确。

雨竹在地中间站着，那个中年妇女依然不说话，还是低头自顾自地看着报纸，雨竹有些不知所措，又问了一遍韩冰老师在不在。只见，那位中年妇女这才慢慢抬起眼皮，上下左右仔仔细细打量了一番雨竹，从头顶的发丝到脚下的鞋子。中年妇女的脸很白，是那种没有血色的白，肌肉有些松弛，两个脸蛋儿的皮肤向下耷拉着，眼角有一道深深的皱纹，周围是细小的碎褶。在这陌生的环境里，雨竹原本就不自在，此时在中年妇女深黑不见底的眼光中更加不自然。

雨竹嘴角上扬，镶嵌着深深酒窝的脸上微微泛起一个笑容，她相信，微笑是最好的名片，也是最好的语言，她以微笑的方式迎向那冰冷的目光。一直以来，雨竹都以她的微笑为骄傲，无论身处何种境遇，即便是再艰难、再困苦、再无助，她从来都不会忘记微笑，她相信微笑的力量，那是自己内心深处真实状态的写照。她曾经和汪悦说过，"微笑，是心灵的独白，是阳光的种子"，她认为，微笑，更多的时候不是笑给别人看的，而是笑给自己看的，雨竹就是这样，以她的微笑为自己赢得更多的坚强和自信。

此时，雨竹从中年妇女的眼神里，看不出任何一种情感或情绪来，或喜欢或厌恶，或热情或冷淡，抑或是其他，这样的表情既不叫平静也不叫冷静，那是什么呢？雨竹在心里搜寻着答案……冷漠？对，冷漠！是冷漠！这种冷漠的眼神，无论是谁看到都不会愿意接受并再忆起。

中年妇女双手合上报纸，左手去端放在桌角的玻璃茶杯，右手则拢了拢因为低头看报而耷拉下来的鬓角的头发，然后慢慢地说："你就是那个新来的主持人？"

"哦，是。"中年妇女的第一句问话，让雨竹意识到了一些什么，未来得及思索，紧接着又听到"我就是韩冰"这几个字。

中年妇女对着手中冒着白色水蒸气的茶杯吹了吹，吸溜了一口茶水，嘬着嘴里的茶叶，把雨竹想到的答案说了出来，她又咂了咂嘴，舌头从牙齿缝里将一枚茶叶顶出，右手的大拇指和食指伸到嘴边，将茶叶捏出来轻轻一弹，然后慢悠悠地说：

"以前上过节目吗？"目光并不向着雨竹。

"没上过。"雨竹如实回答。

"哦，没上过？"韩冰还是平平的语气，就是因为这样的语气，起初的时候，雨竹觉得韩冰对于自己没有上过节目并不意外也不介意，可是，接下来的一番话，是雨竹始料不及的：

"哼！真有意思，不是说来了个有经验的吗，怎么又是这样，难不成我这里是培训基地啊？凡是来了新人就往我这儿推，培养好了就走人，怎么，就因为我好说话？简直就是欺负人，干脆我也别做什么节目了，开个培训班得了，也省得每天操心受累不省事不落好。"韩冰说话的声调突然之间一下子大了起来，不似先前那般冷冰冰慢吞吞，却是一肚子的恼火抱怨，脸上也有了表情和态度，却是一脸的愠怒微嗔，转变得突然，多少让雨竹有些回不过神来。雨竹不知道这话是说给她听的，还是韩冰说给自己听的，但是话里的意思已经是再明白不过的了。

"韩老师，我会认真的……"

"叫我韩主任。"韩冰打断林雨竹的话，又恢复了刚开始的态度和语气。

"哦，韩主任……"原本雨竹想好好解释一下，表明自己一定会努力认真的态度，现在却无法继续下去。

你是夏天我是叶

没想到第一天报到,会是这样一番情景,雨竹见到韩冰的第一印象便是如此,所以,如此说来,今天韩冰对待柳青青的态度,也就不奇怪了。

这边,导播间里,气氛沉闷。柳青青为了打破尴尬,又恢复了她的笑容,尽管有些不自然,但还是半开玩笑半认真地对韩冰说:

"哎呀,韩主任,吓死我了,都怪您,您这一脸严肃,连个笑容也没有,连个笑脸都不给,弄得我好紧张啊,把文稿放在哪儿都忘记了。"

"现在几点了?"此时的韩冰,并没有顺着柳青青的话茬接过去说,仍然面无表情地又问了一句。

柳青青抬头看了一眼挂在墙上的钟表:"时间快到了,还有五六分钟。"她仍不以为然,根本没有意识到韩冰对自己的生硬态度是因为她没有及时出现引起的。她的无意识也不奇怪,因为在柳青青看来,韩冰永远都是这个样子,无论任何时候,无论面对的是谁。事实上,不止柳青青一个人这样认为,在这座大楼里办公的人,或者只要认识她的人,似乎都不约而同地对她有着统一的认识,她的确是寒冰一块儿,从未有过骄阳如火的时候。

直播间里的主持人已经通过电波向听众说"再见"了,柳青青透过视窗玻璃,往里看了一眼,然后又瞟了一下站在身旁,从她进来就没说过一句话的林雨竹,说:"咱们该进去了,你,把筐拿上,进去我得好好调整一下情绪,刚刚可真是……"边说边拿手里的文稿当扇子扇了起来,额头上的刘海儿就那样呼呼地撩动了几下,雨竹看到柳青青的鼻尖上有微微的细小汗珠,刚才,是挺"热"的,啊?!

一旁的韩冰这时做出了一个让人意外的动作,几乎是从柳青青手里一把夺过文稿,看了看开腔说道:"的确应该好好调整一下情绪,不过,你不必进里面去调整,在外面也是一样的。"

"韩主任,您这是干吗呀?那怎么可以呢,直播时间马上就要到了,还是进去之后再说吧。"说罢,柳青青伸手去拿韩冰手里的文稿。

韩冰拿着文稿的手轻轻一躲:"原来你知道直播时间快到了呀?"韩冰停顿了一下,接着说:"我看还是不必了。"

"韩主任,看您说什么呢?"

"我说什么,难道你听不明白吗?我的意思说得很清楚,今天的节目你不用播出了。"韩冰说得没有一丝犹豫,话里也容不得半点商量的余地。

"什么?"柳青青似乎还是没有听清楚,瞪大了眼睛又问了一遍,但这一句,除了疑问的口气之外,呼吸似乎有些不均匀。

"我不喜欢一个问题重复多次。"

"不是,韩主任,可……可是……那……那今天的节目怎么办?"

"怎么办?这从来都不是问题,能怎么办?该怎么办就怎么办,往常怎么办今天就怎么办,节目照常做。"

"照常做?谁做?"

"谁做?哼!"韩冰从鼻子里沉闷地发出了一声,然后回过头来看着一旁的雨竹,"喏",习惯性的下巴向着雨竹一扬。

"什么?"柳青青说出这两个字的时候,简直不敢相信自己的耳朵,她和韩冰都将目光牢牢地锁在了雨竹的身上。

不光是柳青青不敢相信,就连雨竹自己也没有想到局面竟然始料不及地拐了个弯儿,朝着自己的方向横冲直撞地闯过来,原本自己是个局外人,看着眼前这两个人你言我语、你来我往地周旋,但是现在,事情就这样莫名其妙地起了变化,发生得如此突然,雨竹此刻不知道该如何是好,左右看着对面的韩冰和柳青青,这时的她什么都不能说,也什么都不能做,更不能有任何明确的表态和立场。就在这时,雨竹透过韩冰和柳青青两人之间的夹缝,不经意瞥见了一直背对着发生这一切的冷俊,不知道什么时候冷俊已经摘下了监听直播效果的耳机,将整个后背稳稳靠在椅背上,整个人陷在椅子当中,跷着二郎腿,面向她们,双目幽幽姿势悠悠地看着这一切,没有谁是谁非、谁对谁错的判断,更没有想要表达或传递什么,一副冷静的旁观者的姿态,

你是夏天我是叶

煞是意味深长……

韩冰和柳青青并不是没有注意到冷俊,而是在这样的节骨眼儿,韩冰没有时间和心思去理会一个喜欢在一旁看热闹,并且有些幸灾乐祸的人,而柳青青最不希望的则是此时的自己被冷俊看到,如此狼狈,如此不堪。

雨竹被这样的气氛弄得尴尬极了,正在左右为难,不知如何是好的时候,直播间的那扇门打开了,她简直就像抓住了一根救命稻草:

"他们的节目播完了,主持人都出来了,就剩下几分钟的广告时间了,咱们的直播马上就要开始了,先保证节目播出吧。"雨竹小心翼翼地说了她进导播间后的第一句话。

"哈,你倒真会见机行事啊,先保证节目播出?那要看谁才能保证播出!"柳青青立刻接了话茬,抢白着说道。

"自然是林雨竹。"韩冰的话是回答柳青青的,但目光却盯着雨竹在看。

"她?难道想让她……"柳青青再一次以这样疑问的方式说出了这几个字。

"对,她!林!雨!竹!"韩冰将雨竹的名字一字一顿地说出来。

上一档节目的主持人从直播间里走了出来,看到这情形,用眼神和冷俊做了一个交流,默契地点了点头,吐了吐舌头,踮着脚尖走了,似乎怕那脚步声惊扰了这场面。

那一刻,弥漫着浓烈的火药味,之后便是相互对峙的寂静。那一刻,是雨竹此后很长一段时间无法忘记又不愿记起的。更让她无法面对的是柳青青深深的误会,那种"山雨欲来风满楼"般的摧压之势,让她透不过气来,那种有嘴说不清,有话道不明的压迫感充斥着整个心胸……

雨竹只觉得这两个人的目光像是两束冰冷的寒光直射在自己的脸上、身上,韩冰的目光除了寒冷之外就是绝对的命令,而柳青青的目光里更多的则是愤怒。

"林雨竹,你好阴险哪,你这才来了几天啊,竟然就想把我挤掉!"柳青青此时什么都顾不上了,原本还想在冷俊面前保持优雅的姿态、良好的修养,但胸中怒火几乎把她点着,她一股脑地把所有的怨气撒在雨竹身上。

"我没有!"雨竹急忙辩解,但似乎起不到什么作用,柳青青并没有停下来:

"你没有?哼,我知道你想上节目,但是你也用不着这么踩着我上啊,没看出来呀,平时装得人模狗样、低眉顺眼的,背地里竟然这样阴险,给别人使绊子、穿小鞋,果然不错,看来你挤对人已经成了习惯。我告诉你,你想错了,我和别人不一样,我可不是好欺负的,你这才哪儿到哪儿啊,想取而代之还轮不到你呢,天知道你在背后都说了什么,做了什么,动了什么手脚,捣了什么样的鬼。不过,我警告你,别得意得太早,这一个月还有剩下的二十九天呢,这一年还有剩下的三百六十四天呢,今天你这样做,早晚有你的好果子吃。哼,到时候,可别哭着喊着说后悔啊……"

雨竹心里知道,从韩冰示意她代替柳青青上节目的那一刻起,柳青青对她的误会就已经造成了,尽管她极力地想要避免,却又无能为力,无论今天是什么样的结果,她都必须要被动地接受。

"青青……"雨竹还是努力地想要澄清这场误会,柳青青话里有话也着实让她心里感到委屈,而且不明不白。

"别叫我,小人!"

"柳青青!"林雨竹突然提高了声调,她的这一声使得在场所有的人都一起看向了她,包括一直没说话的韩冰和在一旁冷眼看"热闹"的冷俊,而柳青青也被这突如其来的一声给震住了,一下子停了下来,瞪大眼睛,表情惊讶。她和雨竹相处的这几天里,雨竹一直都是乖乖地跟在自己身后,让她拿文件,她便立刻起身,让她备资料,她便反复查找,让她去倒杯水,她便把办公室里所有人的水杯都斟满,并且之后还要挨着个的把好几个暖壶都蓄满,你问她一句话,她便回答一句话,除此之外,便安安静静地坐在角落里,

你是夏天我是叶

看着什么写着什么,没有大声说过一句话。而此时此刻林雨竹眼中的目光,是柳青青此前没有见到过的,有愤怒,有委屈,但更多的是什么,柳青青读不懂……

"青青,无论你听得进去,还是听不进去,这话我都要说。我不知道你的心里是真就这样认为我要踩着你上节目,还是要以这样的方式来掩盖你的……你的尴尬和无奈?"雨竹此话一出,柳青青的表情更加吃惊,原本涨红的脸,一下子变白了,因为情绪激动,太阳穴和脖颈上爆出的青筋愈加明显。而一旁的冷俊觉得这话说得真是一针见血,甚至在心里竟然有些暗自叫好,随即,冷俊自己也觉得,此时的现场既不是什么大专辩论会,更不是什么群儒舌战的"中军帐",怎的自己就这样在心里裁决起谁是最佳"辩手"来了呢?

"是,我的确想上节目,而且是想尽快上节目,我学了四年播音主持为的是什么,为的不就是能在话筒前做一名主持人吗?但是,有些事情不是我想,便一定要用不正当的手段和阴险的伎俩来达到目的的,背后使绊和下套,背后贬损和踩鼓他人,这样的'技术活',我还没学会,而且这辈子也不打算学会。你觉得你受到了伤害,你委屈是吗?但你不能把你自己的不满和愤恨宣泄在我的身上。没错,我是新来的,但不能因为你比我早来这个栏目组,就可以这样随意猜忌别人,无中生有地加害别人。你怎么想我,那是你的事,我没办法阻止和改变,但是现在我必须要明白地告诉你——我!没!有!一丝一毫都没有,还有一点,你必须说清楚,什么叫我挤对别人成习惯了?你用不着这样尖酸刻薄,话中有刺,夹枪带棒,我听不明白,我才来了几天,我挤对谁了?你不妨说出来听听……"

"行了,行了,吵什么吵,瞎嚷嚷什么啊,都给我闭嘴,林雨竹,你看看这都几点了?还有时间和心思在这里发飙?"听到雨竹刚才说的最后一句话,韩冰突然打断了两个人的争辩,抬头看了看时间,似乎在刻意回避着什么,她的态度和话语更加深了柳青青对雨竹的误解,而雨竹一口气说了这么多,

停下来的时候，呼吸有些微微不均匀，因为激动，脸涨得通红。

其实，在一切发生的时候，雨竹心里散乱着好多疑问，她来不及整理这些"磁盘碎片"，更无法梳理事情的内在根脉。雨竹在心里不断追问：为什么今天韩冰一定要让自己替代柳青青上节目？即便柳青青是踩着节目播出时间来的，那也不至于如此吧？她毕竟在节目直播前赶到了呀！今天韩冰这样做，明明白白是在制造自己和柳青青之间的误会和矛盾，就算是柳青青应该提前到位，做好播出前的一切准备，但节目马上要开始了，这临时更换主持人就如同战场上临时换将一般，大忌啊。这样一来，一是节目播出质量不一定能够保证，二来会对替换下来的主持人造成很大的情感伤害和心里阴影，同时，新换上的主持人，没有经过充分的准备，在这样短的时间内仓促上阵坐到话筒前，情绪很难不受到干扰，容易影响发挥。更何况，万事都要以节目播出为重，即便柳青青做的真有什么不对的地方，那也得等到节目结束后再处理，这才是正确的做法，又何必在节目开播之前的关键时刻整这样一出呢？

柳青青努力地想要使自己冷静，但情绪却不受大脑支配，她手脚冰凉，浑身发抖，她不想让所有在场的人看出来，极力掩饰着，嘴上依然不依不饶，嘟嘟囔囔地说着什么，不停地分辩，像是据理力争，又像是解释着什么，总有些想说不能说的感觉，但不似先前那般疾言厉色，气势压人了。雨竹并不知道，柳青青这样一股脑地把所有矛头都指向自己，是因为柳青青不敢也没有办法冲着韩冰发火，尽管韩冰这样不客气地撤换掉了她，让她无地自容，颜面尽失，但是她仍在尽可能地保留与韩冰争取缓和关系的那一点点几乎是没有希望的机会，对于或许有可能即将失去的这个岗位，柳青青在心里有着千丝万缕微妙的牵挂。

柳青青稍稍平静了些，极力转换口气说："不是……那个……韩、韩主任，林雨竹她从来没有单独上过节目，且不说播得好坏，就单是那操作台上的各路推子，我想她还没弄清楚，这可是直播啊，万一出现了错误，比如操作失

你是夏天我是叶

误什么的,韩主任,那可怎么办呀?"其实,柳青青这话说得不是没有道理,但尽管有道理,她说得是那样底气不足,她看到韩冰要动真格的了,她怕她的口气和态度万一有所不当,真的会再一次惹怒了韩冰,那样……所以,和雨竹对话的柳青青,与韩冰说起话来,口气态度完全不一样,此时的她,更加小心翼翼。

韩冰终于忍不住爆发了出来,不耐烦地摆了摆手呵斥道:"好了!好了!还有完没完?!怎么办?就这样办!按照我说的办!"最后几个字,韩冰是双手紧握着拳头,几乎用上了浑身的力气,双唇并不张开,紧扣着上下牙齿,一个字一个字咬着牙说出来的。然后盯着雨竹看了看说:"你,进去!"

一切似乎只能如此,也必须如此,这不是选择题,而是必答题。已经没有太多时间用来思考或想出更好的解决办法了,现在不想进到直播间也要硬着头皮走进去,现在最好什么都不要想,现在必须让思绪平静下来……

时间,距离直播还剩一分钟,不,是五十九秒……

回到宿舍,回到那个只能从房顶上像箅子一样的通风口里折射进些许阳光的地下室里,雨竹彻底松懈了下来。头疼极了,今天所发生的一切让她的头疼极了,身体疲惫、倦乏到了极点,但就是停不下来,大脑停不下来,大脑里的人和事停不下来,一天中,所有的一切都飞速旋转着,纠缠着,翻滚着,一遍又一遍,一次又一次地袭击着雨竹。韩冰冰凉的眼神和命令,柳青青愤怒的目光和羞辱,还有冷俊让人不易察觉、捉摸不透的眼神和态度……思绪中所有这些繁杂乱象,都混沌地连成一片,交织、叠加、重合在一起,分不清,辨不明……她知道现在能剪断这一团乱麻最好的办法就是好好地睡一觉,所谓"梦醒解千愁"。可就是由不得自己,翻来覆去、覆去翻来睡不着,理不顺,摆不脱……这是她来到这里的第一个星期,仅仅一个星期而已,怎么感到比几个月甚至是几年都要漫长,没有对环境逐渐熟悉的亲切感,更缺少同事间的亲近感和人情味,只有难以承受的煎熬和苦闷。睡不着,她索性又爬了起来,

烦躁地来回踱着步子,和自己生着气,一遍一遍细数着脚下,心里念着一、二、三……

雨竹又是第一个来到办公室的,今天比平时还要更早一些,距离上班还有一大截儿时间,整栋广播大楼里没什么人,只有负责楼道卫生的清洁工拖着墩布拎着扫帚从办公室的门口来往经过。雨竹每天下午下班的时候都要把办公室的暖壶拿回到宿舍,第二天一早上班之前,到后院的水房打满四大壶开水,虽然有电梯,但从水房到办公楼,从电梯口到办公室,是一段不短的距离,她吃力地拎到十六楼后,还要擦桌子、倒垃圾、拖地,一天的工作和生活便由此开始了。

雨竹住的地方,就是那间地下室,在距离办公楼将近100米的西侧,而在距办公楼东侧大概也是100米左右的地方,是这座城市的最高媒体所在地——电视台,所以在这个大院里,有着广播与电视两家媒体机构,这座城市的人们便把这个大院称为广电大院。

雨竹每次从西面的宿舍到中间的办公楼几乎都要向东边的方向张望,看着不远处那高高的楼顶信号发射塔尖,她总在心里想,这一百米的距离到底是近还是远?只需要几步,就可以走过去,可是,近在咫尺,又是那样的遥不可及,什么时候可以跨过中间这一百米的距离?什么时候可以站在那里的舞台或演播厅里手持麦克向观众微笑致意呢?那是什么概念,电视节目主持人!电视啊!可以看得见的电视节目主持人啊!……每想到这里,雨竹便不敢再往下想了,怕想多了真成了白日做梦,怕自己成了自己的笑话,于是,便在心里开始不满意自己了,在这里还没有待出个名堂来,怎么就想着那更

你是夏天我是叶

耀眼的地方了呢？可是目光还是忍不住朝着东边的方向看去……

雨竹住的这间地下室原本是仓库，后来腾出来放了两组上下铺床，便成了宿舍。就是这样一间不足二十平方米的小屋，也不是谁都能住进来的，这广播大楼里有太多像雨竹这种情况的工作人员，雨竹之所以能搬进来，多亏了办公室里另外"那一间"的一位老师。她在这座城市有自己的家，但因为在这栋大楼里工作年头久了，再加上是节目制作当中的标杆人物，所以，领导特别批准在这地下室宿舍里给她一张床铺，在她忙起来加班加点或者刮风下雨天气不好的时候方便休息。只是，这位老师很少回地下室住宿，她说，因为太过潮湿的原因，每次在地下室待过之后身上都要起一些小红疙瘩，痒得浑身难受，所以，这张床基本闲置在那里。但，即便闲置着那也得闲置着，没有人可以改变这张床的主人对这张床的使用权。

雨竹原本和大学要好的同学汪悦合租了一间房子，在郊区很远的地方，只为房租便宜。每天上班，倒三五次公交车，奔跑穿梭于公交车站牌之间，从东到西的距离几乎穿越了整座城市。看到雨竹这些天奔波于往返的路上，既消磨时间又十分辛苦，这位老师说，宿舍里还有另外张床一直空着没人住，搬进去吧，领导那里她去说一声就行。雨竹心里一阵感动，从此免去了奔波之苦。后来有一次，韩冰有意无意在雨竹面前提起这位老师，说这位老师就会走上层路线，不知送了多少礼，所以领导才处处关照她："哼，有什么了不起的，这种人，不想着怎么搞好工作，怎么钻研业务，就会旁门左道拉关系找门子。"说完，扭着肥肥的屁股悻悻地走了。

昨晚又是一整夜没有睡好，整个人躺在床上怎么都不舒服，侧卧，压得肩膀麻，仰卧，腰和背又发酸，这失眠的老毛病最近总是和雨竹纠缠不休，煎熬的她整个人痛苦不堪。好不容易天快亮的时候迷迷糊糊地睡着了，可是睡得并不踏实，稀里糊涂做了一大堆的梦，一觉醒来才发现也就睡了个把钟头，一睁眼梦的内容不太记得了，只觉得浑身酸困乏累得很。既然睡不着，

那就起床吧，雨竹简单地吃了口早餐，拿着节目播出文稿以及一切播出时必备的物品出了地下室宿舍的门。

单独上节目已经有一段时间了，雨竹逐渐进入状态，找到了感觉，从陌生到熟悉，从熟悉到熟练，应该是一个由必然王国到自由王国的过程吧。还有半个小时才到直播时间，她已经等候在导播间了，前些时在这里发生的所谓柳青青迟到误岗的事情，雨竹至今不能忘记，所以，她从来不敢有丝毫怠慢，她不会允许因为到达导播间备稿的时间问题，给自己带来不必要的麻烦。

今天节目做得很顺畅，效果不错，雨竹向代班导播道了谢，回到了办公室。她有些奇怪，办公室里一个人也没有，整栋大楼也比平日里安静了许多。伸手翻了翻台历，这才发现今天是星期六。真的是过糊涂了，雨竹这样想着，难怪昨天韩冰说她和牧野今天都不来了，找了代班导播，当时雨竹心里还犯嘀咕呢。哎，忙晕了。

明天的播出文稿很快准备好了，没有韩冰在一旁，雨竹觉得效率真是快了不少。韩冰在的时候，雨竹总觉得背后有一双眼睛在盯着自己，好几次无意中回头都看到韩冰的眼神刚好从自己的身上收起，这让雨竹很不自在。再不然，不知道什么时候韩冰会突然冒出几句话来，旁敲侧击地隐射着什么，让人冷不丁地摸不着头脑或平添了许多堵心的不悦。说来，韩冰并不是一个喋喋不休、唠了唠叨的啰唆人，但如若可以，雨竹倒宁愿韩冰是这样的人，这样的人，一定琐碎，但相处起来或许会更简单容易一些。

好久了，都没有注意到周末是怎么度过的，好像从打来到这里，除了每天上午的九点到十点，其他时间都模糊了概念。窗外阳光真好，雨竹抬头眯缝起眼睛，伸出手来遮挡，阳光从指缝间倾泻而下，洒了一身一脸，耀眼炫目，照得她微醉，她想，这世界有两种东西是绝不可直视的，一是此时头顶上的太阳，二是不可预测的人心。她懒懒的站在窗前发呆，时间过得真是太快了，两个月前，也是这样的阳光，也是在这间办公室里……唉，怎么又想起来了？在心里和自己说过多少遍，不要再去想了，可是怎么的就又？

你是夏天我是叶

  雨竹远远地跟在韩冰后面，幽深而长长的走廊里，两个人的身影跟着各自的脚后跟寸步不离，一下一下怎么都抛不开撇不下。

  韩冰怒气冲冲地用力一脚把办公室的门踢开，房门"咣当"一声磕碰在门背后的墙上，上面的玻璃"哗哗啦啦"地作响，继而又迅速反弹回来，韩冰急忙躲闪，差点被迎面合上的房门撞个正着，她双手又用力地推了一下那扇门，微微发福的身体从张开的门间隙里一下子快速闪了进去，嘴里嚷嚷着的声调比平时说话声提高了不止八度，音量也大了不知道多少分贝……

  雨竹不知道是怎么下的节目，从十八楼的直播间到十六楼的办公室，不过是两层楼的距离，但是，她走得好费劲，好艰难，脚步沉重得几乎抬不起来，竟然在楼梯间的梯口处歇了好几歇。走廊尽头，远远的，她看见办公室的门，在半明半暗的光照中，半开半合地虚掩着，她不知道，推开那扇房门，将有什么事情在等待着她，但她能够想象，迎接她的，必定是韩冰那张冰冷漠然的脸。事实上，在接下来的时间里，她接二连三要面对的远比她想象的更让她始料不及……

  尽管做了充分的思想准备，但是在踏进办公室的一刹那，雨竹还是有些忐忑，果真，她看到了那张最不好看的脸。雨竹心里有些内疚和歉意，因为看到韩冰下节目后从导播间里走出来的态度，雨竹觉得今天节目的播出效果一定不够理想，她责怪自己实在不应该。此时，就在她还没有来得及回过神的时候，那张脸突然冲到了眼前，着实把她吓了一跳。

  "今天这是什么？啊？是什么？你不是你们学院的高才生吗？你不是你们这个专业里年年的优秀生吗？你不是第一名考进来的吗？啊？我还以为是个什么了不起的人物呢，原来就是这样啊？"韩冰一只手拎起座位上的椅子，"啪"的一声，在原地重重墩了下去，然后一屁股坐上，可能太过用力，韩冰在自己的位置上坐了个屁墩儿，她咧了咧嘴，努力忍着没吱声。

  办公室里所有的人齐刷刷地将目光投了过来。奇怪，怎么偏偏今天大家

伙儿到得都格外的齐呢？雨竹脸上火辣辣的，走到自己办公桌前的椅子旁，但并没有坐下。

"呀，怎么了？怎么了这是？发这么大脾气，哪儿来这么大的火啊？"说话的是牧野。没等雨竹来得及说什么，牧野的声音先响起。

牧野是这个节目的导播，也就是柳青青口中说的"牧老师"。四十八九岁五十出头的模样，大脸盘儿黑脸膛，虎背熊腰，毛发发达，头发浓密且黑得像鬃毛一样旺盛，喜欢每天喝上点儿。说话间，牧野叼着烟卷儿，从椅子上站起来，径直走到韩冰面前，笑了笑亲昵地拍了拍韩冰的背，安慰着。

韩冰没说话，皱了下眉头瞪了牧野一眼，牧野瞅了瞅在一旁呆站着的雨竹，特别瞄了瞄"隔壁"屋的那个制作人和一帮小记者小编辑们，把手和笑容同时收了回来，重新又坐回到了自己的座位上。

雨竹想，看来今天的播出效果真的一团糟。可是，这并不是没有准备临时上阵影响了自己的发挥，至少不完全是这样的原因吧。四年专业课当中是有临时应变训练的，以前在主持当中，也有过这样类似的上场经历。但是，今天就真的像韩冰说的那样不堪吗？真就糟糕到了极点吗？她想大概是这样的吧，不然韩冰也不至于发这么大的脾气，严格要求总是好的。雨竹一直以来对自己都是自信满满，可是这一刻她对自己产生了前所未有的失望和懊恼……

"韩主任，真的很抱歉。"雨竹心里和自己生着气，今天真的受到和柳青青那番对话的影响了。她明白，作为一个合格的主持人，最基本的一点就是要排除一切外界干扰，不可以将自己的情绪带到节目当中来。在漫长的一个小时的时间里，她已经尽量平复自己的情绪，说服自己了，不希望之前的种种琐事来干扰自己，可是从韩冰的反应来看，她似乎远没有做到。

"哼，连台领导都说是个好苗子，我还以为怎么样的出类拔萃不得了呢，原来就是这个样子。你跟节目也有几天了，怎么连那几个工作台上的推子还没弄明白，好几次差点就出错了，你知道不知道？！"

"小林？怎么，不好吗？"韩冰话说到这里，一旁的牧野这才明白过来，

你是夏天我是叶

原来韩冰在不满意雨竹今天节目中的表现。

"我觉得还可以嘛。"牧野嘟囔着未加思考,他秃噜嘴的时候,着实没考虑韩冰听了这句话后的反应。

"给我闭嘴!"韩冰突然转向牧野呵斥道,"好什么好?啊?好什么好?瞎嚷嚷胡咧咧什么?你今天专门和我唱反调唱对台戏是不是?我还没说你呢,你倒来找不痛快、不自在啦?哈!这节目的制作人是你还是我?我劝你,趁我还没对你发火,在我对你还算客气之前,你呀,最好给我管好你那'前开口',否则的话,哼!"韩冰嘴里的话像连珠炮弹一般,一齐向牧野发射过去……

听了这些话,牧野黑红色的脸膛"噌"地一下变了青,瞬间又变成了水泥墙的颜色,可是,这由黑转青,再由青转灰,仅仅也就三五秒钟的时间,牧野便立刻恢复了他的"风度和涵养",这前后转变速度之快,不由得让人想起契诃夫笔下《变色龙》里的奥楚涅洛夫。

"别生气,别生气。"牧野原本因为听到韩冰那几句让他面子扫地、里子尽失、难以忍受的话,霍地一下站起来想要冲上前理论一番,可是,内心的"冷静和理智"使得他突然放慢了起身的速度,一点点缓缓直起了他那水桶腰,又左右环看了一下,然后双手撑在办公桌靠近韩冰的那一侧,探出大半个身子并俯下去,几乎和韩冰脸贴着脸,压低嗓门说:"你看看你,这是干什么吗,有话回去好好说,也不怕外人笑话。"说这话时,牧野完全不顾及旁边的雨竹,而雨竹只好借着整理办公桌上的书本资料把身子扭向一边,刚才被韩冰踢过的房门似乎还在疼痛,在穿堂风的惯性下,哼哼呀呀呻吟着摇摆……

"我也就是这么随口一说,你就当真了,你还不知道我这个人吗?再说,我今天这不是因为昨晚多喝了那几口来晚了吗,那,那广播也就听了最后几分钟,没听全,也没仔细听,酒还没醒呢,肯定是听不太真,听不太真的……"

"没听真,就少在那里……"韩冰猛地抬起皱着的眉头向椅子的靠背靠

去,一边举起一只手呼扇着牧野喷在她脸上充满恶臭的酒气和唾沫星子,韩冰的后半句话还没有从牙缝儿里挤出来,牧野立刻做了个停止的手势:"我闭嘴,我闭嘴还不行吗?真是的,你看你,生什么气啊,嘿嘿,别生气啊,嘿嘿嘿……"随后牧野乖乖地再一次坐回到了自己的座位上。

"韩主任,"这时,雨竹开了口,"可能,我今天表现得不是很好,让您失望了,我不会找什么客观原因为自己开脱,但我需要一个找到状态和逐步适应的过程。"在这样的情景之下,雨竹没办法为自己辩解,更何况她现在心里一团糟,她也不太搞得清究竟自己今天的表现怎么了,到底糟糕到什么程度,她需要静一静,好好想想,整理一下……

"客观原因?你的意思是你今天的表现,是有客观原因的?是客观原因造成的?那我倒要听听你的客观原因是什么!"面对韩冰咄咄逼人的语气,雨竹觉得那目光和表情带着一种有意为难的情绪,但为什么呢?雨竹不知道。

"请相信我,也请给我一些时间。"不能解释不能分辩,除了这句话之外,什么都不能说也什么都不能做。作家阎真在他的书里说过,"沉默不仅是对良知的压抑,简直就是对自尊心的挑战",泰戈尔也曾说过相似的话,"小理可以用文字来说明,大理便只有沉默"。是的,此时,唯有沉默是最好的选择。

韩冰又发了一通牢骚,从雨竹的表现一直延续到对台领导能力的质疑,以及大大小小各部门、科室、栏目负责人和主持人,一并都做了点评,无一例外数落了一番,列举了诸多不是,罗列了种种不对,只有在一旁的牧野偶尔一声两声附和着。看到雨竹一直缄默,韩冰兴许是累了,兴许是再继续下去没什么意思,拿起办公桌上的皮包"吧嗒"一下套在脖子上,摔门走了。

韩冰走的时候给牧野丢下一句话,说心脏不舒服,要早点回去休息。不到二分钟,牧野也点着烟哼着歌溜溜达达走了出去,一整天再没见到人影儿。

办公室里其他人各忙各的走开了。

秦思璇走了过来,靠在雨竹办公桌边,微笑地望着她说:"今天单独上

你是夏天我是叶

节目了？"秦思璇，她就是让雨竹住进地下室宿舍，韩冰口中那个"走上层路线"的人。

"是，唉！"雨竹长长地叹了口气，两只修长的胳膊交叉着搭在桌子上，身子前倾，下巴抵在手臂上，无精打采地说："秦老师，别提了，糟糕透了。"

"怎么？"

"您都看到了，刚才韩主任的那个态度已经说明了一切，今天的表现糟糕透了，但我却什么都不能解释，那样的话，只能使别人误以为我在找借口找托词。"

"糟糕透了？是你自己这样认为，还是听别人这样说的？"秦思璇说这话的时候，目光落到了韩冰那张空着的椅子上。

于是雨竹把进直播间之前发生的事情原原本本讲给了秦思璇。

"且不说柳青青的稿子写得密密麻麻涂涂改改，又没有提前预习和准备，冷不丁儿上去就开始播报，这也就罢了，关键是台案上那好几十个推子，长得都一个样，在跟青青上节目的时候，她根本没教给过我哪一路推子是管什么的，有几次我想试试看，青青根本不让我动，我只是在她做的时候，自己用了一些心思记下来一点。但毕竟才跟了一个星期节目，还没记全呢。因为怕出错，所以会左右犹豫，这样一来，今天的节目可能有些地方衔接得不太好。秦老师，您都不知道我进去坐到座位上的时候只剩下几十秒的时间，片头曲都开始播送了，眼看着展开稿纸几乎都来不及了。我也不怕你笑话，当时，心都要从嗓子眼儿里蹦出来了，拿稿子的手竟然还有些微微发抖，哎，更别提什么话筒前的表现和发挥了。"

"嗨，我当什么事呢，我倒觉得挺好。"秦思璇轻松地说。

雨竹"扑哧"一下子笑了，身体从桌前坐直，一只手抬起托在腮边，另一只手五指来回逐个轻轻地扣着桌面，深深的酒窝露出了今天第一个笑容："秦老师这句话和刚才牧老师说的一样，看来在我的问题上，你们俩没经商量就达成统一共识了哦。"雨竹调侃地说。

"有笑容、不气馁,看来你没有被吓到。"

"哎,怎么没有被吓到啊,真真的是吓到了。现在我这心里,也不知道是什么感觉,复杂得很,自责、失望、遗憾、抱歉……一股脑的说不清道不明,真的不知道是什么样的情绪和心情,还有就是自己生自己的气,怎么就那么经不起事呢?"

"你今天的节目我听了,没她说得那么夸张,也没你想得那么糟糕,就像你说的可能衔接方面迟缓了一些,但根本不影响整体效果。第一次单独上节目,又是在那样的气氛和心情下,能做到这样已经很不容易了,换成别人,怕是今天要临阵脱逃真真的砸锅了,那可是播出事故,牵连到的人是要受处分的。依我看来,你今天的表现不是很不错,是相当不错,真的是很好的,如此,应该奖励才对。"

看到雨竹用不相信的眼神看着自己,秦思璇又一次强调说:"是真的,真的很不错。"

"安慰我?"雨竹的眼里瞬时闪现出明亮的色彩。

"我这还真不是安慰你,你要我到底说多少次'你不错'、'你很好'、'你真行'这样的话呢?"。

"不勉强?"

"呵呵,不勉强,也没有勉强的必要。"

"真的吗?秦老师,您真的觉得还行?"

"我说出的是我的感觉,真实的感觉。再说了,难道你不相信我的评判水平吗?"

"相信、相信、相信,怎么能不相信呢,秦老师,您简直就是给我吃了宽心丸,尽管心里还是有那么一点点的小别扭,但好受多了,终归是有您这样的人给我鼓励和信任。"雨竹微笑着从椅子上站起来,拉着秦思璇的手,继续说道:

"进到直播间之后才发现,青青今天准备的音乐资料有一小筐,格外得

多，整整一个小时，我感觉好像就是忙着换音乐呢。这首乐曲刚起来，就忙着找那支曲子，眼睛瞟着桌案上的文字，手里不停地翻找那一筐音乐素材，还不能弄出声响，生怕那杂音透过麦克风直播了出去。还有就是工作台上的那好几十个推子，真是让人手忙脚乱。这几路是主持人专用的，这几路是背景音乐的，这儿是CD的，这儿是MD的，这儿是卡座磁带的，那一路是广告的，那几路又是片头、片尾和中间曲的，那几路又是嘉宾用的，中间还有什么连线电话1至8线路的，还有什么监听的啊，与导播人员对话的啊。哎呀，我的天啊，天啊，天啊，天啊，现在说起来，我都觉得眼睛看不过来，手指忙不过来，脑子转不过来。"雨竹的表情生动起来，不似先前那般沉闷，双手比比画画这一通好说，把秦思璇一下子逗笑了："你瞧，你记得都很清楚嘛。"

"现在说来好像轻松容易，可是坐到直播间里不是那么回事，根本不是现在说的这种感觉，看起来不过是几个小小的推子，但操作起来却是大大的学问和必须掌握的技术。"

随即，雨竹的脸上又恢复了平静："真的，秦老师，我需要一些时间，特别今天的事情，发生得这样突然，我有些摸不着头脑，有些事情也有点儿想不通，我需要一些时间来适应，不仅仅适应操作设备，那终归是个熟能生巧的过程，更重要的是适应这里的环境和人际关系。还有……"雨竹低下了头。

"青青吗？"

"是。对于青青，我不知道该说什么好，心里好烦、好乱，也好不踏实，我心里充满了愧疚。可是，我又在心里问自己，为什么感到愧疚？难道真的是我造成青青今天这种局面的吗？秦老师，不是的，我没有，如果说今天柳青青受到了伤害，那么我的委屈同样不比她少。可是，尽管不是我的原因造成的，我心里还是过意不去抱歉得很，她的怨恨，她的不满，她的责怪，我统统理解，但是却要我来负责吗？我真的矛盾极了，我来到这里，从没想着把谁排挤掉，更没想过要抢占谁的位置，我只是做我要做的事情而已，可为什么是这个样呢？"雨竹说完，双手用力地扑棱着自己瀑布般的秀发，好像

要梳理清这错综复杂的问题……

这番话,让秦思璇对雨竹有了更深刻的认识。在雨竹来的这几天时间里,还没来得及和眼前这个女孩多交谈,即便是主动让她住进宿舍,那也是不忍看着一个女孩子为了生活、为了生计,太过奔波辛苦,更何况那个床铺空着也是空着,不能物尽其用空置在那里也是一种资源浪费。只是在这栋大楼里有那么多和雨竹一样打拼的年轻人,为什么偏偏要把这样的方便让给雨竹呢?并且还是自己主动提出的,秦思璇没有想过。

别看那个地下室,在这栋广播大楼里可是抢手货,总有人打听,甚至想着法儿地想要住进去,都让秦思璇挡在了门外,于是便有人说她手里有特权,也有人说她做事情凌驾于领导之上。秦思璇知道,关于她本人,台里面有着不少传言,而且版本多样,也都不新鲜了,说她如何如何给领导送礼讨好处,说她如何如何请客吃饭拉关系等等,对于这些纷纷议论,听得多了,秦思璇自己都快要相信了。更有甚者,说出了更难听的话。对于一个女人,最要命的,便是生活作风问题,说来奇怪,往往对于这样的事情,人人感兴趣个个都关心,说得有鼻子有眼,似乎大家伙儿亲眼看到了一般。这些事情传播速度之快和传播范围之广让秦思璇有些始料不及,这些"绯风"到底是谁"吹"出来的,她也能猜出几分。为了这事秦思璇着实苦恼了好一阵子,也想过要解释,可是怎么解释?向谁解释?总不能逢人便讲吧,那岂不是要变成祥林嫂了?更何况解释有用吗?谁信呢?信你的人自然不用解释,不信你的人解释了也是多余。怎么办?只能"沉默、沉默、再沉默"。这样的态度便是最好的态度,见了人依然是一脸和气说说笑笑,监制的那档节目在每个星期的排行榜中,从来没列在第三名之后过。对于那些在她面前说话藏头露尾、弦外有音的人,秦思璇一概装作没听明白搞不懂,一笑而过,原本以为她会发作,会气急败坏,会到处恶语相向,但看到的却是她如此洒脱超然"无所谓"的样子,那些等着看笑话的人,最终没能看到什么好"戏",一个个无奈地没了说词,说闲话其实也累啊!事情也就这样渐渐平息了下去。可是,伤痛在谁身上自己知

道，那些听到的、看到的、感受到的虽然无形，却更像一把把软刀子，刀刀不见血，使人遍体鳞伤。对于这些，秦思璇曾不止一次地感慨过：人，不是"性本善"吗？！后来，当秦思璇读到《沧浪之水》的时候，其中一段话引起了她深深的慨叹："……我观察周围，察觉到很多的人在一种悠闲中失去了体验他人痛苦的能力，他们对别人的痛苦能够保持那样平静心态……在扭曲中失去了被扭曲的感觉……"

此时和雨竹的这番交谈，让秦思璇明白了自己为什么一见到雨竹就对她有种不一样的感觉，因为雨竹身上有着一种耐人寻味的气质和韵味，是好多浮躁的年轻人不具备的品质，坚韧而自信、敏感而细腻，瘦弱的肩膀挑起的是责任和担当。就像是今天，面对韩冰那样的疾言厉色，虽然事出有因，但雨竹没有过多地辩解，也没有低声下气委曲求全，而是不卑不亢，进退有度，你能感到她的坚定，还有内心深处敢于面对的勇气，对于一个刚走出校门才踏入社会的年轻人来说，实属不易。而韩冰，虽然看似给了雨竹一个下马威，厉害得不得了，但实际上却是自毁尊严、颜面无光，在雨竹那几句得体、中肯、自我批评的话语中败下阵来。

"对于青青，不要着急，有机会慢慢解释总会说清楚的。至于韩主任对你的态度和她说的那些过头儿话，你大可不必放在心上，否则你在这里工作，岂不是天天都要难过得死掉吗？时间久了，你就知道这里的生存之道了，也就知道有些人有些事该如何去应对了。"话说到此，秦思璇没有再多说什么，拍拍雨竹的肩膀，微笑着走开了。

雨竹蹑手蹑脚地掏出钥匙打开宿舍房门，她怕吵到大概还在睡觉的甄艳

丽。甄艳丽是雨竹的上铺，播天气预报的，每次播报时间不超过三两分钟。甄艳丽并不是学播音主持的，好像是通过什么人和什么样的关系来到这里的。她是本市人，但不愿意住在家里，宁愿住到这阴暗潮湿的地下室宿舍里，她说这样"自由"。大概是出于专业技能和节目质量的考虑，台里一直不让她做其他节目，对于这一点甄艳丽很是不服气，总觉得在这儿屈才了，自己是真正的大材小用。她和另外两位同事一起倒班儿，所以，并不是每天都上班儿，没班儿的时候，她喜欢窝在被窝里睡觉，即便是早晨七点钟播报完三分钟的天气预报，通常她还要再回到床上来个回笼觉，继续睡到十一二点才醒来，如果吵到她，她会满脸的不高兴。她口头总是挂着这样一句话："睡觉是一门艺术，谁也无法阻挡我追求艺术的脚步；闹钟叫起的只是我的躯壳，叫不醒我沉睡的心。"甄艳丽的被子是从来不叠的，她说，这样方便。每每睡饱之后就和男朋友去逛街去娱乐，每次回来都提着大包小包新买的衣服或者各种各样的零食。有时，她也会睡上一整天，饿醒了才爬起床吃些东西。如此这般，弄得雨竹每天在宿舍里无论做什么都格外小心，生怕弄出些声响来。

　　雨竹在把行李搬过来之前，来过两回宿舍。第一次见到甄艳丽，她正在睡觉。那已经是中午十二点了，雨竹用秦思璇给的备用钥匙打开了宿舍房门。听到有人进来，躺在上铺的甄艳丽在黑乎乎的光线下迷迷糊糊问了一句："秦老师，你今天怎么回来了？又要加班还是外面起风了？"

　　雨竹寻声找去向问话的人歉意地说："抱歉啊，把你吵醒了，我是这个宿舍新来的，你是甄艳丽吧，听秦老师说，她已经和你打过招呼了，说我要搬进来。"

　　"嗯，是你啊。"甄艳丽仍然睡意蒙眬，心里有些不耐烦，打了个哈欠，翻了个身面向里继续着她的美梦。

　　雨竹站在原地不知道该如何是好。秦思璇说昨天就通知甄艳丽把放在她下铺空床上的皮箱、衣服、鞋子和一堆生活用品腾挪出去，把床铺给自己空出来，可是，雨竹现在看到的却是满满一床杂物堆着，几乎一点儿空隙都没有。

你是夏天我是叶

另一张上下铺，和雨竹对脚的是秦思璇的床铺，上面也凌乱地扔着几件甄艳丽的裙子、外套和花色鲜艳的内衣，在这上面，则是秦思璇和甄艳丽一起放皮箱等物品的公用铺位。

"不好意思，甄艳丽，再打搅你一下，那个……这个床铺上的东西都是你的吧？麻烦你今天有时间帮忙收拾一下，我想尽快搬过来。"

"你这人真是的，那也得等我睡醒了再收拾啊，行了，行了，我还要睡觉呢。"甄艳丽的语气充满了不耐烦，"哦，对了，一会儿出去的时候，别忘了给我把门锁上啊。"

雨竹没办法再说什么，只能回去等了，等人家睡醒吧。傍晚的时候，雨竹又去了一次，心想这回总该睡醒了吧？进宿舍一看，甄艳丽的确是睡醒了，但人根本不在屋里，床铺依然还是那样，不，应该说，是有了一些变化，上面堆的东西更多了，包括没洗过的衣服和一些喝过、没喝过的易拉罐儿、啤酒瓶。

没办法，雨竹在第二天中午，拖着行李大包小包地搬了进去，依然吵醒了正在"午睡"的甄艳丽。见到雨竹这样，甄艳丽极不乐意但也没办法地从上铺爬起来跳下床，她赤身裸体的样子使雨竹很不自然。甄艳丽看着雨竹，脸上表情怪怪的，不咸不淡地笑了，嘴上说："哟、哟、哟，干吗啊，这还害羞呢，我又不是男人，你至于的吗，唉，我说，你去澡堂子洗过澡吗？怎么着，难不成你看见别人都是穿着衣服洗啊？不对，瞧你这劲儿，依我看哪，该不会你从来都是穿着衣服洗澡吧，喊，好像谁没见过谁似的，好吧，那我就照顾一下你的情绪和眼睛吧。"说着随手抓起了掸在一边的睡衣……

在看清楚甄艳丽之后，雨竹总觉得她有些面熟，不知道在哪儿见过，一时想不起来。不过"家"总算是搬进来了。

有一天，甄艳丽说要参加一个朋友聚会，让雨竹帮她参谋穿哪身衣服好看，梳什么发型合适，但说来说去总是和雨竹的观点不一致，最后，挑来拣去还是穿上了那身她自认为最漂亮的黑色豹纹裹身连衣裙和薄筒丝袜。在甄

艳丽照着镜子,上下打量她今晚仪容装扮的时候,雨竹忽然想起来,她不就是考录那天的"金发女郎"吗?只是不知道她那造型别样、金黄闪亮的一头金发什么时候变成了现在这种样式的黑发。甄艳丽边换衣服边乌哩哇啦地大谈她的着装心得,口若悬河、自演自赏,根本不管来自雨竹的反应,想到哪儿说到哪儿,雨竹成了被"绑架"的听众。甄艳丽告诉雨竹,好多人都说上次考试她没通过,是因为她那头发颜色太过扎眼的缘故,这不,她把头发又染回了黑色,寓意"从头再来"。甄艳丽杵在镜前,细细涂抹着颜色鲜艳的口红,从镜子里看了一眼雨竹,突然问:"我说,你当这个主播,没少花钱吧?"

"钱?"

"是啊,钱!能不能透露一下,花了多少?"

"一分没花,我的成绩在那儿。"雨竹觉得这样的质疑是对自己人格、能力的侮辱和亵渎。

"喊,快得了吧,成绩?那不过就是个数字而已。我可是听说,原本人家是有内定人选的,结果让你给挤对走了,你还真有本事,挤对走一个不算,这才来了几天,就连柳青青那样的大小姐你也能让她乖乖走人,厉害、佩服。"

听到甄艳丽这样说,雨竹不由得想起了在导播间柳青青情急之下说过的话,那句被韩冰刻意打断的话,这也是这些日子以来一直困扰着她的问题,柳青青和甄艳丽说了同样的话,或许真的有什么事情是自己不知道的,那这件事情和韩冰有关系吗?

"艳丽,我只和你说一句,不是人人都玩儿潜规则的。你说原本有内定人选,谁啊?你知道得这么清楚,莫非是你?如果真是你的话,我倒真的要承认,也必须要承认,我不仅把你'挤对'走了,同时还'挤对'走了百十来号的应试者,所以,你大可不必替那个'内定'来抱屈。至于柳青青的走,和我没有半毛钱关系,我觉得我也没有和你解释的必要。"

甄艳丽讨了个没趣,挑了挑眉毛,表面上虽是一副不以为然的样子,但语气弱了下来,小声嘟囔着:"干吗呀,我就是随便一问,何必那么认真呢。"

雨竹听罢，并不去搭理她。

甄艳丽见状，赶忙转移话题："我该赴宴去了，帮我看看这衣服、这发型怎么样？喏，还有这新染的黑色指甲油，漂亮吗？和我的衣服搭配吗？这可是今年时尚潮流中流行趋势的主打色——'黑色诱惑'。还有我这嘴唇上的颜色，你知道这款唇膏品牌对这颜色的命名吗？这叫'烈焰红唇'看，怎么样，啊？"说着，甄艳丽伸出了双手，又把嘴高高地嘟起，几乎要凑到雨竹的脸上，在浓厚香水味儿的冲击下雨竹本能地退后了两步，甄艳丽根本不等雨竹开口说话，又自顾自地说道：

"'黑色诱惑'加'红唇烈焰'，好像还不够，还缺点儿什么，究竟缺点儿什么呢？嗯？"甄艳丽双眼故作迷离状看着雨竹，声音也变得娇柔起来。

"缺？缺什么？什么都不缺啊？"雨竹被突然这么一问，一时不知道甄艳丽说的这个"缺"指的是什么，之后反应过来说："怕是要变天了，记得拿件外套，小心着凉。"

"喊，你也真是的，一点情趣都没有，更别说什么丰富的想象力了，不是我说你的……"话到这里，甄艳丽突然故作起妩媚状来，眯起眼睛，扭动着腰肢，摇摆着臀部，抓住床边的钢管，狂野地夸张着肢体，自唱自跳地来了一段火热劲爆的"钢管舞"，雨竹被她这突如其来搔首弄姿的表演，弄得有些不知所措，有些呆。

正在这时，甄艳丽气喘吁吁地停下来开口道："还是我告诉你缺什么吧，就你这，再多长个脑袋也想不出来。"说罢，她双手伸展十指并拢，轻轻地沾了沾脸、脑门、脖子上微微渗出的汗珠，生怕一不小心弄花了刚刚精心化好的妆容。之后，她一只手拽起裙子上身肩头一角，另一只手则从领口开着的部位伸到衣服里面，在胸前左右鼓捣起来，原本这衣服就裹身紧得不得了，粘贴着皮肤没有丝毫宽松的余地，现在被她这么一折腾，那凸起的地方，更加"高耸"，只见甄艳丽一会儿托一下，一会儿挤一下，一会儿掬一下，一会儿又提一下，弄得同为女孩子的雨竹尴尬至极，躲闪也不是，回避也不是，

不看她也不是，看着她如此这般也不是。雨竹知道，甄艳丽这是在调整刚才因为大幅度扭动身体而错位的文胸，可是，这样私密的事情，不知羞涩，不懂避讳，即便自己也是个女孩子，但闺房中总有些事情"不为向外人道也"。正在雨竹踌躇的时候，甄艳丽边忙乎着自己，边开了口："我这啊，现在是真正的三缺一。"

"三缺一？怎么理解？"

"我刚才和你说什么来着？"

"刚才？那你说的可就太多了。"

"嘶，最主要的。"

"嗯……"

"哎呀，行了，知道问了也白问。'黑色诱惑'加'红唇烈焰'这才是个'二'……"

"'二'？哦，的确是个'二'。"雨竹顺着甄艳丽的话音不由得脱口而出，然后忍俊不禁咯咯地笑起来。

"你懂什么呀，我这还没说完呢。"甄艳丽也意识到了口误，白了雨竹一眼，但并不生气，继续说道：

"现在啊，就缺一个'干柴烈火'了，如果真能那样的话，那可就齐全了，这就是人们常说的那个什么……什么'万事俱备，只欠东风'吧？啊？对，我现在缺的就是一个能够把我这把'干柴'吹成'烈火'的'东风'，不知道今晚谁是那个幸运儿，来点燃我这把'火'啊？哈哈哈……"甄艳丽说着表情得意起来，又带着那么几分自我陶醉和憧憬：

"'你就像那冬天里的一把火，熊熊火光照亮了我'；'我的热情好像一把火，燃烧着整个沙漠，哦，太阳见了我也要躲着我，她也怕我这把爱情的火'……"哎，我的老天啊，又来了，又开始了，这回还是摇滚式的歌曲串烧，雨竹在心里抑制着无奈的抓狂，忍着吧……

"哦，对了，新交的男朋友送了我一副耳环，特好看，还从来没带过呢。

你是夏天我是叶

咦，奇怪，跑哪儿去了，明明就放在枕头底下的呀。"甄艳丽嘴里嘟囔着并麻利地登上雨竹床头的铁柄，撅着屁股翻腾着自己的枕头和被褥，本就不整洁的床铺变得更加乱七八糟。

"哎呀妈呀，终于找到了，这把姑奶奶我累得，可能昨晚喝多了，放到枕头下的时候没看清，嘿嘿嘿，结果放到枕头下两层的褥子上了。啊哈哈，见怪，见怪。"甄艳丽手中像拿着"战利品"一般，回过头和站在地上的雨竹摇了摇，雨竹没太看清耳环的样式，但直观并不觉得"特好看"，反而感到大得离谱，夸张得出奇，叮叮当当的，不是铁圈儿，就是挂穗儿，要么就是流珠，明晃晃的像套在一起的两串儿钥匙，这倒符合甄艳丽一贯的审美标准和装扮风格，更重要的是符合她的眼光品味，不是有那么一句话吗，眼光决定眼界，眼界决定层次，这话不假。甄艳丽经常嘲笑雨竹眼光老派，不懂时尚和潮流，在雨竹看来奇奇怪怪的东西，但在甄艳丽眼里却宝贝得不得了。她口中所谓的摩登、前卫，有时候的确是雨竹搞不懂的新潮玩意儿。当然，雨竹从来不认为自己有必要把这些研究个清楚透彻。

"这破烂玩意儿怎么这么难戴啊！"甄艳丽两只手在一侧耳畔戴着耳环，一边不耐烦地说。

"要不，我帮你？过来吧。"雨竹擦着刚刚被甄艳丽踏过的床头铁柄，回过头说。

"不用，不戴了，以后再说。"只听"啪"的一声，甄艳丽顺势把手中的耳环扔在了随身背着的挎包里，抬头说："哎，雨竹，你说现在的我，是不是有一种'淡妆浓抹总相宜'的味道？难道我就是那传说中的'戏子'？嘿嘿嘿……"

"不是'戏子'是'西子'。"

"哎呀，有区别吗？不就是声调不一样吗，你这都职业病了，三句话不离本行。管它是什么呢，反正就是那么个意思，你懂的……"

甄艳丽看着镜中的自己接着对雨竹说："我说，睡在我下铺的兄弟，能

不能开一开你那金口借你的玉言，对于我今天如此隆重惊艳的出场给评价一下呗，能打多少分？"

"你今天——很漂亮，颜值——一百分，名如其人——真艳丽。"

"谢谢啦！等的就是你这句话。哎呀，看看看，时间都到了，我得马上走了，不然的话，那帮孙子又该拿迟到当事儿灌我酒呀。我啊，今天得好好和他们拼一场，来他个今朝有酒今朝醉，不醉不归哦……"

呜哩哇啦说笑着的甄艳丽给雨竹抛了一个飞吻和媚眼，挺着她那傲人的"双峰"迈着模特步开门走了。

甄艳丽就是这样一个人，一个"小太妹"，说话不讲究分寸，做事从来不顾及别人的感受，说不上好也说不上坏的这样一个人。她告诉雨竹，她不想总是播那三两分钟的天气预报，她想上栏目组去做真正的女主播，可是怀才不遇，没有人发现她、欣赏她、启用她。

甄艳丽曾经对雨竹说："你说，现在我这工作，每次天气预报也不过那么几分钟，余下的时间，除了睡觉、逛街、约会，还能做什么？我要是像你这样也进栏目组去做主播，那我一定辛勤工作，认真努力，一定会每天起得比你早，睡得比你晚。"

"你现在就是每天起得比我早，睡得比我晚啊。"听了这话，甄艳丽并不觉得雨竹这个玩笑开得幽默，但又无法对事实反驳，瞪了雨竹一眼翻上床又睡觉去了。每到这个时候雨竹便会想，其实，每天清晨睁开双眼无外乎：醒来，再睡，继续未完的美梦；醒来，站起，去实现自己的梦想，那么，到底如何选择，每个人各不相同。

甄艳丽因为白天睡得太多，所以每天晚上自然睡得很晚很晚，不是去酒吧就是KTV，再就是去吃烧烤搓麻将，有时候回来喝得酩酊大醉，吐得稀里哗啦。雨竹好容易入睡了，但总是被她一次次惊醒，雨竹不顾自己浑身热汗，爬起来忙不迭地为她端漱口水，递热毛巾，扶她上床，经过一番折腾之后，她倒是沉沉睡去了，而雨竹却再也无法入梦了……

你是夏天我是叶

　　甄艳丽的话，又让雨竹想到了柳青青，她听说，柳青青这几天正在办出国手续，打算到国外去旅游散心……

　　那天，就是那天，雨竹永远也不会忘记的那天。下午快下班的时候，走廊里又响起了高跟儿鞋的声音，那声响在办公室门前停顿了一下，几秒钟之后柳青青挪着步子走了进来，把一沓稿纸放到了韩冰眼前的办公桌上。

　　"韩主任，这是明天的播出稿件，您审阅吧。"声音里怯怯的。

　　韩冰并没有马上抬头看柳青青，也没有伸手翻看那稿件，空洞的双眼盯着桌子上的茶杯，眼睛一眨也不眨地说："不用了。"

　　"不用了？什、什么不用了？"柳青青更加小心地问到，声音没有重量，轻柔得几乎是从嘴里飘出来。

　　"我说的是你以后不用再每天准备稿件了，我也没有再继续审下去的必要。"

　　"什么意思？我不明白。"嘴上说着不明白的话，但柳青青心里早已清楚了自己此时的尴尬局面和接下来面临的难堪处境。

　　韩冰这时才抬起头来："好，那我就再说得更明白一些，从今天起，你可以不用再到我这里来了，也就是说，你不再是我这个节目的主持人了，这回听明白了吗？懂了吗？"

　　雨竹没想到，韩冰会这样处理问题，她觉得自己把一切想得太简单了，开始她以为韩冰上午之所以那样做，只是想以这样的方式来警告柳青青以后要尽早到位，要更加认真负责地对待每一次播出，尽管她觉得这样的做法有些过，但是她仍然愿意相信，韩冰的出发点是好的，是出于对工作认真负责的态度。但是，现在在雨竹眼里，韩冰这样处理事情，把柳青青一脚踢开，实在是太过分、太过重了啊！难道真的就仅仅因为一次偶然的所谓"迟到"吗？这到底是怎么回事？又是为什么呢？雨竹觉得这样很不好，太不好了，就这样简单、草率、武断、粗暴地停止了柳青青的整个工作？

听罢韩冰的"驱逐令",柳青青愣愣地站在地中央,好久没有移动自己的脚步,周围的人都在看着她,等待着她的反应——没有争吵、没有辩解、没有请求……没有,什么都没有,但听得到她急促不均匀的呼吸声,那一刻无比平静,那一刻又无比漫长,没有狂风骤雨的爆发,也没有惊涛汹涌的掀卷,眼前的一切让雨竹不知所措、无所适从……

雨竹实在是看不下去也受不了了,她能够想象现在柳青青的内心是什么样的感受,因为她自己也同她一样受着煎熬,甚至内心更为焦灼。她想站出来替她说几句话,替她求求情,可是,她有资格说话吗?她能表达自己的观点吗?韩冰会怎么想?不识好歹是吗?把这样好的机会给了自己,自己非但不领情,反而跑过来帮着柳青青说好话求人情?柳青青又会怎么想?虚情假意是吗?得了便宜还卖乖?甚至以胜利者的姿态用冠冕堂皇的方式向她示威?周围其他人又会怎么想?排挤掉别人自己上位?还要在受伤者面前讨好?对于别人的猜测和妄加断言,雨竹不愿在意,何况现在没有时间、精力和工夫去细究,她只是希望自己所做的能够真真正正帮到柳青青。可是,一旦真的开口,要怎么去说?效果怎样?最后的结果呢?真的就能够改变韩冰的决定吗?能够改变柳青青所面对的处境吗?会不会加深韩冰对自己的不满和柳青青对自己的误会呢?从而使局面变得更加糟糕……

正在雨竹犹豫着不知道该怎么办才好的时候,柳青青缓缓转过身来,慢慢向门口的方向走去。柳青青知道今天无论怎样都必定是这个结果了,即便是任凭她哭诉、祈求甚至说尽好话,都不可能改变现状。韩冰的冷酷无情,在这将近半年的时间里,柳青青不止一次地领教过,她太清楚了。所以,只有离开,安静地离开,这是无奈的选择也是唯一的选择,至少这样还可以保持她"高贵"的娇小姐的身份。只是,她不知道,这样的离开,是否还算是一种有"尊严"的离开。

"等等。"就在这时,韩冰再一次开了口。

雨竹和柳青青同时回过头来,把目光齐向韩冰看去,两个人眼中都有希

你是夏天我是叶

望的渴盼。

"我劝你,以后最重要的是'把握'好自己,'看管'好自己,否则的话,最终吃亏的一定不会是别人!"韩冰似乎话中有话,弦外有音,"把握"和"看管"这两个词嚼得特别狠,当这两个词从韩冰嘴里"瘦身"钻出来的时候,已经碎成了"字渣",看得见"横竖撇捺"。雨竹不明白这到底是什么意思,似乎她们之间发生过什么,而此时的柳青青脸色更加惨白。

"谢谢韩主任的提醒,我想,韩主任的'好言相劝'不仅仅是在提醒我,也是在提醒您自己吧?好,那我们就都好好的'把握'吧!不然,最终吃亏的还真不知道是谁呢,的确不一定是别人……"

韩冰听到柳青青这极有杀伤力的反击,气得几乎不能呼吸,噎得差点背过气去,颤抖着抬起来的手,指着柳青青大呼:"你,你个……"

在韩冰眼里,柳青青一直是那种有胸有屁股无脑子的人,她只能坐在那里播播音,做不成什么大事情。柳青青是韩冰这里干得时间比较长的主持人了,韩冰这里的记者啊主持人的,有时候三五日便能换一个,有时候十来八天就能见到一个新人,总是很难有坚持下来干长久的。这次雨竹参加的招聘考试,就是因为韩冰节目组常年缺乏人手,但台里有些记者、主持人一听到韩冰的名字,都表示不愿意来,所以,台里这才决定从外面招考一名集采、编、播于一身的主持人。柳青青之所以能在韩冰这里一干就是将近半年的时间,那完全是因为她对好多事情既没主见更没意见,很是听话,让她怎样她便怎样。在韩冰心里,来了一个星期的林雨竹远比干了半年之久的柳青青有"心计"多了。林雨竹做事爱动脑,而柳青青做事不走心,可是,韩冰却没想到,一向说话嗲声嗲气娇滴滴甚至有些矫情的柳青青今天竟然会甩出这样一句话来,芒刺锋利,怄得人半天说不出话来……

韩冰看看周围一干人,有的低头看报,有的啧啧品茶,有的玩手机,有的闲聊天,就连在一旁一直一言不发的牧野此时也斜靠在椅背上闭目假寐,

人人看似若无其事,但她心里觉得大家伙儿都在等着看她的热闹和笑话,韩冰最终还是忍住了,强压心中怒火,皮笑肉不笑地对柳青青说:"好吧,那就让我们'共勉',共同进步吧!"

柳青青在走出房门的一刹那,含义复杂地回望了林雨竹一眼,她那异样的眼神,使雨竹始终难忘,眼神里充满了愤怒、哀怨、无奈和责难,还有没落下的闪闪泪花,使雨竹心里长久隐隐作痛,翻江倒海般的难过……

今天一大早在办公一楼大厅,好多人围在一起看着什么,秦思璇也在其中,雨竹走过去微笑着打招呼,同时看到墙上贴着一张写满名字和分数的成绩公布榜。

只听旁边人议论:"啧啧,瞧瞧冷俊,哎呀呀,拿了个第一。"

"是啊,每次业务考核总是排前几名,这回这么好的机会,又让人家给逮了个正着。"

"真是幸运……"

秦思璇在一旁听到大家的议论,开口道:"我觉得这不能用幸运来解释,咱们口头不是常挂着一句话吗——机会总是喜欢光顾那些有准备的人。这次机会,可以说人人平等,但是抓住机会的却只有冷俊,这说明什么?说明人家冷俊靠的是真才实学真本事,否则的话,无法解释冷俊长久以来出类拔萃的优秀表现。所以,所谓幸运之神的眷顾和青睐,那一定是以自身优异为前提的。当然,凡事都有例外的时候,没上榜的也未必就真不行,嗯……比如我,就是个例子,呵呵……"众人听到秦思璇最后这句调侃戏谑的话,纷纷笑了起来,也开玩笑地说:"这话前半部分说得有道理,后半部分可不敢恭维啊。"

你是夏天我是叶

雨竹向秦思璇打听才知道，就在她来广播电台上班前不久，台里曾举行过一次大规模的考试，现在张榜的就是这次考试的成绩和名次。原来，国家新闻机构将于几个月之后在京举办一个全国媒体人业务研究进修培训班，为期半年。像这样全国级别的系统式培训，机会相当难得，届时不但能听到全国顶级媒体人分享媒体故事，讲述从业经验，甚至还有一些国外的专家学者也要亲临现场进行客座讲解，并且还能面对面地与之进行交流切磋，这样的机会让人做梦都想去。可是名额有限，只限一人。那究竟谁该去，谁不该去，让谁去，不让谁去呢？这是台领导最最头疼的事情。后来一想，干脆，用成绩说话，来它一场考试，也正好借此机会搞一次业务能力大摸底，谁考第一让谁去，这样大家心服口服，谁都说不出什么来。

这次考试有一个特别之处，为了体现公平公正公开的原则，台里明确要求所有职务人员不得参考，上至台长、总监，下到科室主任，考试范围完全向一线采编播记者和制作人员倾斜。消息一出，其他人倒没什么，只有韩冰暗自庆幸。周围的人谁都知道，韩冰业务水平低，理论缺乏，知识储备极为有限，这样严肃的考试，她不但毫无希望可言，而且只能出丑，露出"马脚"。台里的决定正中她的下怀，既可以冠冕堂皇地搪塞他人，又可以欺骗自己。她看着秦思璇、冷俊及旁边一干人，个个摩拳擦掌，跃跃欲试，争先恐后的样子，觉得每天除工作外，还争分夺秒复习准备，好不辛苦，可自己却乐得清闲，心安理得。她想，"主任"嘛，就必须坐在"主任"的位置上，这就是和普通职工的最大不同……韩冰阿Q式的一番自我麻醉之后，愈发沉浸其中，不能自省。在她看来，"主任"的位置，既重要又实在，不管你服不服，只要坐上去就名利双收，有权有威，别人就得恭敬三分，谁在乎你考的什么试？于是，她故意摆出一副遗憾的模样，和当时还在她栏目组做主持人的柳青青说，这台里，也不知道是什么破烂规定，偏偏不许"领导"参加考试，真是不公平不合理，白白错失了这么宝贵的一次机会，想不通啊想不通。她虚伪地叹了口气，扭着粗腰肥臀走开了，弄得柳青青一头雾水不知所以……

冷俊拿了第一,应该说冷俊又拿了第一。其实,对于这次考试,冷俊起先一直在犹豫,甚至一度不打算报名参加了,因为在他心里计划着另一件事情,那是他的梦想,是他一直以来为之奋斗的目标,他算了算日子,两个时间恰巧重叠在了一起。周围的同事都好生奇怪,领导也不解他缘何思虑左右瞻顾前后,就总是委婉询问,因为事情的进展还需时日,冷俊实在不好和领导明讲。他知道,这次研修机会非常难得,他担心自己万一通过考试但又参加不了培训,反而耽误了别人把握这次学习的大好机会,那实在不应该。可后来又一想,这也未免太自信了吧,不,简直就是自恋,谁说最终考试金榜题名的就一定是他冷俊?谁说这次研修机会非他莫属?如此,干脆报名就报名,参加就参加,如若临时真有什么状况摆布不开,车到山前,船到桥头,到时再说,一定会有解决问题的办法。

就在大家啧啧赞叹的时候,冷俊从门外走了进来,一帮人赶忙招呼他过来:"冷俊,冷俊,来来来,快看看你的成绩,第一名耶。"

冷俊走到榜前一看,自己的名字和成绩赫然排在第一位,他笑着说:"这真是歪打正着了。"

众人不解。

只听冷俊说:"我原本有些不想考,差一点儿就放弃了,没想到竟然还考中了。"

"哟,冷俊,你这么说还有没有我们的活路了?你不想参加考试结果考了个第一,我们这又是复习又是准备的,偏偏个个失之交臂没一个中第。"

"就是,一点儿都不谦虚,这还是我们认识的冷俊吗?"

"他呀,这是在显摆自己,寒碜咱们呢。"大家伙儿围着冷俊叽叽喳喳七嘴八舌地开着玩笑。

"别别别,各位兄弟姐妹,嘴下留情,嘴下留情。误会了,我绝没那意思,口误,纯属口误。"冷俊忙笑着作揖,赶紧赔不是。

你是夏天我是叶

　　这时又有人问道:"我们可真就搞不懂了,不想考?为什么啊?看看这成绩,你当初如果放弃了,岂不是白白错过了这大好的机会吗?多可惜呀。不过,如果你真是弃考,那就谢谢承让了,兴许今天拔得头筹的幸运儿就是我们当中的哪一位,也说不准啊!"几个平日里和冷俊要好的哥们儿学着刚才冷俊作揖的模样和口气调侃着说。

　　冷俊并没有直接回答大家的问题,他笑言道:"我哪里有你们说得这么好,开始之所以不想考,那是不敢考,就是因为怕自己考得不好让你们笑话,这成绩,说明不了什么,纯属巧合意外,不值得一提。"众人听罢,知道他这是自我解嘲,刚才的疑问也不好再追究,于是对着榜单又议论开来。

　　就这样,大家你一言我一语纷纷向冷俊恭喜道贺,甚至有几个人起哄,吵闹着非让他请客不可,冷俊微笑着向旁人一一点头,答道:"行,没问题,今天晚上我请客,就定在前面新开的那家海鲜西餐厅,怎么样?在场的听者有份啊!"

　　"好啊,好啊,冷俊请客,哪儿有不赏光的道理,一言为定。"听说冷俊真的要做东请客,众人倒也不客气,纷纷来了情绪,甚至有几个人嘴里竟然开始念叨起自己爱吃的菜名了。

　　"可是……可是我们好几个人都是晚间节目,你们在热闹地推杯换盏的时候,我们可是正在直播呢,你们于心何忍呢?再说,少了我们几个,你们也不热闹啊!"其中,几个女孩子说道。

　　"那有什么啊,我们一边先进行着,一边等你们,反正是冷俊肯掏腰包,等你们来了再上一桌,不就更爽吗?"

　　"哎,那不好玩,等她们来了,就顺溜地品尝咱们尝过的就更有味道……"一帮男孩子有的逗哏有的捧哏,不断地逗乐子。

　　"瞧瞧你们几个可真会,多大了还这么淘气,专门'欺负'人家女孩子,你们说的那可不成,连我都不答应。"这时,一旁的秦思璇看着这些热闹的年轻人,忍不住笑着发了话。

"看看看，人家秦老师都看不下去了，你们还有什么可说的？哼！"见有人给帮忙说话，几个姑娘好是得意。

"好了，别闹了，你们几个啊，成天起哄斗嘴，也不懂得好好关照女孩子。"冷俊笑着打断他们说，"那干脆这样，咱把时间推一推，地点也改一改，晚上等你们几个下了节目大家联合起来，我们去KTV怎么样，有音乐有啤酒，还有你们女生爱吃的各种小吃甜点等等，直接消夜如何啊？"

"哇，太棒了，那敢情好，就这么决定了。"众人一致点头通过，几个女孩子甚至高兴地欢呼起来。

"嘘……"冷俊和秦思璇赶忙示意大家安静，几个姑娘、小伙儿赶忙向四周看了看，不好意思地吐了吐舌头，压低嗓门儿又叽叽咕咕起来。

听到这里，雨竹看了看时间，心想快要直播了，转身准备离开，可是不知道谁在旁边说了一句："雨竹，到时候，你也来啊。"

"我？我就不去了，你们热闹你们的吧。"她回过头说。

"瞧你，别扫大家的兴，一起来，到时候我们叫上你一起走。"

"真的不去了，晚上我还得准备明天上午的直播呢，备稿。"

"哈哈，这话说得就好像我们大家明天都不用早起上班似得。"有人半开玩笑半认真地说。

"没有啦，我不是这个意思，其实，我不太会喝酒，怕去了扫大家的兴。"

"知道你不是那个意思，其实，我们也没那个意思。你说，那到底是几个意思啊？"众人一起打趣雨竹道。

"是啊，雨竹，你就和我们大家一起去吧，这不还有我呢嘛。"秦思璇知道雨竹心里的想法，她也在一旁帮忙劝说着。

"我……"雨竹还想再开口说些什么，冷俊打断了她："我说了，听者有份，别人且不去管，现在在场的一个都不能少啊，否则的话，干脆，咱们现在就散了，一个都别去。"说这话时，冷俊并不看雨竹，目光向着大家，但雨竹知道这是冷俊向她发出的邀请。

你是夏天我是叶

"看看看，人家东家都发话了，你还客气什么啊，你再拒绝，可是连我们都去不成了，就这么说好了，晚上一起走，乐和乐和啊。"

雨竹开始之所以婉言谢绝，是觉得自己刚来不久，和大家伙儿并不怎么熟识，对于这突然间的邀请，怕自己贸然接受有些唐突，但是看刚才那情形也着实无法拒绝，不过还好今晚有秦思璇在场，不至于和大家太陌生。至于冷俊，虽然到现在彼此还没说过话，但他留给自己的印象一直不错，想到这里，雨竹觉得再继续推托下去实在太不应该，显得自己小家子气，于是点头答应："既然大家这么盛情，我一定到就是了。"

众人听罢纷纷散了，只等夜幕降临，来个把酒尽欢，歌舞通宵……

雨竹从阅览室查完资料出来的时候，已经过了中午下班时间。她没有回办公室，抱着一大堆资料卡片和书籍，打算从十七楼坐电梯直接回宿舍。电梯刚下了一层，便在十六楼停下，电梯门打开，冷俊站在门外，看到电梯里的雨竹，他点了点头，迈步走了进去，雨竹用浅浅的微笑打招呼。两个人谁都没有说话。

冷俊站在雨竹侧前方，雨竹看着他棱角分明、轮廓立体的脸庞，心中不禁赞叹，好一张英俊的面孔啊，不，是好一张英俊冷艳的面孔，说实话，真的不比哪个明星大腕儿长的逊色。雨竹这样想着，不觉有些呆起来。雨竹及腰秀发散发出淡淡清香悠然飘过，如芝如兰的芬芳令冷俊屏气凝神，此时，他分明感觉到，一旁的雨竹正用她那明亮的双眸在悄悄注视着自己，冷俊脸上竟然莫名的有些微微发热，他并没有回头，只是把双手放到裤兜里，耸了耸肩膀，一幅洒脱不羁的模样，然后对着前面的电梯墙壁半开玩笑半认真地开口道：

"我知道自己长得帅，但你也不至于这样盯着看吧？"冷俊边自嘲自乐地调侃，边缓缓转过身去面向雨竹，但是让他没有想到的是，此时的雨竹正低头目视着手中那一大摞儿资料和书籍，手指轻轻抚弄书角似乎在想着什么，

并未看他,冷俊的脸"腾"一下红了,有些不知如何是好,局促间忙说对不起,而雨竹猛然被冷俊的声音打断了思路,也有些意外,当她明白过来冷俊所言之意后,瞬间也涨红了脸,慌忙摇头应对说没关系。

"雨竹,晚上的聚会一定要来哦,千万别客气。"这是冷俊进到电梯里一直在心里重复着的话,原本他要向雨竹再次发出邀请,以表达自己的一份诚意。而雨竹则想对冷俊表示感谢,谢谢他对自己的盛情相邀,可如此一来,两个人心里的想法谁都没有说出口。

就在这时,电梯在一楼停下,当电梯门打开的时候,雨竹和冷俊两个人互相礼貌地示意对方先行,可是两个人又谁都没有挪动脚步,就在这时冷俊手中的电话响起,他低头看了一眼,微微轻蹙眉头,刚才轻松悦然的表情瞬间变得有些复杂。雨竹见状,急忙礼貌地回避,抬脚准备迈出电梯,冷俊一边接电话,一边也快步向电梯外走去,结果一个不小心,两个人撞到了一起,又同时碰到了电梯门上,这下可好,雨竹手中的资料卡片和书籍一下子稀里哗啦掉了一地。冷俊连声说着抱歉的话,慌忙蹲下身帮雨竹捡拾,嘴里还对着电话冷冷地说了一句:"别挂,等一下。"

雨竹示意冷俊赶快接电话自己来捡,冷俊会意,没有坚持,点点头表示歉意,匆忙起身,边接电话,边快步向办公楼外走去……

尽管雨竹和冷俊接触不是很多,但一直以来,冷俊给雨竹的印象都是一个为人诚恳、行事谨慎、极为稳重妥帖的人,像今天这样有失平和的样子还真是不多见。

关于冷俊,雨竹断断续续听秦思璇以及其他人讲过一些他个人方面的事情,这些零星、片段式的内容,让雨竹在心里对这个清高孤傲的人有了几分想要了解的好奇。

雨竹听说,因为工作原因,冷俊和爱人一直分居两地,他的爱人在另外一座城市也同样从事着电台主持的工作,据说监制着两档收听率相当高的节

你是夏天我是叶

目,很快就要提升为栏目总监了。两个人是大学同学,毕业后分别在两座城市拼搏奋斗,彼此都热爱着自己的事业,又都无法割舍对对方的爱恋,明知两地生活有许多艰难,还是义无反顾地结合在了一起。

然而,生活就是这样,现实当中遇到的诸多问题和矛盾的产生,往往会将当初美好的向往和憧憬击得粉碎,距离会让思念和爱慕变得更为强烈,但有时候又会向着相反的方向延伸,时间久了产生的不完全是美丽,更多的是拉大了爱情之间的距离,面对现实的残酷、情感的纠葛、生活的无奈,即便是一天好几个长途电话也不能缩短彼此心里越来越远的路程,到最后,过去的种种甜蜜渐渐变成了现在的伤心回忆,回忆越美好,痛苦越煎熬。可是,二人谁都不肯妥协退让,谁都不肯到对方所在的城市去工作、生活,于是,便这样冷战着、僵持着,没有缓和的余地。

还有一个更重要的原因,冷俊是一个渴望突破、求新求变、不愿重复自己的人,他想走出现在的环境,到外面的世界看一看,闯一闯,他希望能够更加深入地继续学习"传媒"这门学科,能广泛地接触到更具经验的传媒从业人员,特别是西方传媒领域中适用于中国传媒事业发展的先进理念和技术手段,更是他感兴趣的研究内容。他想,唯有如此,才能开阔眼界丰富人生,也唯有如此才能超越自我,做不一样的自己。冷俊喜欢这样一种说法:鸡蛋,从外打破是食物,从内打破是生命。他认为,人生亦如是,从外打破是压力,从内打破是成长。如果你等待别人从外打破你,那么你注定成为别人的食物;如果能自己从内打破,那么你会发现自己的成长相当于一种重生。而他的爱人却不这样认为,她觉得,无论是他还是她,如今的工作岗位得来不易,而且算得上春风得意,顺水又顺风了,一旦离开,外面的世界风云莫测,结果难以预知。如果事与愿违,再重新打拼,实在辛苦不起。站在人生各自不同的角度考虑问题看待事物,得出的是完全不同的答案,做出的自然也是两种截然相反的选择,此时的两个人,已完全没有了当初恋爱时的默契和理解,对于这个问题,没有孰是孰非,没有谁对谁错,生活从来都是如此现实……

  雨竹一边捡起刚刚掉在地上的卡片和书籍，一边细细分类点数，还好，幸而没有掉在电梯缝隙里。雨竹费了好半天工夫，才终于又把资料整理归拢好，因为蹲的时间有些长，起身的时候腰腿酸困得都有些直不起来了，眼前竟然还冒出几颗金星，脚下踉跄了两步，雨竹赶忙稳住自己，好一阵工夫才缓过神儿来。

  阳光灿烂，和风轻柔，今儿是个好天气，雨竹的心情也明媚晴朗。楼前不远处的花坛小亭，是雨竹每天回宿舍的必经之地，平时这个时间很少有人在这里，而现在，有一个人在那里来回踱着步子，雨竹仔细看去，发现那人正是冷俊，他背对着自己在讲着电话。开始雨竹并没有过多考虑，同往常一样，径直向宿舍的方向走去，可是，在脚步越来越靠近的时候，她听到了冷俊有些激动的声音，虽然看不到他的表情，但明显在和电话那一方激烈地争论着什么。雨竹见状，打算要绕开走，可是，就在这时，冷俊突然猛地把正在通话的手机摔在了地上，开裂的手机壳儿碎了一地，电池恰巧崩落在了雨竹的脚下。冷俊这一举动，着实把雨竹吓了一跳，她一时不知道该怎么办才好，站在原地没有移动脚步，怔怔地看着冷俊的背影。这时，冷俊转过身来，与雨竹四目相对，雨竹看到他那明亮犀利的双眸，此时微微泛红，满满的装着无法言说的伤痛……冷俊看到雨竹，并没有说话，而是慢慢坐在了石凳上，胳膊支撑在腿上，十指穿过并停留在浓密的乌发里，将整个脸深埋于双手之中……

  雨竹不知道究竟发生了什么事儿，但看得出来，一定非常严重。她俯下身把摔在地上的手机零件一个个找回捡起，并试图重新组装好，可是徒劳。这时，冷俊重又抬起头来，他看到雨竹摆弄着那再也无法完整复原的手机，心想，这不就是人心和情感吗，一旦出现裂痕，很难修补，即便想出各种办法努力试图挽回，但终究回不到最初的完满。冷俊不去管雨竹，他再一次低头，欲将自己深藏在臂弯里……

你是夏天我是叶

雨竹不便上前询问,更不好不明原委地安慰什么,她觉得贸然走近实在唐突,更何况,他们之间除了刚才冷俊在电梯里对她说的那句话之外,几乎再无交流更不要说交情。雨竹犹豫着到底该怎么办,她觉得此刻的冷俊最需要的是安静,就这样让他一个人静静待一会儿才是最合适的,无人打搅,也是平静下来的最好办法。于是,雨竹把手中无法拼凑好的手机,轻轻放在石桌上,转身慢慢离开。在快走进地下室大门的时候,雨竹忍不住回头望了一眼,她看到冷俊依然保持着那个姿势,一动不动。

雨竹以为,晚上的聚会大概取消了吧。可是,秦思璇和其他同事还是按照事前约好的时间来找她,雨竹有些意外,但她什么都没说。

见到冷俊的时候,似乎和以往没什么不同,他招呼着大家坐下,又点了满满一桌子各式各样丰盛的餐品——小吃、零食、果盘儿、酒水。冷俊一直给人清高孤傲的印象,所以即便不怎么讲话,大家也没觉得有什么反常的地方。只是在雨竹看来,冷俊眉宇之间那无法掩饰的寞落神情中,总有一缕抹不去的淡淡忧伤。

有几个人开玩笑道:"冷大腕儿,你的电话下午怎么一直接不通啊,我们还以为你怕花钱,故意躲起来了呢。"冷俊挥了挥中的电话解释说,自己不小心把手机掉到地上摔坏了,这不,下午赶忙上街买了一只,就怕耽误事儿。说完,冷俊看了一眼雨竹,雨竹并不去看他,只是端起杯子,抿了一口菊花茶。

KTV包间里,年轻的朋友在一起快乐无比,只见他们猜拳、行令、唱歌、跳舞,好不热闹。也不知道什么时候,更不知是谁提议,大家伙儿玩儿起了击鼓传花的游戏,手中落花者,不但要表演节目而且还必须得喝酒,啤酒、红酒各斟满满一大杯,任选其一,当然若有能者多饮,也绝无异议。表演节目也就罢了,只是这喝酒,几番下来已经有好几个人连呼吃不消,即便酒不醉人可是肚子也有限哪。而这一次,鼓点儿停下时,那朵传花恰巧落在了雨竹手中。

秦思璇见是雨竹，没等众人开口，便说："我看，雨竹这一关，表演个节目就可以了，酒嘛，就免了吧。"可是，在场的人借着酒劲儿哪里肯答应，个个摇头，嚷嚷着让雨竹依次进行。

"那干脆这样，让她少喝一点总可以了吧？"秦思璇又说，可是大家伙儿的态度还是坚持不变，吵闹催促着雨竹，甚至有人说，雨竹一晚上都抱着茶杯不撒手，岂能一杯了得，应该罚酒两杯。

"我替她喝。"就在这时，一旁的冷俊发了话。

"谢谢，我自己来就可以。"没等冷俊的话音落下，也没等大家伙儿听清楚，雨竹立刻接过话茬说道。

一整晚，冷俊的碰杯和豪饮，雨竹都看在眼里，别人误以为那是冷俊因为考了个好成绩并且得到这次研修机会，高兴欣喜的表现，只有雨竹心里明白，他是带着多么糟糕复杂的心情和满腹心事陪大家欢笑，而自己又如何忍心让他再来负担呢？她在心里自我逞强道：不就是区区一杯酒水嘛，有什么大不了的，喝！

雨竹看了看面前的酒杯，一杯琥珀金黄，一杯玛瑙玉红。只见她端起那杯快要溢出的啤酒，慢慢送到嘴边，这时，刚才喧闹的气氛突然安静了下来，大家都在看这个平日里文静秀气内敛的女孩子是如何将这满满一大杯啤酒一饮而尽的。雨竹没有歇息停顿，一口气"咕咚咕咚"地喝了下去，喝罢，用手背抹了抹嘴唇，并调皮地把酒杯倒过来说："滴酒不剩。"众人见状连声叫好。

这时，雨竹又笑盈盈地说："别急，还有呢。"紧接着她又端起了旁边那杯红酒，竟然也一口气喝了个干干净净。这个举动，实在出乎大家意料，不想，竟然有人鼓起掌来，不知谁说了一句："雨竹，你可真豪爽啊。"雨竹笑答："还不失婉约。"

酒喝完了，节目还得照演。雨竹说："大家这一晚上又唱又跳的，我换个表演方式，拿出自己的老本行，朗诵一首诗歌吧，就是那首大家都非常熟悉，

你是夏天我是叶

我也特别喜欢的舒婷的《致橡树》。"

雨竹从点歌器上选择了钢琴曲《秋日私语》作为背景音乐,在轻柔舒缓的琴曲中,她深情款款,吐字悠然。尽管是如此喧嚣的场合,尽管是这样热闹的夜晚,但是,当雨竹那悦耳动听、清脆婉转的声音响起,周围所有的一切似乎都安静了下来,特别是冷俊,他感到非常奇怪,雨竹的声音似乎有着某种魔力,给人以梦幻般的感受,可以使心灵得到平静和休憩——

"我如果爱你——
绝不像攀缘的凌霄花,
借你的高枝炫耀自己;
我如果爱你——
绝不学痴情的鸟儿,
为绿荫重复单调的歌曲;
也不止像泉源,
常年送来清凉的慰藉;
也不止像险峰,
增加你的高度,衬托你的威仪。
甚至日光,
甚至春雨。
不,这些都还不够!
我必须是你近旁的一株木棉,
作为树的形象和你站在一起。
根,紧握在地下;
叶,相触在云里。
每一阵风过,
我们都相互致意,

但没有人,

听懂我们的言语。

你有你的铜枝铁干,

像刀、像剑,也像戟;

我有我红硕的花朵,

像沉重的叹息,

又像英勇的火炬。

我们分担寒潮、风雷、霹雳;

我们共享雾霭、流岚、虹霓。

仿佛永远分离,

却又终身相依。

这才是伟大的爱情,

坚贞就在这里:

爱——不仅爱你伟岸的身躯,

也爱你坚持的位置,足下的土地。"

"好!!"

包间里又闷又吵又闹腾,冷俊想出来透透气清醒清醒,他摇摇晃晃独自走出,来到卫生间外的洗手台,打开水龙头将一捧捧的凉水扑在脸上,待慢慢抬起头时,衣服的领口被浸湿了好大一片,冷俊用手在脸上胡噜了一把,透过朦胧微醉的双眼,呆呆望着镜中的自己好半天。突然,冷俊猛地掬起一大捧水向面前的镜子泼去,一下一下,光滑的镜面立刻出现了一缕缕一层层的水波纹,洗手台上也汪了一大片。好在恰巧此时没有其他人进出往来,少了侧目而视的奇怪眼神。这时,冷俊隐约看到模糊的镜子里站着一个人,他没有回头,待水渍渐渐消失,那人慢慢分明,原来是雨竹,冷俊有些意外,

你是夏天我是叶

也有些不好意思。

雨竹从卫生间出来的时候，恰好看到刚才那一幕，她站在他身后不远的地方，静静看着，她想，眼前的这个男人到底遇到了什么事，遭受了怎样的打击，又承受了多少痛苦和煎熬啊？！是中午的那通电话吗？雨竹想要上前说句话，脚步还没有移动，这时，有几位同事推门而入。

"咦，冷俊，原来你在这儿啊，我们等了你好半天，哦，雨竹也在呀。怎么，冷俊，出来躲酒哪，这就认输了？也没喝多少呀，瞧瞧，怎么喝得衣服还都湿了？"

"谁说我认输了，谁怕谁呀，这才哪儿到哪儿啊，没喝够早着呢，你们几个还想继续比试比试？那还等什么？走走走……"

"好啊，今天一定要分出个高低胜负来，不能像每次那样最后没个结果，所以，那就请吧。喏，雨竹，你也赶紧来，磨蹭什么呢，快点……"

"哦，来了，来了……"

冷俊今天没少喝，一杯一杯地干。特别在猜拳的时候，他好像并不在意自己的输赢，赢了，微笑着看别人领酒受罚，输了也绝不推脱，端起酒杯毫不含糊，众人见他如此，自然不好太过认真，又反过来劝他少喝一些。

冷俊站起来拿着麦克风对大家说："我今天，特……特别高兴，有这么多同事、朋友来给我恭喜，我这心里，没……没法形容。今天的确是个非常值得纪念的日子，太应该祝贺了，祝贺……祝贺我的人生又翻开了崭新的一页。"冷俊并不是因为喝酒的缘故无法流畅表达，而是，他在努力掩饰好此时痛苦脆弱的自己。

"哈，冷俊，这文词儿还不少，搞的好像是在做直播节目一样。"

"是啊，我看，这简直就是职业病，只要手一拿到话筒，你瞧瞧，就一定是播音主持的状态。哎，我说，冷俊，现在可是下班时间，午夜时分，不是在你的直播间，呵呵呵……"

别人没有想到也自然不会留意冷俊话中有什么其他含义,但是,唯有雨竹明白,冷俊话语的后面一定有着无法言说而又痛心无比的故事。

"好好好,下班时间,不播音、不播音,我一定注意。那这样,干脆接下来为了助兴,我给大家演唱一首歌吧。"

"好啊,好!"冷俊话音刚落,即刻响起一片叫好喝彩声。

"唱什么呢?嗯……还是唱那首我的'成名曲',我的'主打歌'——"

"《跟往事干杯》。"没等冷俊报上歌名,在场所有的人齐声说道。

"对对对,还是你们最了解我,就是那首《跟往事干杯》。"

"Music……"大家伙儿热烈鼓掌。

"冷俊唱歌好听着呢,人家还参加过全省的歌唱比赛拿过奖呢,一会儿你一听就知道了。"秦思璇在一旁和雨竹耳语道。

雨竹点头之际,只听冷俊那浑厚、磁性、具有穿透力的声音响起,旁边的一大帮年轻人立刻发出一阵尖叫和叫好声,有的则挥舞着手中的荧光棒和铃鼓伴着节奏一起和声,那环绕立体声的音效,更增添了冷俊演唱的无穷魅力:

"经过了许多事

你是不是觉得累

这样的心情

我曾有过几回

也许是被人伤了心

也许是无人可了解

现在的你我想一定

很疲惫

人生际遇就像酒

有的苦有的烈

你是夏天我是叶

这样的滋味

你我早晚要体会

也许那伤口还流着血

也许那眼角还有泪

现在的你让我陪你

喝一杯

干杯朋友

就让那一切成流水

把那往事

把那往事当作一场宿醉

明日的酒杯莫再要装着昨天的伤悲

请与我举起杯

跟往事干杯……"

　　冷俊一边唱着,一边端起酒杯,逐个和在场的每一个人碰杯,当他来到雨竹面前的时候,她发现冷俊的眼中竟然闪烁着点点泪花,雨竹再一次判断,面前这个男人的苦痛一定和中午那通电话有关吧……

　　一连几天,冷俊都没有出现在导播间里,再次出现的时候,他把自己投入到更加繁忙的工作中,策划、监制、辅导实习生等,每一件事都投入大量的时间和精力,毫不懈怠,只是导播的次数反而少了,总交由他人来完成。同时,他还着手构思设计了一档新节目,如今也有了进展,已经从案头分析进入到了实际准备阶段。冷俊认为,忙是治疗一切伤痛的良药,他绝不给自己太多时间沉寂于自己和自己的烦恼之中。所以,在很长的一段时间里,雨竹几乎没有见到过冷俊。

　　再后来,雨竹偶尔听到有八卦传闻说,冷俊不久前已经通过了去美国的

托福考试，并且和他的爱人分手了，但这个消息并未得到证实，至少冷俊本人从来没有对任何人提起过，这其中的因果真假，原委曲折，唯有当事人心中明了。雨竹想，那天的"手机事件"大概和这些都有关吧……

昨天，韩冰突然说，让雨竹今天上午下了节目后到她家里去吃午饭。雨竹有些意外，那样一个冷冰冰的人，这不年不节无缘无故的怎么就想起来请她吃饭了呢？虽是被人家请，雨竹却很有些不情愿，感到别扭，真真的一点都不想去。天天在一个办公室里见面还不够啊？！更何况，今天身体不舒服，肚子疼得厉害，哪儿有带病赴宴的心情？

"请吃饭还不去，好像有点说不过去。"雨竹转念一想，"嗨，可能是自己想多了吧，也许在韩冰冷冷的表情背后，也有一颗火热的心，看到自己一个人离家在外不容易，所以，想以这样一种方式表达一份温暖和关怀，只是平时做事风格和表达方式不太一样而已，或许是性格使然。"这样想着，雨竹就觉得自己还是应该接受这次邀请，并且愉快地前往才对，可是，不知为什么心里老是左打鼓右嘀咕的，怎么总在找必须要去的理由努力说服自己呢？

自从第一次上节目被韩冰数落和责难之后，对待每一次直播雨竹更加努力认真，不敢有丝毫懈怠，在各方面小心翼翼倍加尽心，避免出现任何意外状况。韩冰虽然再也没有像那天那样言辞激烈地说过什么，但鸡蛋里挑骨头的事还是有的，雨竹依然不去解释说明什么，默默地承受各种责难，照例面对韩冰那张不会笑的脸，静观她每日来去匆匆上班下班，重复着为她斟茶倒水，恭谦礼敬之仪。这样的一种无态度也算一种态度，不表示也是一种表示，

你是夏天我是叶

表面的平静至少也算是一种平静吧。雨竹这样想着，也就释然了。为了不破坏彼此之间看似还算融洽的关系，也由于实在拿不出拒绝约请的合适理由，雨竹强行说服自己："嗨，去吧，总归不会是什么'鸿门宴'呀。"同时在心里有些责怪自己不应该猜度别人的美意，怎么现在变得如此狭隘、没气度了呢？雨竹用手敲了一下自己的脑门，好吧，那就回宿舍换件衣服，出发——

推开地下室宿舍的房门，屋里电灯明晃晃的亮着，不用问雨竹就知道甄艳丽不在，大概是和男朋友约会去了吧，只是今天这起床时间够"早"的啊，走时又没关灯，这是她的习惯。在这个地下室，那温暖的阳光是照射不进来的，光明的日子在这里几乎没盼头。没有一点自然光的地下室白天也是要开灯的，有几次雨竹和甄艳丽一起出门，走出去的时候雨竹随手关掉了墙壁上的电灯开关，甄艳丽在一旁嘲讽道："手真快，至于吗，能浪费多少？再说了，公家的电，又不让你掏钱，看把你勤快儿的，哼，我在家的时候总这样，习惯了。"雨竹脸上微微掠过一丝笑容，轻轻回敬了一句："我在家的时候也总这样，我也习惯了。"甄艳丽听罢，撇撇嘴一脸不屑，吹着不成调的口哨在前边走掉了……

"来了也不打声招呼，夏天，你好！"雨竹仰头望着湛蓝如洗的天空，在心里轻轻地问候这初夏的季节。外面热闹得很，捂了一冬一春的花草树木都伸着懒腰，欢腾着、喧闹着。树，摇曳着嫩绿，茁壮得恣意任性；花，绽放着绚丽，怒放得不计成本；鸟儿，鸣啼着歌曲，吟唱得低回婉转；阳光，喷薄着热情，炫耀得醉眼醉心。看街头青春勃发的姑娘小伙儿，矍铄健康的大爷大娘，活泼可爱的孩童少年，都卸下了春寒里的沉重和烦琐，不知不觉中交错渲染了这"夏之圆舞曲"。雨竹的心也跟着眼前美好的景致雀跃起来，整个人变得愉悦舒爽，许久没有这样自由自在地呼吸过了，她在心里问道："清风，你好吗？白云，你好吗？夏花，你好吗？久违愉快的自己，你好吗？"

　　手拿写着地址的字条，左拐右拐终于找到了韩冰居住的小区，小区旁边是一个看起来规模不小的超市。第一次登门，总不能空着手，况且，人家这是请你去吃饭，带些像样的礼品是应该的。

　　从超市出来，雨竹打量着手中的礼物，鲜花娇艳，水果新鲜，还有……只是这个月的生活费又要紧上加紧了，没关系，无非是多吃几袋儿泡面，决不能让韩冰小瞧了自己，责怪自己不懂事小家子气。这样想着，雨竹回头冲着超市玻璃窗中照映着的自己做了一个鬼脸，旋即又露出了一个微笑，那深深的酒窝装着满满的青春，律动着节奏，荡漾着心海，有些自赏自醉的美感。正在对着橱窗整理摆弄衣服之际，一个熟悉的身影从玻璃窗上清晰地映出来并匆匆走过，雨竹回头一看——甄艳丽？刚从韩冰居住的小区走出来，显然甄艳丽没看到旁边的自己。怪不得她没在宿舍睡觉呢，怎么跑到这儿来了？这大老远的，雨竹正要喊她，只见甄艳丽在路边拦了一辆出租车，一溜烟地跑了。

　　爬上六楼，房门打开，见到韩冰竟然难得赏了一个笑脸给自己，只是这笑容怎么都觉得别扭、僵硬、不自然，雨竹同样报以微笑，和韩冰打着招呼。还没进门，"嗖"的一下，只见从门里窜出一只毛茸茸的东西，雨竹没来得及看清楚便觉得脚下好痒，再低头仔细一瞧，那个毛茸茸的东西正在自己的脚上嗅着、蹭着、围着圈打转，吓得她大叫一声往后连跳两步，惊慌间，发现原来是一只小狮子狗。雨竹这一惊一呼，那小狗像是更起了劲儿，立刻又扑到雨竹的腿上，摇头摆尾眼巴巴地看着她，韩冰在旁边赶忙一边喊着"比利、比利"一边呵斥着轰撵，那只名叫"比利"的小狗在主人的厉声中，小跑着转身回到了房中。韩冰上前拍拍雨竹的肩膀，笑着说："没事，没事，别害怕啊，它不咬人的，快，快进来呀。"雨竹着实被这突如其来的状况吓住了，冲着依然笑眯眯的韩冰点了点头，一边往屋里走一边深呼吸调整自己，可是，就在走进去的一刹那雨竹又愣了一下，表情不由自主变得不自然起来，如果说刚才的一幕是吓到了的话，那现在就是惊到了，这一惊一吓，搞得雨竹人

你是夏天我是叶

才刚进门,就突然后悔起自己今天来这里的决定了。

韩冰并没有说也邀请了牧野,早知牧野在座,雨竹是不大可能来吃这顿饭的。而最让雨竹感到不舒服的是牧野穿了一身红格大花的女人衣服,并且还是一件睡衣,衣服的尺寸和他的体型极不相配,虎背熊腰的块儿头好像是被硬生生地塞挤进这几尺花格布里包裹起来一样,只见那衣服被涨得满满的几乎快要崩裂开来。不用说就知道这件衣服是谁的!雨竹迟疑着,和牧野打了声招呼。

雨竹极力掩饰着自己的意外和不自然,韩冰和牧野看在眼里,气氛多少有些尴尬,雨竹赶忙递上自己带来的鲜花和果篮,韩冰微笑着讲了几句客气话,接了过去。韩冰格外主动,热情地从茶几上抓起一大把瓜子冲着雨竹喊:"小林,快,来来来,吃瓜子儿,可饱满了,特好吃,是东北那头的特产,在我们老家管这叫毛嗑儿。"接着又抓了几块糖果放到雨竹手中,把手中的瓜子儿挤撒了一地,雨竹被韩冰这从未有过的盛情弄得很不适应、很不习惯,不知道该怎么办才好,连忙要去清扫,被韩冰拦住了。

"小林,你坐哪,别客气,想吃什么自己随便啊。"韩冰今天似乎心情格外的好,像是被谁喂了蜜枣一般,不常见的笑容一直延续着。

"好的,韩主任,不用招呼我,我随意吧。哦,看您这忙乎的,真不好意思。"

"嗨,这有什么啊,早就想让你到家里来吃顿饭,这每天也不知道都瞎忙些什么,这不,今天你牧老师也没什么事,咱们三个也算是一个集体的班子成员了。从我的角度出发,虽然我是做领导的,但真是离不开平日里你们两个对我的帮助和支持,特别是你,小林。所以我想啊,趁着大家伙儿都休息,干脆来我这儿聚聚,我这里是小了一些,不过,我觉得很温馨,你认为呢,是不是有种家的感觉?你呀,别拘束,我这人随和,你就把这儿当成家,随意些,啊。"

"好的,韩主任,我不和您客气,如果客气的话,今儿我就不来了。哦,您看看厨房里还有什么需要做的,我来帮忙。"

"不用,不用,你牧老师在里面忙乎呢,捣个蒜啦,扒个葱啦的。他行,这不,也不让我插手,不用管他,咱们说咱们俩的话。"

雨竹不知道什么样的话题才是"咱们俩"之间的共同话题,正在思忖之际,看到茶几上有一只茶杯放得太靠桌边,容易不小心碰翻,雨竹本能的把杯子向里推了推,手触到杯子的时候,发现里面的半杯茶水还温热着,似乎刚刚有人用过,也不知道为何,雨竹自己都纳闷儿,心里怎么突然一下子就跳跃式地想到了甄艳丽。刚才甄艳丽来过?茶杯?韩冰?奇怪,如何把她们联系到了一起?雨竹在心里为自己这没来头的想法觉得可笑。

转念一想,干吗非是甄艳丽,也许是别的客人。但这一定不是韩冰刚用过的杯子,因为此时的韩冰,正跷着二郎腿坐在雨竹对面,双手抱着她那只白瓷花边杯放在一条腿的膝盖上,说着无关紧要的话;更不可能是牧野的,雨竹刚进门时看到,牧野在厨房里在用一只大罐头瓶"咕咚咕咚"使劲儿往肚子里灌水。再说,这只水杯上还有一个鲜亮的红色唇膏的痕迹。唇膏?红色?雨竹又一次想起了甄艳丽和她的"烈焰红唇"。甄艳丽,会是她吗?那韩冰也一并邀请了她来吃饭?如果是,为什么又走了呢?哦,想必是临时有事先走了吧。不过,在办公室和寝室里,这两个人从未提及过对方任何一个字,雨竹边想边随手捏了几颗瓜子,搜罗着可以和韩冰交谈的话题,避免冷场带来窘境。

正在这时,韩冰放在茶几上的手机响了,她拿起看了看,又快速用眼角余光瞟了一下雨竹,神情竟然有几分紧张,但那眼神分明回避着和雨竹的双眸相遇,雨竹也就顺势站起身走到窗前,把目光洒向窗外的风景。韩冰拿着电话慌忙向卧室走去,由于起身速度太过急猛,"嘭"的一声,一条腿不小心碰到了茶几的角上,疼得她龇牙咧嘴,口里吸哩嗞啦,雨竹回过头,见韩冰并没有停下来抚揉痛处,而是拖着疼得几乎使她有些颠簸的腿进了卧室,那道房门在雨竹的眼前合上……

韩冰离开,雨竹倒自在了许多,轻松地舒了一口气,又坐回到沙发上。

韩冰一声不吭把雨竹一个人冷落在客厅没有因此感到一丝抱歉,而雨竹觉得这倒很自然,这才是她这些日子以来认识的韩冰。

这时雨竹又感到脚下痒痒的,这回她没有惊慌,低头一看,果然是比利,正摇着尾巴在自己腿上左蹭右蹭的示好,嘴里还叼着什么东西耍弄着,看到雨竹弯腰伸手逗它,这比利来了情绪撒起欢儿来,围着雨竹的双脚一个劲儿地打转,把口里叼着的东西在舌头上半含不露地舔来舔去,一侧的犬牙旁时不时还露出明晃晃的银色边角来,像是什么金属玩儿物。雨竹不大看得清,倒感觉有几分眼熟,大概韩冰曾经拿到过单位,在办公室里见过吧?这小比利倒是比她的主人可爱、真诚多了,也懂得与人亲近,至少知道用它自己的方式和人沟通交流。可是,你能说今天的韩冰不真诚吗?请客吃饭,热接热待,满脸堆笑,忙里忙外,然而,仅此,就一定是真诚吗?雨竹摇了摇头,"既来之,则安之"。卧室里隐约传来韩冰和电话那端的对话,声音不高,听不太清楚交谈的内容,只是觉得她的口吻温柔得很,态度出奇的好,今天的韩冰,还真是与往日不一般,给别人不一样的感受啊。

韩冰打开房门走出来的时候,努力掩饰着依然有些慌张的神情,勉强冲雨竹笑了笑,嘴上说着重复了多次的客套话,双眼却四下不停地搜索着。她似乎不愿让雨竹看出她在找什么,那目光看似不经意地游离在窗台、沙发、茶几、地板上,但急切的眼神还是暴露了内心的焦急。

正在这时,只见韩冰突然像发现了什么似的,冲着比利一声厉喝,惊得那只小狮子狗竟然打了个激灵,陡然停止了所有自娱自乐的嬉戏玩耍,四肢直直地立在地板上一动不动,用一双几近惊恐的眼神看着它的女主人,完全不知道发生了什么。而雨竹也条件反射般地几乎从沙发上弹跳起来。只见韩冰一个大跨步迈到了比利跟前,弯下腰用手指狠狠戳着比利的脑顶,然后猛地一下扯出了小狮子狗一直在嘴里咬着的物件紧紧握在手中。可能韩冰用力太大把比利弄疼了,也可能是这小狗根本不知道自己到底犯了什么错,再或者,这比利被韩冰的呵斥声吓到了,只听它"嘶嘶吱吱"发出低沉的呻吟,

尾巴慢慢轻轻摇摆着,用一双充满哀怨的眼睛看着它的女主人乞求能够得到安慰,而韩冰的一句"等我忙完了再来收拾你",使得比利连那哀鸣声也不敢再发出来,仰着的头慢慢低下,挪着步子蹭过来躲在雨竹的脚后,像是寻求保护一般。雨竹一时也搞不清是什么状况,只好站在原地看着眼前的一切,局促不安。

韩冰这一吼,比利那一叫,牧野拿着勺子连三赶四大步流星地走了过来,嘴里嚷嚷着:"怎么了,怎么了,这是怎么了?"

"到底是牲口东西,不通人事,不懂人话,见什么咬什么。"

"啊?嗨,我当是怎么了呢,这不是刚才那谁……"牧野望着从韩冰紧握的手指缝里露出的那一小截儿珠珠穗穗,开了口。

"神经病!"韩冰又是一声断喝近乎吼叫,牧野说了一半的话戛然而止,韩冰又拢了拢手里拿着的物件,狠狠瞪了牧野一眼,牧野这时像是意识到什么,忙不迭地又换了腔调:"哦,哦,嗨,看我这,最近总是精神不太好,真的……真的都快成神经病了,呵,神经病。"

"小林啊,你可千万别见怪。"韩冰突然把话锋转向雨竹,脸上由阴转晴敷衍出一丝可怜的笑容,"刚才我情绪有点激动。这比利啊总是不听话,就喜欢玩个铁呀圈儿呀之类的,这不,刚才又把钥匙叼在嘴里,害得我半天找不到,这已经不是第一次了,有时候还真耽误事儿。你可别听你牧老师瞎说,不是谁的,真的,怎么可能是别人的嘛,这是我的家啊。"说着扭过头冲着牧野皱了皱眉头,嘴里骂了一句"滚犊子玩意儿",把手里的东西攥得更紧了,似乎生怕雨竹看到。

"对、对、对,韩主任说的对,的确不是什么谁的,我这就是'精神'给弄的,恍惚,啊,有点恍惚,神经了,是有些神经了。"

看得出,韩冰和牧野在极力掩饰着什么,怎么回事?他们根本没有和自己解释的必要啊,如果不是这样,雨竹倒不会太过多想和在意。韩冰向来无缘由、无来头的喜怒无常、反复发作,这也不是头一回遇到,并不奇怪。但

你是夏天我是叶

是现在,这两个人反反复复、颠三倒四而又漏洞百出的解释、强调、说出来的那些原因反倒让人有种"此地无银"的感觉,雨竹不得不做他想——如此,可以断定,韩冰口中的"钥匙"一定不是钥匙,牧野秃噜了一半儿的"那谁",究竟又是谁呢?看来那串"钥匙"或许不是韩冰的,而是"那谁"的。可这一切又和自己有什么关联吗?莫非"那谁"是自己熟悉相识的身边人?而那串"钥匙"或许可以证明"那谁"是谁,但韩冰却极不情愿甚至极力阻止自己知道她和"那谁"之间的关系和往来。为什么?这里面隐藏着什么秘密吗?这样的猜测准确吗?这段时间一直困扰在雨竹心头的疑团又笼罩过来……

"没事儿韩主任,我知道也能了解,能够体会得到,真的没关系。"雨竹努力微笑,尽量让说话的口吻变得轻松,她希望通过这样的话语能缓解刚才紧张的气氛。可是,知道?了解?体会?知道什么?了解什么?体会什么?雨竹口中说着,却在心底叹息自己言不由衷的无奈……

韩冰说要再回个电话,没等雨竹和牧野反应一下,匆忙之间又一次把自己关在了一门之隔的那间卧室,而牧野仿佛刚刚回过神儿,口中喊着:"油锅、油锅、我的油锅。"挥舞着手中的勺子,像一只从染缸里爬出的黑熊,紧绷着红花格的睡衣,跳着脚一溜儿小跑直奔厨房的方向……

一瞬间,一切又安静下来,再次只剩雨竹一人站在空荡荡的客厅,经过刚才这番折腾,她确定自己今天来错了不该来。她在心里想,如果一开始就遵从内心的"不愿意"、"不勉强",那么,或者现在就不会如此局促着坐立不安了。可是,她又想,人生中又有多少人、多少事真的会随着自己的心愿意志走呢?真的可以在想说"不"的时候说"不",在想表达厌恶的时候说"不喜欢"吗?雨竹思忖,时间久了,自己会不会也有一天说了真话,反而像说了假话一般不好意思起来?她用力摇了摇头,飘逸的长发也随着甩动起来。不要!那不是自己喜欢的自己,更不是自己想要的自己,摈弃了当初的自己,那便已不再是自己,我就是我,我还是我,我必须是我——林雨竹。

想到这些,雨竹深深地呼出一口气,环顾四周,放眼打量起韩冰家里的

摆设和装修……

韩冰住的地方，在广播系统家属区院里，是好几十年的老楼房了。听韩冰说，她住了少说也有十几年的时间了。当年为了争这套房子韩冰没少动心思，也没少得罪人，到最后脑袋都快打破了。在台里，比她资格老，比她贡献大的人在后面排着队等着分这套房子，别看是替下来的旧房子，那在当时谁要是能住得上，怕是比住金銮殿还要美。

韩冰，你当是谁？韩冰就是韩冰，永远的韩冰。在别人还在上访找领导、摆资格、讲贡献、搬门子、想对策的时候，韩冰干脆把楼房门锁撬开，直接搬了进去。这下，众人像炸开了锅，上告到部门领导那里，上告到台领导那里，差一点就上告到纪检部门，一级级的领导找韩冰谈话做思想工作，晓之以理动之以情，可是，对韩冰就是一点作用都不起，依然我行我素，不吃那一套。韩冰也有韩冰自己的一大堆理论和说法，我韩冰容易吗？为了工作，为了热爱的广播事业，我背井离乡来到举目无亲的这里，"一个人连着租了好几年的房子，组织上都没有帮忙解决。他大老李能和我韩冰比吗？他都是快退休的人了，和我争什么房子啊，怎么？干的时间长就有理了？就是功臣了？他赵小飞也不能和我韩冰比呀，怎么的，拿了个全国的广播大奖就了不起了？他是给台里创收了还是盈利了？他才来几天啊，远没有我韩冰在台里干的时间长，不就是媳妇要生孩子了吗，搞得好像谁没生过一样，紧张兮兮的，困难是暂时的，一个大男人家家，为了一套房子至于的吗，还跟我在这儿脸红脖子粗的；还有那个谁谁谁……你们说说，他们谁的困难有我多，比我难？我这孤儿寡母的，多不容易，就是因为没有自己的住房，所以到现在孩子还被扔在老家跟着他姥姥、姥爷，好几年了，都没能把孩子接过来和自己生活在一起。"话说着便一把鼻涕一把泪地哭了起来……看她如此，领导知道再说什么都没用。更何况，别看她能做撬了门锁搬进去的事情，可是谁又能做出扔她的东西撵她的人这种事情呢？就这样，韩冰最终心安理得地成了这房

你是夏天我是叶

子的主人。只是从搬进来到现在，无论是邻居还是同事，从未见过韩冰的孩子。

这是个不到六十平方米的一室一厅，屋子不大倒也收拾得干净利落，韩冰说话办事不是个拖泥带水的人，这一点从她房间布置上能看得出来，简单也简洁。雨竹听别人议论过，韩冰是东北人，早年间在那里结婚生子，后来不知道为何离了婚，再后来投奔亲戚来到这座城市，在亲戚的帮助下又有了现在的这份工作。离开东北的时候孩子尚小，一个人没有能力抚养，便将孩子留在了老家交给了自己的父母。再后来又结了婚，再后来又离了婚，如今一个人生活。听到的这些无从证实是真是假，但无论怎么样，雨竹觉得独自一个人生活的女人有很多不易，于是从心里便有了一份对她的同情和怜悯。在雨竹看来，或许韩冰这人原本不坏，只是岁月的沧桑和现实的残酷使得她冷血而强硬起来，人们很少看到她的温柔和热情。其实，有伤痛的人又何止是一个韩冰？在这世间行走的人有哪一个不是伴着伤痛长大的？又有哪一个不是带着累累伤痕往前赶路呢？不是被别人伤，就是被自己伤。被别人伤有时无法避免，被自己伤有时是不愿躲开，而我们自己又何尝没有伤害过别人？无论是主动还是被动，无论是愿意还是不愿意，都在所难免。那伤口有多深，是否还流着血，哪怕已经是万箭穿心，也只有你自己知道。日子总是要过的，生活还得继续。只是，韩冰把她经历过的所有的一切都放大和扩散到她力所能及的范围和地方，刺痛了自己，更伤及了他人。

韩冰做了四个菜，有荤有素、有冷有热，算不得丰盛，略尽待客之意。

对于雨竹，韩冰对她的看法从最初的不以为然到现在的设宴款待，雨竹感到很是意外。让韩冰没想到的是，外表看起来文静柔弱的林雨竹说起话来可并不柔弱，她遇事冷静，工作认真又有责任心，韩冰在心里极不情愿却又不得不这样评价雨竹，她总认为雨竹"不够听话"、"想法太多"。在工作上，二人每次对话，雨竹总能说出和别人不一样的见解，娓娓道来，字字入情，句句在理，果敢坚定。

　　有时候，韩冰隐隐的对雨竹有些妒恨，妒恨她的才华学识，她的头脑胆略，她的胸襟气度，甚至还有她的年少英姿和青春活力。其实，韩冰从未明白，除却年龄，其他品质她也一样可以拥有。她这个年龄，一定有着雨竹那样青涩岁月不能拥有的别样风景，走过人间寒暑，饱尝世间苦楚，思想沉淀，心智成熟，不矫揉造作，不浮夸粉饰，从容优雅，淡定温婉，韵味独特，即便时光的年轮早已执着地走过不惑之年，但依然可以朝气蓬勃，意气风发，可是，对于自己对待雨竹的这种灰暗情绪和心理，韩冰始终不愿承认。

　　韩冰还有一个心结无法打开，那就是在雨竹面前，她时时有一种危机感，可是她心里又十分清楚明了，那样的危机根本不存在，这份欲说还休，似有似无的感觉折磨的她寝食难安。过去，凡来节目组工作的女孩子，韩冰总是提防着，生怕牧野垂涎，殊不知她韩冰稀罕的人别人又怎么会看得起瞧得上呢。有过两次，她碰见牧野和人家女孩子开玩笑，内容庸俗隐晦，牧野还借机拍拍打打毛手毛脚，惹得她把牧野一顿臭骂，两个受了委屈无处说的女孩子也被不明不白撵走了。此后，牧野规矩了很多，至少在韩冰面前还算老实。事后，韩冰似乎并不怎么生气，却有一种满足感和成就感，反而对牧野温柔了许多，在无人的时候给了他很多温存的慰藉。而对于雨竹，说来难以置信，韩冰气愤的竟然是牧野对雨竹没有一点觊觎的想法和举止，连看雨竹的眼神都是客客气气、规行矩步，甚至还有几份恭敬畏惧，这使得韩冰一下子没了那份引以为豪的优越感。过去，她可以和年轻的女孩儿去争夺"爱人"，她不服输，不服年龄，尽管徐娘半老，但她相信自己风韵犹存，在二十几岁的年轻小姑娘面前，她照样可以把她们打败，并且屡试不爽，无论对手多么"强大厉害"，最后，她总能像胜利者一样，把"战利品"最终留在自己的床榻和枕边。可是，从见到雨竹的第一眼起，她的这种优越感就消失得无影无踪，她能清楚感到雨竹的眼界和层次，她拼了命想要别人和她来争夺抢斗的，在这个小姑娘面前竟然细小卑微得连尘埃都不如。每到这时，她真有点希望能和雨竹公开宣战，甚至幻想着凯歌得胜重又找回失去的自信。她尤其痛恨的

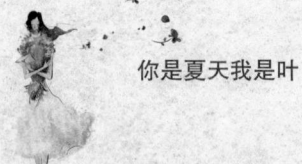

你是夏天我是叶

是，她在心里做着这样的文章，可所有的想法和感受，雨竹竟然浑然不知。总是一脸纯真质朴，这更使得她备受煎熬。现在，她有些理解牧野对雨竹的态度了，怕是他和她一样，雨竹那种超凡脱俗、纤尘不染的气质着实让人望尘莫及，更何况是牧野这种货色呢？！想到这儿，她愤恨的目光总要追着雨竹看过去，眼里有种下毒的火……

如此，所以也就不难理解韩冰何以这般对待雨竹了……

其实，雨竹从来都是一个活泼、开朗、活力四射的女孩儿，她爱说爱笑爱唱爱跳，又有幽默感，有时候她还有那么一点儿小忧郁、文艺范儿，喜欢在细雨中散步，喜欢在星空下遐想，喜欢描绘秋天的金黄，喜欢记录春天的嫩绿……可是自从来到广播电台后，不知不觉中卷到了矛盾和纷争里，在这段短暂而又漫长的日子里，她感到特别压抑，精神和心理承受着无法言说的负担，心底的伤痛一直延续着……

牧野手拿一只鸡大腿，啃完了上面几乎所有的肉，又嘬了两下骨头上的油水，对桌子底下呜呜嘶嘶哼呀着转个不停的比利"啧啧"了两声，把骨头丢了过去，然后用手从盘子里抓了几片切碎的酸腌黄瓜，拎得高高的，把头扭着抬起来张开嘴，吧嗒吧嗒嚼起来。韩冰见状，瞥了雨竹一眼，对牧野说："你都多大的人了，怎么还是这么个吃法？也不看看自己的吃相，人家小林在呢，你注意点。"

牧野并不在乎，油乎乎的手捏起已经被抓花的酒杯，喝了一大口，说道："嗨，那有什么啊。想当初，我在这广电大院里那也是威风过的，谁见了我敢说一个'不'字，谁敢对我横挑鼻子竖挑眼的？如今，如今这帮人，狗眼看人低，见我没混上个一官半职就看人下菜碟，什么东西。我告诉你，哼，让他们等着，我也有咸鱼翻身的那一天，到时候有他们好看的呢！"

"行了，行了，别说了，这话我都不知道听了多少回了。不，是多少年了，从我一到台里工作，你就对我说这话，说到现在，结果怎么样？咸鱼翻身了

吗？没有！就算咸鱼翻了身，你也还是一条咸鱼。多少年过去了，好歹我现在也混上个主任当当，你呢？你要让那帮人什么时候才'好看'？又是个什么样的'好看'法？拉倒吧你！"

牧野是在这个广电大院里从小玩儿大的，父母都是广电系统职工。他初中没有毕业就去当兵，几年后复员回来，到国家给安排的食品厂当了工人。可他总觉得自己是当领导或者干大事业的料儿，看不起烧锅炉、装卸货的工作，更看不起每月挣的那几个小钱，说是一个月连买酒喝都不够。每天不是迟到就是早退，即便在班儿上，那也是喝得醉醺醺，一副少年不得志郁郁寡欢的样子。起初，单位领导出于对年轻职工的关心和爱护，还总是批评教育他，希望这个年轻人能够好好干，积极进取。表面上牧野应承着，可回头原来做什么现在仍做什么，原来什么样过后还什么样。到最后领导看到教育不起什么作用，而且彼此弄得还红眉毛绿眼睛的，也就放弃不再管了。他倒也不给单位找事，只是每个月领工资的日子准时来单位一次，到后来，干脆单位也不去了，把工作辞了，成了彻彻底底的待业青年。

那时候刚刚改革开放，生意潮冲击得每个人心里跌宕起伏，几乎每天都能听到某某人发大财了，某某人现在成了万元户了等等这样的事情。于是，所有的人如同亲眼看到了一般，绘声绘色，惟妙惟肖，你说给我听，我又告诉给他知道，一致发出啧啧的赞叹声，眼睛里流露出羡慕和嫉妒的目光。总以为，只要下了海，便能钓大鱼，即便是钓不上大鱼，也会有小鱼小虾能被网住。岂不知，那水深水浅，总是要下到水里试试才知道，水性好的上岸了，也有人搁浅了，更有人被水呛着了，不淹死已经是好事。

牧野还真就把心一横，和几个哥们儿干起了买卖。可是，他压根不是那做生意的料，没多久的工夫，便赔了钱。但人还在心不死，于是到处借钱，但凡他能豁出脸张开嘴的亲戚朋友借遍了，想象着重整旗鼓东山再起的那一天。可是一出手，又赔了，赔得一塌糊涂那叫个"惨"，债台高筑，债主堵门，

你是夏天我是叶

无力偿还。最后,因为这事,当初几个一块儿做生意的要好哥们儿,打了架,翻了脸,结了怨,种了仇,老死不相往来。那个时候,没有其他出路,又欠了一屁股债,不是躲着藏着不敢回家,就是喝了酒之后天不怕地不怕,天老大他老二的到处耍酒疯,今天这家的玻璃打碎了,明天那家的烟囱被堵了,大后天谁家的自行车又被偷了,说是被他换了酒钱,为了这,还进了几次局子。大院里的人一提起他来都皱起眉直摇头,见到他便躲。他倒也不觉得怎样,甚至还觉得挺威风,不知天下"羞耻"二字为何物。虽无小弟,却自称老大,只是在比他厉害的"茬子"面前,他便怂得像个三孙子,着实让人瞧不起。再后来,他的父母看到这样下去不是个办法,于是向台领导再三恳求,批准他父亲提前退休,以子承父业的名义让他接了班,父母倾其所有替他还清了债,谢天谢地总算有了现在这份正式工作。牧野也不敢再折腾了,他知道再闹下去,连他的父母都没办法帮他了,因为实在是没有能力再帮了。至此,他倒也还算安分,于是,在导播这个位置上,一干就是二十年。这期间,牧野结婚、生子、离婚、复婚、吵吵闹闹、分分合合,折腾来折腾去,夫妻俩感情始终不好。回到家,饭没人做,衣没人洗,孩子没人管,家不像个家,店不像个店,没有一日不叫骂,没有一日不开战,真是鸡犬不宁,四邻不安。他嫌老婆不温柔,老婆怨他不长进,最后,两个人似乎想开看开了,彼此互不干涉,个人找个人的乐,自己花自己的钱,井水不犯河水,勉强维持着那一纸婚姻,对付着过日子,边走边看,且行且罢……

　　那时候,广播节目种类远没有现在的丰富多彩,在二十多年的时间里,不知道创新、改版、增加、重组、翻新了多少节目,甚至连整个广电大楼都搬迁了好几次,唯一没变的是牧野的导播位置,不是因为他做得好没人可以取代,而是除了这个工作,实在不知道他还能够做什么。从某种角度来讲,可以说他是真正看着这个广播电台一步步走到了今天的规模。所以,他逢人便说,他是看着这电台长大的,也总是在一些新进来的年轻人面前摆老资格,倚老卖老,话说三句便开始了"想当年",看到人们纷纷避而逃之,便恼怒地说:

"一帮目中无人不知道天高地厚的家伙,等我哪儿天当了台长,看我怎么收拾你们!"

一直浑浑噩噩的牧野,突然有一天意外地发现,不知从什么时候起,原来和他一样导播的同事,早已纷纷转换了岗位,且职位和职务越来越高。不仅如此,在他不经意间,又悄然冒出了许多年轻的小家伙儿干着和他一样的导播工作,他这才如梦方醒般意识到,现在需要他的也只有这一个栏目了,更别说是其他的工作。至于他那台长的位置,"黄粱梦"也只能是"荒凉梦"了。为着这,他还真是失落了一小会儿呢,他觉得他的这一生真是不幸啊,机会从来没有登门拜访过他,更没有什么伯乐发现、赏识过他,他恨"千里马常有,而伯乐不常有"的"残酷"现实,空怀满腔抱负,却永无施展的平台,于是,又跑出去喝得酩酊大醉……

听了韩冰的挖苦,牧野先是睁大了布满红血丝的眼睛张开嘴想要争论什么,可嘴巴张了几下后,突然,他那因为酒精作用已经猪肝色的脸膛渐渐泛起了笑意,呵呵地说:"主任?你那个也算是主任?你是什么鸟,难道我还不清楚?谁任命的?台长?还是人事部?啥时候签发的文件啊?我咋不知道呢?这其中的事儿,别人不明白,啊哈哈哈,我还能不……"

"牧野!"韩冰突然之间变了脸,几乎是从餐椅上腾空跳起来,血往上涌脸涨得红红的,眼睛瞪得大大的:"牧野!我好酒好肉招待你,你这样作践我,还当着小林的面,什么时候轮到你编排我了,啊?!"话说间,韩冰的眼里竟然突然就有了泪花。

"怎么着?还不让老子说实话了啊?!"

"你给谁当老子呢?"韩冰一听牧野还在似醉非醉地兜她的老底揭她的底牌,情急之下突然抓起餐桌上的啤酒杯,猛地向牧野脸上泼去。立时,牧野的脸成了"庐山瀑布",飞流直下,白浪翻滚,紫烟升腾。牧野一边"啊、啊、啊"地叫着,一边慌忙起身闪躲,不料"嘭"的一声,鬓角碰到了旁边的油烟机上,

你是夏天我是叶

"哎哟喂"牧野立刻用手捂着额头一角急呼,紧接着脚下一滑险些摔倒,只听餐桌下的比利"嗷——嗷——嗷"尖叫起来,其声惨烈,声声刺耳,原来牧野慌乱中踩到了它的尾巴。韩冰见状,先是急忙弯腰去抱比利,可不知为何,又直起身收回双手,一脚将已经颠儿到她脚下、眼巴巴瞅着她的比利踢开,只听她骂得更厉害了,比利还在"嘤嘤"地"控诉",一时间,韩冰的骂声、比利的叫声、牧野的抱怨声,混杂在一起,好不热闹……

雨竹面对眼前的一幕,惊呆了看傻了……

"啊?我刚说什么了?我,我什么也没说啊。"

"你还没说?怎么说才算说啊?"

被韩冰这一吼,牧野的酒劲儿有些醒了,意识到自己说话走板了,皮笑肉不笑地向韩冰解释道:

"哎呀,你别急呀,误会,全都是误会,你弄错我的意思了,我说的不是你想的那个意思。我,确实喝得有点多了,真,真的,我没说什么,喝多了,有点多了。"

牧野转过脸冲着雨竹又说道:"小林,你别听我刚才胡咧咧,我那是喝多了瞎说的,你别当真啊。咱们韩主任那就是韩主任,响当当的主任,名副其实的主任,她不是主任,那谁还能是主任?哪个还能是主任?谁还能当得起这个主任,对吧?什么郑文远,什么小梅,什么秦思璇,什么冷俊,还有其他一干人,那都不行,都不在话下。你说,要比什么吧,是比能力,还是比才干,还是比个人魅力,啊?他们都比不过。"牧野边说边从座椅旁绕开走到韩冰的背后,前倾着身子,把头探到韩冰耳畔,笑嘻嘻地说着,十分酒劲儿此时散了七八分。

雨竹不自然极了,别扭得很,坐不是,站不是,说话不是,不说也不是,走也不是,留也不是。正在不知道该如何是好的时候,只见韩冰"噌"的一下站了起来,朝卧室走去,牧野先是一愣,随即小跑着跟了过去,可是,却被已经进了卧室的韩冰"咣"一声关在了门外。牧野是个酒肉壮汉,气力大

得很,他只使出三两分蛮劲儿,猛力反复推搡房门,韩冰哪里是他的"对手",又是"咣"的一声,门开了,牧野随即挤了进去……

雨竹又一次一个人被扔下,她再一次长长舒出一口气,真想溜走,但韩冰一定会多心引起新的猜忌,也罢,只能违心的忍耐了。这时,桌子下面的比利又在哼哼唧唧围在自己脚下走来走去,躁动不安,她从桌子上捡了一些鸡骨头,放到了地上,比利立刻叼着这些赏赐,颠颠嗒嗒地钻进了搭在过道一角的狗窝里,独自享用着属于它自己的美味佳肴。

……

过了一会儿,卧室房门打开了,韩冰和牧野两个人一前一后走了出来,韩冰眼圈微红,脸上似有泪痕,牧野跟在后面,一脸赔罪乞怜的狼狈笑容,双手搭在韩冰肩上。韩冰一抬眼与雨竹目光相遇,随即,抖动了一下双肩,微微侧目,牧野打着哈哈就势把手收了回去。

"快吃吧,快吃吧,看,饭菜都凉了,把小林一个人扔在这儿,真不好意思。小林,别介意啊,你们牧老师总是喜欢和我开玩笑,没深没浅,不知远近的,要不是看在多年同事份儿上,早就不理他了……"韩冰招呼着,脸上露出了笑容。

牧野在一边附和着:"是啊,多年了,嘿嘿,多年了……"

"没关系,没关系。"雨竹礼貌地解围道。

"继续、继续,小林,快吃啊,也不知道合不合你胃口。"韩冰一边说着,一边往雨竹碗里夹菜。

"挺好的,都是我爱吃的。哦,够了,够了,韩主任,我自己来。"

"这么久了,一直没问你,平日里你是怎么吃饭的?"

"哦,我一个人简单得很,盒饭、方便面,要不买两个馒头就上些咸菜就可以了。我爱喝奶茶,再冲一大杯奶茶粉就是一顿饭,再不然就是买上两个粽子,一顿饭也就这样解决了。"

"那可不行,一顿两顿可以,时间长了,这样对付对身体不好。"

你是夏天我是叶

"嗨,没事,再说也实在是没办法,宿舍太小不能做饭,即便是能做也会影响别人。何况,一个人的饭也不值得张罗,越简单越省事越好。"

"看这孩子多懂事,一个人出门在外的多不容易啊!"

"就是,就是。"牧野一边吧嗒着嘴品咂着鱼肉,一边附和地点头说着。

"那你以后想吃什么告诉我,我做给你吃啊。"

"谢谢韩主任。"雨竹微笑着道谢,但心里的感觉奇奇怪怪。

"哎,应该的,你在我的栏目当主持人,我理应关照你,谈不到谢,啊。"

韩冰今天这是怎么了?她还不如像从前那样呢,至少雨竹觉得已经习惯了,而今天,韩冰一反常态,展现出一种从未有过,好到不能再好的态度,让雨竹真有些吃不消。

"小韩啊,你看你这玻璃,咋那么脏,怎么都不擦擦呢。"牧野一边吐出嘴里的鱼骨头,一边抬头看了一眼对面的窗户说。

"是啊,是有些脏。这不,前几天连着下了好几场大雨,我每天又尽忙乎节目的事儿了,实在抽不出时间来。"韩冰也抬头看了一眼自家的窗户。

"我看,不如趁今天小林来了,干脆把玻璃擦擦吧。"

"哦,小林?这合适吗,我可是请人家来吃饭的。要不,要不等哪天我花钱雇个人过来擦吧。"韩冰把这个"请"的字音拖得格外长,后面的话又说得特别犹豫,目光一直看着雨竹。

"嗨,那有什么啊,年轻人登高上下的,可比咱们这些老胳膊老腿方便多了,雇来的那些人收费高不说,总也不细心,擦不干净。再说了,小林就和自己家孩子一样,有什么不可以的呀,是吧,小林?"

"哦……"

"那小林,今天还有什么其他安排吗?要不,吃完饭,帮我擦擦玻璃吧,怎么样?"

"哦……行啊……"能拒绝吗?雨竹在心里问到,她无法说明自己今天身体的特殊状况……

"什么?"汪悦的手"啪"的一声用力拍在桌子上,一个高儿从床上蹦起来,脸色煞白,然后嚷嚷着:"怎么,你就这样忍了?她凭什么这么对别人?"

汪悦和雨竹大学同窗四年,同系不同班,汪悦欣赏雨竹多才多艺,雨竹欣赏汪悦执着坚强,就这样两个人成了极为要好的朋友,无话不谈。

原本雨竹是和汪悦约好了今天去看电影的,新上映一部文艺大片,有她们两个人共同赞赏的演员,平日里不舍得花销的两个姑娘,精打细算挤出一些零用钱想要好好放松一下,买桶爆米花,再来两杯热咖啡,坐在影院里,观赏着自己喜欢的明星,那叫一个惬意。两个人还计划着看完电影去趟书店,那又是她们共同感兴趣的地方,之后还要去吃两个人都爱吃的水煮鱼和肯德基。在学校读书的时候没有钱舍不得买来吃,每次路过餐馆儿的时候,两个人都说,等有机会一定要好好地大吃一顿。在毕业离校的前一天,两个人先跑到离学校不远的地方买了肯德基的鸡腿堡,然后又跑到另一家饭店要了一份水煮鱼,美美吃了一顿中西合璧的大餐,抒发了一番"与往事干杯"的感慨,说是告别了一个苦读寒窗的时代,迎来下一个奋争未知的新纪年。

今天的约定,是雨竹和汪悦三五天之前就已经说好了的,两个人好不容易把其他事情都安排处理妥当腾出时间来,可偏偏因为韩冰临时请吃饭,只能无奈地取消了。

从韩冰家出来的时候,天空低沉忧郁着脸,空气里有水蒸气夹杂着的土腥味儿。雨竹没有回那个地下室宿舍,想想那阴冷潮湿的屋子,就觉得一阵阵寒意袭遍全身。她直奔汪悦的出租屋,一进门便一头栽倒在床上。汪悦一看便知,这又是每月一次难受上了,于是赶忙给雨竹盖上被子和毛毯,灌了热热的暖水袋,让雨竹捂在肚子上,浓浓沏了碗红糖水,让雨竹趁热喝下去。忙乎了好一阵儿,看着雨竹大滴大滴的汗珠从额头上滚落下来,汪悦急得不知道怎么办才好,嘴里不停地说:"你呀,真是的,每个月都要疼几天,就没见过你这样受折磨的,唉……"说着上前去抓雨竹的双手,发现她的手冰凉,

你是夏天我是叶

关切地说:"这大夏天的,外面像种了火,你却冷成这个样子。"伸手又去摸雨竹的额头,并没有发烧,她又把雨竹盖在身上的被子左左右右边边角角严实地掖了一遍。

看到汪悦这样忙前忙后关心着自己,雨竹心底荡漾起层层感动和温暖的涟漪,人就是这样矛盾,不知怎的,一面是感激和感慨,一面在心里又涌起无限酸楚和难以名状的感伤来。此时,雨竹内心不禁泛起想家思乡的波澜来,她多希望远方的父母能守护着自己啊。是啊,想家了,想念冬日白雪飘飘屋内暖意融融的家了,想念暮春初夏老屋前伴自己成长陪自己读书的丁香树了,想念嬉戏打闹玩耍调皮的哥哥们了,想念鬓角霜华艰苦辛劳的爸爸妈妈了,想念爸爸包的饺子和读报时的老花镜,想念妈妈熬的奶茶和手中的针线包,想念……愈发想念,便让人心里愈发难过。无助的她朦胧着双眼,想要对汪悦说些安慰宽心的话,但无论怎么努力都挤不出一丝笑容,无奈,只好含泪无力甚至艰难地吐出几个字:"没事,放心,我缓缓就好了……"汪悦见状,不知不觉也落下了眼泪,那是心底无法掩饰的疼惜,两个人默默相对,良久无语……

汪悦知道雨竹每到这个时候就像是死过一回一样,最厉害的时候,疼得她满床打滚儿,伴随着呕吐,每个月她都要咬牙忍受着。听雨竹说这些年四处求医,中医、西医和蒙医都看过,也吃过不少药,西药、中药,甚至藏药、苗药都试过,可大多都只是缓解一下,总不见大好,看今儿这情形比往常还要难受的厉害。雨竹刚刚喝了一大杯浓浓的甜得发腻的红糖水躺下,双手抱着暖水袋捂着肚子,整个人蜷缩在厚厚的被子里,身上浸着汗但整个人却感到冷得要命,牙关紧咬忍受着阵阵绞痛,尽量不让自己发出声来。可,泪,还是不由自主地流了下来,悄无声息……

不知什么时候,天空漫漫飘起雨来,地面上渐渐泛起了成片的小水泡,雨滴落下蹦起,点点相连画着圈圈,小小大大的水晕缓缓漾开不能平静,没有雷声的雨,在傍晚华灯初上的街头,就这样寂寞地流淌着,宣泄着……

如此,也不知道过了多久,雨竹沉沉地睡去了。等到醒来的时候,已经是晚上八九点钟了,汪悦见她睁开双眼,忙跑去厨房下了碗儿面,里面卧着荷包蛋,汤里漂着西红柿片、香菜叶,红绿相间,色泽诱人,香油的味道弥漫了整个房间。雨竹好了许多,不由得咽着口水,端起碗来大口大口吃了起来,时不时抬头看看汪悦,笑着说:"这可比我品尝了一中午的宴席还要好吃,我辜负了人家的款待,根本就没吃饱,或者说,根本就没吃。"

"说说吧,今天这一天是怎么活过来的?"

"唉,别提了,我以为真是好心把我叫去吃饭呢,弄了半天才知道原来是让我去帮她家打扫卫生擦玻璃,我今天当了一天的免费钟点工。"

"你没和她说你难受呢吗?"

"不是没说,是没办法说。你是没见那热情劲儿,又是小吃又是水果的,吃饭的时候,不停地为我夹菜。说实话,悦,那一刻我真是感动啊,心想,人同此心心同此理,人心都是肉长的,那人心总该向善吧?她还说,以后我想吃什么就告诉她,一定做给我吃,让我别和她客气等等,虽说我也知道那都是些客气话,但是你还能要求一个人怎样呢?当时我这心里真是温暖呀。谁想到,饭吃到一半儿,话锋一转,说是要大扫除,话一出口立刻撂下饭碗干起活来。并对我说:'看,抹布和水桶早就给你准备好了,你瞧,这消毒水啊,是我昨天刚从超市买回来的,还没开瓶呢,想着你今天一定要用的。'你说说,你说说,这难道不是'早有预谋'吗?什么请我吃饭,那是借口,其实是让我免费给她家大扫除。"雨竹咽下最后一口面条汤抹了抹嘴,说道:"真好吃,还有没有了?"

"哎呀,就剩汤了,没吃饱?"

"我说的就是汤,再给我盛一碗。"

"一碗怕是不够了。"

"行,有多少算多少,其实是吃饱了,谁让你下的面这么好吃呢,放不下碗。"

你是夏天我是叶

汪悦虽未见过韩冰，但对她却是一点都不陌生。从雨竹第一天报到见到她，一直到现在，这段时间的种种事情以及韩冰的所作所为，汪悦都听雨竹谈起过，仿佛亲身体会历历在目。对于韩冰对雨竹的苛刻、寡薄和尖酸，汪悦感同身受，满怀愤慨，她不止一次和雨竹说，想要会会这个没有感情，只有冷漠，不懂人情冷暖，世上少有人间奇缺的可恶家伙，但都被雨竹劝阻了。是啊，雨竹能有现在这份工作着实不容易，这其中付出了多少努力和辛苦，除了雨竹本人之外，恐怕也只有她这个好朋友最清楚了，可汪悦又惆怅了，怎么做才能真正帮到雨竹呢？替她出气，撸胳膊挽袖子痛斥恶人？还是像眼下这样看雨竹承受痛苦和压力，却不能有力回击？再或者，雨竹现在真正需要的是可以让她倾吐诉说的聆听者，这才是莫大的帮助和支持吧，是的，这才是雨竹此时最最需要的。

汪悦，大学声乐专业，白净秀丽，皓齿明眸，很有些古典气质，现在在一家私人开办的声乐培训机构里做助教，平时只要有时间便会在各个演出场所串场演唱，生活同样艰难不易。汪悦和雨竹几乎每天都要通电话，聊的大多是彼此的生活、学习和工作中遇到的快乐或烦恼。两个外乡女孩儿在这座陌生城市彼此依靠，互相帮助、鼓励、支持，都把对方看成是最交心、最亲近的知音和彼此倾诉倾听的对象，用现在的话说，这叫"闺蜜"，所以，有什么样的喜怒哀乐、欢愉忧愁，对方都知道得清清楚楚。

"其实，干些活倒也没什么，只是不要以这样的名义来指使我。哪怕直接和我说让我去帮个忙，那有什么啊，至少要比这样舒服自然许多吧，况且，我在家又不是娇生惯养不干活。说实话，今天我有种被欺骗利用的感觉，这样的伤害，对我来说是一种变相的愚弄。说是请我吃饭，结果不是宾客待遇，扮演的却是清洁工的角色，这是歧视加奴役，真是应了那句老话'天下没有免费的午餐'，哪里有白白掉下来的'馅儿饼'？这要是让我爸妈看到或知道了……像我今天难受成这个样子，还给人家当苦工……"说到这儿，雨竹

实在讲不下去了,还是没有忍住,泪一大滴一大滴从眼中跌落下来,啪嗒啪嗒砸在被子上,继而扑扑簌簌串成线,坠在胸前的衣服上浸湿了一大片……

外面雨下得更大了,透过玻璃窗望去,马路对面的街灯在潺潺雨帘中清冷地泛着昏黄的光亮,而此时听到这里的汪悦,忙背过脸去,轻揩脸颊,不忍面对雨竹……

"那牧野呢?怎么的,难不成这时候两个人还会在你面前眉目传情,做出什么不堪不齿的举动吗?"

"唉,快别提他了,真是物以类聚,人以群分。可能是碍于我在的原因吧,他刷锅洗碗之后说是酒劲儿上来了,困得要命,没有继续再待下去,回家睡觉去了。更可气的是,韩冰竟然和我说,她这几天身体情况特殊,难受得很,不能沾凉水。把扫除的活全都推给了我。悦,你可能要说,我怎么能受得了她这份儿窝囊气,你可能还要说,我林雨竹的个性哪儿去了,是吧?可是,我不这样,又能怎样呢?当真甩手不干?和她说你难受我也难受,你特殊我也特殊,你不能沾凉水我也不能沾凉水,然后摔门而去吗?我能够想象,说出这些话的那一刻会激起什么样的风浪,韩冰将从此与我势不两立。"

雨竹说到这里,深深吸了一口气,接着又重重叹了出来,无奈地说:"那些都是小说和影视剧里上演的故事情节,现实生活中又有几个人会真的这样释放自己的个性呢?好多时候我们明知道是错的,还要违心说是对的;明明内心不愿意,但还要面带微笑去接受,一个简单的'不'字,往往却是最难以说出口的。我不知道这是否就是大家一直在说的不得不向现实低头,但是,今天我之所以选择这样做,不是懦弱也不是没骨气,是因为我不能因此而失去我努力了这么久的梦想和事业,我不能丢掉饭碗哪,更何况,人家说得明白,是好心好意请我去吃饭,不是罚我去干活的。这还没完,这还算是客气的,最可气的是她斜躺在沙发上看着电视让我帮她打扫狗窝。"

"什么?"汪悦瞪大了双眼,不相信自己的耳朵。

"哎!我有什么办法呢,不是吗?除了接受和承受,我还能有别的选择

吗?当时我想,不就是打扫狗窝吗?我可以!可是压根儿没料到的是,她家的狗窝是需要人趴下身子去清理的。韩冰说,狗窝下面铺着的毛毡子,用扫帚是扫不起来粘在上面的狗毛的,必须把毛巾蘸上水半湿不干的一点一点捋才可以……"说到这里,雨竹再一次停住,委屈顺着泪水又淌了下来……

汪悦实在听不下去了,她也不想让雨竹再说下去,因为每个字、每段话,每一个情景描述和细节再现都是对雨竹的二次伤害。想到这里,汪悦站起来对雨竹说:"别说了,别说了,今朝受辱,明朝万福。看,这眼睛肿得像'水蜜桃'似的,我去给你烫块热毛巾来,敷敷眼。"说完不等雨竹回应,转身一溜儿小跑,几乎是冲到卫生间去,久久没有出来……

转眼,盛夏的阳光炙烤着大地,仿佛一切都要融化了,火辣辣的热浪又为这个星期天平添了几分焦躁和烦闷。距离直播时间还有半个小时,雨竹到办公室来拿一盒录音磁带,转身正准备离开,手机响了,是韩冰打来的。

"小林啊,今天上午的节目临时有一些变动,原定的稿件改在明天播出,今天要播的是一个连线通话节目,由一篇纪实性散文引头,文章已经放到我的办公桌上了,你看一下,一会儿会有人给你打电话联系。"

"韩主任,现在改节目?全改?"

"对啊!"

"这……这来得及吗?"雨竹停顿了一下,一边说着,一边大步走过去拿文稿。

"怎么来不及?临时改稿,这不是主持人经常遇到的事情吗?"

"可是……"雨竹看了一眼手中的文稿,倒吸了一口冷气,心里喊了一句"老天"差点脱口而出,一份手写散文稿,密密麻麻足有十好几页,雨竹紧接着又看了一眼墙上的时间。

"可是,临时改稿,一般只是改个片段,或者改一小部分,现在,这整体一个小时的节目全部都要撤换掉啊?况且,这篇散文广播完了之后的时间呢?该是什么内容?"说到这里,雨竹本能的又往墙上看了一眼挂在那里的钟表。

"哦,我不是和你说了吗,一会儿会有人打电话和你联系沟通的,我已经把你的手机号码留给了他们,当然,我也告诉他们了,等节目开始的时候,要把电话打到直播间的固定电话上,连线节目是要切换线路的,这一点你就放心吧。今天连线的人比较多,一位是这篇文章的作者,一位是这篇文章中主人公的母亲,还有一位是这件事情最早的发起者和倡导者,你一个人同时对话三方连线,可能有些难度,你也算是成熟的主持人了,应该明白,越是这样有难度的节目才越是考验和锻炼主持人的绝好机会,你要好好把握啊。哦,对了,今天的导播我就不过去了,你牧老师当班,你们两个人好好配合吧。"

"韩主任……"没等雨竹把话说完,电话里的那端已经响起"嘟嘟嘟"一片忙音了。

雨竹愣了一下,随即缓过神儿来,又抬头看了一眼墙上的时间。好吧,不能耽搁,也来不及仔细琢磨韩冰的态度,抓起那一沓文稿,一边向直播间走去,一边匆匆地翻看起来。

文章描述的是一个老故事,故事虽然不新,但整篇文章笔触细腻、情感真挚、构思新颖、视角独特,老故事写出了新内容,很是感人。文中的主人公是一位五六岁的小姑娘,她聪明、漂亮、活泼、开朗,但不幸身染重病。小女孩儿长着一双清澈明亮的大眼睛,乌溜溜的像极了紫葡萄,所以,大家伙儿都亲切地叫她"水晶葡萄"。在病魔缠身的日子里,小女孩儿以常人无法想象的毅力忍受着病痛的折磨积极配合治疗。她从不在父母面前哭泣,反

你是夏天我是叶

而总是不断地安慰他们，懂事得让人心痛。在自己身体和精神稍好一些的时候，她还会给同病室的病友和身边的医生护士唱歌跳舞，周围人面对她纯真的眼眸和如花的笑靥，总是暗暗为她惋惜难过，虔诚为她祈祷祝福。然而，昂贵的医疗费使得这个原本不富裕的家庭举步维艰，在经过一系列的诊治后，已经没有了继续治疗下去的费用，几乎要停止对小女孩儿的一切治疗方案。然而，身边的好心人，不知道从什么时候开始默默地关注、关心和关怀着这个孩子和这个家庭，以你十元她一百的方式给予帮助和支持。逐渐，这种爱的力量像滚雪球一样，越滚越大，集资的钱款也越来越多，从个人到家庭再到集体，这种爱心的接力棒就这样传递着交接着，这种爱心的感召就这样蔓延着伸展着……作者以纪实手法，以散文形式，描写了"水晶葡萄"不畏病魔、乐观、顽强、积极、向上的精神，以及周围好心人默默无闻甘于奉献、勇于付出的故事，如此这般凡人善举，在当地引起了不小的轰动，也引起了各方媒体及社会各界的广泛关注。这的确是一个不太新鲜的老故事，那么，在诵读的时候，如何能将这一瓶老酒在语言功力的情感包装下读出新意境，诠释出新内容，那才是最重要的，也是最见真功夫的。

　　雨竹以最快的速度大概浏览了整篇文章，还好，没有什么生僻字词，来不及逐字逐句的细究了，也来不及更加细致入微地揣摩广播时的语气、基调了，但无论怎样，自己这一关还是比较好把握的，现在最重要也是最难掌握的就是连线时候的交流和交谈，最关键的是与电话那端的几个人的对话内容……

　　雨竹来到导播间，意外遇到好久未见的冷俊，他依然坐在固定的导播位置上，依然穿着干净时尚潇洒，依然严肃静默深沉。听到脚步声，冷俊回过头礼貌地和雨竹点点头，没说一句话，他们一直以这样的方式打着招呼似乎已成了习惯。

　　导播间里监听音箱传来的播报内容是什么，雨竹根本没有心思去听，她的注意力完全集中在即将播出的节目上，在来回踱了两圈步子后意识到这样

可能会影响干扰冷俊节目导播，于是，她将自己的脚步轻轻移到窗前静思默想起来，并焦急地一个劲儿在心里自语："电话，快点儿响啊，快点儿响！"

"雨竹，你……怎么了？有什么事儿吗？"这时，身后的冷俊突然开口问道，这几乎是他和她认识以来说的第一句话。

"哦，冷老师，一定是我吵到您了吧，抱歉啊。"

"没有的事儿，我只是看你刚才在这儿来来回回的，像有什么心事，需要我帮忙吗？"

"呵，谢谢冷老师，怕是您帮不上我的，这个时间的心事儿，自然是关于节目的心事儿……"

话没说完，雨竹的手机响了，她歉意地向冷俊说道："不好意思，冷老师，我先接个电话。"

"没关系、没关系，快接吧，先忙你的。"

雨竹一边接听着电话，一边向走廊走去。可是，很快又折返回来，一脸的失望，进门看到冷俊询问的目光，无奈地笑了笑，解释说，打错了。

冷俊若有所思，认真说道："既然是关于节目的电话，我想大概不存在不方便这么一说，你一会儿就在这儿接电话吧，走廊里隔音效果不好，那才是真的不方便呢，这一层楼大大小小调频、中波有多少个直播间你又不是不知道，搞不好这一走廊的人都能听到，尽管我不太知道你的节目到底出了什么状况，但，关乎节目无小事，关乎听众无小事，为了你即将开始的直播能有一个短暂的更好的准备阶段，这里是你最好的选择，我知道你在想什么，放心吧，不会影响我的。"说着，冷俊把监听音响的音量控制调低了一些。冷俊在广播电台那是出了名的"冷"，可雨竹从没有这样认为过，而现在，她内心感受到的正是阳光的温度。

"谢谢！谢谢冷老师。"雨竹不知道该如何表达自己的心情，唯有真诚地说出这两个字。此时，她觉得有一股暖流缓缓涌入全身，刚才因为临时撤换节目而纠结的心情现在舒缓了许多，突然间她对接下来的未知节目，充满

你是夏天我是叶

了信心。

"您好！"

"您好！请问，是小林吗？"

"是我，您是？"

"哦，我是《水晶葡萄，请你留下来》的作者——张启明。"

"哦，您好，您好，张老师，我正在等您的电话。这样，直播时间马上就到了，咱们长话短说，您的这篇文章我刚才大概看了一遍，我想先了解一下您在创作这篇纪实性散文的时候……"

"……"

"好，张老师，那基本情况我先了解到这儿，我现在要等下一个电话进来，这是节目直播前我们唯一一次沟通，一会儿直播开始之后，随着节目的深入，我可能会随时根据现场电话连线内容，发现和捕捉一些新细节，向您随机提问，这些问题或许是我们现在交流中没有涉及到的，所以请您……"

"……"

"您好，我是小林，您是？哦，您是'水晶葡萄'的妈妈啊，您好！对，对，对，是的。嗯，是这样的，现在时间非常紧，我们只有几分钟的交谈时间，所以抓大放小，捡最重要最关键的来说，我想和您聊一聊关于'水晶葡萄'她在……"

"……"

"那好，直播的时间马上就要到了，我们先聊到这里，一会儿节目开始之后，可能会有一些我们现在还没来得及谈到的内容，会在节目中临时提起，另外，我也会根据您现场所说的内容临时总结和归纳一些问题，并且和您一起商量对策，没关系，您不用紧张，就按照您刚才和我表达的思路来进行思考和对答就可以了……"

"……"

"您好,对,我是林雨竹。哦,是您啊。是这样的,现在我和您交流的时间非常短暂,因为直播马上就要开始了。我就是想简单和你了解一下,这么长时间以来,在整个事情当中,您的角色一直在不断地变化着,从当初最早'水晶葡萄'的主治医生,到后来对这个小女孩儿以及她的家庭的关注者,再到现在对'水晶葡萄'捐款的倡导者和发起者,从您的角度出发,我归纳总结了两点值得关注的地方,一是……"

"……"

"因为时间的关系,我们现在就到这里吧,我这就要进直播间了,这次通话也要马上挂断,但是,一会儿我们还会继续在直播间里进行交流,那几个关键性的问题,我会穿插在其中提问出来。"

放下电话抬起头的一刹那,雨竹看到冷俊正倚靠着导播台双手抱胸站在那里深沉地看着自己……两人四目相碰的瞬间又都迅速躲闪着收回了彼此的目光。

就在这时节目间隙的广告声响起,直播间里的主持人走了出来,和冷俊简单交流了几句,拿着文件筐走了。节目结束了,可冷俊依然站在原地,并没有马上离开的意思。

"我的节目下了,马上该你了,现在我知道你的'心事'了,还有什么我可以帮忙的吗?"

"没有了,已经帮我很多了。"

"让你在这儿接电话,就是帮你很多了?你对'很多'的定义,还真有意思。"

"看似如此,却不单如此。不过没时间表达您对我的帮助有多重要了,现在啊,节目最大。好了,冷老师,我该进去准备了,再一次'谢谢'!"雨竹向冷俊微笑着点点头,转身向直播间走去。

"雨竹……"冷俊自己也不知道怎么搞的,突然脱口而出叫住了雨竹。

你是夏天我是叶

"嗯？"在直播间门口，雨竹回过头来。

"加油！"冷俊一时之间竟然有些慌乱，不知该说什么好，情急之下，吐出这两个字，他有些搞不懂自己。

"一定！"说完，雨竹向冷俊微笑着摆摆手，走进了直播间。

透过导播间的玻璃窗，冷俊看到播音室里的雨竹忙碌着直播前最后的案头准备工作。没有任何思想准备，突然更换一个小时的节目，这不是一件小事，更不是一件简单容易的事情。刚才雨竹机敏干练的电话沟通，让他见识了这个女孩子的不一般，厉害得很，在这么短的时间内，把文稿理解分析得那么透彻，与嘉宾对话交流中主题把握和中心思路清晰明确，就算在这行摸爬滚打了这么多年的自己都未必能吃得消拿得下来，可一个刚刚来到这里直播节目上了没几天的女孩子，却有着这样独自担当的勇气和自信，她一个人默默承受和面对的是怎样的艰难和不易啊。冷俊看到雨竹面色从容、神态镇定、举止自若，在她身上看不出紧张和胆怯，有的只是认真和严谨。"心有惊雷，而面如平湖，每临大事有静气。"冷俊在心里这样形容雨竹。

雨竹选择了钢琴曲《爱的礼赞》作为背景音乐，在舒缓优美的曲调中，她满含深情娓娓道来，字字像涓涓流水，句句像潺潺小溪，深情的诉说，像轻柔的春风，诚挚的颂扬，像细润的微雨。雨竹将这篇略带忧伤，又满含希望，把人性中无私奉献大爱光辉，充满感动和深情的文章演绎得恰到好处，分寸拿捏和把握得十分到位，感伤焕发着力量和鼓舞，希望召唤着良善的凝聚。整个节目，雨竹做得是行云流水、酣畅淋漓、一气呵成，与嘉宾的互动更是精彩，即兴提问总能挖掘出闪光亮点，而几次读到动情之处，就连在导播间里的牧野也唏嘘不已……

刚一下节目，雨竹人还没有从直播间走出来，导播间里的热线电话就响起来了，都是纷纷要捐款捐物的。回到办公室，人还没等坐下，电话又接二连三响个不停，这一天把雨竹忙得不亦乐乎，她觉得通过她的广播，产生了

更为广泛的社会影响,救助"水晶葡萄"的募捐活动大大地向前推进了一步,她心里美滋滋的,整个人乐得跟什么似的,她知道这就是媒体的力量,这就是广播的魅力。除此之外,她还觉得自己那么一点点小小的虚荣心得到了满足,旋即,又在心里大声提醒自己戒骄戒躁、再接再厉。此时,淡定从容,自信朝气的笑容又回到了雨竹的脸上……

一天的喧嚣就这样过去了,雨竹疲惫地躺倒在了床上,心里却依然有些兴奋,嘴角的笑容一直没有消失,一整天的忙碌尽管让她累极了,但一点睡意也没有,看来今夜注定又要失眠了。她在心里反复和自己说着不要去想白天的事了,不要去想,快睡吧,快睡吧,但早晨的一幕还是不断在脑海里重复、闪现,她自己也不知道是如何在困局中力排干扰、急中生智地完成了演播任务,而且效果还算不错,那一份安慰和欣喜油然而生……

她知道,今天临时改稿换节目,韩冰应该早有安排,至少昨天下班之前就已经打算好了,是故意在临近播出还有半个小时的时间才通知她的,不然,文稿不可能一早就出现在韩冰的桌子上,韩冰也不可能一大早跑到办公室去放一份文稿人再走掉,单凭这一点就可以判断,这稿子一定是昨天傍晚韩冰下班的时候,就已经留在了办公桌上。可再说,今天的节目完全可以安排到明天或者近期的任何一天播出,并且有充足的时间做前期准备,完全不必如此。想到这里,雨竹无奈地轻轻"嗨"了一声,从胸中长舒一口气。此时,上铺的甄艳丽吧嗒着嘴说了一句梦话:"骗子,那些钱呢?"又含混不清地嘟囔着什么,翻了一个身继续着梦里的故事。雨竹怎么都琢磨不透,韩冰这样做到底将节目置于何地,视节目为儿戏吗?那么,在她的心中到底什么才是最重要的呢?

不过,雨竹心里又有些暗自高兴地感谢韩冰,若不是她故意这样做制造了这次机会,还真没办法了解自己处理和解决"突发事件"的能力,看来还有继续挖掘的潜能。人,就是这样,有时候我们对自己并不完全了解,有时

你是夏天我是叶

候甚至会对自己感到陌生,而往往重压之下会激发出无比的能量和智慧,你才会看到一个从来不认识的自我。

就这样,雨竹想着想着翻来覆去一直到凌晨才迷迷糊糊地睡去。梦里全都是上节目的事情,一会儿迟到了,一会儿误节目了,一会儿背景音乐没有声音了,一会儿麦克风又出现问题了,一会儿韩冰冷酷可怕的脸突然从身后冲出来,一会儿又是柳青青愤怒的眼神带着泪花,一会儿又是秦思璇和冷俊的笑语和背影……雨竹这一觉睡得时间不长,可入梦的人和事可真不少,太累了……第二天醒来的时候,发现竟然和衣睡了一宿,脖子有些落枕,疼得厉害。上铺的甄艳丽还没有起床,看来时间还早,还不到天气预报的预告时段,雨竹用手一边揉搓着脖子坐起来,一边伸了一个懒腰,努力让自己从睡梦中醒来。

又是一天,又是新的一天,雨竹想,今天又会有什么样的故事发生呢?不过还好一切依然,太阳每天照常升起,且每天都是一轮新骄阳。下午和汪悦约好了见面,想一想,至少在这座孤独的城市还有一个人能够让自己说说心里话,能够听听自己心底压抑的委屈和苦闷,还是蛮幸运的。可是,刚才想到什么了,孤独?一大清早的怎么会想到这个词呢?那孤独是什么?她想了想,觉得最简单的解释是——早上急忙中被自己弄掉在地上的东西,晚上回来,它们还静静地躺在地板上,这便是孤独最直白的解释吧……嗨,怎么了这是?尽想些没用的,雨竹随即打断了自己的思绪,都是昨晚没睡好给弄的,这一大早就开始忧思感叹起来,罢了罢了,起床喽!

最近,冷俊连续不断地在省级文学报刊上看到一个熟悉的名字——雨竹。每一篇署着雨竹名字的文章,冷俊都要反复看上好几遍,他经常拍案叫绝,赞叹不已,雨竹的文章,字字真情,句句独到,篇篇精彩,真正是文如其人,人见其心,实在不同凡响。冷俊认为,无论是雨竹的作品,还是雨竹本人,所显示出的独特气质和韵味,总是区别于他人不流于俗套,她的不同,就是

处处不同。

大概也就是从这个时候起,冷俊有了搜集和整理雨竹发表的文章的习惯。

今天雨竹的这篇散文,冷俊读来尤为喜欢,文中那唯美的笔触,优雅的格调,梦幻的遐想以及豆蔻少女那尽在不言中的朦胧心事,都让冷俊觉得妙不可言,意犹未尽。他反反复复捧读了好多遍,真有些不忍释卷,其中某些精彩段落,他甚至都可以背诵下来了。冷俊想,这才是真正能够与心灵和思想为伴的好文章,这才是令人陶醉使人憧憬的精彩之作。想着,想着,他又读了起来——

"听,海的声音……

有这样一个画面多年来一直停留在记忆深处:海水很蓝,海风很大,男主人公在巨大的海浪声中对着耳边的手提电话大声地喊着:'听!听!这是什么声音?'之后将手中的电话高高举起,手臂在空中划出一个大大的弧度。镜头转向喧闹的都市,电话这一端的女主人公在电波里听到了那遥远而又清晰的声音潸然泪下,那是海的声音……这是多年前看过的一个电视剧当中的情节,不用说这是一个爱情故事。

听,海的声音!第一次知道原来海是可以用来听的。一直渴望着海天一色的壮美,想将那蔚蓝抱个满怀,从来不知道海的宽广和深邃是能够用耳朵来倾听和感受的。曾经听到过这样一个故事,一个出了国的女人在多瑙河的清波上,由于怕翻翘的刘海儿和烫花的长发被海风吹乱,而自始至终地躲在船舱里,与同伴聊着化妆用的品牌和家里的装修。听到这里,我的双手仿佛触摸到了多瑙河细腻古老的波纹,看到了白色帆船悠然前进时掠过头顶的碧绿枝叶,以及河岸边拉着小提琴的英俊少年,还有那支河面上飘荡着的悠扬的《多瑙河之波》,那一刻恍惚之间有一种错位,不知道我和那个女

你是夏天我是叶

人究竟是谁到过那里。

　　曾经无数次地幻想着见到海,在无以言说的慨叹声中向着大海狂奔,不知道究竟是海拥抱了我,还是我拥抱了海;也曾幻想赤着脚踩在松软的沙滩上,拾起的海螺和贝壳带着海水的颜色和泥土的味道串成美丽的配件装饰着我的梦;还曾幻想着海风吹动我白色衣裙和飘逸长发,没有比基尼的性感,没有太阳伞的艳丽,在微微的海风中裙角飞扬、秀发飘飘,亦如我纷飞的思绪;少女情怀总是诗,也曾落入俗套地幻想着和心爱的人儿手牵着手一起在海边看日出日落、听波涛汹涌,那太阳蹦出海平面的一刹,那夕阳西下出港晚归的船儿勾勒出我们爱的剪影。没有海枯石烂、天荒地老的誓言,有的是心灵深处那一份默契、真诚和执着……听,听,听到了吗?和着海浪声,那来自彼此灵魂深处爱的呼唤!

　　掬一捧海水,看自己倒映的容颜在方寸之间轻轻摆动,海水从指缝间悄悄溜走,如过往的岁月无声无息;碎玉般的浪花朵朵似少女润泽的双唇轻吻脚面,咸咸的海风犹如温柔的双手掠过我金色韶光,没有见过海,却如此真实地感受着海,看云卷云舒,听潮起潮落。

　　请陪我一起听海的声音,好吗?

　　你听到了吗?

　　听!海的声音……"

　　读罢,冷俊缓缓走到落地窗前。窗外,微风徐徐,群星闪烁,特别是那轮刚刚升起的弯弯月亮,银辉洒落,柔情如水。他久久遥望夜空,思绪万千,仿佛自己的心在熠熠星河耿耿云海间翩跹起舞,荡漾春潮。他轻声问道:"将来,谁是那个和雨竹十指相扣陪她听海看海的人呢?谁是那个把海螺和贝壳串成美丽项链戴在她颈间的人呢?谁又是那个堤岸对面拉着小提琴的英俊少年呢?他想,无论是谁,那个人一定是这世上最幸福和最幸运的!"

冷俊不知道，此时的雨竹也和他一样，正凝望着满天璀璨繁星和那挂在天际的如钩新月，遐想无限，勾勒着少女的如梦情怀。她想，广寒宫里的嫦娥，此刻是不是正和吴刚对酌着桂花酒；银河鹊桥下，月亮船载着牛郎织女从今永不分离；还有，她的心海，谁能驾一叶小舟翩然而至，徜徉漫步，不忍离去？

虽然是弯弯的月亮，但却是满满的情怀。就这样，不眠的城市不眠的夜，同一片夜空下的两个人，彼此并不知道他们在共赏明月，共享心事，"此时相望不相闻，愿逐月华流照君"……

也是一个夜晚，韩冰和牧野没有酌酒，也没有赏月，而他们的故事，也叠起波澜——

黑暗中，一个小小的红色火点儿，忽明忽暗一闪一闪地亮着，反射在另一侧床头边梳妆台的镜子里，周围一层白腾腾灰蒙蒙的烟雾缭绕着扩散开来，就在那明暗之间微弱的光亮下，牧野黑色的脸膛若隐若现，他赤裸着上身后背斜靠床头而坐，一条薄毯子盖在肚皮上，赤着的双腿耷拉在床边。他猛吸了几口香烟，左手搔了搔头发，又在脸上抹了一把，他忘记了眼角和唇边的伤口，疼得他在黑暗中吸吸溜溜赶忙抚揉。这时右手的香烟已经燃到手指，他使劲儿甩了一下手，嘴里不禁小声喊了一句"哎哟"，甩掉的烟蒂落在地上冒着丝丝缕缕的青烟，牧野轻起欠身，半个屁股坐在床边，另一只脚趿拉起拖鞋，碾灭了那只在黑暗中仅存一点光亮的烟蒂。

牧野回头看去，韩冰面向里背对他躺着，发出均匀的呼吸，似乎已沉沉睡去，还好，没有惊动她。借着从窗户洒过来的那一丝月光，韩冰一半脸印着惨淡的光亮，一半脸隐藏在黑暗之中。此时的韩冰显得那么安静，比起平日里冷若冰霜或者歇斯底里的样子，牧野自然更喜欢现在的她，看上去娴静、安逸，不由得心中生出几年来少有的怜悯，他愿意花更多"心思"在她身上。

从不失眠的牧野，今天怎么都睡不着，最近发生的事情太多了，脑海中不断浮现出许许多多的画面，再看看身边这个既缺乏温柔又不够妩媚的女人，

你是夏天我是叶

无论怎么样，兜兜转转了一大圈儿，最后竟然还是在这里找到那一丝快乐和慰藉。

今天晚上，牧野很晚才过来。最近，他已经有好些日子没来了。从某种意义上来说，这里更像是他的家，自从和韩冰好上之后，他不是这里的常客，而是这里的长住客，而他自己的家则更像是旅店一样。可今天登门，他竟然莫名的有一种惶恐。

记得那年，韩冰刚调到这里来，没房子没地方住，最初的几个月，每晚都在办公室的地板上打地铺，白天人来人往的办公场所，到了晚上，一卷铺盖平铺在地上，便成了韩冰的寝室，到了白天卷起的铺盖卷静静地立在办公室的角落里。有一次，牧野因为不小心，打翻了旁边的暖水瓶和洗脸盆，结果，立在地上的行李被浇得稀里哗啦。牧野一边慌忙收拾，一边嘴上忙不迭地道歉，而那时的韩冰虽然心里恼火，但毕竟自己是新来乍到的，不敢多说什么，嘴上也连说着"没关系"之类的客气话。当天晚上，韩冰看着眼前湿漉漉的一切，想着自己曾经的过往，那无法消退的冰冷和潮湿浸透了韩冰整个的人和心，她不由得悲从中来，黯然伤神落泪，好久好久……如此这般，韩冰在办公桌上趴着熬过了两宿。

后来韩冰的不堪境况让牧野知道了，他心里充满了愧疚和歉意，打那以后，无论韩冰有什么事情，牧野都冲锋在前，责无旁贷，处处帮衬着、维护着。就拿韩冰现在居住的这房子来说吧，没有牧野的鼎力相助，韩冰住上住不上还是两说呢。撬锁入住是韩冰的主意，可真正行动干活的却是牧野，所以说，世上没有无缘无故的恨，也没有无缘无故的爱。韩冰搬进来的第一个晚上，牧野便留在了这里……

让韩冰没想到的是，从此之后，她和牧野便再也分不开了，并且拉拉扯扯不明不白这么多年。当年的想法很简单，就是对牧野给予自己的帮助做个回报，当然是自愿自觉的。自那晚之后，韩冰很快退烧退热冷却了下来，对牧野很是冷淡，但牧野持续"高烧"不减，自以为两个人之间有了实质性关系，

彼此间的距离便近了一大步,他完全不把自己当外人了,在办公室里有事没事和韩冰搭话,说话的口气和眼神,别有一番含义在其中,往韩冰家里跑的更勤了,从不避嫌。为此,韩冰也曾反感过,对牧野不是甩脸子就是给他吃闭门羹。牧野懵懵懂懂的心里,总是看不清、搞不懂,这个女人怎么翻脸比翻书还快啊?想想那一夜床笫间的卿卿我我,极尽温柔缠绵之事,难道这么快,就真的寒如冰块起来了吗?不过……牧野转念又一想,认为韩冰心里是有自己的,不然她不会欣然款衣,以身相许的。牧野按照自己的逻辑,解读韩冰对待自己的态度,他越这样想便越激发了自己想要彻底征服韩冰的欲望,就越发对韩冰纠缠不休,紧追不放。无论韩冰对他态度怎样恶劣,他都能包容、忍让和迁就,大有打不还手骂不还口,绝不退缩的精神。他依然每天嬉皮笑脸,像侍奉"老佛爷"一样尽心。有时候韩冰当着众人的面,毫不客气地把他从头到脚数落一顿,但牧野似乎一概听不懂,完全无所谓,嘻嘻哈哈打着傻谜,一副无赖的活脱像。渐渐的时间久了,韩冰内心的孤独、无助、渴望和期盼也只有牧野能够聊以补缺和解除。韩冰想,是啊,除了牧野,又有谁能给她所需要的呢?就这样,韩冰经过了无数次挣扎和彷徨,最终,两个人还是在一起了……

  韩冰至今还记得,那是一个风雨交加的夜晚,霹雷闪电震得整个房间似乎都晃动起来,窗户上的玻璃呼啦啦地作响,更糟糕的是,不知是何原因家里又突然停了电,她害怕极了。就在这时,有人在"咚咚咚"地敲门,韩冰心慌心跳,头皮发麻,她大着胆子颤抖着嗓音问了声:"谁?"

  只听门外答道:"我!"韩冰一听是牧野的声音,心头的恐惧立刻烟消云散,急忙把门打开,在黑暗中看不清彼此的两个人紧紧地拥抱在一起。

  "下雨了,怕你害怕,过来看看。"牧野说。

  瞬间,韩冰的眼泪喷涌而出……

  房门打开的一刻,牧野落汤鸡一般站在昏暗的走廊里,浑身透湿,手中的雨伞被狂风吹断了伞骨,因为路滑跌了一跤,手电筒也摔坏了,鞋子上满

你是夏天我是叶

是污泥，裤子划了一个大大的口子，膝盖还淌着血。面对此时突然出现的牧野，韩冰再也控制不住自己的感情，"哇"地哭出声来，肆无忌惮地抽泣起来，牧野眼圈微热，把她搂在怀里，又急忙连推带哄把韩冰从走廊拉回了屋里，后背紧贴着刚刚合上的冰冷的铁皮门，轻轻扶拍着韩冰的后背，嘴里说着："一会儿啊一会儿，湿、湿，身上都是水，脏、脏……"韩冰并不理会，只是一味把牧野抱得更紧了……

好不容易，两个人平静下来，这时的牧野顾不得身上的泥水和伤口，首先查看电闸和线路，接着换了保险丝和灯泡。此刻，韩冰平日里的厉害一丝一毫也没有了，像温顺的小羊，听从牧野的差遣……

亮了，灯终于亮了，经过黑暗，重见光明，韩冰感到她的眼有些微微刺痛。她想，若不是牧野及时出现，今夜还要在黑暗中沉寂多久？漆黑的雷雨之夜，单独一人是多么难耐呀……

韩冰给牧野烧好了洗澡水，又找来最肥大的衣服要他换上，帮着他一点点清洗伤口，又小心翼翼地涂了碘酒消毒，撒了消炎粉，并认真仔细地把伤口做了包扎，这一切，让牧野感受到了前所未有的温暖……

窗外，电闪雷鸣，狂风裹挟着雨点一阵阵袭来，猛烈抽打在窗户的玻璃上，一声轰隆隆雷电巨响之后，整个夜空瞬间被照得如同白昼，旋即又快速被黑暗吞噬，窗外倾泻而下的大雨像瓢泼一般，浇注和冲刷着干涸已久的大地……

就这样，韩冰与牧野，在那晚若明若暗的光电疏影中，身体和灵魂像两团熊熊燃烧的大火，喘息着，颤抖着……

现在，床这一边的韩冰，在黑暗中闻着牧野有些呛人的烟草与汗臭的混合味儿，没有像往常一样坐起来一把抢过牧野嘴上叼着的烟卷儿揉个粉碎，也没有一个高蹦起来光着身子赤着双脚站在地板上，搀着同样赤身裸体的牧野到卫生间里去冲澡。她就这样侧身在牧野身旁，将身体埋在阴影里假寐酣睡。牧野并不知道，一旁的韩冰早已无声地泪流满面了……

今夜的韩冰，突然之间有一种深深的悲哀从心底涌上，微微睁开泪水朦胧的双眼，眼前一片黑暗，什么都看不到，唯有枕边梳妆台的镜子里，有一星烟头的光亮，红红的，一闪一闪地跳着，仿佛要灼伤她的眼眸，她又轻轻合上双目，用牙齿紧紧咬住了被角，任流淌下来的泪水打湿枕头……今晚，外面又下起了雨，这些年，好多过往都已淡忘，可一到下雨天，韩冰总会想起她和牧野在那个雨夜发生的一切，但今夜的雨不是彼夜的雨，今夜更不是彼夜……

身边的这个男人这些年给了她不少慰藉，她的内心是感谢他的，如若没有他，她不知道这些年的漫漫长夜将如何度过。可是，越是如此，韩冰便越是时时觉得悲哀。她当然知道单位、社会，周围人们对他们之间关系的看法和议论，她表面装着无所谓、不在乎，但实际上，她是苦在心头无法说的。那来自四面的一个个异样的眼神都会令她浑身不自在，她总像受惊的刺猬一样竖起身上尖利的毛针，来防卫抵御外界的一切。韩冰不断处在矛盾和挣扎之中，她一方面痛恨厌恶与牧野之间这见不得光的关系，可是另一方面，她又无法舍弃这其中带给自己的满足和快乐。她和牧野心里都清楚，他们的"结合"不过是各取所需，各自安慰罢了，彼此间不会想着给对方一个天长地久的美好归宿的，明天和未来相互不予羁绊，一切与需要有关，与爱无关。

她和牧野也曾有过温馨的时刻，洗衣、做饭、打扫，像每一个正常家庭的夫妻一样，在操持家务中，有玩笑，也有一定的默契。甚至有那么一刻，韩冰恍惚觉得，他们就是一家人，可以这样安静稳定地生活下去。尽管牧野的家在他口中不称其为家，但他那家的形式毕竟还存在着，所以，当牧野或者牧野的正室大房，以家的名义在任何时候提溜差遣他做任何事情的时候，韩冰的内心总被深深刺痛，她明白自己不爱这个男人，但她依然无法忍受有人和自己来分享这个男人，并且比自己更有优先权。老婆加班，经常需要他接送，孩子生病，偶尔需要他陪护，特别是逢年过节的日子里，这个有时候让她又气又恨又依恋又厌烦的男人总是不能陪在自己身边，这

你是夏天我是叶

种时而陶醉时而怨怼的关系，让韩冰欲罢不能，她认为，牧野就是她的"鸡肋"，命中注定。

韩冰一直都在奇怪那天的鬼使神差，自己和牧野像着了魔一般，怎么在办公室里就……"唉，都怨牧野。"她在心里嗔怒道。他趁着下班后办公室无人，从后面猛地抱住她一阵胡亲乱摸挑逗起来，口中还念叨着："这么晚人都走了，来点儿新鲜刺激的。"结果飙得两个人荷尔蒙直线上升，当下就把单位变成了家，可是，怎么就……哎，那个寸劲儿哪……这下可好，被人家撞了个正着，当时那个尴尬啊，就别提了……韩冰不愿回忆，但却总是不能忘记，她依然觉得难堪得无地自容无以言表，她拉起被角，蒙住头脸，觉得自己此时就像一只沙漠里的驼鸟，难以摆脱自责和懊悔。

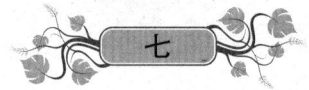

七

手机响的时候，时间已经很晚了，雨竹正忙着温习第二天的播出稿，陌生的号码，接通之后才知道原来是冷俊。台里最近调整、改版和重组栏目，冷俊不再负责监制早晨那档整点新闻，他主动提出大胆尝试，重新带领着几个人，开辟了一个新栏目，播出时间也调整到了晚上。自然，新栏目在内容和形式上和以前的新闻节目完全不同，为此，冷俊也做了很大的突破和尝试，付出了许多努力和心血。现在的这档节目是一个文艺、文学类的综合性节目，根据节目需要，经常和广大听众共同探讨相关话题。每晚十点半播出，时长一个小时，改版之后一个多月的时间里，反响不错，这让冷俊心里很是高兴。雨竹和冷俊依然很少说话，改版之后因为时间交错更是很少碰面，偶尔在走廊里遇到，依然微笑着点点头，但因为上次导播间里短暂的接触，彼此之间似乎不再那么陌生，擦肩而过时的笑容多了几分友好和信任，不过，今天接

到冷俊的电话，雨竹很是意外。

"喂，雨竹吗？"没等她说话，冷俊在电话那头开了口，声音沙哑。

"是我，怎么？冷老师，您的嗓子？"

"唉，别提了，重感冒高烧引起的咽炎喉炎同时发作，闭音了，今天这才刚刚能挤出些声响，靠嗓子吃饭的人现在说话都成了困难。"

"冷老师现在这个时间打电话过来，一定有事找我吧？"

"是啊，我是有事儿求你。"

"快别这么说，什么事儿啊？什么求不求的。"

"一会儿帮我上节目。"

"上节目？我？您的节目？"

"对，是啊。"

"怎么……"

"我现在急需主持人，至少帮我把今天晚上的节目顶下来，我这嗓子实在没办法自己上，至于我的节目主持人去哪儿了，为什么我给你打电话，还有你心中的好多疑问，等下了节目之后或者以后有机会我再告诉你，好吗？现在什么都别问，帮帮我可以吗？"

"那我去那儿找您，还有一个小时，来得及，我想多争取一些时间，尽快熟悉播出稿。"雨竹脑子里几乎没有任何过多的考虑，看了一眼手表，匆忙穿上鞋往外走。

雨竹走出宿舍的时候，外面淅淅沥沥下着小雨，好在住的地方和办公楼离得近，她没有打伞，一路小跑。

"我知道你一定会答应的，但没想到这么痛快，以为至少你会犹豫，我还准备了好多说服你的话，看来不用我多说了。"办公楼前冷俊迎了上来，浑身湿漉漉的，T恤的底边时不时还会滴下水滴，他见到雨竹第一句话是这么说的。

"为什么觉得我会犹豫？"

你是夏天我是叶

"我担心你会顾忌你们制片人的想法。"

"那现在看来准备的腹稿用不上了。冷老师，看您这一身的雨水，这是……"

"哦，我啊，刚才在雨里洗了个澡。"看到雨竹不解的目光，冷俊微笑着调侃，"我们常说，对大自然要有敬畏之心，我今天可真是接受风雨的洗礼了，怎么样，够虔诚吧。"冷俊开着玩笑，他的嗓子听着比电话里还要沙哑得厉害，这样的嗓音上节目的确是不可以的，这几句话他说得费劲，比比画画几乎用了全身的力气。雨竹想，以这样的浪漫方式来描述雨中的淋漓，怕是只有冷俊了。她没有再继续问下去，接过文稿边进大楼边看了起来。

文稿上的字迹虽然有些潦草，但条理清晰，段落分明，能够让人看得清楚明白。这些日子以来，雨竹已经习惯了这样的书写页面。过去在学校的时候，只要经过她的手，无论是主持词还是其他学习资料，总是写得清清楚楚，涂改的地方很少，即便有，也标注得一目了然，如果改动的地方实在太多，页面乱糟的厉害，她也总要再誊抄一遍，自己看起来方便，其他的老师和同学看起来明白，可以说这是雨竹从小到大养成的习惯。而自从她当上这主持人，每天一稿三审，韩冰改完了栏目部主任改，栏目部主任改完了之后再送交节目总监审阅，最后回到她这里便是改改画画之后的不成样子。起初，她觉得是自己采写的不够好，所以拿到手的文稿总是被人家改得乱七八糟，但是渐渐发现，一稿三审的后两审，总是和一审韩冰的意见不一样，一审被韩冰划掉和修改过的地方，在雨竹原来的文字下，总会看到二三审用红笔串联起来的那一行行的红圈圈，有时候甚至是大段和整篇的"复原"。还有几次，干脆在稿件最上端的醒目位置上分别写着"原稿可用"和"无须修改"的建议，这让她的心里安慰，平复了许多。

雨竹觉得今天这稿子写得很是精彩，一看就知道，只有具有一定人生阅历的人，才能对生命和生活的意义感悟和体会得如此深刻和深邃。文章句句

力透纸背,一缕淡淡的忧伤飘逸而出,像兰,优雅从容,像菊,芬芳含蓄,雨竹喜欢这样的文字和风格。

还有五分钟节目开始,雨竹坐到了直播间,把台式高支架麦克风拉过来调整位置和高度,打开文稿又检查和规整了一遍前后页码的顺序,弯下腰伸手把工作台下方的CD盘放好,接着将节目中途要更换的MD盘放在CD机上方的位置,这样方便更换,这些开始前的准备工作她从容地做着……

静静的夜,直播间里只有一盏小桔灯亮着,淡淡的灯光打在稿纸上微微发黄,映着雨竹的脸庞、纤手、衣服和发丝,周围的一切都笼罩着一圈光晕,雨竹轻轻推上推子,片头曲响起,她的脸有着动人的表情,舒缓的音乐过后,雨竹开口向大家问好——

"亲爱的听众朋友,大家晚上好!在微雨送爽的夜色里,在朦胧醉人的花香中,《星海夜话》节目又准时和您见面了。我是您的新朋友,主持人雨竹,很高兴在这温婉而又柔情的夜晚和您相遇,共同度过这段美好时光。雨竹虽从未与大家谋面,但我们彼此并不陌生,在话筒前,在电波里,我们是携手青春的同路人。或许您会说您已过了那青春的年纪了,或许您会说您的青春早已远去,像那小鸟一样一去不复回,但雨竹却不这样认为,青春不是年轻人的专利,青春也不仅仅是年龄的符号,青春是一种追求、一种精神,是一种不言败不服输的气魄与胆量,青春更是一场滔滔大雨,即使感冒了,还盼望回头再淋一次,催人振奋,给人力量,寄托希望,青春是永不枯竭的创造力,青春更是聚心合力的你我他……

亲爱的朋友,心怀青春梦想的您此时在做些什么呢?或许您正披挂着试验田的稻花芳香,在与农民兄弟展望丰收的年景;或许您正在草原深处的蒙古包里夜话水草保护的百年大计;或许您正在流水线上迎接最新产品的问世;或许您正在边防哨卡守卫祖国辽阔的

你是夏天我是叶

边疆；或许您正在秉烛夜读为将来金榜题名而努力奋斗；或许您正与亲朋好友酣畅淋漓的痛饮，品尝百味人生憧憬着七色阳光；再或许您在一盏悠悠烛光下甜蜜地等候着晚归的心上人；再或者您正在摩天大厦落地窗旁品一杯红酒、听一曲音乐、忆一段往事，并俯瞰这座城市的夜景，但无论是怎样的您，都请不要忘记青春不计年月，青春不属于过去，青春属于眼下和未来，青春就在我们的内心最深处……好，那今晚为大家首先带来的是一篇唯美散文——《夜色阑珊》，就请合着莫扎特的这首《小夜曲》，让我们共同来分享吧……"

从直播间出来的时候，雨已经停了，地面湿润，空气新鲜，淅淅沥沥的小雨把一天的暑气消散，只觉得这样的天气让人神清气爽，好不舒服。雨竹轻轻微闭双眼深深吸了口气又缓缓呼出来，用力伸了伸腰，倦意顿消……冷俊跟在后面，保持着不远不近的距离，两个人在办公大楼前的花坛小亭旁停下。

"雨竹，今天真的是谢谢你，太感谢了。"

"没什么，冷老师，别这么客气，您不是也同样帮助过我吗。"

"嗨，我就知道你要提这事儿，那不过小事一桩真不算什么，以后啊，劳烦你就不要总是记挂着吧。"

"冷老师，那天您不是说，我对'很多'的定义很有些意思吗？您口中所谓的小事，看似'小'，却给了我莫大的信心和鼓励，您的理解和支持，让我顷刻间有种豁然开朗、柳暗花明的感觉，我不知道这样形容是否准确，但那天节目播出效果不错，社会反响很好，说实话，这不能不说和您'小小'的帮助是分不开的。"

"哎呀，如此说来，当时我那'小小'的帮助，还起了'大大'的作用？那么，今天你对我的帮助可是'大大'的哦，看来，这节目因为你的加盟要'火'喽。"

"冷老师千万不要拿我取笑,这节目要火,是多方面原因,可不是我的功劳,最主要的是您这个制作人对节目的把控和策划精准到位,再加上各路人马全力配合,所以节目才会被大家喜欢和认可。主持人是一个节目思想和理念的传播者,对于今晚的客串,我很荣幸。"

"你刚才也说了,原因是多方面的,那至少你也是其中的一方面吧。"

"哎呀,如此说来,今晚我这'大大'的帮助,还起了'小小'的作用?看来,这节目因为我的加盟要'火'喽。"雨竹学着冷俊的口气,又把刚才冷俊讲过的话说了一遍,冷俊听后,与雨竹一同笑起来。

"不过,话说回来,今天这也真够悬的,如果我出去了不在宿舍,或者有其他的事不能脱身,比如联系不到我,那您该怎么办?"玩笑过后,雨竹认真问到。

"不知道,没想过,但现在这不都让你给完美地解决了吗。当时我就想了,只要能联系到你,你一定会帮我这个忙,而且一定能帮好这个忙。果然不出所料,让我不能不再次说声谢谢!"

"如果一定要说谢的话,那我也要谢谢冷老师的看重和信任,这么放心地把节目交给我。"

"雨竹,我啊,是放心我自己的判断和选择。"冷俊又幽默了起来。

"哦?咯咯咯……"两个人又是一阵爽朗的笑声。

"另外,雨竹,不好意思啊,我还有个不情之请,看我,这刚道了谢,又求起人来,真是的……哎!这个……不知道你……"

"是什么?我大概已经猜到了。"

"是吗?"

"肯定是让我,嗯,还得再帮几天忙。"

"是呀,猜得对,我还想请你再多帮我几天,我这也真是没办法。只是,每天白天晚上做两档节目轮流转,实在是辛苦你了。"

"那倒不是问题。不过,有些事情,我总得要了解一下吧,如果不介意

你是夏天我是叶

的话,那您现在说说吧,您栏目的主持人呢?发生了什么事吗?"

"那我可权当你是答应了啊。唉,今天的事儿,现在想想我倒是想笑,但当时把我急得,跳河的心都有了。我发现,有时候事情总往一起赶,就跟集体商量好了似的凑热闹,今天啊,我是充分领会到'屋漏偏逢连阴雨'这句话的含义了。我栏目组的主持人兰天,她马上就要结婚了,消息你也知道吧?这不,嫁了个大老板现在成阔太太了,前几天突然提出辞职,说是要做全职太太,昨天旅行结婚去了。"

"那不是还有何环宇呢吗?"

"哎,别提了,就在我给你打那通'求救'电话之前,我接了他的电话。电话里,他哭得是稀里哗啦,急得我连问了好半天,他这才抽抽搭搭地说家里出了事,要连夜坐火车赶回老家去,一个大男孩哭成了那个样子,想必事情重大。他还说,没有坐票,就是站也要站上几十个小时站回老家去。我一听,急忙给在火车站工作的同学打电话,请他帮忙,总算给小何弄了一张卧铺票。不然,这真要是站回去,四十多个小时呢,没等到家,他自己就已经先垮掉了,那还怎么照顾他的家人呢?后来我又跑出去,在银行自助机上给他打过去一些钱。他走得匆忙,我想大概身上不会带太多的钱,再者他平常手头就不宽裕,虽然我给他寄过去的钱不多,但我想总能让他抵挡一阵子吧。说起这话来,今天大概老天爷是有意在考验我吧,去银行的那阵儿,正好赶上雨下得最大,在路边站了好久怎么都打不上出租车,我的车又被朋友借去了,也可能是我这几天感冒发烧被烧糊涂了,出来的时候竟然连把雨伞也没带,就这样冒着雨徒步跑了好远的路,淋得像落汤鸡。更倒霉的是,连着两家银行的自助机都取不出钱来,只好又跑了两条街,这才总算是找到一家银行,把钱给他打了过去。你看,到现在我这衣服还半湿不干的呢。这不,等忙完了这些一看时间,我的心'咯噔'一下,离直播就剩一个多小时了,怎么办?你听听,我的嗓子实在是不能上节目,于是,我啊,第一时间就想到了你。你真的是帮了我一个大忙,今天真的太感谢了。"

"应该接受感谢的是您,冷老师,虽然我和何环宇不是很熟,但是我相信,在他心里一定对您说过无数遍感谢的话。只有在急难险困的时刻,才能显现真情。这不是谁都能做到的。"

"就为这点儿小事儿?一张车票?一点小钱儿?不至于吧,我这随便一聊,嘴一秃噜,就唠出来了。哪儿值得一谢?等哪天我上了'感动中国',到时候你来献花,再来对我说这番话吧。"

听冷俊这样说,雨竹真诚地说道:"上'感动中国'的人,绝大部分是平常人、普通人,凡人善举嘛。就是要从身边做起,所以,我得好好向您学。"

"向我学?那可谈不上。打小父母就告诉我,'德从宽处积,福向俭中求',虽说父母都是草根贫民,但他们最重古道古训那些千年老理儿,他们认为那是根那是本。"

听到此,雨竹笑意浓浓,提高了些声调:"哎呀,真是无独有偶,不无巧合啊,我父母也曾反复说过,'德善传家久,诗书济世长',如今,现实世界太浮躁,拜金成风,为利拼命。那些社会蛀虫,不顾一切为了名利,为名利不顾一切,一旦权钱在手,便放纵、任性起来。冷老师,今天您所做的这些,的确不是什么大事,但于细微之处见精神,所以尤其可贵。"

"哎,换做其他人也会如此。助人为乐、扶危济困随处可见,你刚才不是也说从身边做起吗,小何就是我身边的人,帮他是应该的,区区小事,不值一提。"

"冷老师,你真是个大好人,是真君子。哎呀,我都不好意思夸您了……"

"好了,别顽皮了,哪儿有那么多真君子!"冷俊笑着说。

此时,冷俊不知道该如何形容他瞬间的心情,他远没有想到今天所做的这点儿小事,自己根本没在意,却让雨竹这样称赞,可见雨竹内心是何等的善良和正义。他进一步看到,雨竹想事、看人,非常透彻深刻,更加佩服起眼前这个女孩儿了,认为雨竹不仅出色,而且出众。他自认为看人从不走眼,这回又得到了验证。从第一眼看到雨竹起,从她第一次单独上节目那天在导

你是夏天我是叶

播间和韩冰与柳青青的对话起,从他和她说的第一句话起……

"扑哧",雨竹也一下子乐出了声:"难道您认为我刚才说的话,是玩笑话?"

"哦,那倒没有,只是我被你忽悠得有些晕了,还有你这郑重其事的表情。"

雨竹半开玩笑半认真地说:"在我心里对冷老师是肃然起敬,所以,不敢不'郑重其事'。"

"好了,雨竹,改改称呼吧,以后啊,别再叫我冷老师了,也别总是'您'呀'您'的。我比你大几岁,但是'老师'这个称呼可真是担当不起,以后,干脆就叫我的名字吧,要不就叫我冷大哥好了。这样啊,也方便咱们相处,交往起来也更随意一些,你觉得呢?"

"这样……妥当吗?"

"有什么不妥的?我不喜欢拘泥的人际关系,当然也不喜欢不拘小节的往来,我可不是你们那个栏目的什么负责人,必须让人家叫她什么什么狗屁主任的。哦,对不起啊,雨竹,你看我这一下子粗话也上来了,抱歉,你可千万别在意啊。"

"咯咯咯"雨竹忍不住又笑了,开口道:"原来,外表看起来气质儒雅、文质彬彬的冷老师也会爆粗口啊?"

"嗨,什么气质儒雅、文质彬彬啊,那都是哄人的表面现象。这满大街跑的人,无论你是位高权重、腰缠万贯的官员还是老板,无论你是质朴憨厚、两袖清风的平民百姓还是一介草民,有哪一个人不是双面或者多面的呢?就像你们那位'主任',别看她平时趾高气扬的,其实啊,在我看来那不过是装腔作势,她总觉得唯有如此,别人才能惧她、畏她、敬她、尊她。殊不知,她这样,只能让别人对她疏而远之,敬而少之,谁能惧之乎?何来敬乎哉?"冷俊老学究式的戏谑之言引得雨竹笑了起来。

"是啊,这样的说法我同意。一个人不管你在人前多光鲜靓丽,多风

头尽显,哪怕你有呼风唤雨的本事,可一个人独处的时候,便卸下了所有的伪装和面具。有在某个角落掩面哭泣的,有在暗夜里借酒消愁的,有在星光下沉思默想的,也有独守空房辗转反侧的等等,每个人都有每个人的故事,每个人都有每个人的不易。但最大的不易就是与人交际的不易。人家说,人与人相处有两大定律,你怎样对别人,别人就会怎样对你,这叫'黄金定律';别人怎样对你,你就怎样对别人,这叫'白金法则'。是否有普遍性不得而知。"

"对,你的那位'韩大主任'就是例外之一。她呀,表里如一,心口如一,人前背后一个样。"

"多正面的评价啊,如果这么说的话,那我倒觉得,您和她正好相反,您是一个典型的'表里不一'的人?"

"哦,是吗?那我当如何理解?"

"您的姓,可是和您的内心和行动完全不一致啊,这不是典型表里不一吗?"

话说到这里,两个人彼此对望了一眼,突然,不约而同地爆发出"哈哈哈"的大笑声,笑得雨竹捂着肚子弯下了腰,笑得冷俊咳嗽起来直擦眼泪……

"今天晚上我真是长见识了,雨竹啊,真没看出来,你刚刚毕业走上社会,小小年纪,对社会和人生的认知独到、深刻,不随俗流。"冷俊说出了他对雨竹最佩服的话。

"什么啊,快别笑话我了,实在是浅陋。"

"那你呢?现在我们大家看到的你,和你一个人独处时,有什么不一样吗?"

"当然不一样了,我自己一个人的时候,可以很随意地把头发在脑后一绾,也不用理会今天有没有画一个精致的淡妆,穿衣服只求宽松舒服不求好看漂亮,最喜欢的就是可以床上横躺竖卧不用考虑姿势姿态如何。当然了,我知道您指的并不是这些。那好吧,我就告诉您一个小秘密。"

你是夏天我是叶

雨竹故作深奥地卖了个关子,引得冷峻侧颈而听:"其实,我一个人的时候,还有那么一点小忧郁,不过,只是一点点哦,而且经常会莫名其妙地伤感。"

"忧郁?伤感?"冷俊若有所思地反问了一句,接着他又说:"忧郁起于思多虑远,至于伤感嘛,只有内心世界极为丰富敏感的人,才容易这样。"

"其实,人的外表和内心有时候是不太一样的。您知道我最喜欢的文学形象是谁吗?"话说到这里雨竹来了劲,表情生动起来。

"不知道,我怎么会知道?文学作品中的人物形象咱俩又没交流过,范围太广,猜不出来啊。"

"呵呵,我最喜欢的是——林、黛、玉!"

"林黛玉?《红楼梦》啊?"

"是啊,怎么,不相信吗?"

"谈不上不相信,只是有些意外,你的性格和做事风格较之林黛玉可是相差十万八千里,一点也贴不上边儿。"

"当然了,毕竟我不是她,也不生活在她那个年代。但是,有时候我会觉得,她和我的心灵息息相通,我的骨子里也有那样一种哀怨、忧伤、多愁、善感。不过我虽然喜欢她,但我不会像她那样'见花花落泪,见鸟鸟惊心',一年四季雨打茜纱静夜思,'泪痕红悒鲛绡透'地活着,也绝不会等着别人来安排自己的命运。我会努力,我会争取,我的青春我做主。有时候想想,真是有意思的巧合,您看我和她还是一个姓呢,我们都姓'林',我名字当中的'雨',和她的'玉'字正好是谐音。林黛玉最喜欢的就是竹子,而我的名字当中也有一个'竹'字。她住的潇湘馆庭院里种满了斑竹,而我的爸爸妈妈在给我起名字的时候,是因为他们特别喜欢竹子的风骨,'未出土时先有节,到凌云处仍虚心',再加上,我出生的那天,正好也像今天这样下着大雨,所以,给我起名'雨竹'。随着年龄的增长,我越来越明白爸爸妈妈对我的期望,他们是希望我能像竹子一样有气节、有志向,希望我能生活

得有骨气。"冷俊看到雨竹的眼中闪烁着自信的光芒,在如水的月光下,那明眸像两汪秋波闪闪的湖水,更像点点璀璨的星辉,焕发着强烈的青春气息,透露着果敢和坚毅的信念。

"虽然和你接触交往的机会不多,时间也不是很长,但我敢肯定地说,你就是这样的人。"

"哦?是吗?这样肯定啊?让人夸赞真是一件开心的事情,现在我可有些飘飘然了,那就让每个日子都翩翩起舞吧,唯有如此,才不算辜负生命的馈赠。"雨竹微笑着,脸上的酒窝愈加美丽,脚下轻盈起来,她调皮地张开双臂做出飞翔的样子:"我不敢说我就是这样的人,但是,至少我一直都在努力地去做这样的人。"她边说边围着他们坐着的花坛小亭,用这样飞翔的姿势跑了整整一大圈,慢慢停下来接着说:"我曾听到过这样一个关于竹子生长的故事,竹子用了四年的时间,仅仅长了三厘米,在第五年开始,每天以三十厘米的速度疯狂生长,仅仅用了六个星期就长到了十五米高。其实,在前面四年的时间里,竹子将根牢牢扎在土壤里,并拼力延伸了数百米。我想,做人做事也应如此吧,不必担心你此时此刻的付出得不到回报,因为这些付出都是为了扎下更深的根,人生需要储备,知识、智慧、经验,当然,还包括人脉,可是有不少人,却偏偏没能熬过那三厘米!所以……"

"未出土,养精蓄锐、厚积薄发,你在等待着那冲破云霄的十五米。"

"或许吧,谁知道呢。前面的路该怎么走,会遇到什么样的人,什么样的事,我们永远无法预知和预判,但是有一点我清楚地知道,那就是无论怎样坎坷不易,我都会迎难而上,做好自己。'竹者,君子也。立根厚土,风雨不摇;中空外直,更有劲节;寒暑不凋,清瘦怡然;生聚成林,竞相勃发。'这是我在心里经常吟诵的诗,对自己说起的话。"

"哎呀,我今天真真是领教了,也受教了。你真是给了我一个又一个的惊喜,不,简直是惊叹。没有想到,你这时尚现代,会对古典文学这么感兴趣。"

你是夏天我是叶

"这是什么说法？对古典文学感兴趣，就应该不时尚不现代？"

"不、不、不，二者没有必然的联系，对古典文学感兴趣的人，如北川归海，千姿百态，哪儿能形而上学论之？哎，雨竹，我倒是突然之间对我们这档节目有了个新的想法和提议。不过，今天太晚了，明天，明天一定找你商量商量，你呀，也必须给我好好的出出主意，你看好不好？"……

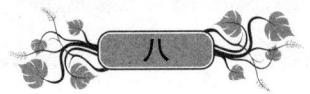

最近连续做了几期系列访谈节目，邀请的嘉宾是来自这座城市各行各业的典型代表，而这最后一期的邀请，韩冰交给雨竹来决定人选。雨竹问："有什么特定要求吗？例如必须是哪一个行业的？"韩冰说："没有，自己看着办吧，最近为这几期节目实在是太劳神了，没精力过问了，一切你自己拿主意吧，我最后审稿子。"这还是韩冰头一次让雨竹这样放开手脚去做一期节目，雨竹心里充满了期待，这样宽松的工作条件对她来说真是难得的机会。

前几期分别请了医生、军人、环卫工人、的车司机、民营企业家等等，可以说几乎涵盖了工农商学兵各个行业，但是还没有请过教育工作者和文艺工作者。雨竹知道，韩冰素来对那些所谓玩儿"文艺"的人，有着不一样的看法，这样的目光在现在这样开放的社会里还真不多见，这些偏见影响着韩冰对这一行业的人或者说对整个文艺圈儿公正客观的判断。但是雨竹又想了，韩冰对哪一个行业没看法？对哪一种人或者是哪一个人没看法呢？任何人任何事在她眼里，总是有着不一样的模样和概念。对于节目所要邀请的嘉宾，雨竹想，如果把这两种身份合并在一起，集中在一个人身上，请一位从事艺术教育工作并且德艺双馨的嘉宾来不是更好吗？那样才符合自己心里对节目的策划和要求，她为自己的想法感到高兴。她想到了大学时的系主任，打电话过去，

听到电话那端老师咳得厉害，说是最近身体不舒服正在输液，接下来的话雨竹没说出来，问候了几句，便挂断了电话。

"想什么呢？"就在这时，秦思璇走过来问。

雨竹把这样的想法告诉了秦思璇，听罢，秦思璇说："不用那么麻烦舍近求远，我这里倒有个人，我自认为也比较合适，如果你认为可以，我把她的联系方式给你，你去请她来做嘉宾，不知道你觉得怎么样？"

"是吗？那当然好啊，她是个什么样的人？秦老师推荐的人一定合适，这倒省去了我打电话说好话托人情的麻烦了。秦老师，快坐，说说……"

"……"

韩冰问起来的时候，雨竹和她说已经找到合适的人选了，但没有说牵线搭桥的人是秦思璇，因为她知道韩冰对秦思璇一直有看法，如果如实说了，韩冰不仅是不高兴这么简单，以她的性格和向来做事的偏激倾向，极有可能临时撤换邀好的访谈嘉宾，实在没必要找这样的麻烦。记得有一次在办公室，雨竹正和秦思璇说着话，走进来的韩冰看到后，一脸的"阴云密布"，秦思璇借故走开，韩冰立马冲着雨竹大声地说："以后你离秦思璇远一点，免得被带坏了。"雨竹知道这话一定被秦思璇听到了，秦思璇只不过不理她罢了。此后，凡是有韩冰的场合，除了必要的交谈外，秦思璇很少主动和雨竹说话，她以这样的方式关照爱护着雨竹，她不想让韩冰无端责难雨竹，麻烦越少越好。

对于究竟找的是个什么样的嘉宾，韩冰在之后几天时间里，没有再过多过问。尽管她平时总是对雨竹挑啊挑的，但她在心里无法否认雨竹的业务能力和工作责任心，把工作交给雨竹，她还是很放心的。

这天，雨竹下了节目后，找了个理由和韩冰请了假，倒了几路车才来到艺术学院，让她感到好笑的是，原本正当的采访工作，怎么还搞得偷偷摸摸的。在艺术学院的办公室里，二胡演奏家、民乐教育家宋芬芳教授热情地接待了她，雨竹对宋教授面对面的采访获得了大量有价值的第一手材料，同时还详

你是夏天我是叶

细商量和确定了下期节目的主要脉络和整体基调及风格。

韩冰审稿子的时候,大致看了看,雨竹设定问题的思路和逻辑都非常清晰也比较合理,但韩冰还是挑拣了一两处在她看来不合适的地方,让雨竹按照她的要求更改,但是到了栏目部主任郑文远那里,又被原封不动的改了回来。

一早,雨竹提前来到广电大楼正门前迎接宋芬芳教授,直接把嘉宾请到了导播间,在等待直播的时间里,两个人再次整理和核对了访谈内容。可是,没一会儿,韩冰打来电话说是让雨竹回办公室一趟,并且还问了一句:"刚才那个人就是你找的嘉宾?"咦,雨竹感到奇怪,从进单位大门到上楼坐在这里,一路走来,电梯里、走廊里都没看见韩冰的人影啊。雨竹心里不舒服,这算什么?简直就是监视和窥探嘛!这是工作啊,又不是别的什么,太不尊重人了,太不光明正大了,唉!

雨竹原本是想让宋教授留在导播间等着,自己跑一趟办公室的,但宋芬芳听说是雨竹的制作人打来的电话,觉得于情于理还是下楼见一面比较礼貌,雨竹没办法多说什么,只能这样。

办公室的门没锁,但屋里却没有人。正琢磨着,韩冰甩着手走了进来,并不看她们,走到脸盆架子前,拿起毛巾擦了擦手上的水珠,嘴里嘟囔着:"这水也太冲了,溅了一身,这单位算是完了,什么都没人管,连个卫生间里的水龙头也没人问。"转身,一眼看到坐在那里的宋芬芳。宋芬芳一看走进来这样一个人,再看那看她的眼神和表情,立刻从座位上站了起来,这让雨竹夹在中间好是为难,忙给相互做了介绍。宋芬芳看到眼前这个人就是节目制作人,并且又是主任,忙微笑着伸出手来想要握手打招呼,可是韩冰眼皮一耷拉装作没看到,手伸出来,却拿起了桌子上的一沓报纸,在办公桌上来回用力地拍打着,还一边用嘴"呼哧、呼哧"吹着什么都没有的桌面。本来被雨竹擦得干干净净的桌子,瞬间抖落飘飞起许多细小如尘埃似的纸屑,在玻

璃窗折射进的光柱下腾空着、翻卷着、飞舞着此起彼伏。韩冰便在这样的尘埃里落了座,宋教授的手僵在那里,尴尬地不知如何是好,缩回来的两只手相互搓了搓,拢了拢鬓角的头发,又拽了拽衣服的边角……雨竹心里急得像什么似的,心想,人家是嘉宾,是来做节目的,大热天的,顶着大日头,耽误着教学和业务研究的时间,自己花钱坐着出租车赶到这里,不应该以礼欢迎感谢人家吗?节目固然对受访嘉宾有某种宣传作用,可换一个角度想,更多的不是人家对节目的支持和信任吗?怎么就是这样一副冷冰冰的嘴脸呢?难道人家来你这里做节目反而得罪你了不成?太不懂待客的礼仪了吧?!

雨竹问韩冰:"韩主任叫我下来,什么事儿啊?"

"没什么事情,我就是奇怪你今天怎么没到办公室,是直接上了十八楼去了直播间是吧?"

"一早来过的,水打满了,地也拖过了,办公桌也擦过了。"

"嗯。"韩冰从鼻子里哼出一声,手在桌子上用力一抹,虽然什么都没有抹到,但她还是双手相互拍了拍,直拍得声音响亮。

"您就是为了问这个,所以……把我叫下来的?"雨竹小心翼翼地问道。

"对啊,有什么不可以吗?"

"……"雨竹真的是不知道该说什么才好。

宋芬芳愕然不已,侧目静观……

正在雨竹为难的时候,门被推开了,只见秦思璇走了进来。雨竹见状,心里不由地暗叫道:"糟了。"本想直接到导播间去,避免在节目直播前秦思璇和宋芬芳碰面,可是被韩冰这么一搅和,此时现场的局面和气氛出现了陡然的转变。

宋芬芳一见到秦思璇,高兴地上前打招呼:"思璇。"

"哎呀,芬芳啊,来得够早的呀。"

"我刚才还问小林,你什么时候来呢。"

你是夏天我是叶

"怎么样？节目都准备好了吧？"

"差不多了，真是难为了小林，准备了那么多材料，这几天没少跑路，就说电话吧，都不知道打了多少通，做了那么详细的案头工作。我本是不想来的，但是耐不过小林的认真，也拗不过你的热情。"

"你不知道，我们小林可优秀了，工作能力特别强，又上进又有责任心，这点啊，现在好多年轻人身上都不多见喽。"听着这赞扬的话，雨竹的心一直往谷底跌。

韩冰一听这话，再看那两个人的亲热劲儿，立刻明白嘉宾是通过秦思璇请来的。"她秦思璇是个什么东西？怎么哪儿都有个她！"她在心里骂到，不由得斜眼儿看了一眼雨竹："哟，什么时候，你成了她们的小林了？"她不阴不阳地说，雨竹笑了笑，没有说话。请来的嘉宾竟然是秦思璇的"关系户"，这是韩冰最不高兴甚至无法容忍的："看来你们是老相识了。"

宋芬芳并不知道其中原委，为了打破尴尬气氛，主动和韩冰寒暄介绍着与秦思璇的关系：

"是啊，我和思璇是艺校同学，当年的艺校就是高等学府了。我是学二胡的，思璇是学扬琴的，毕业后，我留校当了老师，思璇嫁到了外地。直到几年前思璇调动工作回来，我们这才又走动起来。上学的时候我们俩一个宿舍关系处得不错，这些年也一直没断了联系，有事没事的总在一起聚聚、聊聊。"

秦思璇意识到韩冰的态度，心里不由得埋怨起自己的大意来，一面又不好打断宋芬芳热情的讲话，正在踌躇的时候，雨竹站出来打着圆场转移话题："时间差不多了，宋老师，咱们到直播间去吧。"雨竹和韩冰打了声招呼，韩冰并不理会她，雨竹见状，也并不上前询问谁是今天的导播，她想，反正总会有人守在导播间的。

在雨竹领着宋芬芳进到直播间之前，韩冰端了杯茶走进了导播间。雨竹不知道十六楼的办公室里牧野今天是不是又没来上班，但是，看样子，今天

无论牧野在与不在，韩冰是一定要来亲自导播这期节目的，她进来时的那眼神、那表情、那抬头站立的姿势，像是在挑战什么，又像是在监督着什么……

好的开始，就是事情成功的一半。直播间里，主持人和嘉宾开启了今天节目的全新旅程，你来我往的互动话题精彩不断，亮点频出。可是，就在雨竹和宋芬芳交流到最为激动热烈的关键时刻，突然，韩冰通过导播间设置的连接直播间的麦克风，向雨竹喊了两句话，具体说的是什么，因为事情发生太突然，雨竹没怎么听清楚，好像大概意思是说让嘉宾声音再大一些。一般出现这种情况，那一定是有什么极其特殊的事情必须和直播间里的人员进行交流沟通，才会选择这样做，否则是不允许的。一来很可能打断直播间里的对话，使谈话不容易继续下去，破坏了预设的思路和应有的感觉、气氛；二来，这样必定是要严重影响播出效果的，特别还有最关键的一点，就是在节目进行当中，特别是在这样的访谈类节目播出的时候，直播间里的麦克风是开放着的，就像现在，韩冰的这两句喊话无疑已经通过开着的这几只麦克风，随着电波传了出去。如果导播一定要和主持人说些什么的话，那也是在进广告或者推音乐，主持人把所有管控麦克风的推子拉下来的时候再进行。

事情来得突然，雨竹只觉得血往上涌，瞬间出了一脑门子的汗，透过导播窗玻璃，向直播间外面的韩冰用力摆了摆手，指了指面前的麦克风又指了指自己的嘴巴和耳朵，她不知道导播间的韩冰是否领会了她的意思。一旁的宋芬芳完全不知道是怎么回事，不清楚到底发生了什么，看到这种情况，讲着讲着就自然而然停了下来，雨竹这边刚把比画着的手放下，看到旁边的宋芬芳不知如何是好一脸茫然的表情停在那里，又赶忙示意她接着刚才的话题继续往下说。宋芬芳毕竟是有着多年舞台和讲学经验的二胡演奏家和艺术教育家，看到雨竹焦急的眼神和无奈的表情，便理解了她的意思，于是，又继续开了口。雨竹微笑着深深点头表示谢意，她无法形容此时的心情，气愤、焦急、无奈，好复杂……

下了节目，宋芬芳跟着雨竹又回到了办公室，她是想再次向韩冰当面致

你是夏天我是叶

谢,给了她这样的机会和平台,与广大听众共同分享自己的故事以及民族器乐实践和艺术教学的体会,她由衷地想要表达自己的谢意。同时她也看出来了,韩冰是一个挺难相处的人,但是,无论如何,韩冰都是这个节目的制作人,雨竹这孩子挺不容易的,仅仅是见了两三次面通了几个电话,她就已经喜欢上这个女孩儿了,再说还有思璇的面子,这次多亏了她给牵线搭桥,她才有这样的机会,能到这省广播电台来做节目,亲朋好友、左邻右舍、同学同事的,她几乎都通知了个遍。再说,刚才直播当中的事情,她希望雨竹不会有什么为难的地方,不要因为她的缘故,造成对雨竹的困扰,她不希望这样的事情发生。

　　在节目结束曲响起的时候,韩冰提前离开导播间回到了办公室,不大一会儿,看到雨竹和宋芬芳说说笑笑推门进来,她心里恨得牙都痒痒,再加上秦思璇走上前问长问短问这问那的,她的心里更是憋气来火,几个人看到韩冰铁青着脸,瞬间,都停止了笑声。

　　"韩主任,今天真的是谢谢你能给我提供这样一个机会,我这人不太会说话,也不知道怎么才能表达我心里的想法,反正,反正就是谢谢,真的是由衷的感谢!"宋芬芳走到韩冰跟前主动开了口,说这话她是诚心诚意的,她想,韩冰再怎么不近人情,但至少不会伸手来打笑脸人吧,可是她完全想错了。

　　"哼!"韩冰惯用的一声冷笑,"不用谢,要谢就谢秦思璇吧,她可真是你的好同学啊。哦,当然了,还有'你们的小林'。我虽然是主任,又是这节目的制作人,但是,好像今天这节目我说了不算,今天的节目和我有关系吗?所以说,你完全用不着来谢我。不过,话又说回来了,这二胡哪,乐器呀什么的我倒是不懂,我搞不清楚你们那些所谓的吹拉弹唱都是些什么玩意儿,但是有一点我知道,这二胡拉好了也就罢了,勉强凑合着听。但是,如果这要是拉不好的话,那可是最难听的,那个声响和动静啊,吱吱呀呀的。哎哟,简直……别提了……我是形容不来。"韩冰说到最后,夸张地撇着嘴,

皱着眉，咧着腮帮子，做出厌恶的样子，脸上的五官在她不停扭曲的表情下完全变了形。

没有办法对话，宋芬芳的笑容僵在那里，也没有继续对话的必要，在场所有的人都沉默下来不再说话……

雨竹和秦思璇送宋芬芳到楼下大门口的时候，三个人一路走来谁都没有开口，三个人的脚步一起落下又一起抬起，皮鞋和地板彼此摩擦发出均匀的声响，声声扣在心上。不用抬头看，雨竹便知道楼上办公室的临窗位置，韩冰正在向下盯着看着这一切，尽管是十六楼，尽管从上面看下来人如蚂蚁，但雨竹依然能感受到背后那冷漠的眼神在追着自己，盯得她浑身不自在，盯得她后脊梁一阵阵发冷。

在握手道别的那一刻，雨竹不知道该说什么好，她觉得让宋芬芳受了委屈，人家实在没必要来这里听那一番数落，她觉得因着她的缘故宋老师受了不礼貌的待遇，更何况那也不单单是'不礼貌'三个字就能简单了事的。宋芬芳心里为雨竹抱屈为雨竹不平，心想，这样好的一个孩子，怎么在这儿受这样的挤压呢？依她的能力和才干，应该到更高的平台去发展，即便是在这里，那领导也应该发现和重用这样的人才才对。秦思璇心里对她们俩都感到歉意，如若不是她介绍宋芬芳来做节目，也不会让老同学遭遇如此尴尬，以人家现在的教授身份，无论是在单位还是社会上，那都是被礼遇有加的。而韩冰对雨竹的态度，秦思璇知道，更多的是出于自己和宋芬芳关系的原因，她有些责怪自己考虑得不够周全，好心办了坏事。

宋芬芳欲言又止，嘴角抽动了两下但最后还是什么都没说，只是拉住雨竹的手，拍了拍她的肩膀，又看了一眼秦思璇，微笑着冲她们俩点点头慢慢转过身走了。看着宋芬芳的背影在热腾腾、白花花的人海和车流中时隐时现渐渐闪去，雨竹心中涌起无限感慨……

下午上班的时候，路过郑文远办公室，恰巧和他坐对桌的小梅从屋子里

走出来,在房门一开一合的空隙,雨竹看到韩冰在里面背对门坐着,隐约传出她说话的声音,听不太清楚,好像在和谁争论着什么,随着小梅的脚步,"什么东西"四个字从屋内传出来格外响亮刺耳,小梅面带愠色,脸上掠过一丝不快,看到雨竹也没有打招呼,径直走了。后来雨竹听说,原来是频道总监让郑文远找韩冰谈话,谈话的内容就是关于上午直播节目当中突然出现的"杂音"问题。

"小韩,我今天这是代表频道总监和你谈话,刚才说的这些都是上面领导的意思,不是我郑某人的个人意见,希望在这一点上你能搞清楚,也希望你能理解。"

"我不理解,我也理解不了,更搞不清楚、弄不明白,怎么人人都要我理解你们,可是谁又能真正理解我呢?"

"你是一个老同志了……"

"我不老,谁说我老了?"没等郑文远说完,韩冰抢白道。

"好、好、好,我说错了,我说错了还不行?你不老,你不老!但最起码你也是在这个岗位上工作了这么多年有经验的同志了吧?人家嘉宾在直播间里聊得好好的,并没有什么不妥,你突然就是那么一嗓子,这叫什么事儿啊!你知不知道,好多听众都打来电话向我们提出了批评意见,你说,你不应该反思吗?你怎么能犯这样的低级错误呢?!"

"怎么的?在直播当中,我及时发现错误、指出错误、纠正错误,你不但对我不支持,反过来还批评我,哦,倒是我的不对了?你什么意思啊你?再说了,这话怎么从你口中说出来就这么难听呢?什么叫犯错误,犯的还是低级错误,你什么意思?照你这么说,什么样的人犯什么样的错误,你的意思是说我是一个低级的人?你比我高级?高在哪里?你凭什么在这儿指手画脚?"

"我说小韩,你怎么就不能心平气和地听我把话说完呢?我是就事论事,怎么的你就又扯上这些无关的话了呢?就像刚才,人家小梅都不知道是怎么

一回事儿,你这一进门就话里话外的说什么都要捎带上人家,你这又是何必呢?同事之间要注意团结,注意影响。"郑文远努力压制着胸中的怒火,还在反复地给韩冰解释、说明,做着思想工作。

"一提到小梅,看把你猴急的。我就是看不惯她那个做派,看不惯她那个猖狂样儿。咋的,找了个有钱的老公就本事了?当个破烂副主任就得意了?她算哪棵葱?还有,郑文远,你以为你现在坐在主任的位置上就了不得了?就什么事都能说个子丑寅卯?你也不掂量掂量自己几斤几两,还要为小梅做保护伞,哼,可笑!刚才你说什么?就事论事?我看你就是有针对性的,就是在针对我,你这就是打击报复,你就是假公济私。"

"哎,我说小韩,你可要对你说出的话负责啊,怎么的我就对你打击报复、假公济私了?你把话说清楚!"

"拉倒吧,少装蒜,你这心里头不比谁明白,哼!"

"我明白?我还真就不明白了,今天我倒要听听,来、来、来,你说,你说啊,你也让我明白明白。"

"哈哈!"韩冰突然发出了两声冷笑,"还真不是个省油的灯,说就说,谁怕谁啊!你都已经当上这个主任了,怎么还这样对我呢?我到底哪儿得罪你了?主任的位置我都让给你了,你怎么就没完没了了呢?"

"哎哟,小韩哪,现在,我总算是听明白了。弄了半天,你还是在为竞聘主任一职的事耿耿于怀啊,这都多长时间了,你还没有把这件事情放下啊?再说了,我当上主任,那是台领导和全台同志的意愿和决定,不是我个人说了算的。什么叫你让给我的,你犯不着让给我,我也用不着你来让,有本事你也让我让你一个试试啊!"

听到这儿,韩冰的脸由白变红,由红变青,又由青转白,上下牙齿互相"哒哒哒"的直作响。她看着对面郑文远的脸,觉得那张脸上的表情写满了对自己的嘲笑、讽刺、挖苦和藐视,她恨不得一把抓过去,把那张脸抓他个染缸或酱坛,她把胸中所有的怒火爆发出了一声:"郑文远,你是个什么东西!"

你是夏天我是叶

韩冰无处发泄,正好看到面前办公桌上放着一沓装订到一半的文稿汇总,只见她顺手抄起狠命向郑文远面前的桌子上砸去,文稿因为还没有完全装订好,所以页面之间并没有固定牢靠,瞬间,整个办公室真真下起了"雪片儿",纷纷扬扬。又因为韩冰用力过猛,飞来的文稿不意间向郑文远的额头弹去,郑文远实在没有想到韩冰会"动起手来",根本躲避不及,只觉得额头一角有些发热并隐隐作痛,伸手一摸,有丝丝血迹,原来是被文稿上的装书铁钉划伤了皮肤,豁出了一道血印子。这下郑文远不让了,可又碍于自己是个男同志,韩冰动粗,难不成他一个大男人,堂堂的电台栏目部主任,也同泼妇一般与泼妇较量起气力来?那不是把自己拉到了和韩冰一个水平线上吗?郑文远干吃着眼前亏,可也只能是原地打转,伸出手指,点着韩冰嘴里反复地骂着:"韩冰,你是个什么东西。我告诉你,你就是个泼妇、泼妇!你等着,你等着,我要到上面告你去,我要找台领导说明情况,我、我……"等等之类的话,韩冰自然不是肯服软示弱的人,明知道理不站在自己这边,但还是跳着脚叫嚣着,污言秽语不堪入耳……

走廊里的人,越聚越多,有劝架的,也有看热闹的,再后来这件事情,惊动了台长。台长原本是想睁一眼闭一眼的过去,谁都不批评,谁都不得罪,但无奈,整个事情闹得沸沸扬扬全台皆知,无数双眼睛都在瞧着,台长只能出面做做这个的工作,说说那个的不是,折腾了好几天,总算消停了。但是,至此郑文远再没有和韩冰说过一句话。

韩冰带着一肚子气回到家里,原以为牧野像往常一样,做好了饭在等着自己,可没想到的是,厨房里冷锅、冷灶、冷盘、冷碗,一片冷冷清清,没有一丝烟火气。她心里正窝着火,忽然发现茶几上放着一张牧野写的字条儿:"你自己做饭吧,我有事儿,不回来了。"

你有事?你有什么事儿?怎么不说清楚!混——蛋!"嚓、嚓、嚓……"韩冰把字条儿撕了个粉碎,纸屑抛了一地。

韩冰从没想过，她与牧野的关系，也有面临危机的这一天。她总自信地认为，在他们两个人的问题上，只有她嫌弃牧野的份儿，没有牧野遗弃她的理儿。

最近一段时间，韩冰总觉得哪里不对劲儿，观察牧野发现他有些反常，竟然有几次连续好几天没有到她那里去，每次都重复着家里有事或孩子需要照顾等借口。说实话，韩冰有时候是很烦他，想要清静的时候，牧野总是撵也撵不掉，骂也骂不走。可现在倒好，牧野隔三岔五和自己玩起躲猫猫的游戏了。韩冰还发现，牧野最近精神状态和情绪特别好，经常吹着口哨在镜子前面照来照去磨蹭好半天，护发素把头发打的是油光锃亮，一把小梳子随身携带，时不时拿出来梳理梳理他那猪鬃一样的头发，澡洗得也勤了，衣服换的也多了。依着韩冰对牧野的了解，这里面一定有蹊跷。她以女人的直觉敏锐地觉察到了什么，像守护洞穴里玉米的老鼠一样警觉起来。韩冰判断，他们之间可能出现了"第三者"，由此，她决心要打一场"婚姻"保卫战，捍卫自己的疆土和领地。

这天傍晚临下班的时候，牧野收到了条短信，看过之后，他说家中有事，要提前回去。

"还有几分钟就下班了，再等等，一会儿一起走。"韩冰见状，挑着眉毛说。

"这不家里有事嘛，今天我就不回咱哪儿了，没什么事的话，你也早点回吧。要不咱俩又……"说着说着牧野来了劲。

"还不快给我闭嘴。"韩冰压低声音吼了一声，"你还嫌不够丢人？！"

牧野缩了一下脖子，急忙扭头向门口看去，小声说：

"好好好，我不说，我不说还不行嘛。"

韩冰瞪了牧野一眼，慢悠悠地说："最近，你这家里的事还真多啊？"

"谁说不是呢。"牧野最怕韩冰这样慢节奏无表情的问话，难道她察觉到了什么？他在心里直打鼓，不会吧！牧野的表情不自然起来。

韩冰问："刚才是谁的信息？"

你是夏天我是叶

"信,信息?没啊,没,没谁,嘿嘿,没谁。"听到韩冰这样问,牧野慌忙掩饰着说。

"拿过来给我看看。"

"你看你这个人,我都说没有了,你咋还不信呢?"

"我的确信不过你。"

"咋说话呢,能不能好好讲话?"话虽如此,但牧野的语气,根本强硬不起来。

"少废话。"

"真没什么,你这又是何必呢。唉……唉……唉,我说,你这怎么还带抢的呢?"没等牧野把话说完,韩冰猛地站起来一把夺过牧野的手机,打开收件箱仔仔细细检查起来,里面除了几条催费缴费的信息外,就是牧野老婆发来的几条内容,再无其他。

看着韩冰疑惑的神情,牧野安抚道:"你看看你,我跟你说什么来着?真的啥都没有,可你偏不信,这回,你总该相信自己的眼睛了吧。"

"我告诉你牧野,你可别和我在这儿耍花招,一旦被我知道你不老实……"

"没好果子吃,没好果子吃!行了吧?我知道,我都知道!正因为我知道没好果子吃,所以啊,这些年才老老实实在你身边吃好果子。"

"什么?"

"哦,不是不是。那个,我的意思是说啊,正因为我知道你这么在乎我,所以,这些年,我是心甘情愿地服侍你。"

"心甘情愿?哼哼,我看你是身在曹营心在汉,该不会有哪个小狐狸早就把你的魂儿给勾走了吧。"

"看你说的这是哪儿的话。干脆,实话和你讲了吧,有条信息刚才你可能已经看到了。我岳父,哦,她爸,不不不,孩子他姥爷,这些日子这不住院了嘛,无论我和她感情怎么样,但总归翁婿一场,我也该照看照看不是嘛,

毕竟中间还有个孩子。因为怕你生气,所以一直没敢告诉你。"

"真话?"

"真话!"

"就这么回事?"

"当然!"

就在这时,韩冰的手机响了一声,进来一条信息,她随手抄起手机瞟了一眼,愣着神儿看了足足有十几秒钟,这才缓缓抬起头对牧野说:

"既然这样,那还等什么,快去吧,我还有些事处理,你就先走吧。"牧野没想到韩冰突然话锋一转,态度来了个一百八十度的大转弯,他甚至有些不敢相信。

"哦?嗨,我就知道你这人最通情达理,最理解我了,那我就真的……真的……走了啊。"

"人之常情应该理解,别磨蹭了,赶紧的吧。"

"明天,明天我一定回去,回咱们家,你等我哟,嘿嘿,到时候包你满意……"

牧野转身快步出门。一边抬起手表看时间,一边在心里想:"我还不了解你韩冰吗?我牧野做事能让你抓住把柄?平时让着你,那是不带理你,你以为那是怕你啊?现在是多么重要的时刻,怎么能让你给耽误了。小狐狸?哈,哪里是什么小狐狸,简直就是一头能让人发疯发狂的小狮子。"

牧野刚出了门,还没走出多远,韩冰便拿起手提包跟了出去,和牧野不远不近保持着距离。她反复琢磨着刚刚收到的短信,内容除了一个地址之外,还有这样一句话:"那里有'戏',特邀前来观赏。"这是什么人发来的呢?韩冰越想越觉得蹊跷,不由得和牧野联想到了一起,于是,加快脚步决定去看个究竟。

牧野嗜酒成瘾,对吃穿用度从不讲究,他的钱若用来买酒他便认为物有所值,若用在其他方面,他便觉得这钱花得冤枉。所以直到现在,且不论其他,

你是夏天我是叶

周围的人在出行工具上大都已经更新换代，但他依然"守旧"不放，无论走到哪儿，脚下蹬着的永远都是那个除了铃铛不响哪儿哪儿都响的自行车。

牧野骑着的两轮坐骑穿过了两条街，又在胡同里拐了几个弯儿，终于在一处规模不是很大的宾馆前停下。韩冰坐着的出租车也随之到达，她不敢靠得太近，在远远的地方下了车，找了个合适的位置把自己隐藏起来。

牧野并没有马上走进宾馆，而是在门口左右张望，时不时看看腕上的手表，一瞧就知道是在等什么人。这个地方相对偏僻，来往穿行的人不算多。好半天，远远的有个女人从另一侧向这边走来，穿着前卫，还挺年轻。傍晚光线不好，加之离得比较远，那女人又是侧身，韩冰看不太清楚，只觉得这人眼熟，却不好判断是谁。牧野一看来人，忙快步迎上前去张开双臂就是一个熊抱，可那女子双手插兜，口中一直在嚼着什么，似乎并不怎么热情，回应牧野的方式倒很特别，只见她抬起一条腿，膝盖往上一弯，不知故意还是巧合，恰好碰到牧野的"关键部位"，疼得他顾不得来往行人投射过来的异样目光"嗷嗷嗷"地叫唤起来。韩冰见此，嘴角牵起一丝冷笑，在心里咒骂道："活该！"

这时，只见那年轻女子从嘴里吹出一个大大的白色泡泡，看都不看一眼在一旁疼得龇牙咧嘴的牧野，一脸无所谓满不在乎地扭转过脸来，"啪"，泡泡破裂的瞬间，韩冰终于看清了这张脸，她意外而又气愤地倒吸了一口冷气。

狐狸，的确是小狐狸，是小狐狸精。

牧野和年轻女子不知在说着什么，只见那小狐狸精一会儿摇头一会儿跺脚，而牧野则一会儿点头一会儿哈腰的，两个人似乎在讲什么条件。条件？韩冰在心里想，这个时候能讲什么条件，一定是在讨价还价呗，真是个"包小姐"。不过，看这架势，似乎意向不容易达成啊，一定是她要得高，他出得低，如同大卖场里廉价的买卖一般。看着眼前这一幕，韩冰咬牙切齿愤恨得双眼喷出火来，不要脸的狐狸精，想钱都想疯了吧？！算盘拨拉得不错呀，

生意都做到老娘头上了，你给我等着，我要让你付出比这高出百倍的"代价"！牧野——王八犊子，好好地作吧，有你好果子吃的时候。

这边，牧野四下望望，心里着急得很，生怕遇到什么熟人给撞见了。于是，一只手捂着痛处，另一只手拉拽揪扯着那年轻女子往宾馆里走。起初小狐狸精似乎不愿意，但后来经不住牧野百般谄媚赔笑献殷勤，再看看他那副可怜相，也就半推半就地跟着牧野走了进去。

看到双方"生意"成交，韩冰感到自己快要爆炸了，她快步跟上，尾随牧野二人进到宾馆，眼睁睁地看着牧野搂着小狐狸精的腰进了房间。韩冰恨得直攥拳头，上下牙咬得"咯咯"作响，她真想不顾一切冲进去，抓住那个小狐狸精的头发，狠狠扇她几记耳光，打得她满眼金星满地找牙，撕破她那张浓妆艳抹专门勾引男人的脸。可是，她知道自己不能进去，更无法出面，否则，事态一旦失控激怒对方，或许还会牵扯出许多对自己不利的事情。进不去，走不了，骂不能，打不得，韩冰一时不知道该怎么办，怎么办？她无意中抬头看到挂着数字"110"的门牌号。"110"？对，"110"！韩冰像受到了什么启发，立刻从手提包里掏出手机并按下三个数字，可是，就在电话马上拨通之际，她又迅速挂断，若有所思地停顿了几秒钟，然后恶狠狠地瞪了一眼紧闭的房门，转身愤然离去。

牧野心想，自己都这把年纪了，还能像老鹰抓脱兔一样，吃口"小鲜肉"，还是主动送上门来的。比起徐娘半老的韩冰来，那肯定就是一头没有驯服的小狮子，热情狂野，花样也多，想得他欲火焚身，好不受用。可是，他也相当的困扰，所谓拿人手短，吃人嘴软，这样的便宜不是白占的，这样的好事也不是天上掉馅饼凭空砸下来的，对方肯付出自然要回报，对方提出的"价码"太高"条件"太苛刻，实在难以"兑现"啊。即便明知自己遇到了一个大麻烦，但牧野又怎么能轻易放手这不请自来的逍遥快活呢？他想，暂且如此，能混一次是一次，到了实在拖不过去的时候再说。

你是夏天我是叶

于是牧野挖空心思，在韩冰与"小狮子"之间两边周旋，两边搪塞，两边圆谎，虽说疲惫至极狼狈不堪，但他却望梅止渴，垂涎不已。甚至心中还有一种满足感和成就感，想到自己左右逢源即刻要坐拥两个女人，平衡其关系，把握其进退，不由得飘然欲仙。

一切风平浪静，牧野相信对面坐着的韩冰对他最近的行踪绝不怀疑。一切如故如常，韩冰相信坐在对面的牧野，对她跟踪一事绝不知晓。

九

雨竹答应了冷俊的请求和拜托，这些日子一直兼做晚间这档节目的主持人，两个人合作得非常愉快，在探讨节目制作的时候，也总能达成许多一致的意见和看法。

前几天冷俊向雨竹提出，想做几期关于古典文学赏析的节目，雨竹也觉得很好，是该把古典文学和传统文化好好普及发扬光大，所以欣然同意。经过几天细致的策划和准备，播出时间定在了今晚——

"听众朋友，大家晚上好！很高兴我们在节目中如约相遇。今天的节目和以往有所不同，从今天起，我们将连续推出几期系列节目，那就是和您共同来分享我国古典文学中的精彩华篇……"在节目一开始，雨竹选取了古筝经典曲目《高山流水》作为开场铺垫，而后随着节目的铺展延伸，《春江花月夜》响起——

"梅、兰、竹、菊，'花中四君子'，傲、幽、坚、淡，分别代表她们的品质。梅、兰、竹、菊是中国人感物喻志的象征，也是我们传统文学和文艺作品当中，最常见的题材，如咏物言志的诗词

和人文山水绘画。'四君子'共同的特点就是自强不息、清华其外、淡泊其中、不作媚世之态。梅、兰、竹、菊,占尽春、夏、秋、冬四季之瑞气,人们赞其为'四君子',盛誉千古不衰。梅,高洁傲岸——'罗浮山下梅花村,玉雪为骨冰为魂';兰,幽雅空灵——'峭壁垂兰万箭多,山根碧蕊多婀娜';竹,虚心有节——'人性直节生来瘦,自许高材老更刚';菊,冷艳清贞——'不畏风霜向晚欺,独夭众卉已调时'。我们在这一花一草中负载了自己太多的情感,从而花草树木也成了人格襟抱的象征和隐喻。

而我们常说的'岁寒三友'——松、竹、梅,有着共同的特点,那就是都在寒冬时节仍然保持着顽强的生命力,从而走进文人墨客的妙笔华章,是中国传统文化中对高尚人格的至高礼赞。那么,朋友,你可发现,无论是'花中四君子'还是'岁寒三友',她们当中都有'梅'和'竹'的存在,而其中的'竹'更是我所偏爱,'世间清品至兰极,君子虚怀与竹同'。好,那今天我们就共同来探讨——'竹'以及我国古典文学当中和'竹'有关的典型人物代表和化身。

竹,自古以来在人们心目中就是清高、圣洁、坚贞的象征。郑板桥的《题竹石》中写道:'咬定青山不放松,立根原在破石中。千磨万击还坚劲,任尔东西南北风。'这首诗中说的挺拔、不屈、有节、常青、坚韧充分概括了竹子的特点。

而说起竹来,便不得不提起一部名著和其中一个典型人物形象,那就是经典的《红楼梦》和《红楼梦》中的林黛玉。应该说,林黛玉本身就是竹的化身,竹子是林黛玉居所潇湘馆的标志,也是林黛玉的象征。"

这时,雨竹将电视连续剧《红楼梦》当中的主题旋律《枉凝眉》轻轻推出,一瞬间,仿佛整个世界、整个宇宙、整个夜空都在这空灵的音乐声中静谧下来,

你是夏天我是叶

都在倾听和聆教——

"'凤尾森森,龙吟细细',这八个字写尽潇湘馆的幽雅秀美,可以想象,居住在这种环境的主人,定是位容貌娟秀、体态轻盈、心襟雅洁、情丝袅袅、幽愁沉沉的女子。'秀玉初成实,堪宜待凤凰。竿竿青欲滴,个个绿生凉。迸砌妨阶水,穿帘碍鼎香。莫摇清碎影,好梦昼初长。'宝玉的一首《有凤来仪》,更是写尽了黛玉的美貌。在传说中,凤凰是以竹实为食的。那寂寞挺秀而又姿态婆娑的竹与孤苦秀丽而又多愁善感的黛玉是何等相像!正是在这幽雅秀美的环境中,黛玉才不觉忘情,发出'每日家情思睡昏昏'这种对美好爱情的向往和长叹啊。只见窗外竹影映入纱来,满屋内阴阴翠润,几簟生凉……

竹,有一种清疏淡雅之美,而在这种外表之下是一股内在的刚直不屈之气。正是这翠竹掩映寂寞凄清的环境,展示着黛玉痛苦而沉郁的生活画卷,同时象征着她瘦削的身影和孤高自诩、目下无尘的个性。黛玉是孤独的,她喜欢竹的幽静,隐藏着一种希求,免受世俗纷扰。

竹,具有清雅孤傲、坚贞不屈的品格,这不正是古代文人不向权贵低头,宁与鸟兽同群、啸傲乡野村庄的高洁情操吗?黄昏秋雨,声色并作,凄凉惨淡,情景如画,那有千百竿'翠竹夹路'的潇湘馆,当然只有林黛玉才配当它的主人。

朋友们,在这部文学巨著当中,除了《枉凝眉》、《葬花吟》这两首诗外,我最喜欢的当属那首《秋窗风雨夕》:

秋花惨淡秋草黄,耿耿秋灯秋夜长。已觉秋窗秋不尽,那堪风雨助秋凉!

助秋风雨来何速!惊破秋窗秋梦续。抱得秋情不忍眠,自向秋屏挑泪烛。

泪烛摇摇爇短檠,牵愁照恨动离情。谁家秋院无风入?何处秋窗无雨声?

罗衾不奈秋风力,残漏声催秋雨急。连宵脉脉复飕飕,灯前似伴离人泣。

寒烟小院转萧条,疏竹虚窗时滴沥。不知风雨几时休,已教泪洒窗纱湿。

朋友们,我想,如果曹雪芹没有这样多关于竹的描写,那么潇湘馆将不成其为潇湘馆,林黛玉也将不成其为林黛玉,或许《红楼梦》也将不成其为《红楼梦》了吧!

那么,下面就让我们共同来欣赏电视连续剧《红楼梦》当中的插曲——《秋窗风雨夕》……"

导播间里的冷俊,说不清楚自己是什么样的感受,这几天,每晚的节目总让他有太多的感慨,太多的惊喜,太多的意外,甚至太多的感动,雨竹对待每一次直播的认真、执着,甚至对她自己几近严苛的要求,都让他由衷地敬佩并且自叹不如。就像此时,这首《秋窗风雨夕》根本没有书写在播音文稿上,只是列了题目,而雨竹却一气呵成、行云流水般地低吟浅唱,悦耳的朗诵与古典抒情乐曲的完美结合,低回婉转、回旋不息,是那样动听又那样自然,不矫揉造作且极引人入胜,更重要的是,这样分析透彻、别有洞天的播出文稿,是出自她的手笔,字字句句都是她的领悟、感慨。冷俊在心里认为,这真是一个"奇女子",且不论其他,只是这文学修养就足以称"奇"了。

今天的节目格外成功,效果相当不错,雨竹心里也分外兴奋和激动。说

你是夏天我是叶

实话，虽然帮冷俊做节目没几天，但每晚做完节目之后，她都有一种小小的成就感和满足感，从直播间里出来，脚步轻盈得像是要飞起来一样，不，是心在飞扬，是心中的歌在飘荡……

"冷大哥，我觉得这心情和天气总是关联得很紧。今天心情好，你看，老天爷也格外关照，月朗星稀，深蓝色的天空没有一丝云彩，怕是现在拿本书来读，字字都能看清楚。"两人说着话，又来到了楼前的花坛小亭旁。

"是啊，古人凿壁借光，怕是也没有办法和今晚这如水的月色相比了。咦，雨竹，你刚才好像开口叫我冷大哥了啊，你看，这样多自然呀。"

"只要你不介意，不说我没大没小的，那就行。"

"怎么会呢，不会的，分明是我希望你这样叫我的。"

"哎呀，话说间，肚子开始闹革命了。"

"怎么，饿了？"

"是啊，睡眠总是不好，影响食欲，所以吃起饭来也不香。再说，我吃饭也总对付，这不，一到这个时候，肠胃就开始提抗议了。"

"要不这样吧，你看，这几天你帮了我这么大的忙，而且还要继续麻烦你一段时间，虽然现在有些晚了，但如果你不介意的话，我请你消夜如何？权当是我对你这几天以来'出手相救'的答谢。过些日子，等我身体好一好，再请你吃大餐。"

"现在吗？已经很晚了。冷大哥，你的好意我心领了，其实不必如此，你那天不是也说过嘛，你不喜欢拘泥的人际关系，那就让我们轻松坦然地相处吧。我呢，宿舍里还有半个烧饼，回去把她消灭掉就可以解决'温饱'问题了，很简单的。再说了，你这几天感冒也没见好转，那天雨淋得太久了吧，我看，你还是明早去打针输液吧，那样好得快些。为了探讨节目，这几天又没少讲话，嗓子比前几天哑得更严重了，还是早些回去休息吧。"

"怎么，我现在是不是可以理解，你盼望我早些好起来，你也好早点解脱，从我的栏目撤出来？"

"如此说来,为了我不从你的栏目撤出来,你情愿自己慢之又慢地康复,能这样理解吗?"

"然也,然也,如此甚好……"

说完二人会意而笑,半晌雨竹又说:"终归是要撤出来的,你还是快快好起来吧。"

"听你的,快快好起来。"说着,冷俊向马路对面的便利店望了一眼,隐约可见店里影影绰绰还有人来往进出。他说了声:"等我啊。"便穿过草坪间的小路,出了大门匆匆向便利店跑去。不大一会儿,提着、抱着、拎着一大堆吃的喝的立在了雨竹面前:"就在这儿打打牙祭吧,姑且算是请你夜宵了……"

"好啊,依我看,咱们还是公事公办吧,这一顿算是台里规定的夜宵补助。要不,那干脆就'AA制',否则,我拒绝款待,回去睡觉,养精蓄锐,等待明天的继续。"

雨竹一脸煞有介事,倒一下子把冷俊给窘住了,雨竹见状"扑哧"一下笑出声来:"一句'AA制'就把你蒙了,我才不'AA制'呢,免费款待谁不乐意?"

冷俊这才释然笑道:"说款待不敢,说'打尖'还算贴边。刚才还说轻松坦然相处呢,就怕一转眼就客气起来了。快喝吧,热热的牛奶,别凉了,给,哦,小心,烫!酥油芝麻饼,你们女孩子应该都喜欢吃吧?这还有烤肠、奶油面包,什么果脯饼干之类的,也不知道合不合你口味。"

冷俊这一通忙乎,引得雨竹"咯咯咯"开心地笑起来,这笑声像银铃清脆,似环玉圆润,盈盈悦耳,引得冷俊也跟着大笑起来。

这样,两个人乘着月色,喝着牛奶,吃着甜点,品尝着合作成功的默契和愉快……

"你刚才说拒绝款待,又说要'AA制',吓了我一大跳,还真以为自己说错了话,让你往心里去了呢。这几天,我一直倍加小心,生怕说话不合适惹你生气,万一得罪了你,一个不高兴,节目怎么办?那我岂不是惨了,

你是夏天我是叶

到那时,可真是叫天天不灵叫地地不应啊,拜佛烧香都没用了。"

"我成救世主了?虽然有些言过其实,但是心里受用得很哪。不过,话又说回来了,除了我之外,台里那不是还有好多主持人呢吗,他们也是一样可以的。"

"那不一样。一来,这么晚的节目几乎没有人愿意接,二来,越是晚间节目,台领导越重视。你也知道,收听晚上节目的听众是一个庞大的群体,许多人白天没时间,只有在夜幕降临之后,才能放松自己,放松心情。特别是咱们这档节目,听众是一些精神层次追求很高的人,他们需要这样的精神家园,使心灵在高雅无尘的审美情趣中得到慰藉和安抚,无论是空灵悠远的音乐,还是诗词歌赋的赏析,都成了他们不可或缺的精神甘霖。就拿现在栏目组的兰天和小何来说,他们的策划能力和组织水平,其实我并不十分满意,但,谁不是从当初的幼稚、不成熟走过来的呢?所以,我必须给他们提供更多的时间和机会,让他们得到充分的锻炼和磨砺。兰天和小何都是农村孩子,家里非常贫困,父母把他们培养成大学生实在不易,我有义务提携帮助他们,在工作中不断挖掘开发他们的自身潜能,尽量培养提高他们的业务水平,使他们逐渐走向成熟,目前只能如此,实在没有现成的更合适的人选可以胜任。如今,兰天一走,就剩下小何了,我这里真真是'战事吃紧,战事告急'呀。不过,即便其他主持人愿意过来接手,说实话,没有一定水平和水准,我也是不能采用的。因为,要保证播出效果,要保证收听率,这是对栏目负责,也是对广大听众负责。"

"哎呀,好荣幸啊,看来我能当此重任,是具有'一定水平和水准'的人哪。啧啧,听人夸奖真是一件高兴的事情,这心里美滋滋的那叫一个舒坦,天啊,这回可麻烦了,今天晚上又要失眠了,唉!"

"瞧这乐的,看来谁都喜欢被别人夸奖啊。"

"那当然,被别人称赞,那是对自己的认可和肯定,有谁不希望如此呢?当然,对于好听的话,还要分清真伪,辨明是非。"

"那你看我刚才夸你的这些话,是真是伪,是是是非啊?"

"是也,非也,难辨,难辨。"

"啊?答得好,答得妙,答得巧,哈哈哈……"

"真热闹啊,这大半夜的。"冷不防,背后有人说话,二人不由地"激灵"了一下,回头一看,不知道什么时候,柳青青竟然站在了两个人的背后,雨竹和冷俊说得投入,一点都没察觉,这突如其来的声音着实让他俩吓了一跳。

"柳青青?"两个人不约而同地喊了一声。

"怎么,很意外是吗?是啊,聊得太投入了,怎么会在意到旁边的人呢?"从柳青青离开栏目组,雨竹这还是头一次和她面对面地站着,雨竹听得出来,柳青青的话里,有着明显的酸味和醋意。

"冷俊哥,你不是要请消夜吗?有人不赏面子,但我倒是很乐意,怎么样,你不会为难吧?"柳青青这话分明是说给雨竹听的,却并不看着雨竹。

柳青青这一声"冷俊哥"叫的,让冷俊好不自然,但又不好当面说些什么,他知道一定是柳青青刚才听到了雨竹对自己称呼的改变,心里不服气,所以也故意这样叫了起来。她和雨竹一样一直都称呼自己为"冷老师",直到今晚、刚才、现在之前。

"这个……啊……哦,对了,柳青青,这么晚了,你怎么会在这里啊?"

"哎呀,你这嗓子真是哑得厉害,打针了还是输液呢?明天给你送些我专门从国外带回来的治感冒和治喉炎的特效药,保你大大见效。"娇滴滴的柳青青着急起来原来是这个样子,既可爱又好笑,她的话絮絮叨叨讲到一半,突然意识到旁边还站着的雨竹。

"刚不是说要吃消夜去吗?我心里还有好多话要对你说呢,咱们一边吃,我再一边告诉你,好吗?"刚才口气里还酸酸涩涩分明着不高兴,但现在话里的糖分却浓浓的,甜得腻人。

说话间,柳青青的两只眼睛在夜色的灯光下,明亮地忽闪着,深情注视

你是夏天我是叶

着冷俊,忽然,她忘情地挽起冷俊的手臂,娇嗔地说:"咱们快走吧……"

柳青青这一举动,使冷俊大感意外,极为尴尬,他慌忙推开柳青青的手臂,敷衍道:"哦,哦……"又转向雨竹说:"雨竹,要不还是一起出去再吃点儿东西吧。"这话一出,冷俊不是没有注意到柳青青脸上立刻又不高兴起来的表情。冷俊觉得,只有他和柳青青两个人出去不太合适,正如刚才对雨竹的邀请,他也是有些顾虑的,他想,刚才雨竹之所以拒绝和他一起消夜,也一定是出于这样的考虑,但是现在三个人,情况就不一样了。

"哦,你们两个快去吧,时间不早了,我真的不想去了。再说,刚吃过,也实在吃不下了。"

柳青青用眼斜睨着雨竹,声音不大地吐出两个字:"做作。"冷俊见雨竹好像并没有听到柳青青这过分的言辞,他担心柳青青对自己再做出什么亲密举动来,忙转过身去,把刚刚买来放在小亭台阶上的大包小包吃的喝的整理了一下,提起来送到雨竹面前:"真的不去?"

"真的不去,我累了,明天一早还要上直播呢,想早点回去休息。"

对于柳青青,雨竹现在的态度是顺其自然,就像刚才,她不是没有听到柳青青说出的那两个字,只是不屑于理她,难不成此时此刻此境此地还要和她辩个子丑寅卯黑白高低来?最初,雨竹总想找个合适的机会把话说明白,把误会解释清楚,两个人难免总要碰面,别别扭扭的,心里的疙瘩解不开实在是不舒服。可是,消除误会,是两个人的事,柳青青眼下没有这个愿望和诚意,那雨竹也只好怀着善意继续等待。

"好吧,时间也的确很晚了,那就不强求了,这些吃的你拿着,饿的时候,能抵挡一阵儿。"

"好,那我就……"雨竹没有推托,从冷俊手里把那一大包东西接了过去。

冷俊转头向在一旁酸溜溜看着这一切的柳青青说道:"青青,我看时间也确实不早了,今天就算了,回家吧。"

"就一杯还不行吗?"听到冷俊这样决定,柳青青突然脱口而出。

"什么?一杯?"

"哦,不是,我说的是咖啡,一杯咖啡,就一杯咖啡的功夫不行吗?我想喝一杯卡布奇诺,你能请我喝一杯卡布奇诺吗?"柳青青顾不得雨竹在场,可怜兮兮地对冷俊说,语气中甚至有一些祈求的味道。

"改天,改天挑个合适的时间,我请你们一起吃饭,一条龙还不行吗?随便你们点单,卡布奇诺、拿铁、摩卡还有其他什么的都行,吃完饭K歌、茶吧,只要你们高兴,随你们提要求我一定二话不说奉陪到底,你看怎么样?"

冷俊一连串的"你们""你们",让柳青青感到非常不顺耳。一瞬间,她发现冷俊又恢复到以前的模样,严肃、庄重、不苟言笑,脸上没有了刚才那温暖心动的笑容,真的是"冷"下来了。

听罢,雨竹点头以作道别,转身向宿舍走去,把冷俊和柳青青留在了身后。

"好吧。"这两个字从柳青青嘴里说出来,充满了失望和不情愿,是啊,冷俊话已至此,还能说什么呢。

"其实,就是一杯卡布奇诺……可是,可是,你不想知道我为什么这么晚还在这里吗?"

"今天太晚了,等有时间再说吧。"

"那,那我还有话想问你呢。"

"不是说了吗,今天太晚了,改天吧。"

"那,那你能送我回家吗?"没等冷俊问她的车停在哪里,柳青青就抢先答道:"我的车送去保养了,所以……"

"那么……"

……

就这样,雨竹连续帮冷俊做了差不多有一个多月的节目了。

冷俊的嗓子经过治疗、调理和休息,早就好得差不多了,雨竹几次向他建议,想从他的节目中撤出来,但每次冷俊都表示希望她能再帮帮自己。雨

你是夏天我是叶

竹知道,这并不是冷俊找轻松图省事,或者说并不完全是,主要原因是自己的主持还算说得过去。这些日子以来也的确得到了许多来自各方面的好评,特别是那些听众朋友的来信和来电,对她来说是莫大的鼓励,让她分外珍惜,让她有了更强的信心和更大的动力,从清晨忙到深夜,感到非常充实,总想着怎样才能把节目办得更好,怎样才能让自己有更高的提升,得到更多人的认可和喜爱。如此一来,雨竹倒真有些不愿意离开这个节目了,是撤是留一时难以定夺,但她知道,这样帮着冷俊做节目,终归不会太久。后来她又想,算了,做到哪天算哪天,能做多久算多久,总之,多做一天是一天,能做多好就多好,尽最大努力吧。如此,之后的这些日子,她也不再和冷俊提起从节目中撤出这件事儿了。

雨竹每天继续忙碌着,除了自己分内的节目要保质保量完成外,还要额外兼做冷俊这档栏目。后者大部分的稿子是冷俊自己来完成,期间,仅有两次也许因为忙或是其他别的什么缘故,冷俊撰写的文稿略显单薄,开掘不够。为了保证节目质量,雨竹真诚而坦率地说出了自己的看法。起初她怕冷俊不高兴,没想到冷俊什么都没说,而是对着她颔首微笑,更让雨竹高兴的是,冷俊不但欣然接受了她的建议,而且与她共同切磋,深入探讨,并让雨竹执笔重新起草,这对雨竹又是莫大的信任和支持。雨竹果然才华出众,妙笔起落,字句劲道;谋篇布局,多有新意;探索有道,挥发有理。在冷俊原稿基础上,融入了自己的理解,文意境界大大升华,播出后,收到了出奇制胜的效果。

冷俊问过雨竹,这样帮着自己做节目,怕不怕韩冰知道后大为光火,生出许多事端惹出许多麻烦来?"谈不上怕。"雨竹说,她不是没考虑过这件事,雨竹认为,韩冰只在意她自己制作的节目,其他任何人的节目她是不关心的,即便关心那也是另外一种关心,看看谁的节目有负面反映了,瞧瞧这个星期节目排名谁跑到自己节目前面去了等等。对于排在自己前面的节目,她愤愤不平、怏怏不服;而那些排在后面的节目,则又被她嘲笑讽刺、编排挖苦。希望自己的节目被别人认可并名列前茅,这无可厚非,但韩冰关心的目的和

出发点总是杂念重生，味道不纯。这个组的节目不好，那个组的节目不行，这个节目哗众取宠，那个节目应付差事，对别人的节目，从来都是求全责备，指责多于认同，打压多于肯定，多好的节目，在韩冰那里总能挑出些什么来。

冷俊的节目，在晚间十点半以后播出，韩冰是不会等在收音机旁去听的。她不喜欢这样文艺类艺术范儿的节目，她认为这类节目扭捏、虚假、做作、矫情，她曾经当着雨竹和秦思璇，还有其他栏目组几个年轻主持人的面，甚至包括冷俊在场的时候，都说过这样的话，可笑的是，她还没来得及把话说完，大伙儿就都纷纷起身散了。不言而喻，这就是大家的态度和反应，人们不能容忍韩冰的偏激、无知和不公正。别人走的走，散的散，躲的躲，只有雨竹无处可逃，也找不出什么缘由借故离开，只能任由韩冰发表那不着边际的空论，无奈的雨竹只好听着。韩冰总认为，这样的节目不过是拿几篇酸文假醋的文章来念念，再不然就是配上些钢琴、萨克斯、二胡、古筝之类的音乐什么的，没有一丁点儿意思，更谈不上什么内涵，这话她和雨竹念叨过好多遍了。还说什么雨竹能摊上她这么好的制作人和节目是雨竹的幸运，哪有大学生一毕业就能碰上这样好的发展平台，仿佛雨竹脚下站着的已经是金色大厅一般。每当雨竹听到这里，总会回头向韩冰笑笑，并不说话，以示答复。韩冰最怕雨竹这种笑而不答的样子，因为她摸不准猜不透雨竹心里到底是什么想法几个意思，是同意赞许她的说法呢，还是压根儿就不是这样认为的呢？每一次，雨竹的眼神都深邃明丽，每一次，雨竹的笑容都灿烂无比，但在韩冰看来，这笑容比蒙娜丽莎的微笑还难以破解。其实，无论面对的是谁，雨竹的笑容都能让人感到亲切和温暖，仿佛能把一切融化。但是，韩冰就是不喜欢看到这样的笑容，甚至很是嫉妒，所以，每次韩冰都会在雨竹转过身之后，对着她的背影恶狠狠地瞪过去……

可以毫不客气地讲，韩冰是没有什么音乐细胞和文学禀赋的。雨竹觉得韩冰实在理解不了音乐和文学带来的快乐和愉悦。记得有一次雨竹在一篇播稿里引用了一位先哲关于音乐的一段话："爱因斯坦曾说过，死亡是什么？

你是夏天我是叶

死亡就是意味着再也听不到莫扎特了。"当韩冰审稿看到这句话的时候，突然冷笑了两声，然后对着雨竹有些阴阳怪气地说："哎呀，你的想象力可真丰富啊，竟然能把死亡和音乐联系在一起，两者之间有关系吗？什么叫死亡就是再也听不到莫扎特了？当然了，人死了，谁还能听音乐呢？别说是莫扎特了，就是阿猫阿狗的叫唤声，那也是听不到的。你竟然还把这话安在了爱因斯坦身上，可能吗？真是可笑，你应该知道爱因斯坦是做什么的，他是一位科学家而不是音乐家，怎么可能说出这样的话来呢？你搞搞清楚好不好？你在广播里一旦说出这句话，那岂不是要闹出笑话来，贻笑大方吗？别人说起来，我是这个节目的制作人，你能丢得起这个人，我可丢不起这个脸。"随后命令雨竹把这段话删掉。韩冰的"高见"弄得雨竹哭笑不得却又无法分辨。

　　说实话，拿韩冰制作的节目与冷俊的节目作比较，雨竹更喜欢冷俊制作的这档节目。无论是从节目风格来讲，还是从节目内容来说，都不同于那些时尚类潮流派的节目，这档节目更有文化品位和知识内涵，层次更高情趣更浓。雨竹觉得这才是她想要做的节目，诗词、歌赋、古曲、书画，广泛涉猎索源论道，极具学术水准和普及传统文化之意义。有古典的唯美，也有现代的清新，有西洋的奔放，也有东方的含蓄，是滋润心灵的鸡汤，更是沁满唇齿的香茗；是情感接力的驿站，更是精神休憩的家园。一篇美文，款诉衷肠一曲，一支麦克，捧出丹心一片，文学和艺术在这里得到完美融合。雨竹喜欢，雨竹真的喜欢。其实，这次能够做这样的节目，与其说是帮了冷俊的忙，倒不如说是幸逢良机，成全了雨竹长久以来的心愿。不过，欣喜之余还是有些顾虑，每天这样帮冷俊做节目，终究不是办法，韩冰知道那也是早晚的事，到那时，雨竹不敢想象那将是怎样的一场暴风骤雨。可是，如果现在和韩冰说明这件事的原委，不用问，她是万万不会答应的。这无关乎台里的规章制度，台里不反对主持人兼职多个栏目，只要有制作人肯用你，只要你能忙得过来并做得好，台里是鼓励支持的。因为，这样做不但可以培养复合型人才，而且节约资源，活跃协作气氛。这台里所有栏目，把广告栏目也加在内，老中

青算在一起，几十号主持人，兼职做几个栏目的并不是没有。只是有些主持人特别是那些自称是"腕儿"的主持人嫌累、嫌麻烦又怕辛苦，他们不愿意采写奔波，乐得安然处之，不钟情于这样的机会。而像雨竹这样刚走出校门讨生活的人，她们为了生活，甚至可以说是为了生计，十分看重这样的机遇。雨竹明白，要想在一个单位或一个团队里立足站稳，有人用你是最当紧的好事，被人信任，是最难得的奖赏，她从不认为比别人干得多是吃亏，比别人忙得"狠"是傻瓜。

雨竹曾在日记的扉页上写道："忍、韧以成业，静、净以修身。"

"不如让柳青青过来吧。"雨竹对冷俊说。

"柳青青？"

"对呀。她现在闲着，一直没有合适的节目要她过去，这样一来，不但你的栏目组有了主持人，还帮了她的忙，一举两得，怎么样？"

"说实话，我不是没想过，只是，她这人……"

"别看青青对我有些误会，但我总觉得她本质不坏，只不过因为家庭条件好，有些被娇惯宠出来的大小姐脾气。凭人家的家庭实力，进个什么单位办不到？只因她非想当主持人不可，才走进了这里，你就拉她一把吧，啊？"

"对她，你倒知道得蛮清楚。这样……也好，让我考虑考虑。"

"还考虑什么啊，你这里不是急需人吗？'战事'不等人哪。小何又向你续了长假，我帮你上节目，也终究不是长久之计，柳青青毕竟有这么长时间的播出经验了，声音口齿也不错，这一点你是知道的。"

"只是，不知道柳青青会不会答应。"

"一定会答应的，我敢保证。对于你的邀请，她不但欣然接受，而且会特别激动和感动，这也是她一直以来最想得到和最盼望着的，我想，如果真是这样，她心里一定对你充满了谢意。"

"这也正是我所顾虑的。"

你是夏天我是叶

"你,顾虑?顾虑什么?"雨竹嘴角微微翘起,露出脸上甜美醉人的酒窝,睁着一双大眼睛问道,目光中有狡黠的顽皮。

"呵呵,雨竹,好一个聪明的丫头,你是在明知故问吧?"

"明知?我明知什么?"

"明者自明,知者自知。好吧,不说也罢。"

"好,如果你同意把柳青青聘到栏目组来,那你要答应我一件事。"

"什么事?"

"希望你不要告诉她,是我给你建议你才决定用她的,好吗?"

"为什么?"

"你才是'明知故问'呢,你是最知道为什么的,那天韩冰用我把她从主持岗位上换下来,当时的场面和情景你都看到了,不是吗?"

"你心里对她还是歉疚?"

"明知道不是我的原因和责任,可我,这段时间以来心里总不是个滋味。青青被不明不白地撤下来,偏偏是我顶上去,她对我有气,看我不顺眼,甚至怀疑我在她背后说了什么坏话使了什么绊子,有这样的内心抵触情绪是很正常的,如果那天换下来的人是我,我想我也会和她一样有相同的内心感受吧。"

"如果我真的去找柳青青过来,还是希望她能知道这件事情你确实是用心良苦。你不让我说,是想做好事不留名吧?"

"做好事?你以为青青会这样认为吗?她不会这样认为的。恰恰相反,她会觉得我这是心里亏欠她,以此来平衡内心的不安,她不认为我这是在帮她。甚至还会觉得我是站在本属于她的位置上向她施舍怜悯和同情,她对我的误会太深了,所以,还是不要让她知道为好。还有,你去找她,越说是听了我的建议,她越恨我,而且也越生你的气,千万别说,拜托了。"

"唉,或许你说得有道理,只是委屈了你,你这人心地太善良,太实诚,心太软,宁苦自己,不伤别人,这我都看到了……"说着,说着,冷俊情不自禁,

有感而发地轻声哼唱起来:

"你总是心太软,心太软,把所有问题都自己扛……"一句歌词反复唱了好多遍,歌声由弱变强,又由强转弱,眼睛里有一种异样的光芒,他那英俊、挺拔、棱角分明的脸,在街灯的映衬下,像剪影一样半明半暗……

起初,雨竹静静地听着,无言。而后,随着歌曲的旋律和节拍,与冷俊和声齐唱起来,这不约而同、心有灵犀的唱和,自然而单纯,深情而悠远,天上星月闪烁,地上琴瑟合鸣。雨竹双眸远视,秋波明净,歌声在夜色朦胧的树梢、花丛间妙曼飘荡,渐渐远去,二人静静地对望着,沉默着,良久,良久……

"好了,冷大哥,别逗了。你知道吗,这样评价我的人,你不是第一个。有时候我也在想,其实,心软是一种不公平的善良,甚至是一种是非不明的善良,成全了别人,委屈了自己,还往往被别人当"傻子"。我们这样一路走来,究竟用自己的善良喂饱了多少没良心的人呢?说是无怨无悔,有时也真来气啊!我只是希望能对身边的每一个人好一点,人生的道路是曲折的,可人性的本源应该是正直善良的吧,所以,冷大哥,善小之为,不足挂齿,我还是希望你能替我保守这个秘密,再一次拜托了。"

这几天,雨竹坚持着上节目,严重的感冒发烧让她整个人几乎爬不起床来,没有时间打针、吊瓶,只是吃了一些消炎和驱寒的常用药。台里原本要求每个栏目至少配备两名主持人,其他栏目都是这样设岗的。一来两个人倒班上节目那是制度、规章和工作需要,二来就是考虑到其中有谁因故请假,另一个人能够及时顶上来,不至于像雨竹现在这个样子,天天唱独角戏。即

你是夏天我是叶

便是高烧不退、浑身疼痛,也要坚持采访、写稿、播音主持,不但要工作完成得了,还要工作完成得好。秦思璇、冷俊还有周围好多的人都看不下眼,想帮她顶几个班替她上几天节目,好让她休息休息,但是碍于韩冰那样的人,大家伙儿都张不开嘴,怕事情没办成,反而惹得韩冰又说出一大堆不好听的话来,一不小心让自己成了韩冰嘴里的"下酒菜",好心办了坏事,反而又连累了雨竹,白白听那些生冷难听的话,看韩冰"苦瓜"似的脸。雨竹知道大家的心意,每到这个时候,她总是以微笑来回报朋友们的好意,尽管笑容看起来是那么的憔悴,却是发自内心的真诚和感谢。

这天节目结束后,雨竹收拾完案头的文稿、光盘等播出用品,从直播间出来的时候,代班导播已经离开,而距下一个节目播出还有一些时间,监听音箱里的播报提醒着现在是广告时间,此时导播间一个人也没有。雨竹推门而出往前只走了两三步,便觉得一阵眩晕,眼冒金星,脚下像踩了棉花一般,一个踉跄险些栽倒在地。这时,一双有力的大手突然紧紧将她扶住,半晌,雨竹才缓缓抬起头,眩晕中看到一张果敢俊朗的脸——冷俊?冷俊!

焦灼的目光,微锁的眉头,刚毅的唇角,看到雨竹迷蒙的眼神,冷俊说道:

"你脸色太差了,这样不行,不能再继续坚持带病上节目了,必须休息,否则的话,要引起大毛病来了。"

雨竹努力平稳双脚站直身体,用手揉了揉太阳穴,恍恍惚惚开口道:"说心里话,冷大哥,我真的好想休息休息,感到自己好累好疲倦啊,但是怎么办呢?没有人替我呀,这几天我真的快坚持不住了。"

"办法总是有的,再怎么样,也不能让身体垮了呀。"冷俊真想这样一直扶着雨竹,但他却心有顾忌,怕引起雨竹的不自然,因为他知道,雨竹是那样一个自尊自爱纯洁无瑕的姑娘,于是,他不放心也不情愿地把双手从雨竹肩头缓缓挪开,似乎生怕一不小心,雨竹又要倒下一般。

"办法?哪里有什么办法,唯一的办法就是我扛着。"说到这里,雨竹

似乎意识到了什么,"对了,冷大哥,你怎么在这儿啊?"

"我……我……哦,我是上来取东西的,办公室的钥匙怎么都找不到了,我想大概是昨晚节目结束后,不小心落在这里了。"雨竹的突然问话,让冷俊有些慌乱,他不自然地用寻找的目光扫过旁边的导播台。

"那我帮你找吧。"雨竹也顺势看了过去,桌子上根本没有什么钥匙,"会不会被别人拿错了?"

"啊?啊……找到了,找到了,在……在这儿呢。"说完,冷俊双手上下摸索着自己的衣兜,终于,一阵"哗啦哗啦"的声音似乎证明了冷俊的话,"刚才你在直播间上节目的时候,找到的,那个……在桌子下面,一定是昨晚不小心掉到下面去的。"

"哦,找到就好。"雨竹觉得今天的冷俊好是奇怪,但体力不支的她已经无暇顾及和分析那么多。

"冷大哥,今天天气怎么这么冷呀。"说着,雨竹深深吸了口气,一只手下意识地抱了抱拿着塑料筐的那只手的肩膀。

"哎呀,这么烫!"听到雨竹这样说,冷俊没有犹豫更没征得雨竹的同意,也不去管自己的举动会带给雨竹什么样的反应,他迅速把手放在雨竹的额头上试了试温度,着急地说:"你看你,都已经高烧成什么样子了。不行,你现在必须回去服感冒退烧药,好好地睡一觉,其他的事情回头再说,我先送你回去。"

对于冷俊的这个突然举动,雨竹没有想到,她有些不好意思,但不清楚自己为何没有躲闪,只是把鬓角的长发往耳后掖了掖,说道:

"我真想照你说的这样,回去好好睡一觉,什么都不问,什么都不管,一觉睡到自然醒。可是,明天的播出文稿我还没准备呢,所以说,你的建议我根本做不到,这一点你是明白的。"

"我来想办法。"

"我相信这个时候不是在开玩笑,可是你又有什么办法可想呢?"

你是夏天我是叶

"我……"

"好了，冷大哥，不过是一次小小的感冒吗，我能坚持住的。"没等冷俊说下去，雨竹打断了他，"你看，我现在就比刚才好多了，走吧。"

说完，雨竹立了立衣服领子，把领口的拉链儿又往上拉了拉，冲冷俊勉强笑了笑，憔悴的笑容挂在苍白的脸上，拖着沉重的双腿，转身无力地走出了导播间。如此，冷俊只能无奈地跟在她身后……

电梯在其他楼层徘徊，不知何故久久不愿高升。雨竹轻轻地对冷俊说："不等了，还是走楼梯吧，要不是今天身体不舒服，这两层楼的距离，根本不用电梯的，一步一步走楼梯，早已经习惯了。"两个人转身向楼梯间走去……

从十八楼直播间到十六楼办公室的楼梯走廊，雨竹走得很费劲，觉得那样漫长，就像几个月前第一次单独直播下节目后走在这里一样漫长，可不一样的是，那一次是心情的冰点，而这一次是身体的病恙，两者同样痛苦，都不好受呀。而冷俊此时的心里，瞬间闪出一个强烈的渴盼，他希望这楼梯的台阶能层层叠加，一直延长，好让他和雨竹一直这样默默地走着，走着，每一秒钟共处的时间他都感到无比珍贵和美好。他能感受到雨竹如兰的气息，拂触到雨竹长发飘逸的清香，甚至连雨竹高烧的体温对他都是一种熨帖的炙烤。但让他痛惜的是，此时面前的雨竹面色潮红，弱不禁风，似乎每走一步都有跌倒的危险，他随着雨竹的脚步声而心痛，见此情景，冷俊又急切地渴望这两层楼的距离能短点儿再短点儿，好让雨竹快点儿回到宿舍好好休息。

冷俊甚至有种冲动，想快步向前，双手牢牢将雨竹拥入怀中，他想用自己坚实的臂膀揽住她的纤纤细腰，让她枕着自己的胸膛入睡，给她以最大的依靠、呵护和关爱。好几次，他差一点就要这样做了，但最后……

冷俊就这样走着、看着、想着……

一路，雨竹没有着意向冷俊回望，但冷俊的目光却始终没离开雨竹，两个人什么都没说，走廊里回荡着彼此的脚步声，一下一下，默契的合着拍，没有快也没有慢，同时抬起又同时落下，声声扣在彼此心上……冷俊抬头向

前看了一眼,在心里想,哦,十六楼,还有三个台阶……

雨竹真是搞不懂,今天这又怎么了,到底哪儿出了问题?为什么一下节目刚回到办公室,韩冰就对她劈头盖脸一顿呵斥,说些莫名其妙的话,什么节目质量不过关,什么主持得一塌糊涂,什么抢占了别人的位置。牧野也跑过来指手画脚,不客气地喷出一大堆难听的话来。回到宿舍,甄艳丽冷嘲热讽、阴阳怪气、指桑骂槐,就在这时,突然有几个陌生人如同从地下长出来一般出现在雨竹面前,还没来得及看清楚他们的模样,不由分说抓住雨竹就往外揪扯。雨竹有些急了,大喊着:"我不去,我不去。"她拼命挣扎抓住可以抓住的一切来阻挡自己,桌子、椅子、床腿,这些人见实在奈何不了雨竹这才撒了手,这时雨竹发现自己的双手因为太过用力一阵阵地疼……这一切的一切到底是怎么回事?雨竹想要上前问个清楚明白,但,不知为何,突然之间自己竟然张不开嘴发不出声了,就在这时,韩冰突然闯入直播间,冲着她怒吼咆哮起来,天啊,这可是正在直播啊!

雨竹瞬间吓得出了一身冷汗,猛然惊醒,睁开双眼……

哦,原来是一场噩梦……

这时,耳边有人说话,声音中充满了盼望和激动:

"醒了,醒了,终于醒了。"

雨竹还没有完全从睡梦中醒来,一时缓不过神儿,她看了看四周,发现自己躺在宿舍的床上,周围聚集了好多人,一张张亲切的脸庞和一双双期盼的眼睛,在雨竹的双眸中从模糊逐渐清晰起来。秦思璇、郑文远、小梅和几个其他栏目的制作人和主持人,原本不宽敞的小屋此时显得更拥挤,而在这些人中,站在最后面的还有一个熟悉的身影,带着焦急的目光……

"你可算醒来了,雨竹,你都不知道,快要把我们急死了。"秦思璇首先开了口,略带责备的口气中充满了疼爱。

你是夏天我是叶

"我，我怎么了？"

"怎么了？你昏倒了。"

"昏倒了？"迷蒙间，雨竹有种不真实的感觉。

她使劲想了想，希望能记起些什么，的确有一些支离片段从脑海中闪过，发烧、楼梯、脚步，似乎还有一双温暖而有力的手……她努力地拼凑着。

"好了雨竹，你别着急，也不用那么费力地去想。"郑文远发了话："你啊，在楼梯间昏倒了，幸好当时冷俊恰巧路过及时发现了你，不然以你现在的身体状况还真是危险。你说，这要是摔出个好歹可怎么办？"

"哦，这样啊。"雨竹的目光找寻着冷俊，她轻轻地问大家："那我睡了多久？"

"你啊，整整昏睡了一天一夜，不，应该说是昏迷了一天一夜。"

"什么？一天一夜？"听到这里，雨竹猛地坐了起来，口中喊道："天啊，糟糕……"下面的话还没来得及说出口，只觉得天地翻转，眼前漆黑一片，不禁"哎哟"了一声。

众人一阵惊呼，赶忙唤她躺下。

"小心啊，你这还打着点滴输着液呢。"雨竹这才注意到，原来自己的手背上还插着针头，上铺的床头铁管上挂着吊瓶。

"那，节目呢？"对于雨竹来说，这是她头等关心的紧要事，她的眼中和声音里满是焦急和迫切的询问。

"就知道你惦记这事儿，放心吧，节目啊，有人替你完成了。"小梅也开了口，安慰着说。

听了这话，雨竹缓缓舒出一口气，继而问道："谁？是谁？"

"是冷俊，这不，刚下你那档直播节目，才过来。"

雨竹随着秦思璇示意的方向，看到人群中站在最后的冷俊，冷俊用温暖的目光迎接她，向她轻轻地点了点头，并不说什么，但眼中却分明带着会意的微笑，只有雨竹才能读懂的微笑。简短的目光交流，无言的信任和诚意。

"现在感觉怎么样？"小梅问。

"好多了。"

"这孩子太要强，就算再难受，她都不说。"

"哪里有那么夸张，秦老师，我真的感觉好多了，就是头还是有点晕，大概是睡的时间久，刚才起的又猛的缘故吧。"

"雨竹，你现在最需要的就是休息，所以，我准你几天假，你就好好歇歇吧。"郑文远说。

"放假？休息？可是主任，那节目……"

"放心吧，我都已经安排好了，也交代下去了，节目嘛，这几天就由他们几个轮班上吧。"郑文远不等雨竹说下去，便接过了话茬，对着在场的其他几个栏目主持人说到。此话一出，只见这几个人一个个淘气地冲着雨竹又是挤眉弄眼，又是做着鬼脸的，大家都愉快地接受了郑主任的安排。

"韩主任那里，频道总监也已经找她谈过了，她表示同意。所以，你就不必担心了，你现在最重要的就是赶紧把身体调养好。"

"韩冰也真够一份的，她的节目主持人病成这个样子，竟然连面儿都不露，也不过来看看，真是的……"有人在发牢骚。

"就是。不过也不奇怪，她要是真来了，那倒反而不正常了。"在场的其他人也纷纷议论起来。正说着，雨竹仿佛听到门口有隐约的脚步声，但没有人进来，反倒像由近及远渐渐离去了。这时，冷俊也回头向着门的方向看了一眼。众人见雨竹不说话，一副专注倾听的神情，问道："雨竹，怎么了？发什么呆啊？"

"哦，我好像听到门口有脚步声，你们听到没有？"

"没有啊，没有啊……"众人回答道。

"可是，我明明听到的……"

"我们这么多人都没有听到，一定是你听错了，看来你的身体还是虚弱啊。"大家纷纷说着。

你是夏天我是叶

"好像有脚步声。"这时,站在最后一排的冷俊开了口。

"我看啊,雨竹这感冒拖得太久了,又躺了一天一夜,出现幻觉了。冷俊,你没发烧吧?"秦思璇打趣地开着玩笑,责备起冷俊来:"也不怕吓到雨竹。"冷俊赔着笑脸,不好多说什么,他抬眼向雨竹看去,正好和雨竹的目光相遇,在眼神交汇的一刹那,无言胜于千言万语……

想着大家伙儿刚才对韩冰的议论和不满,雨竹接过话题说:"其实也没什么,韩主任一定很忙,不来就不来了,我这都好了。再说,有你们这么多人关心照顾我,这就足够了。"雨竹不想继续扩大这样的话题,紧接着又说:"唉,我昏倒的事情,连频道总监都知道了?还亲自出马帮我说话?我这'睡眠质量'可真够高的啊。"雨竹的幽默立刻引起在场所有人的一片笑声。

雨竹继续正色道:"给这么多人添麻烦了,真不知道该说什么好,反正……反正……真的谢谢!我现在被温暖和感动包围着,真成了受宠的公主了。"雨竹的热情、开朗和感恩的话语,感染了大家,人们在嬉笑声中更疼惜这个坚强有志的女孩儿了。

"雨竹,人不是铁打的,哪能连轴转?机器还得经常不断地检修呢,更何况人呢?就你这瘦弱单薄的小身板儿哪里吃得消这大负荷运转,你看,这不是倒下了吗?"平日里,雨竹工作中的辛苦和不易,秦思璇都看在眼里,此时她说出这些话,心里饱含同情和酸楚。

"是啊,雨竹,你这次真的是很危险,要不是冷俊及时发现,后果都不敢想。大夫说了,你这高烧不退眼看就要转成肺炎了,你说说,多悬哪。所以说,这几天你就踏踏实实地好好休息,不要急着上班,节目更不用惦记,也只有把身体养好了才能更好地投入工作,你说是不是这个道理啊?"郑文远一口气对雨竹说了这些话。

"主任,我听话就是了,一定好好休息,把身体养好,我不会辜负您和大家这一番好意和良苦用心的,就请放心吧。"雨竹点头微笑,用感激的眼神逐个向大家看过去,又一连说了好多个"谢谢",最后,目光越过众人的

视线，望着冷俊说："还有……冷大哥，真的谢谢，再一次感谢……"

"哦，不用客气，应该的。说来也是凑巧，刚好被我路过遇到，你不必挂在心上。"冷俊说出的'凑巧'二字，两人心照不宣，无须破解。

"那我是怎么回的宿舍？"说了这么多，雨竹突然想到这个问题。

"你昏倒以后，冷俊第一时间通知了我们，又一路把你抱回宿舍。"听到这儿，雨竹有些吃惊，这是她没有想到的，瞬间，她的脸上浮现出不易察觉的微红。

"原本是要送你去住医院的，可高烧昏迷中的你拼命喊着'不去'、'不去'，没办法，冷俊只好跑去医院请了医生来出诊，又是打针又是输液的，好一阵折腾。你自己瞅瞅，这手上有多少个针眼儿，看看这手青了多大一片啊！"说着说着，秦思璇眼圈微微泛红，小梅见状忙上前说：

"秦姐，瞧你，雨竹这不缓过来了吗，看你这样她心里又该不好受了。雨竹，你真是把我们大家吓了一跳。大夫说，只要你烧退了醒过来就没什么大碍，只是身体太虚弱，需要静养，也需要加强营养。"

"是啊，是啊，说得没错，雨竹，以后你可要注意自己的身体，吃饭不能瞎对付。"秦思璇轻拭眼角，也随声附和着说道。

半晌，雨竹没有说话，好半天，才缓缓开口道："秦老师，您不要难过，我没关系的，我有你们这么多人的关心和爱护，害怕什么？我才知道在我昏迷的这一天一夜里，发生了这么多事情，给大家添了这么多麻烦。可是，除了'谢谢'这两个字外，我还能说什么呢？为了我，大家受累了。"此时雨竹有些激动，话里充满了深深的歉意和无尽的感动。

"嗨，我说，都干吗呢这是，怎么说着说着又伤感起来了？"郑文远在一旁打趣道。

"雨竹，瞧你说的，吃五谷杂粮谁没有个病呀灾呀的，我们几个轮流照看你，那是姐妹情分，应该的。连甄艳丽都给我们腾地方留床铺，到男朋友家去住了，还给你买了那么多营养品，所以，我们轮流值班休息一点儿没累着，

你是夏天我是叶

哪儿那么邪乎。只是你要快快好起来呀。"小梅和秦思璇接过话安慰着雨竹说。

"我明白，我会的，请大家放心，我要尽快好起来，一定一定。"

"雨竹，这是些滋补品，是大家伙儿的一点心意。"

雨竹看到，床头的桌子上堆满了各种各样各式的滋补品，包装精美，花花绿绿，还有一大捧不知道谁送来的康乃馨。看着床边围着的这张张真挚的脸庞，听着他们充满祝福的话语，一股暖流在雨竹心海中涌动、奔流，她感到体内那温暖和感动在扩大蔓延……

"哎哟，瞧我这记性……"秦思璇像是突然想起了什么，"要不是你们提起这吃呀喝呀的，这半天忙乎的差点忘了，雨竹，一定饿了吧？今儿一早，我特地熬了鸡汤，里面还放了枸杞、党参、山药，现在还热着呢，赶快喝点儿，啊。"说完，起身去拿桌子上的保温餐筒。

"你们……你们这是存心要我感动，存心让我落泪，存心让我不知道说什么才好，真是的，不带你们这样的，讨厌……我才不上你们的当呢……"

话到这里，雨竹说不下去了，双眼饱噙着热泪，她极力克制着自己，牙齿紧紧咬住苍白的双唇，她怕再一开口，泪水会任性地掉下来，她努力微笑着向大家不住地点头，喉咙里含混地发出"嗯、嗯、嗯"的声音，她用这样的方式答复所有人的祝福和问候。可是，在接过秦思璇那碗热腾腾的鸡汤时，在一勺一勺把那美味送进嘴里的时候，雨竹还是没能忍住，无法抑制的眼泪大滴大滴地落下来，无声亦有声，她没有擦拭也没有回避众人的目光，任那泪水从脸庞滑落在碗中，连同感动和温暖一起喝掉……

虽然一天一夜滴水未进，但雨竹一点胃口也没有，在秦思璇和其他人的盛情下，勉强喝了一碗鸡汤，便再也吃不下任何东西了，她依然觉得浑身乏力，脑袋昏昏沉沉，打不起精神来。

秦思璇起身说道："好了，高烧退了，人安全了，悬着的心也总算放下了，咱们还是先撤了吧，好让她休息。"

"冷俊,你刚和护士说好了吧,她什么时候来给拔针啊?"小梅也关心地问道。

"说好了,我看时间打电话给她,这两大瓶液体,我估计怎么都得再有两个多小时才能输完。"从雨竹醒来到现在,好半天的时间,冷俊这才总算说了一句长话。

郑文远听冷俊这样说,开口道:"留下个人来陪小林吧,这输液是要观察的,不能大意,以防万一临时有个什么状况,身边也好有个人呀。"冷俊心里明白,他一个男同志若留下来怕不方便,可是,他是多么渴盼此时能守在雨竹身边看护她,哪怕像现在这样,在人群中远远望她一眼也好啊。

"不用了,主任,我这人最怕复杂,不就输个液吗,哪里有那么多意外状况啊。冷大哥,你把护士的电话给我,快输完的时候,我直接打电话给护士不就行了吗?我请求大家全部、马上、赶快回去休息,忙自己的事儿,这两天为了我辛苦受累,我这心里真的太过意不去了。再说了,你们想啊,如果有人在这里陪我,反而使我不能静下心来休养,大家说是不是这个道理啊?所以,如果你们想让我好好休息,就一定按照我说的去做。"雨竹用真诚的目光看着在场所有的人。

众人也觉得雨竹的话有道理,不好再说什么,也就不再坚持,又纷纷嘱咐了她一番,这才离去。

所有的人都走了,整个地下室突然变得异样安静。

这时的雨竹才彻底放松下来,刚才怕大家担心,一直强打精神硬撑着靠坐在床头,这好半天的坚持让此刻的她感到更加无力,头也愈发昏昏沉沉的,她又只好缓缓躺下。

嘀嗒、嘀嗒、嘀嗒……雨竹一边盯着输液管儿里慢慢滴落下来的液体一边在心里数着,努力在脑海中搜索、回忆着昏倒前的那一刻,仿佛做梦一般……

你是夏天我是叶

她记得,下了节目之后和冷俊一起沿楼梯回办公室,就在还差最后几级台阶的时候,不知怎么,突然双脚一软,眼前一黑……恍惚中,隐约感到有一双强有力的手在身后将自己托起,然后……然后?然后自己就什么都不知道了,再后来,便是刚才醒来睁开双眼听到和看到的这一切了。雨竹明白,那个在危难之时托住自己,使自己免于跌倒受伤的人,就是冷俊!

太累了,真的太累了,不知不觉中雨竹又沉沉睡去。

睡梦中,她听到有人在轻声呼唤她,模糊的意识中,有人轻轻地握着她的手,温暖而有力,就如同那天昏倒时一样温暖,一样有力。猛然间,雨竹睁开了双眼,发现冷俊坐在床前,正默默望着自己并紧握着自己的手,那目光像水一样温柔,那双手带着阳光一样的温度,传遍了雨竹全身。雨竹深情地端详着冷俊那俊朗英气的脸,她发现冷俊面容憔悴,他瘦了……

"冷大哥?"

"把你吵醒了?是不是吓到你了?"冷俊关切地问道。

"哦,没有。什么时候过来的?怎么也不叫醒我。"雨竹想要坐起来,但浑身疼痛,没有一点儿力气,冷俊阻止了她。

"没多长时间,护士刚来过给你拔了针。你瞧,两大瓶液体都输完了。"

雨竹低头一看,手背上果真只剩下两条白色的胶贴,床头挂着的液体瓶也早已被撤去了,而自己那只因为输液而青筋微起的手正被冷俊紧紧握着。雨竹不好意思地想把手试着抽出来,但她只是微微用了一点点力,却被冷俊抓得更紧了。

"别乱动。"冷俊温柔地命令到,眼神深邃,炯炯逼人。雨竹没再坚持,一幅乖乖听话的样子,让自己的手久久停留在冷俊有力而温暖的手掌中……

"哎呀,我竟然睡得这样沉,真真是被郑主任说中了。多亏了冷大哥,不然再出现什么差错的话,又要劳烦大家为我忙乎了。可是,冷大哥,你怎么?"

"哦,我压根儿就没走,一直在门外。开始还能听到你咳嗽的声音,但

渐渐的听不到了。我试着喊了你几声,不见你回答,我知道,你一定又睡着了。我怕这药物会有什么反应,就一直守候着,听着屋里的动静,直到刚才打电话,把护士叫过来,拔掉针才放心。"

听到这些,雨竹一句话也没说,眼睛直视着眼前这位诚挚的同仁和朋友,心里千言万语无从出口……

"冷大哥,你倒是说说看,你替我上节目的文稿,是什么时候写的?"

"你问这个干吗?反正节目已经直播完了,你放心,不会影响这档节目收听率的。"

"这,我从不怀疑。我想为写文稿一定熬夜加班了吧,对不对?"

"熬夜加班算什么,不是常有的吗?"

"你白天为我跑医院,请大夫,楼上楼下奔走,中西药房取药,晚上还有自己的节目要监制,再为我那档节目赶写文稿、做主持,真够辛苦的。"

"哪有你说得那么严重和复杂,又不是为《人民日报》写社论,只要你病情好转一切都好了。尽管你这里有秦姐她们陪着,也知道你应该并无大碍,但总怕你临时有个什么状况。这回啊,大家悬着的心都落下来了,那我也就能睡个好觉了……

"……费心了……"许久,雨竹深情地吐出这几个字,冷俊听罢,摇了摇头说:"以后,不要再这样吓唬我……们了。"

"嗯,放心吧,我刚才答应过大家,一定会努力做到的。"

"好,好!"

"冷大哥,这真真是有意思了,我还没从你的节目里撤出来,你这反倒替我做起节目了。"

"对,这就叫'来而无往非礼也'。"两个人会意地笑了起来。

"哦,对了,今天一早我在导播间碰到牧野了,他向我打听你的病情来着,话语蛮真诚的。有意思的是,他说,他代表栏目组全体成员向我表达谢意,谢谢我救了你,你说可乐不?搞的跟领导接见属下一样,你也知道他那个人,

你是夏天我是叶

从来不会好好说话,他这样'正经'起来,弄得我反而有些不知如何是好了。他代表整个栏目组?他能代表得了吗?你们组总共就三个人,他能代表谁?他能代表人家韩冰?笑话,怕是他连自己也代表不了。他的这番话也就是没被韩冰听到,当着韩冰的面,他说说,试试看。"冷俊一个人说得热闹,等停下来的时候,发现雨竹一语不发正笑眯眯地看着自己。

"你为什么这样瞧着我啊?难道我……我脸上有什么东西吗?"他本想走到墙角的镜前去照一照,但他不愿更不舍松开握着雨竹的手,他知道,自己是用了怎样的勇气和支撑这种勇气的力量才握到这双手的,这双手是那么纤细、灵巧、绵软,但却有些冰凉,他想用自己燃烧的体温把这双手暖透,想要用自己充沛的体能给予这双手以力量,他实在舍不得放开,也无法放开。

"什么都没有,只是我觉得,这倒像个八卦新闻,好玩儿得很。"雨竹微笑着说。

"哈哈,的确很八卦,可我说的就是工作上的事儿,人是单位的人,事是节目的事,话是当事人说的话。倒是你,这样敏感和在意,若你不八卦又怎知八卦,就算八卦,也不是我一个人八卦。"

雨竹一下子笑了起来,引起一阵咳嗽,然后说:"冷大哥,你是在练习绕口令吗?"

"雨竹,你笑了,你终于开怀地笑了,简直太好了。"冷俊并没理会雨竹说了什么,而是激动地喋喋不休。

"我一直在微笑啊,从醒来看到你们所有人的时候起。"

"那不一样,不一样,你此时此刻的笑和此前所有的笑都不一样。"

"怎么会不一样呢,人是同一个人,脸是同一张脸,都是我林氏笑容呀。"雨竹学着刚才冷俊的说法打趣起来。

"你不知道,你现在的笑对我来说是多大的安慰和喜悦啊,由此足见你的精神状态好了许多,至少……"

"至少什么?"

"至少……现在、此刻,你的笑容别无他人与我分享。"冷俊忍不住脱口而出。

"冷大哥……"听到冷俊说出这样的话,再看看他略显激动的表情,雨竹感到自己心跳得厉害,脸颊发烫,且有些慌张,情急之下,她想要抽出一直被冷俊攥着的手,但她不忍那样做,她怕慢待了一颗真诚、善良、勇敢的男子汉的心。冷俊话刚脱口,便有几份懊恼袭上心头,赶忙说道:

"抱歉雨竹,我知道自己太唐突了,但绝无半点冒犯你的意思,请你不要放在心上,好吗?请原谅。"

看着刚才还谈兴正浓的冷俊,此时突然间像犯了什么大错似的,一副落寞寂寥的神情,雨竹的心瞬间柔软地化成一汪湖水,波心荡漾,春潮涌动,她不明白自己为何如此动容。冷俊越是歉疚不已,雨竹就越觉得他心境纯明,品格端正,她轻轻点了点头说:"冷大哥言重了,一句玩笑话而已,我不会放在心上的。"

冷俊见雨竹这样说,悬着的心才放下,他太珍视他们彼此之间的相处了,如果因为他的缘故而影响了这份交往,他无法原谅自己。

就在这时,雨竹的手机响了。

"是……韩主任?!"雨竹看了一眼手机屏幕,迟疑着说。

"她?"冷俊听到是这个人,立刻说,"这个时候打电话过来,总该不会是听到了你醒来的消息,让你明天上节目吧?我看她是疯了!"

"不知道,不大可能吧。"雨竹茫然地摇了摇头。

电话铃声一直在催促,两个人来不及仔细分析判断到底用意何在,雨竹只能接了起来。

"哦,韩主任,我挺好的……嗯嗯嗯,放心吧,不用了,真的真的,太客气了韩主任,谢谢您,真的不用,太麻烦了……"

挂断电话,雨竹抬起头对冷俊说:"韩主任她现在要过来看望我。"

你是夏天我是叶

"现在？马上？"

"是，现在，马上。"

冷俊明白，他需要立刻回避。雨竹是那样一个冰清玉洁的女孩子，不染纤尘半点，他不希望世俗的飞短流长来伤害她。更何况他着实不愿见到韩冰这个人，但是他又不放心雨竹一个人面对韩冰，天知道那个"疯子"又要整出什么幺蛾子来。

"快走吧，没关系的，放心，我知道该怎么做。"雨竹理解冷俊的担忧，极力安慰着说。

不得已，冷俊慢慢站起身。这一次，他不得不放开紧握着的雨竹的手，又给她倒了一大杯热水放在床头，掖了掖盖在她身上的被子，嘱咐了几句按时吃药之类的话，这才不放心地开门走了。

"小林，怎么样了？好些了吗？"雨竹从未见过现在这个样子的韩冰，温柔极了，温柔的眼神，温柔的话语，温柔的双手，温柔得就像个母亲。

"我听秦思璇说你醒过来了，又听你牧老师说你好多了，我的这颗心总算踏实了。这两天一直惦记着来看看你，可是，还是来得晚了，小林，你可不要怪我啊，我应该早点儿过来才对。"

"韩主任，这是哪儿的话，您太客气了，我知道您忙。"

"其实……和你说实话吧，我有来过的。"

"来过？您是说？"

"是这样的，你也知道我一直都很忙，昨天我有些事情要处理，所以不在办公室，恰巧又赶上手机没电了。我是后来才听说你昏倒这事儿的。今天上午，我赶着过来，你这里挤了满满一屋子人，我看人太多也就没好进来。"

雨竹明白了，她的确没有听错，那个门外的脚步声不是幻觉而是真实存在的，那不是别人，正是韩冰。当时冷俊站着的位置最靠门边，所以冷俊也听到了脚步声，只是那时候大家伙正说得热闹，没有注意到门外的声响。不

用说,她们的对话,特别是众人对韩冰的议论,她一定听到了,这也是为什么她止步于门前转身离去没有推门而入的直接原因吧。可是依着韩冰一贯的脾气和作风,很可能早就叫嚣发飙起来,跳出来论个你长我短,可她为什么没这么做,而是在众人发现她之前选择了离开,是自我反省羞愧难当?还是觉得自己"势单力薄""寡不敌众"呢?或许都不是吧。每个人,大概都会在某一时刻掩藏起那个常态下的自我,偶尔,冷静理智的人也会混乱了头脑,寡言的人也有絮叨个没完的时候,也许当时的韩冰就是如此。

那么,今天的韩冰真的是韩冰吗?就像此时,她充满关怀的话语,诚恳而真挚的态度,甚至在她眼中竟然还闪烁着点点泪花,这些都是韩冰吗?雨竹觉得有些不真实,甚至有些不敢相信。但她又提醒自己,应该以最大的善意相信别人。

韩冰询问了雨竹的病情,让雨竹好好休养不要惦记工作和节目,又嘱咐安顿了一番之后,拿出几张百元大钞交到雨竹手中。雨竹一看,很是吃惊韩冰的这一举动,自然说什么都不肯要,两个人推推搡搡、拉拉扯扯纠缠了好一阵子,韩冰执拗的风格体现在任何时候,也不知是真是假,最后竟然有了几分生气的样子,把钱硬塞到雨竹的枕头下转身快步走了。雨竹想要追出去,身体不允许,也来不及,雨竹心里焦急,但也无奈,只能上班后找个合适的机会礼貌地把钱还给韩冰……

十一

牧野挨打了,在雨竹病倒休息的这段时间里。

此消息在整个广电大院传得是沸沸扬扬。这个当年社会上的小混混现在单位的老赖皮,在暗夜中被人打得是鼻青脸肿,眼角淌血,嘴唇撕裂,门牙

也掉了两颗。不但挨了打,还被对方狠狠勒索了一笔钱,可令人不解的是,如此严重恶劣的事件,他竟然没有报案,事情在一阵猜测和议论声中持续发酵了一阵子,也就这么不了了之地过去了。有好事者问其为何不追究,牧野只说是遇上了劫道的,天太黑对方人又多,混乱中实在没看清劫匪的模样,查找起来缺乏线索只能算了,这是牧野的解释。好多人心生疑问,大多数劫匪都是抢了钱财立马就跑,这帮劫匪真是胆大包天,竟敢随牧野回家拿了银行卡再去自助取款机上提款,难道他们就不怕牧野的家人发现?更不怕牧野半路逃跑求救报警吗?这群劫道的,胆儿大得让人费解。还有另外一种说法,说牧野遇到了"桃花劫",他劫了人家的色,所以人家要劫他的财,还差点儿打他个半死。不然,就要一纸诉状告他等等。

听到牧野被打的消息,韩冰"噌"地一下从沙发上站起来,随即又慢慢坐下,怀中的比利被主人这一惊一乍的反应吓了一跳,乖乖跳到地上钻进了自己的小窝。韩冰心里像打翻了五味瓶一般七上八下,不知到底是什么滋味,这几天她一想起亲眼看到的那一幕便气从心中起,恨向胆边生,巴不得活剥了牧野的皮。但是今天真的听说他挨了打,并且被打得那样惨,说实话,她没有泄恨的一丝快感,有的竟然是深深的自责。毕竟,他是和她一起过了这些年日子的男人啊,给了她多少温存和安慰,自己怎么能盼着他出事呢?他的背叛她无法容忍,可是现在,他伤成了那个样子,难道这是自己想要看到的吗?

己所不欲勿施于人,韩冰从未反省过,她所得到的牧野,不正是因为她而背弃了他自己的家庭吗?

当牧野出现在韩冰面前的时候,是半个月以后的一个深夜。脸上的伤依然清晰可见,眼角还没有完全消肿,嘴角缝过的地方刚刚拆线,打掉的门牙还没有镶上,魁梧的身材瘦了不少。牧野住院期间,韩冰没有去看望过,因为在那样的场合她无法现身。

一反常态的韩冰,牧野从没有见过,他料想,韩冰一定会彻底崩溃和疯

狂。他等待着她怒发冲冠,暴跳如雷,狂轰滥炸,然而什么都没有,平静极了,极其可怕的平静。他情愿韩冰歇斯底里地要他给一个解释和交代,但,没有,什么都没有。像每次回来一样,韩冰放好了洗澡水,给他拿出要换洗的干净睡衣,甚至递上了烟灰缸,他知道,韩冰是最讨厌他在家里吸烟的。牧野看着面前的韩冰什么话都不说地做着一切,一时之间无法开口,他老老实实坐在角落里,像一个等待审判的犯人。

牧野回来了,就这样回来了。韩冰对于自己的平静也感到意外。没有愤怒,没有责难,没有气急败坏,更没有雷霆般的爆发。她想起一句话:哀,莫大于心死。莫非自己的心已经死去?不然为何如此平静,平静得连一滴眼泪都没有……

终于,牧野忍受不了这样无声的折磨,开口打破了沉闷,小心翼翼地说:"你……能停下来,听我解释一下吗?"

韩冰没有回答。

牧野接着说:"我知道你心里在想什么……"

韩冰还是没有说话。

牧野有些急了:"你可千万别相信外面那些传闻,那都不是真的。"

"你指的哪个不是真的,外面传的可多着呢。"听到韩冰开了口,牧野的心反而放下了。

"其实,其实这件事儿就是个误会。"

"哦,是吗,原来是个误会。"韩冰语气平平并不追问,像是在谈论一件和自己无关的事情。

"是她主动勾引我的,真的,真是她主动的,我没骗你,真的没骗你。"看到韩冰这样的态度,牧野急忙把在心里念叨了好几遍的话说了出来。

"她?"

"对,她。"

"她是谁?"

你是夏天我是叶

"这，这……小韩，何必呢，你这不是明知故问吗。"牧野小声地说，到最后几个字几乎没了声响，他生怕惹怒了韩冰。

"……"韩冰在心里想，是啊，干吗非要逼着他说出那个她最不想听到的名字呢？也罢。

牧野见韩冰没有吱声，壮着胆子大气不敢出地说："她……她说有事儿求我帮忙，但开始并没说是什么事，先使了美人计来诱惑我，当……当然，她根本不是什么美人。后，后来……她说了实话，但是你看，有些事我从来都没有和你提过，因为我知道，那是根本不可能的事儿，我怎么可能帮着外人给你下套呢，对不对？我是个有原则的人。"

"什么？你是说……"

"虽说开始我知道她是有目的地接近我，但是我并不知道她的目的是你啊，如果早知道，我是万万不会答应的。"

"难道？"

韩冰恍惚之间有些明白了。牧野并没有注意到她表情的变化，以为韩冰还在生他的气，低着头接着说：

"那个……我，我承认，这事儿没把持住自己对不起你，我……我不是人，我猪狗不如，我真是贱骨头……"说着说着，牧野竟然抽起了自己的嘴巴，可是他半天不见韩冰上前阻止，心想这女人真够狠的，于是自己又赶忙住了手，一边揉搓着脸颊，一边说："但我心里想的还是你，你才是我心尖尖上的肉蛋蛋，这一点你必须相信，千万不能怀疑。所以，你……你就原谅我这一回吧，我一定洗心革面，痛改前非，重新做人，求你了，看在我们这么多年的情分上，你就再给我一次机会吧。"牧野一口气说了这些话，现在停下来等待答复，却见韩冰并未开口，而是瞪着双眼不眨一下地发呆。

"小韩，小韩……"

"哦，哦，你刚说什么来着？不是，那个，我是想问，那帮人为了泄愤打人还不够啊，为什么还要敲你那么一大笔钱呢？"

"他们说,我要是不给钱,就告我,说我强暴,所以……所以,我只能自认倒霉。"

"这样啊?"韩冰的语气里充满了疑惑。

"怎么,你还听说其他什么了?"

"哦,那倒没有,你……这伤口还疼吗?"韩冰一句听似安抚的话,让牧野立马受宠若惊,连忙摇头。

韩冰快速整理了一遍思绪,理清了事情的大概原委,原来事情并不是表面看到的那样是钱色交易,或者说至少在最初不是以此为目的,由此看来,事情一开始是冲着她韩冰来的。韩冰看了一眼旁边的牧野,五大三粗的男人,经过这么一番惊吓和折腾,似乎苍老了很多,韩冰突然心生怜悯和愧疚,心想,若不是自己……唉!

韩冰缓缓起身望着窗外喃喃说道:"又下雨了。"片刻沉默之后,转身进了卧室。牧野见状没有像往常一样快步跟上,之前进门时的那种惶恐再一次袭来,他踌躇着不知如何进退。"怎么,她原谅我了?她就这样原谅了我?原谅我犯下的这不可原谅的错误?可能吗?她这是什么意思?是在下逐客令,还是答应我今晚留在这里?"正琢磨着该如何是好,只听卧室里传来韩冰的声音:"等什么呢?还不快进来睡觉。"

牧野听罢,愁苦了一晚上的脸立刻露出了痞子般的笑容,嘿嘿两声,咧着嘴应道:"来了,来了,哎哟,我这伤,疼死了,嘶……"迈着小颠儿步进去了……

这几天,韩冰的心情异常糟糕,烦心事儿一桩接着一桩,一波未平一波又起,牧野挨打了,雨竹病倒了。特别是看到雨竹病成那个样子,她心里格外复杂和矛盾,不由得想到了远在家乡的孩子,那个自己很少关心过问几乎被她遗弃了的孩子,有着和雨竹差不多大的年龄。这些年,韩冰只是偶尔拨几个电话或逢年过节给孩子邮寄些生活费而已。刚开始离家的时候孩子在电

你是夏天我是叶

话里哭喊着叫妈妈,韩冰也会伤心落泪,没有父爱的孩子已经感受不到完整家庭的温暖、关怀和快乐了,而自己的远走无疑更是给孩子小小的心灵造成无法抚平的伤痛和难以抹去的阴影。可时间久了,两地之间的距离更加深了母子之间感情疏离和生分,渐渐的,在韩冰越来越少的电话里,孩子的态度也变得寡言冷漠,到最后,即便是偶尔的电话,孩子都不再接听,只有韩冰的母亲在电话另一端絮叨着关于孩子的成长和叛逆。

记得有一次,韩冰的母亲打来电话,说孩子持续高烧不退,口中一直喊着"妈妈"、"妈妈",让她尽快赶回去一趟。那个时候,恰巧她刚刚"乔迁"新居,实在不敢离开,怕回来的时候,别人效仿她如法炮制地将房子占了去,再加上又和牧野拉拉扯扯腻歪着纠缠不清。所以,最初听到这个消息的时候,她没当一回事儿,她甚至在电话里和自己的母亲争执起来,韩冰觉得家里人太不理解自己了,她一个人在外面打拼得这么艰难非但不支持,反而拖她的后腿,不过就是一个小小的感冒,有什么大不了的。于是,她以工作忙为借口,回绝了母亲的要求。

后来有一段时间,她一直没有父母和孩子的消息,打电话过去,总是无人接听。再后来,她才知道,原来孩子连续四十度高烧好几天,吃药打针怎么都不见好转,在东北偏远的镇子上除了卫生所再没有更好的医疗条件。韩冰的父母是地地道道的农民,大字不识几个,眼看孩子实在扛不住了,这才想起到县医院去瞧病。在赶往县城的路上,韩冰的父母骑自行车带着孩子,深更半夜深一脚、浅一脚,爬坡淌水吃尽苦头。医生检查后说再晚来几个小时,这孩子怕是要出大事了,韩冰的父母一边抹着眼泪一边向医生道谢。还好,总算给孩子捡回一条命来。打这以后,这孩子变得更加沉默寡言自闭自卑,还经常因为一些不值当的小事儿,和小伙伴儿们发生争执扭打在一起闹得不可开交。有时也会把自己一个人关在屋子里自言自语,如此下来,学习成绩一路下滑,为了这,学校的老师没少找韩冰父母去谈话。

这些年,韩冰也回过几次老家,可回来的时间总要比返程计划提早。孩

子见到她不是不搭理就是躲得老远,她努力和孩子亲热拉近距离,想要找回那份缺失的母子亲情,但每每事与愿违,白费力气。她认为在孩子面前恩威并施是最好的办法,只有这样孩子才会乖乖听话来到她身边,殊不知,教育的核心是"爱",血脉亲情也不例外,唯有"爱"才能融化心头冰封的壁垒。韩冰越急于修复这层关系就越急躁,越急躁便越适得其反。孩子躲避她,她便非要抓过来显示母亲的威严,孩子拒口不喊她,她便一定要让孩子叫妈妈。在她眼中,孩子叛逆忤逆,没有规矩不懂礼貌,在孩子心里,韩冰霸道强硬,没有慈爱不讲情理。韩冰拿孩子无可奈何,于是埋怨起自己的父母来,怪他们不懂教育,不会管教孩子,两位老人自是满心委屈,无处哭诉。弄得一家四口祖孙三代经常吵闹不休,家里没一天安宁……

韩冰觉得,雨竹昏倒正是时候,这个"时机"的把握,真是帮了自己的忙,也给她林雨竹自己"解了围",韩冰正愁着无处找人替代雨竹上节目,这样一来,频道总监亲自过问发话并安排人员,她自然顺理成章点头应允,不费半点心思和工夫。

雨竹生病的这些日子,韩冰看到雨竹确实难受得厉害快要坚持不下去了。她意识到,是应该让雨竹歇一歇了,从打雨竹来台里上班的那天起就没有休息过一回。她也曾将心比心地想过,如果是自己的孩子病成这样,还在工作,自己会怎么样呢?可是她转念又一想,自己的孩子和自己血脉相连现在几乎都成了陌路人,更何况这个与自己不相干的人呢?想罢,韩冰一点点柔软了的心瞬间又变得坚硬冰冷了起来。哼,这可不是我韩冰不让你林雨竹休息啊,是栏目组没有其他主持人可以替你上节目,这怨不着我,我也是没办法。

这次,连一旁的牧野也看不下去了,半开玩笑半认真地试探说:

"小林这孩子吧,虽然有很多缺点和毛病,但总的来说,还是说得过去的,你看她难受成啥样了?想办法找个人替替她吧,也好让她去医院瞧瞧病,或者歇两天休息休息,别再引起其他什么大毛病来,闹大发了,那可就不得

你是夏天我是叶

了啦。"

韩冰听了这话，白了牧野一眼，嘟囔着："什么时候轮到你瞎操心了？也不看看自己是谁。"说完，端起茶杯吸溜着喝了起来，牧野看她这样，也只好识趣地拿起报纸，继续看他的八卦新闻。

牧野说的话，多少在韩冰心里起到了"催化剂"的作用，她再一次想到当年自己的孩子重感冒高烧不退，险些出了大问题，不由得心里紧张起来，是应该让雨竹休息休息养养身体了，再说，嗓子发炎，连话都快说不出来了，怎么播音？可是，问题又来了，找谁替她呢？左思右想无人可求。

可最让韩冰来气的是，从打雨竹生病，只要一到办公室，就会看到雨竹周围总围着一大帮子问寒问暖的人，有些人好多年都没有和她韩冰打过一声招呼，现在却为了一个新来的林雨竹跑过来献殷勤。就连隔壁那个清高傲慢的冷俊，这家伙平时几乎就没踏进过这间办公室的门，这几天竟然也勤快地出出进进、忙忙络络，使劲儿地向雨竹讨好卖乖；还有那个秦思璇，每天给雨竹送吃送喝，今天拎一盒饺子，明天炖一锅排骨，整的好像林雨竹是她家姑表亲戚似的，送就送吧，给就给吧，每次总要趁她不在才来，像搞地下工作一样。她在心里想，哼！你们可真会做人呀，收买人心？不就是个林雨竹吗？一定是在捏估什么阴谋诡计，不然的话，怎么就那么见不得人见不得光呢？可也真是见鬼了，每次大家伙儿一看到她走进来，真像躲瘟神一般立刻散掉了，这样一来，她心里就更窝火了。她坐在办公桌前反复琢磨这一竿子人，越琢磨越气，连牧野这个吃软饭的这次都和他们一个腔调。但她终归还是冷静下来了，细想想也确实应该让雨竹看看病，把身体养养了。

迫于雨竹病情的严重和周围同事的舆论压力，韩冰也真是头疼啊，现在这个时候，向谁求救呢？谁能帮帮自己呢？周围的同事一个个在眼前闪过，没有一个能说得上话。秦思璇？哼，快算了，我去求她？说不定她正等着看我的笑话呢；冷俊？拉倒吧，求也白求，这小子一定是看热闹不怕事儿大呢；小梅？省省吧，说不定她正趁风扬土偷偷地嘲笑我呢，还有高轩、陆洪涛和

那个肖紫燕,他们统统都是袖手旁观的看客,他们都对我有成见,有偏见。总之,提起任何人,韩冰认为都是别人不好,别人不对,都对她不住,脑海里兜了好大一个圈子,始终找不出一个合适的人选能替雨竹顶班。可是,想着想着,她忽然觉得,不,不对,我怎么能这么想呢,怎么能是帮我韩冰呢?要帮也是帮她林雨竹啊,虽然我是节目制作人,但你是主持人,是你感冒生病了,是你现在需要有人替你的班儿,这和我有什么关系呢?她在心里独白道:"林雨竹啊林雨竹,不是我不帮你,是实在没有人能帮你,看看周围这些人,平时一个个好像都对你挺好,关键时刻,怎么样?你现在重病在身,竟然没有一个人主动开口愿意为你挺身而出为你分忧解愁,别看吃啊喝啊的送到你面前,那都是小恩小惠表面现象。这次啊,只能靠你自己慢慢地往过熬吧。"想到这儿,韩冰自我安慰地寻求解脱,心里一下子舒服了,她吹了吹茶杯里漂浮着的茶叶,一口气一股脑地把一大杯茶水"咕咚咕咚"灌了进去。

听说雨竹昏倒了,韩冰有些慌了神,如果真有什么闪失,她怕自己担待不起。不知为什么,韩冰从雨竹晕倒的境况中,忽然联想起了年迈的父母,在雨夜,带着病重的孩子,焦急地行走在崎岖不平的山路上看病的情景。猛然间,韩冰的泪水夺眶而出奔流不止,她摇着头捂着脸,放出声来抽抽噎噎哭了个痛快,许久停不下来……

就这样,带着脸上未干的泪痕,韩冰来到雨竹的地下室宿舍。可是她无法推开那扇门更无法走进去,尽管雨竹病着,但屋里好热闹啊,你一言我一语的,还有……还有大家对自己的议论……隔着一扇门,她觉得屋里屋外简直就是两重天,她心中那份深深的悲哀瞬间幻化成悲凉,侵蚀着她整个人,韩冰竟然第一次发现原来自己这样害怕出现在众人面前,她更不愿让别人看到自己刚刚哭泣过的样子,于是,转身逃也似的离开……

"病来如山倒,病去如抽丝",这次感冒来势汹汹,头昏脑胀、浑身疼痛无力,

你是夏天我是叶

连骨节都钻心地痛,经过治疗,雨竹清减了不少,眼睛显得更大了。虽然身体还未大愈,但在昏倒后的几天后雨竹又照常走进了直播间。如此,前前后后折腾了半个多月,总算好了,但偶尔还会有三声两声咳嗽,扰得她每夜总是从梦中醒来好几回,原本睡眠就不好,现在因为咳嗽睡得尤为不踏实。

同事们轮流替自己值班后,雨竹不止一次想过,应该向韩冰建议,请她向台里领导打招呼,再招聘一名主持人进来,哪怕是实习生也行啊,这样一个人盯节目实在不科学,也忙不过来,一个栏目至少两名主持人,这是台里的条例规定,怎么能长时间空缺呢?有的栏目组同时有四五个主持人轮流上岗,对此,雨竹好生羡慕。雨竹好几次想和韩冰提这个事情,但碍于自己是新来的,怕说多了不好,特别是韩冰那不近人情的性格,每次话到嘴边又都咽了回去。她无法知道韩冰对她的建议会有什么样的反应,赞成?还是反对?但依她对韩冰的了解,韩冰疑心重,嫉妒心强,弄不好别以为雨竹有什么个人"心计"搞什么小动作显摆自己呢。这次感冒,闹得好邪乎啊,多亏郑主任关照,安排几位同事帮忙替班。如果再遇到什么大事,或者是有什么突发事件,那又该如何自处呢?想来想去,她觉得不管韩冰态度如何,会不会同意,这个建议她都要提出来试试。

今天下了节目,雨竹看韩冰的举止言行还算正常,没有什么不高兴的神色,当然了也没有什么高兴的表情,这已经很好了。

韩冰就是韩冰,永远的韩冰。自那一日从雨竹宿舍离开后,她又"做回"了自己。即便雨竹病后第一天上班,她也不过是点点头说了句:"病好了,来啦。"而已,她甚至在心里暗暗责怪自己一时冲动不够冷静,给了雨竹好几百块钱,那钱"来之不易"啊,真是感情用事不应该哪。

"韩主任,有个事儿,我想和您打听打听。"

"什么事儿?"开口之前雨竹就知道韩冰是不会马上抬起头来看自己的,对于她的这种"习惯",雨竹也早已经习惯了。

"咱们这儿还招不招主持人了?"

"怎么了？"

"哦，韩主任，我是想，如果可以的话，是不是和台里建议一下，咱们节目组能不能再招聘一名主持人？每年不是都有不少实习生来台里实习吗？"说到这里，雨竹心想，该抬头了吧，果然，韩冰慢慢地抬起头来；她又想，该拢头发了吧，果真，韩冰的左手伸到耳边，把耷拉下来的鬓角上的头发拢到了耳后；她又想，该端茶杯喝茶了吧，果不其然，韩冰慢条斯理地端起茶杯来；她又想，该吹吹茶杯里的茶叶了吧，不出所料，韩冰对着杯里的茶水轻轻吹了几下，这才把茶水缓缓送进自己的口中，这一系列特殊特定的动作和不变的节奏，让雨竹心里一阵阵暗暗发笑，她不由自主想起电视小品中一句经典台词，心里对韩冰说："你说你总是整出这些动作来，配合我干啥玩意儿呀？"想着想着就有些走神儿，不知不觉脸上竟然浮出了笑容，差点没忍住笑出声来。韩冰看到雨竹这种表情，不知道是怎么回事，眼中露出莫名其妙的疑问，雨竹这才赶忙收起了笑容，咬了咬嘴唇，还好，韩冰没有继续询问和追究。事后，当雨竹向汪悦详细诉说这件事儿的情景时，两个女孩儿笑得前仰后合，泪眼啪嚓，说不出话来，倒在床上，缓不过气，直呼肚子疼……

对于雨竹的想法和建议，韩冰开始表现得比较平静，可是，过后，她的态度出乎意料的积极起来。

是啊，对于这样的合理化建议，韩冰是无法说出一个"不"字来的，更何况，这次雨竹病得这样厉害，仍然坚持上节目，没有一天因为生病而致使节目直播出现任何纰漏和问题，即便是有人替班的那几天，节目质量也相当不错，看得出来，大家都在尽心尽力帮助雨竹渡过这个难关，生怕因为自己的不周或欠妥，给雨竹带来不该承担的后果，这一点韩冰自然明白。

韩冰想，这次严重情况就这样过去，还算幸运。下一次如果再遇到这样那样的问题，该如何是好？更何况，台里的原则要求是一个栏目至少要配备两名主持人，当初让雨竹来顶替柳青青，台领导也明确表示过，这只是一个临时过渡阶段，不可以长时间让一个主持人承担栏目组所有的工作任务，要

你是夏天我是叶

尽快再安排人员进来。这么长时间过去了，雨竹的工作实在无可挑剔，一个人当两个人用，甚至抵三个人在做事，集采访、撰稿、播音主持于一身，所以这段时间以来，韩冰竟然错误地认为，再补充人员进节目组的话，那绝对是一种多余，全然不顾台里的用人制度和雨竹工作量的超重负荷。雨竹这次一病，招人的事显得紧迫起来了。可这不是说招就能招得上的，最简易速成的办法就是从台里现有的主持人当中协调一人补充过来。困难的是，台里现有的主持人当中没有谁愿意来这个栏目组兼做的，只要是一听到韩冰的名字，便都摇起了头，"歇斯底里的疯子，谁要去她那个组"，而一些因为各种原因暂时没有节目做的主持人，无论水平怎么样，韩冰早已把人家排除在外，原因是看不上眼，柳青青便是一个例子。

其实，在韩冰心里，人选也不是没有，眼前就有一个，因为一些"特殊原因"，韩冰总是想找机会让她走进直播间坐到话筒前。为了这个人，韩冰曾多次找郑文远谈过，可是那个姓郑的说什么也不答应，说什么要为节目和听众负责，惹得韩冰一肚子不高兴。后来又迫于某种"压力"，她干脆去找了台里的负责人，但台领导和郑文远说的如出一辙："把她放到现在那个位置上已经很勉强了，原本人家节目组不缺人，硬把她挤进去已经很不容易了，现在的节目她都做不好，三天打渔两天晒网的，还想上一个小时的直播？你就不怕惹出什么大乱子来？且不说这些，就单说业务能力，那她也差得远呢。她呀，就老老实实待在她该待的地方吧，再这样下去，怕是连现在的节目都上不成喽。你倒是对她挺上心啊，这在你韩冰身上可不多见，就算你的节目组现在缺人手，台里可以再另行协调和考虑，但那也一定不是她。"末了，还说让她和'这个人'都别再瞎折腾了，都"安分守己"一些吧。台领导话中有话，韩冰自然能听明白，她没办法再说什么，只能暂且如此，另作打算。

后来韩冰又想了，既然领导不答应，那么就得想办法让他答应，怎么才能让他答应呢？那只有在节目缺少主持人又急需主持人的情况下，才有可能答应。即便是勉强答应，那也是答应。这样好歹她也能给对方一个交代，即

便是应付差事的交代那也是交代。不会像现在这样,被人家在屁股后面追着像什么似的。至于,节目嘛……她也知道这个人坐在主持位置上的确难当此任,但是现在顾不了那么多只能顾眼前了,走一步看一步吧。

韩冰搞不懂,这个林雨竹实在太不可思议了,好像什么难题到她那里都不是难题,什么问题到她那里都能够一一化解,从她上节目以来,磕磕绊绊的没少遇到事,但都被她迎难而上一个个击破了,非但没有难倒她,反而收到了"叫好又叫座"的效果。这让韩冰有种如坐针毡的感觉,她愈加觉得自己很被动,雨竹在主播的位置上坐得越稳固越持久,她就越不安越紧张,因为这样"别人"就没了机会,答应了"别人"的"承诺"总是要兑现的,"说法"也总要说一个给人家的,这件事就像一只蚊子叮在她心上,拍不死,驱不散,疼不是疼,痒不是痒,心中有一种说不出的难耐。看看现在,搞得好像节目离不了雨竹一样,不但那些听众每天有大量的电话和信件盛赞雨竹的播音主持,更得到了台里领导和同事上上下下对她的一致好评。正因为雨竹把节目做得近乎完美,无可挑剔,所以,让韩冰捡了省心又省力的便宜,进而,她大揽其功在身,标榜自己领导有方,用人得法。而好长一段时间了,那个"别人"也没有再步步紧逼的催促,要不是前些日子遇到那件"非常之事",渐渐地竟然把这个"别人"快要给忘记了。今天,雨竹提起此事,正中韩冰的下怀,她不由得又琢磨起这个"别人"来。她还是想冲破来自上面的阻力,趁机把这个"别人"拉进来,以了结一桩纠缠折磨自己很久的心事。

看到韩冰没有作答,也没有条件反射似的不分黑白乱发作一通,只是喝着茶在想着什么,雨竹的心放了下来,没再多说什么,她想,其中的利弊关系韩冰自然比自己更清楚,这已经是韩冰最好的态度了,看来今天这个建议她还是听进去了,大概她现在心里正盘算着什么吧。停顿片刻,紧接着,雨竹从兜里掏出了几百块钱,小心翼翼地放到韩冰面前的桌子上,韩冰见状有些意外,快速抬头看着她,雨竹解释道:

"韩主任,这钱还请您收回去,您的心意我领了,但我真的不能要……"

你是夏天我是叶

雨竹准备了好多表示感谢和说服韩冰的话,可是还没来得及说出口,只见韩冰微笑着说道:"你看你小林,这是干吗?给你的就是给你的,怎么又拿回来了,这多不好啊,你让我可怎么办呢?也罢,既然如此,你也别为难,你不肯收,那干脆,我呀,用它给你买些滋补品,等有时间给你带过来。"

啊?"故事的结局"有些出乎意料,事情的过程没费一点周折,雨竹哑然失笑,口中重复着"不用、谢谢"之类的话,和韩冰点点头,转身向自己的座位走去……

这几天上铺甄艳丽的脸上又挂了花,这倒也不奇怪,她经常如此,不是今天醉酒摔了跟头,就是昨天和人起了争执动了手。尽管如此,但不知道为什么,她好像心情格外好,雨竹见到她的时候,她嘴里总在轻声哼唱着歌曲,偶尔还会莫名其妙地冲着雨竹微笑,然后倒水递茶热情一番,那笑意里总有一丝狡猾的目光闪过,每天"回笼觉"睡得也少了,就连和男朋友逛街、看电影的约会也明显减少了次数,更新鲜的是,这几天竟然向雨竹借走了几本播音方面的专业书籍,"波、泼、摸、佛"、"八百标兵奔北坡,炮兵并排北边跑"地练了起来。

对于甄艳丽的反常表现,雨竹没有过多去想,她觉得,愿意学习、乐于专研是件好事,也应该是年轻人的特点。就像喜欢热闹、爱玩爱跳是大多数年轻人的共性一样,雨竹原本也是这样一个人,但如今所处的环境,让她改变了很多。

有一阵子,雨竹简直有种快要憋疯了的感觉,这里的环境、氛围是那么沉闷,一种难言的压抑,使她抬不起头,喘不过气来。每每这个时候,她总是会忆起大学里和同学们一起度过的美好时光:专业课,为了一个字一个词的标准发音,为了正确的呼吸方法和发声位置,他们不停琢磨反复练习,连操场上、宿舍里,甚至在去食堂打饭的林荫小路上都在用功;练功房里,为了一个舞蹈动作的起范儿、旋转、手位、眼神,汗水浸湿了同学们的衣背,

练功鞋磨出了破洞;琴房中,汪悦的纤纤玉指在钢琴上来往穿梭、飞奔驰骋,贝多芬的《命运交响曲》在黑白键中演绎得铿锵有力;毕业留言册上,同学和老师的祝福与希望笔迹未干,墨香犹存,历历在目,特别是系主任的临别赠言更让雨竹铭记在心,永远无法忘记:"春华似霞,秋叶如丹,都是一年好风景,青春由此美丽,岁月因她辉煌……"

一想到这些,雨竹便觉得有了前进的力量,没有什么困难是克服不了的,尽管眼前的处境如此糟糕,但她绝不气馁,她自信:"我将不被任何困难压垮。"特别是当她接到来自四面八方听众的来信来电,受到赞美和好评后,她心海的天空一片晴朗,脚下的步履轻盈如飞,深深的酒窝在那明月般的脸上,浅浅溢出自信的笑容,她一如既往愉快地拖地、打水、抹桌子、整理报刊资料,走进直播间,坐在话筒前,更加信心百倍、深情专注、出口精彩……

这些日子,甄艳丽的表现确实反常,整个人都陷入了虚无缥缈的梦幻和遐想中,天天做"主播梦"、"明星梦"、"成名梦",过去她夜里说梦话,最近连白天都说"梦话",她可真是个有"梦想"的女孩儿啊!

甄艳丽说:"从现在开始,我要好好练,加紧练。说不定哪天某个节目总监发现了我,让我上个栏目当当主播什么的。喏,你看到东边电视台的那栋大楼了吧,说不定某月某日某台长慧眼识珠,招我做那里的电视主持人也说不准。也许,哪天走在路上邂逅某个星探相中了我,一夜成名,从此一发不可收拾,那以后我便是千家万户知名的大明星了。到那时一定有媒体请我去做客,畅谈我的成长经历,我一定会把成名之前的艰苦往事统统说给大家听,你看电视上的明星访谈不都是这么演的嘛。到时候,我再请专人为我写本自传,把这段经历好好渲染一下,我身上的传奇那可真是精彩呢。唉,对了,有个词叫什么来着?就是形容故事多得怎么都写不完的那个词,哦——罄竹难书,对,想起来了,是罄竹难书。"

"不可以用'罄竹难书'来形容,这个词的词义解释和你心里想要传

你是夏天我是叶

递的意思完全不一样,可以用'不知凡几'来表达你的想法,罄竹难书指的是……"

"哎呀,不用解释,管他是'罄竹难书'还是什么,什么'凡'啊'力'呀的呢,反正就是那么个意思,差不多就行,大家都明白。瞧你打断我了吧,我刚讲到哪儿了?"对于甄艳丽的"高论",雨竹听得太多,虽然早已见怪不怪的习惯了,但每每如此,雨竹还是忍不住想要纠正她,可这无疑是"对牛弹琴"。

"成名、自传、罄竹难书。"雨竹无奈地接过她的话茬答到。

"嗯、对、对、对。到那个时候,你可千万不要打着我的旗号,说你和我曾经同在一个地下室宿舍待过啊。不过,与其到时候怕你连一张我的签名都要不上,要不这样,倒不如我现在给你写几个字保存起来,将来你也好拿出来炫耀炫耀啊!话又说回来,就拿上次招聘考试来说,其实咱俩水平差不了多少,只是有一点我必须承认,你的运气确实比我好了那么一点点,要不是那些评委老师不喜欢我头发的颜色,现在啊,谁是谁还不知道呢,说不定坐在你节目主播那个位置上的还是我呢,不,应该一定是,而你呢?在哪里奔波打工也说不准哦。唉,那个小说和电视剧里经常有一句台词是怎么说的来着?什么'世事无常、造化弄人'是吧?我就是被'造化''捉弄'了的人。"

甄艳丽的这一番长篇大论,可谓洋洋洒洒滔滔不绝,雨竹不知道该说什么好,也不知道她是不是真的忘记了,招聘考试那天,评委都是坐在屏风后面进行考核评分的。看着眼前的甄艳丽,再看看她不知道是天真还是认真的表情和眼神,雨竹方寸呆然,无法言语,只能一笑了之。没想到,甄艳丽从雨竹的微笑中却看到了"赞同和认可",这真是"道是无情却有情"、"无为有处有还无"啊,于是,便继续沉浸在她对未来的美好憧憬中……

雨竹无意于嘲笑别人的梦想,无论是什么样的人,即便是再渺小再卑微的人,也都可以拥有伟大的梦想,梦想无关乎一个人的身份、地位、学历、年龄以及你银行卡里有多少位的存款,相反,有梦想的人生才是有希望的人

生,如果一个人连梦都不敢做,连想都不敢想,那么这个人还有什么激情和热情来创造他的生活,来完善他的人生,来奉献这个社会呢?但是梦想不是空想、设想、妄想、假想,如果说梦想的实现靠的是百分之一的天分的话,那么,剩下的百分之九十九,就是建立在勤奋、努力、刻苦、执着和汗水泪水上的,唯有脚踏实地真真切切地付出,才能和梦想越来越接近。

几天之后的早晨,甄艳丽播完天气预报之后,并没有回宿舍,雨竹一直在等她,因为看到她把手机和钥匙落在了床铺上,怕她回来进不了屋又联系不上自己,可是,直等到直播时间快要到了,甄艳丽还是没回来,雨竹这才匆匆忙忙出了门,因为时间的缘故,没有先到办公室,而是直接去了直播间。在节目直播进行到一半的时候,雨竹透过直播间的玻璃意外看到,韩冰和甄艳丽都在外面的导播间里正看着自己。韩冰依旧冰冷,而甄艳丽倒是笑眯眯的,嘴角带着没有痊愈的伤疤,或许是因为疼痛的牵扯,那笑容看起来有些歪斜。

雨竹想,哦,是甄艳丽进不了宿舍,跑到这里来找我拿钥匙的吧,嗨,怎么不去找秦思璇呢?她也有宿舍的钥匙啊,也许秦思璇的钥匙没带在身上。直播正在继续,雨竹没办法示意外面站着的甄艳丽,心想着只能等下了节目再说吧。

走出直播间的时候,韩冰和甄艳丽早已离开,雨竹不知道甄艳丽在什么地方等着拿钥匙,她打算先去趟办公室放下手中这一小筐直播材料,然后去找甄艳丽,正想着,看到秦思璇等在电梯口。

"秦老师,艳丽找过您了吧?"雨竹笑着问。

"找我?她找我做什么?"

"她宿舍的钥匙在我这儿,她来过,我正直播呢,我以为她只好找您借钥匙去了,哦,您没见到她呀?"

"没有,她没找过我。"

你是夏天我是叶

"啊,知道了,没钥匙她进不了宿舍,我再去找找她,快上电梯吧,电梯来了。"

雨竹一进办公室,意外地看到甄艳丽坐在那里,似乎正和韩冰说着什么,见她进来,两个人收起了话题,甄艳丽依然笑眯眯的。

"艳丽,是来拿钥匙的吧?你的手机和钥匙都落在了床上,等了你好久也不见你回去,没办法,直播时间到了,只能先来上节目了。这不,我正想放下这一筐东西,就找你给你送钥匙去,你来了,倒省得我跑腿了。对了,手机我没给你拿来,你的秘密多我怕拿着不方便。"说着,雨竹掏出了一把钥匙交给了甄艳丽。

"秘密?你知道什么秘密?"雨竹没想到,她最后无意说出的这句话,引来韩冰和甄艳丽这么大的反应,两个人异口同声紧张兮兮地发问,反倒让雨竹愣住了。

"我什么都不知道啊,怎么了?我不过是随便说说,你们这是……"

看到雨竹一脸茫然,两个人的态度立刻放松下来,甄艳丽顺势接过钥匙抢着说:"哦,不急,宿舍的钥匙我包里还有一把呢。雨竹,我还想借你办公室屋门的钥匙用用。"

"你借我办公室的钥匙?做什么?"

"再配一把啊。"

"配一把?你要配这个屋子的钥匙?"

"是啊,怎么,有什么不可以的吗?"

"我不明白。"

"是这样的,这件事情,还是我来说吧。"一直在旁边的韩冰发了话,"从今天起,艳丽在咱们栏目组实习,你带着她上节目。"甄艳丽双手背在身后,双脚并拢像个孩子一样脚尖一颠儿一颠儿的,满脸笑容如盛开的喇叭花,只是这笑容多少有些夸张。

"虽然她有两年上节目的经验,但那毕竟是三两分钟的天气预报,播报

的都是一些地名和数字,你这一天上节目的时间就快赶上她一个月播报的时间了,所以,别看她干了两年,说白了也是新人,没什么经验,需要你带带她。当然了,不能因为在咱们栏目组跟节目就耽误了那边的天气预报,她要二者兼顾,等以后成熟了,也好在关键时刻替你顶顶班。瞧你这次病的,就是没有人能替替你,我是干心疼没办法,恨不得能自己代你上节目。着急不管用,只有尽快增加人手,才是真正解决问题的办法,这不就是你上次提出的建议嘛,你一直都希望有人能来咱们栏目组分担一些你的工作,我也认真考虑过了,并且……嗯……并且台领导也很支持。"韩冰说到这一句话的时候,语气明显有些犹豫显得底气不足,"所以啊,以后艳丽就交给你了,正好你们俩又是一个宿舍,你多关照吧。"事情交代清楚了,雨竹发现韩冰的表情竟然有种如释重负的感觉。

现在,雨竹终于明白了甄艳丽这些日子的"刻苦练习"和"反常表现"是因为什么了,也终于明白自己说出那番建议之后韩冰那天欲言又止若有所思的内心隐情了。原来,一切都是正在策划或早已安排好的,但是想想刚才两个人如此一致的表现,难道这就是她们之间的"秘密"吗?

对于甄艳丽的到来雨竹尽心尽力去帮助,让她熟悉、了解和掌握直播过程中的一切细节。说实话,甄艳丽悟性差了些,进步不很明显,和她初来时没什么两样,还好,在雨竹面前还算认真,偶尔还会给雨竹搭把手,帮着擦擦地打打水。而在练习播音主持或采访过程中,她发音吐字都不够标准,总也脱不掉当地方言的味儿,一时半刻很难纠正也很难克服,这样的语言基础,在短时间内怕是很难有大的提高。从韩冰的反应来看,似乎也并不急着让甄艳丽上节目,于是,甄艳丽刚来时的热乎劲儿慢慢消退了,这不,又这样有一搭没一搭跟在雨竹后面出入在十八楼的直播间,日复一日不见起色。看到韩冰如此厚爱关照甄艳丽,雨竹很是不解,从对甄艳丽说话的态度、语气和表情来论,是雨竹从认识韩冰那天起到现在几乎没有见过的,谈不上有多好,但至少也不坏,这其中总有些不一样的地方。对于韩冰这样一个人称"北极人"

你是夏天我是叶

的人来说，那已经是春风送暖、夏日骄阳了。

这些日子，每次节目直播都是韩冰在导播，牧野自出事被打之后称病不起很少来单位，不得已偶尔来一趟，举止言行不自然得很像是回避着什么似的。每到这时，韩冰总是说话阴阳怪气，走路做事摔摔打打，而甄艳丽则一脸不屑或借口躲出去跑得无踪影，雨竹不解，这都怎么了？这所有所有的一切都让雨竹在心里不停地打着问号……

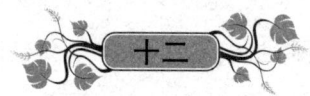

今晚，是雨竹在冷俊这里做的最后一期节目了。柳青青接受了冷俊的邀请，明天这个时间就要代替雨竹坐在这里来进行直播主持节目了。前些日子，雨竹在病中的时候，冷俊上了几期节目，有不少热心听众纷纷打来电话询问雨竹的消息，这让雨竹好是感动，这也是冷俊从话筒前退下来成为制作人以来少有的。在这个不大但也不小的城市里，冷俊是知名度很高的主持人，前几年也曾经着实火了一把，如今，这热度依然在蔓延，他的名气和名声照样响亮，无论走到哪里，只要听说是冷俊，总会引来不少的关注和赞叹。但是，当冷俊从话筒前退到幕后做了节目策划和监制后，虽有不少人关心他的去向和发展，但绝对没有像雨竹这样让听众念念不忘，纷纷来电问候她关怀她。一个刚走出校门的毕业生，来了也不过大半年的时间，主持这档晚间节目，满打满算也就一个多月，却能赢得这么多观众的真心喜爱和认可，就能开创这么好的局面，确实让冷俊由衷佩服雨竹的专业水平和她的亲和力。同时，他不无惋惜地认为，雨竹完全具备了做一个好主持人、好记者所应该具备的一切条件，只是缺少了一个更高的发展平台，缺少了一个更广阔的舞台天地，更准确地说，现在的她，唯独缺少的是一个更能够施展才华的机会。而

如今，她只能在韩冰的节目组里……想到这里，冷俊禁不住摇头叹息，思绪万千……

对于这次重新上节目，柳青青没想到会这么快，她以为要经过台里很长时间的人员调整、开会研究，以为还要这样无奈地遥遥无期的等待下去。柳青青心里明白，并不是其他节目、栏目不缺主持人，而是一旦从韩冰节目下来，即使是有人想用她，人家也不愿意听韩冰在背后戳戳点点说匪夷所思的风凉话。例如，韩冰曾经放言，她不用的人，看谁还想用能用敢用？好像被她韩冰撵走的人，真的就一文不值，什么都不是似的。现在的人都有些多一事不如少一事的微妙心理，唯恐事情找上门来，能躲则躲，能避则避，有谁愿意自找麻烦呢？谁想听那些无聊无趣的话呢？所以，即便栏目真的需要主持人，也没人主动去过问柳青青，更何况柳青青身上的"娇""矫"二气，人们多少也是有所耳闻的。这一点就连柳青青自己在闲下来的这些日子里，也平心静气地想过并且深刻意识到自己目前的处境以及将来很可能面临的局面，她担心自己就此坐上冷板凳，进而被打入冷宫，彻底失去做主持人的机会，这可是她的梦啊，更重要的是，她害怕，害怕会就此离那个人越来越远。

所以，当电话响起，冷俊刚把意思表达清楚，话还没说完，柳青青就大声地忙不迭地对着话筒连声说了好几个"行、行、行，好、好、好"，拼命地点着头，眼泪几乎都要跌落下来，好像电话那头的冷俊真能看到她的表情一般。这可是冷俊发出的特别邀请呀！这是她内心深处渴盼了那么久的消息啊。冷俊的一声呼唤，消退了柳青青昨日的梦境，她能不激动吗？

当初她和父母哭着喊着非要到这里当主持人，就是因为在收音机里听到冷俊广播时那浑厚、刚劲、激情奔涌而又深情动人的声音，渐渐迷上了他。天美人意，在一次大型公益活动现场，柳青青无意中又见到了只听其声不见其人的冷俊，像一股无形的引力，吸引着她的芳心，牵引着她的视线，柳青青远远地在人群中望着他，果然，不见则罢一见钟情，从此便日思夜想不可

你是夏天我是叶

忘怀。可是,对于这些冷俊从不知晓,更不知道柳青青"先迷其声,后迷其人"的心路历程,自然也不知道她为了自己而走进广播电台的初衷。再后来,天助人也,柳青青如愿进了这栋大楼工作,尽管近在咫尺,但柳青青从未与冷俊真正接触过,冷俊也从未留意过她,这是她最烦恼的,她想要引起冷俊的注意,可又不知道该怎么做,她怕失了分寸,反而引起冷俊的反感。英俊、儒雅,是柳青青在心目中为冷俊描摹的画像,而文质彬彬、风度翩翩是柳青青形容冷俊的赞词,但是,她觉得这些词还不够好,还不够充分,完全不足以用来刻画冷俊在她心目中的美好。但是,有一种矛盾的丝线在柳青青心里交织缠绕,她受不了冷俊的那种"冷",可是也正因为他的那种"冷",才更让她觉得那才是他的"俊",冷俊的"冷俊"让柳青青动了真情,冷俊的"俊冷"让柳青青销了香魂,冷俊的既"冷"又"俊",让柳青青情不知所起,心旌摇动,冷俊的既"俊"又"冷",让柳青青心中相思不已,萌芽苏醒,这种一往情深的心绪扰得柳青青对冷俊欲罢不能……

得到冷俊聘任的柳青青,心里有一只快乐的小鸟在飞翔在歌唱,她想,从现在起,她就要和他同在一个栏目组做节目了,日日相见,事事厮磨,她不相信冷俊会一直"冷"下去,这是她过去想了不知道多少遍,却从来不敢相信能够实现的事,如今真的要变成现实了,可她又有些疑惑了……

冷俊对柳青青只字未提雨竹举荐的事,他理解也尊重雨竹的做法。他这几天在想,雨竹和柳青青之间真是有着说不清道不明的误会,但又有着偶然与必然的缘分,你看,雨竹代替柳青青上了柳青青原来的节目,而柳青青现在又要替代雨竹来上自己的这档节目,而这样的结果和安排,完全缘于雨竹及时的建议和提醒,冷俊觉得,这真是她们俩之间难解难分的情缘。

雨竹就要离开冷俊的栏目组了,她向冷俊要求,希望今天晚上的节目她能够自己写稿,冷俊当然痛快地答应了。对于雨竹的文笔,他是再了解不过的,自从雨竹来到自己的节目组,撰写了大量播出文稿,可谓是篇篇精彩章章独

到。冷俊不断看到雨竹在报刊、杂志上发表的散文、诗歌、特写等文章，读后，有的给人一种清丽而隽秀的美感，一股幽幽、悠悠而又忧忧的韵味飘逸而来，幽幽的芬芳，悠悠的色泽，忧忧的哀婉，不浓烈、不强烈、不炽烈，淡淡的，慢慢地沁入心脾，晕开读者心海的涟漪，吹动读者陶醉的花蕊……雨竹还有一些文章，别开一片天地，文风犀利，直刺时弊，思辨深刻，富有哲理，冷俊暗暗惊叹道："谁说红颜不丈夫，起笔同样敢冲锋，好样的！"

"亲爱的听众朋友，大家晚上好，'星海夜话'节目又和您如约见面了……"每天固定的问候是节目必不可少的开场白，随后，雨竹将节目引入正题，"……那么，就让我们展开想象的翅膀，共同走入今天的节目主题——《时光旅程》，来开启心灵之门，倾听岁月吟唱。"雨竹开篇这样说道。

"很喜欢一句诗：'最是人间留不住，朱颜辞镜花辞树'。每一天，我们所有的人都在和过去告别，而我，却只想向未来问好。眼前时光飞逝而去，任你急急匆匆，脚步永远追不上奔跑的指针，而记忆深处的钟表却永远都是静止的。我们思念过去，不光是为了与往事干杯，更是为了明天乘风破浪，开创未来；我们思念过去，不光是为了感怀岁月沧桑，更是为了青春气势如虹，灿烂绚丽。那么，明天的我们会不会又思念起今天来呢？当然，当然。如果时光真的可以倒流，那该有多好啊，全世界都会欢呼雀跃齐声喝彩。可是，时光，从来不会厚此薄彼，生命是一场无法回放的绝版电影，每天上演着只此一次的人生故事。但愿，这只此一次的人生故事，让我们在时光旅程中无怨无悔。

……

时光是什么？你若问我，我不知道该如何回答。我想，时光是秦砖壁垒的万里长城烽火台上的千古傲视和守望；时光是李白"黄河之水天上来，奔流到海不复回"的中华文化跃动不息的血脉；时光是东坡先生在花开满树、月满中天时的遥远祝福"但愿人长久，千里共婵娟"；时光是辛弃疾"稻花

你是夏天我是叶

香里说丰年,听取蛙声一片"农家乐的画卷;时光是吉鸿昌慷慨就义时"恨不抗日死,留作今日羞"的家国胸怀;时光是毛泽东"数风流人物,还看今朝"的伟人气派,总之,时光是爷爷胡子里的故事,奶奶皱纹里的传说,老百姓年复一年,日复一日的柴米油盐酱醋茶和锅碗瓢盆的交响曲……

总是感叹时光易逝,这是因为时光偷走的,永远是我们眼底下看不见、摸不着、感觉不到的珍贵和珍爱,什么最强大?是时光,没有什么能敌得过时光的流转和消逝。在时光旅程的行进中,往事用来回忆,幸福用来感受,伤痛用来成长,那么,学会在伤痛中顽强崛起,这便是成长的意义,不管你曾经被伤害得有多深,终究伤口会痊愈。只要你经得起磨难,总会有那么一天,有那么一个人在你面前出现,让你原谅之前生活对你的所有刁难,或许这就是生活的真谛,一半是五味俱全的回忆,一半是迎风冒雨的继续;一半是永不再来的过去,一半是航向迷茫的未来,我们永远行走在时光旅程中,天天起步,永不停歇……"开篇的第一段话,雨竹播出稿的页面上这样写道。

……

"昨天,雨竹看到这样一段关于时光的小文,很美,很美,现在分享给大家:

'日子,于淡静若水中滑过,回眸,有些许心语,晶亮春露秋雨,呢喃昙梦无痕。手扶斑驳的岁月,清颜凝霜,终将沉淀的心事,婉约成青花瓷。芳草茵茵,碧水连天,轻驾一叶扁舟,品唐宋诗韵,伴笛箫和鸣,青衫飘飘,衣袂翩然,醉了一池秋水,而风过处,浅笑翩然,终只是遗落了一地如水的月光,在旧时光里莫问旧伤口。

是啊,莫问那旧伤口,就让我们向过去说再见,向现在说感谢,对未来说拜托,只闻花香,不谈悲喜,而无论是怎样的时光,今天,注定永远都是我们余下生命中最年轻的一天,将时光丝丝缕缕用得恰到好处,才不算虚度此生光阴,那么,在时光的旅程中,就让我们结伴而行吧。'"

……

  在节目的最后,雨竹说:"下了好几天的连阴秋雨,真的是让人有些烦了,太阳、月亮、星星都是我的好朋友,可是他们躲起来好久都没有出现了。此时还没有入睡的您,还在收音机前陪伴着雨竹的您,让我们共同在心里祈祷我的好朋友日、月、星快点儿出现吧。希望明天清晨睁开双眼,迎接的是一个阳光明媚晴朗的好日子,同时也希望明天在这柔情似水的夜色中,您依然守候在这里,无论是谁将要陪您度过今后的每一个美好的夜晚,时光不会改变我祝福的心愿,亦如在这时光的旅程中,永远不变的风景,《星海夜话》雨竹在演播室祝您晚安!"

  从直播间走出来,天上的雨竟然停了,如同一个多月以前的那个晚上。东面那座被霓虹灯装饰的电视台大厦好漂亮啊,流光溢彩,五光十色,斑斓得像梦幻一般,塔尖上的红色卫星发射信号一闪一闪,给这座城市多少家庭带去茶余饭后的视觉享受。那是雨竹多么向往的地方,是她为之继续奋斗下去的理由,只是此时的雨竹突然间觉得好寂寞,这是她做这档节目以来不曾有过的感觉,她的心里好像缺少了什么,是什么呢?不舍!是的,是不舍,真的不舍,几乎习惯了这样每晚伴着星星月亮的电波时光,习惯了每晚在节目结束之后在夜色中向着东面的方向眺望……

  再见了,《星海夜话》,祝福你,《星海夜话》,再见了,《星海夜话》的听众,祝福你,走在"时光旅程"中为《星海夜话》操心的人……

  雨竹来到办公室的时候,门锁是开着的,她心想,这一大早的,谁啊?轻轻推开房门,慢慢探头进去,一眼看到韩冰坐在那里,脸色不好看得很。雨竹自己也不知道怎么搞的,踏进去的一只脚本能地缩了回来,韩冰似乎并没有发现门口的自己,雨竹轻轻转身走开。她并不知道,就在她向楼梯间转弯的时候,冷俊刚好下了电梯,急匆匆地向着办公室的方向走去,他们两个就这样"失之交臂"的错过了。拎着四只大暖壶在楼梯间停下的雨竹,不断

你是夏天我是叶

地在心里打着疑问:"一大清早的谁惹她了?总不会和我有什么相干吧?难道?不,不会的。嗨,想得太多了,最近都是好好的相安无事,节目努力地往好了做,这一点即便是她那么挑剔的人也是看在眼里的,节目的排名也没有落后啊。还听说有两次策划会上,领导还着重夸奖了节目质量的提升,只是,韩冰在这件事情上口风严得很从来没有提起过,哼,管她呢,无所谓。"想来想去,雨竹觉得没什么,韩冰就是那样一个人,许是自己想多了,她又在楼梯间磨蹭了一阵儿,渐渐的上班的人陆续来了,走廊里、电梯口充满了打招呼和问候的声音……

　　雨竹再次推门而入的时候,大家都到齐了,各忙各的,和平日没什么不同,奇怪的是牧野今天也难得一大早准时准点坐到了办公桌前正云山雾绕着。可是,不对,怎么?她一眼看到冷俊也在那里坐着,牧野正透过鼻子里冒出的青烟斜睨着他。秦思璇此时正好抬起头与雨竹的目光相遇,欲言又止的表情让她心里忽悠沉了一下,之前的不安又回了来。虽然冷俊的办公室就在隔壁,但因为人所共知的原因,他是极少踏进来的。不只是冷俊,这个二十几层的办公大楼里,其他办公室的人,都有个相互走动,但唯独这间屋子,很少有其他部门的同事进出往来。如果有人找这个屋子里的任何一个人,也只是在门口轻轻地叫一声,或摆摆手叫出去,今天怎么冷俊一大早就跑到这屋子里来了呢?一定不是来找自己的,找也没有必要来这里找,那是?她心里揣测着看样子是和自己脱不了干系,难道?难道真的是?还没来得及往下细想,韩冰一眼看到走进来的雨竹,没好气地发了话:"林雨竹,你这节目做得不错啊?!"

　　"还是知道了。"她在心里叹了口气。

　　雨竹给冷俊的节目当主持人,最后一晚的广播终于还是被韩冰听到了,事情就是这样凑巧,就是这样富有戏剧性。她和冷俊都以为这一个多月的节目播出,就这样无风也无雨地过去了,可是谁会想到这"最后一课"还是让韩冰给赶上了。韩冰当时满脑子都是气愤,立刻给雨竹打电话,雨竹从来都

是在上节目之前要关掉手机的,下了节目之后,因为时间太晚了,也就没有再开机。冷俊是今天一早没有起床还在被窝儿里接到韩冰的电话。冷俊联系不到雨竹,想在上班前能在雨竹的办公室碰上她,但当冷俊到了雨竹办公室时,韩冰已经端坐在那里了,却不见雨竹的人影。韩冰没有问冷俊什么,冷俊也没有对韩冰解释什么,两个人就这样坐着,彼此一言不发。

韩冰继续向雨竹发难:"你年纪轻轻的,怎么就这么不踏实?这山望着那山高,吃着碗里的看着锅里的,你把我这儿当什么了?把我这儿当跳台了?当踏板了?什么大学生,告诉你,大学生现在不吃香了,满大街都是拿着各种各样大学文凭找饭碗的大学生,如今连硕士、博士都不好混了,别说是你这样一个只读了四年本科的毕业生了。别以为自己学了几年所谓的什么播音主持就目中无人了,我还告诉你,你这才哪儿到哪儿啊,你还嫩着呢,还没怎么地呢,就把自己当成腕儿了,还客串赶起场子来了,怎么着,难不成你还想跳槽啊?怪不得你一直嚷嚷着要求再增加人手增加人手的,原来你早就想好了,这是另有打算啊,还不忘给自己留后路。那么,你怎么不来个痛快的,干脆直接就调到那个组得了,你还在我这里耗着干什么?还好,我早就防着你这手呢,幸亏现在有个人能来顶替你,不然的话,还真让你给涮了。"

就在一屋子所有的人都停下手中工作看过来的时候,雨竹把目光投向了角落里的甄艳丽,看到雨竹询问和疑惑的目光,甄艳丽耸了耸肩摊开双手,一副无所谓的样子,慢悠悠地说:"你不要这样看着我,我没那闲工夫管你的事儿。"是的,雨竹也不太相信是甄艳丽给韩冰透的风儿,甄艳丽虽然不怎么讨人喜欢,但她不至于如此小人,况且,要出坏使绊她也早就下手了,何必等到现在?再者,最近雨竹一直带着她上节目,诚心诚意地帮助她,关系比以前要走得近了许多,尽管她非常想坐到主播的位置上,但是她自己也知道她与话筒之间还是有相当距离的,如果真的是她从中捣鬼,对她着实没有什么好处,她自己也明白根本无法取代雨竹。

雨竹顾不得再想什么,只觉得曾经有过的压迫感又一次重重地撞击着自

你是夏天我是叶

己受过创伤仍在隐隐作痛的心,她在心底抓狂般地叫喊着:"为什么又是在直播前?"

"韩主任,我想你是误会了,小林她没有那个意思,这次纯属是我请她帮忙的。"

"怎么哪儿哪儿都有个你啊,我教训我的人,哪儿有你插嘴的份儿,我还没说你的不是呢。"

"可是你不能不讲道理呀?!"

"你说谁不讲道理?你说谁不讲道理?"韩冰的身子在椅子上拧来拧去,因为太用力,椅子腿在地板上发出刺耳的"吱吱"声。

"谁不讲道理我说谁!"

"冷俊我告诉你,别那么自以为是,也别以为你的那个节目如何如何的好,在我看来简直就是无病呻吟,不知道从什么地方搜刮、腾挪了那么几篇破文章,配上些吹拉弹唱就是高雅文学和艺术了?还探讨什么人生、理想、价值,你自己弄懂这些了吗?你还真把自己当成文化人啦?你这样的人我见得多了。"

"哦,是吗?"冷俊并没有大发雷霆,"可是,你这样的人,我倒是没见过。"

"冷俊,你……"韩冰霍地一下子从座椅上几乎跳起来。

"韩冰,我一直认为你我都不是什么高雅的人,但也不至于低俗成这样。你我同事多年,其实并没有真正共过事,但也不能说我对你一点儿也不了解,你的人格和人品怎么样自有公论。但我想,你应该知道凡事总有底线,为人要有所收敛,说话不能偏离事实。别人怎么说你看你,过去我从来不管,但今天看来,我不得不信了,以往倒真是我看错了,我把你想得太好了,看得太高了。你刚才的这番言辞和表现,让我觉得你果真是名不虚传啊,人眼是秤,大家对你的评价,你真是有过之而无不及呀!"

"你、你、你太过分了……"韩冰的脸一下子变了颜色,铁青铁青的,像墙角边立着的脸盆架子,油漆剥落,锈迹斑斑,好不难看。

"姓冷的！"这时，在旁边一直没有出声的牧野突然间发了话，他用力将手中的烟头甩在地上，上前一脚狠狠地碾灭了烟火，大声说道："你一大早的在这撒泼，找打啊你？"同时从座位上立起身来，横在冷俊面前，伸手去抓冷俊的衣领。

或许是牧野块儿头太大，不够灵活，也许是昨晚的酒劲儿还没有彻底醒来，冷俊的身子只微微往后一撤，又轻轻地向旁边挪了一小步，牧野手里抓了个空，还险些闪倒自己。牧野本想替韩冰出头出气，在这一屋子人的面前耍耍威风，结果且不说韩冰的面子没保住，连他自己的面子都丢到"爪哇国"了。于是，他黑黑的脸上太阳穴两侧青筋暴起得更加凸出了，气急败坏之中又向前跨了一大步，和冷俊脸对脸地对视着。冷俊这回没有躲开，半仰着下巴铮铮地看着牧野，脸色凝重而正气逼人，一扫平日儒雅书生之气。冷俊激烈的反应，大大出乎牧野所料，他反而被吓住了，本能地向后退了一步，一时不知该如何应对了……

"韩主任，您能听我说几句吗？"看到眼前这剑拔弩张的一幕，雨竹不能不开口了，"说实话，我并不认为我有什么不对的地方。"她声音不大不小，神色不急不躁，但字字清晰，有理有条，话语中透着力量。

"什么？没有不对的地方？这个时候你竟然还这么嘴硬，说出这种话来。"韩冰怒目圆睁。

"如果您愿意，我很想和您说说这件事，希望您能心平气和地听我把话说完，同时，也请您不要迁怒于他人。"

"好啊，我给你解释的机会，你倒给我说说看，哼！"

"不，韩主任，这不是解释，对于这件事，我觉得我在您这里没有解释，有的只是说明。我是一个独立的个体，即便我是您这个节目的主持人，但我在别的栏目依然可以兼职做主持人，这一点我并没有违反台里或者是栏目组的任何一条规章制度，做兼职，台里是允许的，而且鼓励部门之间交流协作。更何况，晚间这档节目是我八小时工作以外的时间，我有支配的权利，我有

你是夏天我是叶

这样的自由，我愿意少休息多工作，看到冷老师患病几乎失音不能上节目，我有帮助的义务，我不忍心坐视不救，帮冷老师的节目解困，正是对广大听众的尊重和爱护，所以，我不认为我有什么不对。再者，在这一个多月的时间里，我并没有耽误和影响咱们这档节目的播出和质量啊，对我来说这两档节目没有谁轻谁重，没有主次之分，您不是总说听众能分出好坏吗？只要我坐在话筒前，只要我在电波里开口讲话，我就一定把听众永远排在第一位，这是我的原则也是我的出发点。"

"别咱们、咱们的，谁们啊？你和我不是一回事。"

"好吧，既然您这样说，'咱们'不是'咱们'，那我可没有影响您自己那档节目的质量啊！"雨竹把"自己"两个字说得格外重，韩冰听了雨竹的话，无法对答，想发火，又抓不住雨竹的把柄，特别是雨竹最后一句"您自己那档节目"几个字，噎得她半天回不过神来。

看着刚才那架势，周围的人原本一个个为雨竹捏了把汗，但听她此番话一出口，再看看韩冰如鲠在喉、无法反驳的狼狈之态，大家伙儿都松了口气，有的人甚至在心里为雨竹入情入理的回答暗暗叫好，只觉得痛快。冷俊知道，雨竹用她的话语在努力地化解着一场极可能引发的拳脚之战，用她特有的方式在保护着自己，她的言辞就是有着这样神奇的力量，刚才冷俊还义愤填膺，并且做好了动用"武力"的准备，和文明人用文明的方式，和野蛮人大可不必讲究斯文，以其人之道还治其人之身才是此时最好的选择。然而，雨竹的这些话让冷俊一下子冷静了下来，平静和顺了许多，他知道动蛮动粗较量的只是力气，而语言的智慧才是无穷的力量……

此时，就连旁边的牧野也安静了许多，一直站着身子有些僵硬的牧野，这时候慢慢退回到自己的座位上来，眼神里依然充满了对冷俊的愤怒和对雨竹的不满，随手抄起桌子上的香烟盒，倾斜地颠了颠，里面的香烟齐刷刷探出了过滤嘴。牧野抻脖用嘴叼了一支出来，一只手伸进裤兜里摸索了老半天，之后另一只手也伸进了另外一面裤兜里抓摸了一阵儿，可什么也没有摸出来。

这时候他低头看了看胸前衬衣兜，伸进两根指头捏出一枚打火机，"啪"的一声把香烟点燃，然后猛吸了两口，吐出一大团青烟，云雾里，他有些辨不清对面韩冰的脸此时是什么表情，什么颜色。

"老实说，我不认为给冷老师帮忙这件事我就必须和您打招呼，这句话您可能不爱听，觉得刺耳……"雨竹此话一出，韩冰又站了起来，又要发作，雨竹连忙说："您先别激动，听我把话说完。整个事情的来龙去脉我想您已经知道了，如果一定说我有什么做得不对的地方的话，那或许就是我真的不应该不和您说一声。"这回，雨竹又把"或许"两个字咬得格外重。

"毕竟您是这个节目的制作人，我是这个节目的主持人。可是韩主任，您有没有想过，为什么在这一个多月的时间里，我从未向您提起过这件事呢？我不是没想过，而是我知道您的答案是什么。"

"是什么啊？我自己都不知道，你就知道了？你半仙儿啊？你可真是不知道天高地厚！"

"看，我就说我知道吗。"

韩冰先是一愣，之后马上反应过来，她看到周围的人有似笑非笑的，有半笑不笑的，有低头窃笑的，有背过身掩口而笑的，简直是一幅"群笑图"。没等韩冰张口，雨竹接着说，语气也温和了很多："韩主任，您看您今天这么激动的反应，或者说这么激烈的反应，您说，我该怎样和您说呢？"雨竹这柔柔的语气，更让韩冰发作不得。

"又是这样，和我几个月前第一次单独上节目的情形一模一样，又是一次直播前始料不及的'突发事件'，但是，这次我会很好地控制自己的情绪，不会在节目播出后让韩主任失望了。我不知道这件事我有没有解释清楚，但不管怎么样，我希望等我下了节目之后韩主任再批评吧。如果真的像您刚才说的那样，不准备再让我继续担任这档节目的主持人了，那么，也请您让我站好这最后一班岗。现在节目播出时间马上到了，我要到直播间了。"说完，雨竹掉转头径直走了出去，冷俊跟在她身后。甄艳丽见状，也颠颠地溜了出去，

你是夏天我是叶

但是今天她并没有去到直播间,而是回宿舍睡觉去了。

韩冰张着嘴,半天都说不出话来,此刻她的心里像打翻了五味瓶,但她并不觉得理亏,只觉丢人,脸上有十二分的挂不住。她不知道自己今天这是怎么了,林雨竹的一番话,竟然就这样把自己一腔怒火和愤恨说得根本无法发作,竟然消失了刚才高涨的士气和继续斗下去的勇气,竟然乖乖地听了这个小丫头片子的话坐回到座位上不再吭声。她怎么都琢磨不透她自己,这不像她,或者说这完全不是她,她是谁?她是韩冰,这么多年她什么时候输给过别人,而今天居然让一个黄毛丫头挑落马下,她这究竟是怎么了?

一旁的牧野,长期以来一直是韩冰的"帮手",充当着"保镖"的角色,他本想为韩冰助威助势,但一看韩冰受挫败下阵来,他也蔫儿了下来不好再为韩冰继续出头,原本是想在众人面前,特别是在这些后来的"小字辈"面前耍耍威风,结果没想到韩冰"丢盔卸甲"好不狼狈,以失败或者说以惨败收场。再说也实在没有什么理由再闹下去,无论是冷俊还是雨竹,都说得句句在理,不容反驳,再看看周围其他人鄙夷的神情和藐视的目光……牧野自觉脸上无光,借着出去抽烟的机会溜之大吉了。

不知道是不是巧合,今天的节目,雨竹设计选择了一首她非常喜欢的歌曲作为结束,就是那首励志的《壮志在我胸》。经受了一连串的挫折、坎坷和委屈,特别是刚才那一番折腾,她觉得好累、好累,这些日子以来真的是累极了,倦极了,也痛极了。她将整个身子缓缓地往后靠,整个人,整个背部完全深陷在高靠背的椅子中,那跳跃的音符流畅的曲调透过电波传了出来,萦绕脑海,回旋天地。她没有摘下耳麦,耳畔响起了那熟悉的旋律,那首不止一次在她心中唱起的歌,那首在她最艰难的时候总是不断激励她成长鼓励她奋进的歌,那首在她最失落的时候给她以信心和勇气的歌。就这样在直播间里,在节目即将结束的时候,雨竹泪如雨下,潸然而泣,涕下沾襟、不能自已……

"拍拍身上的灰尘
振作疲惫的精神
远方也许尽是坎坷路
也许要孤孤单单走一程
早就习惯一个人
少人关心少人问
就算无人为我付青春
至少我还保有一分真
莫笑我是多情种
莫以成败论英雄
人的遭遇本不同
但有豪情壮志在我胸
嘿哟嘿嘿嘿哟嘿管那山高水也深
嘿哟嘿嘿嘿哟嘿也不能阻挡我奔前程
嘿哟嘿嘿嘿哟嘿茫茫未知的旅程
我要认真面对我的人生……"

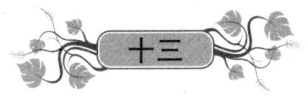

十三

这几天持续高温,酷暑难耐,即便到了深夜,地面上的暑气依然无法消散,热气腾腾,让人难以安眠……

很晚了,雨竹一个人走出地下室宿舍,屋里实在待不住,潮湿、憋闷的空气,让人喘不过气来,整个人又有一种被困住,不能挣脱的感觉,再加上

你是夏天我是叶

甄艳丽那焦躁的"重金属"音乐实在受不了,闹腾着累人。

刚才,甄艳丽对雨竹说:"你今天那番话真是痛快,那个韩冰就该那么对付她,也让她尝尝这被人骂的滋味。"

雨竹听后正言道:"一,我没有对付她;二,我更没有辱骂她;三,韩冰对你不错的。"

"喊,快得了吧,什么不错啊,她那也叫不错?那要这么说起来,我对她那才是真真的'不错'呢。你是不知道,我对她……算了,不和你说了……"

听甄艳丽说这话,雨竹突然不自觉地想到了那个带唇膏半温热的茶杯,正思忖着,甄艳丽又开口了:

"你今天可真牛,平时都没看出来,你还挺厉害的啊。"

"厉害?你就是这样理解的?原来我这就叫厉害?在我看来你才是真正的厉害呢。"

"哦,是吗?快说说,你觉得我什么厉害?哪儿厉害?"

"睡觉。"

"哎呀,睡什么觉啊,这还早着呢,快说你觉得我哪里厉害?"

"我说的是你睡觉厉害。"

"没!劲!"甄艳丽听罢,嘟囔了一句,打开随身听,里面传来了黑豹乐队的《无地自容》,之后零点乐队的《玩儿够了没有》响起。

雨竹在这大院里走来走去,办公楼里还有人偶尔出出进进,那是上下晚节目的人。注目之余,她又习惯地向着东面的那栋大楼看去……

办公楼里好静,雨竹的脚步声在走廊里回响。快到办公室的时候,发现有微弱的灯光从玻璃窗和门缝射出来,她想一定是谁在下班的时候忘了关灯吧,掏出钥匙正要开门,又发现门没有上锁,这个时间谁还会在办公室呢?雨竹轻轻推开房门,一眼看到秦思璇坐在台灯下在写着什么。

"秦老师？这么晚了，怎么还没回家？是不是今晚不回去了，要在宿舍住啊？"

"哦，雨竹啊。郑主任昨天交代，要我给那几个新来的实习助理修改策划方案，改着改着忘了时间，没想到这么晚了。你呢，怎么这个时间还跑来办公室？落东西了？"

"没有，睡不着，宿舍里憋闷，出来透透气，再加上……"雨竹本是想说甄艳丽的摇滚乐的，但是话说到一半，没有再继续下去。

"是不是甄艳丽？"

"您怎么知道的？"

"我怎么不知道，我虽然不怎么回宿舍住，但是，甄艳丽那孩子我太了解了。不替别人着想，凡事由着自己的性子，她怎么舒服怎么来。是不是这大半夜的不睡觉，又在听什么摇滚哪、爵士啊的？晚上不睡早上不起，她明天白天有一整天的时间可以睡觉，但是她却不会考虑别人第二天还要工作，这就是甄艳丽。"

"唉，秦老师，像这些事情我宁可忍着也不愿和她多提，说也白说，问题解决不了，结果惹得到处都是矛盾。说出去，知道的人说是怨她，不知道的人还以为我多事，总是生出这样那样的是非来，算了，忍忍吧，忍忍就过去了。"

"可是，这不是一天两天的事儿，时间长了这样你太憋屈了。"秦思璇关心地说。

"能怎么办呢？有些事说出来矫情不说憋屈，所以只能选择憋屈自己。没办法，随她去吧。"

正说着，突然听到有人敲门，两个人互相看了看，彼此一脸狐疑，这么晚了，谁啊？没等应声，门被推开了，进来的是冷俊。

冷俊刚下节目，本是到隔壁办公室来放东西的，看到这里还亮着灯，门也没上锁，又听到里面有人在轻声说话，他想，在这个大院里能在这个时间

你是夏天我是叶

还在办公室的，一定是雨竹。秦思璇和雨竹见走进来的是冷俊都有些意外，冷俊看到她们两个人的表情微笑着说："怎么，没想到这么晚了会是我，对吧？"雨竹笑笑，没有作答。

"别站着，来，小冷，坐，快坐。"秦思璇见状，热情地招呼着。

"呵，好，好，秦姐还在忙啊？"

"手里还有点活没干完，加加班明天就利索了。"

"哦，那是。"冷俊边回答，边往前走，走到椅子前，却并没有坐下。

冷俊一整天都在歉意中度过，上午在这间办公室里发生的一切，让他的心中对雨竹充满了愧疚。他想，如果当初不是他请雨竹过来帮忙，那今天的一幕就不会上演；如果他能尽快找到替代雨竹的主持人，哪怕是自己上节目呢，或者及时听雨竹的建议，让柳青青来主持这档节目，那么，今天上午韩冰挑起的事端和牧野推波助澜的"闹剧"就会避免；如果……咳！如果毕竟是如果，生活中没有那么多假设的如果，一切都已经发生了。

面对雨竹，冷俊不知道说什么好，倒是雨竹微笑着先开了口："柳青青，刚才……她节目上得还顺利吧？"这也的确是她关心的。

"啊，还好，还算顺利。嗯……那个……我看你们办公室的灯还亮着，又听见有人在说话，所以，就……"

"哦，我和雨竹啊也纯属巧合在这里碰到，我在加班，雨竹散步四下走走，这不就集中在这儿了。"

"嗯，这样哪。"冷俊的回答有些心不在焉，他在想该如何向雨竹开口。

"雨竹，我……那个……你看这……"开了口，却又无从说起。

"怎么，冷大哥，你看起来很为难的样子哦。"雨竹调侃着说。

"不，不是为难，而是歉意，都是我给你惹的麻烦。"他一脸严肃，"上午的事，秦姐都看到了，韩冰和牧野真是太恶劣，太无理了。这件事我做得欠考虑，想得太简单。原本是请雨竹给我帮忙，结果给她带来这么大的伤害和麻烦。"冷俊又对雨竹说：

"其实,在你帮我上过几期节目之后,我的病就好了,我完全可以自己上节目。说实话,是我另有考虑,实在不想让你撤离。自从你主持这档节目以来,台里每天统计的收听排名就没有下过第三名,社会反响真的是非常好。不过,我声明,这和年终奖金挂不挂钩没有一点儿关系。我不是一个喜欢恭维别人的人,也从不轻易夸奖别人,但你的主持我不仅仅喜欢而且可以说是佩服得五体投地,谁不希望有这样的主持人在自己监制的节目中出现呢?所以,我一推再推,迟迟没有让你从节目中撤出来。怨我,都怨我,今天上午发生的这一切归根到底都怨我。上午……上午,那个人说的话,实在是太难听了,我,我……唉!我该说什么好呢?我怎么做才能帮到你呢,我不能说她的那些话你别往心里去,因为那是不可能的,换任何一个人,都没有办法做到这一点,也没有办法做到像你那样冷静而有涵养,但是现在……现在我实在不知道该说些什么来安慰你……"冷俊是一个说话干脆利落,从不拖泥带水的人,喜欢开门见山、一针见血,偶尔有些苛刻,可是今天他的表达,却有些语无伦次、不知所云了……

"嗨,冷大哥,瞧你说的,不至于的。如果说,她那些话我完全没有放在心上,那是骗人的,我怎么可能不在意那些话呢?那些话的确对我造成了伤害,而且是很深的伤害,在我看来那些话不是简单的质问,而是一种完全不顾事实,完全不尊重人的武断责难。我已经听到了,面对面地听到了,我不能假装没听到、没看到、没感受到吧?今后,我还是要继续我现在的一切,不是吗?就像今天上午,在那样被激烈指责的情况下,我还是要收拾起糟糕透了的心情,平复好激动的情绪,还要像平时没事一样去做节目,去做好节目,面带微笑去迎接收音机前听众对节目的期待,不然能怎么样?对于眼前这点困难也好委屈也罢,尽管心里难过,我还是可以扛过来的,我这小肩膀还可以承受。"话说到这里,雨竹双手交叉"啪、啪、啪"拍了拍自己的双肩,抬起左胳膊,学着健美运动员的姿势,来了一个"加油"的动作,并顽皮地笑出了声……

你是夏天我是叶

　　秦思璇静静地听着雨竹知情达理且有骨气的话，赞赏地说："你看这孩子，这个时候还开玩笑，真有那么股顽强劲儿，这就是打不败、压不垮的林雨竹啊。"

　　"谢谢秦老师的鼓励。呵呵，所以说，冷大哥，你以后千万不要说我帮了你的忙，说实话，我倒是应该谢谢你才对。"

　　"谢我？谢我什么啊？我有什么好谢的？"

　　"对啊，就是要谢谢你。因为能够在你的节目里做主持人，让我有了一种全新的感受，让我在新的节目形式上尝试了一把，真的是学到了很多东西。说心里话，你的这档节目才是我真正想要做的节目，我喜欢这样的节目。至于我没有及时从你的节目里撤出来，不是你单方面的因素，其实那也是我自己不愿意离开，总希望能多做几期，总希望能有更新的话题和听众分享，不然的话，怎么可能这一做就是一个多月呢。与其说是我帮你的忙，倒不如说是你成全了我这样一个小小的愿望，我一直都渴望自己能够在这样一种文艺和文学气息浓厚的节目里担当主持人，那样我会有一种和作家相伴相随的感觉，徜徉在作者笔下山川流水、茅舍田园之中，置身于高雅的辞风诗韵的情境里，主持起来更有神来之妙啊，哈哈哈，真是陶醉啊……哎，怎么搞的，你们二位怎么用这样的眼神看我？我说的是我的真实想法。"

　　"……"

　　又是一阵沉默，三个人都没有再说什么。雨竹的这些话，让秦思璇、冷俊深受感动，知道她是用幽默排解压抑，用安慰别人来抚慰自己。特别是冷俊，他被眼前这个女孩儿深深折服，敬佩、怜爱之情在心底油然而生，他看到雨竹总能站在别人的角度去考虑问题，有担当，敢负责。别看雨竹身体瘦弱，但会让人觉得她思想高大，心灵美丽，在眼下浮躁的社会中，好多年轻人急功近利、好高骛远，而雨竹却能如此清醒地认知自己的内心，什么是她喜爱的，什么是她追求的，什么是她不能放弃和必须坚持的。而秦思璇毕竟比他俩年龄大很多，可以说阅人无数，在她心里对雨竹又有了更深一层的了解和判断，

不由得为这个有才能、有个性、有志气的年轻人喝彩叫好。

就在这时,冷俊突然冲着雨竹和秦思璇提议:"要不这样吧,今晚的月色这么好,我请二位出去坐坐,咱们喝一杯怎么样?"

"这么晚啊?"秦思璇先说出了这句话。

"什么?现在?是啊,太晚了吧?再说,我也喝不了酒。"

"是有点晚,不过,我倒是很愿意,就看雨竹了。"没想到秦思璇话锋一转,双眼笑眯眯地看着雨竹说。

雨竹不想扫大家的兴,消夜那次已经拒绝过冷俊的邀请了,更何况,她也的确正想找个地方放松一下,这不是很好的选择吗?面对两个人询问和期盼的目光,雨竹想了想说:"那好吧,我明天一早还有节目要上,不能太晚了。另外,我喝不了酒,饮料可以吗?"

"哈,这还没到地方呢,就讲开条件了,好吧,那就走着……"

车厢里飘荡着萨克斯曲,悠远而曼妙。冷俊潇洒娴熟地驾驶着他的坐骑向市中心最繁华的地带驶去,秦思璇坐在副驾的位置上和冷俊聊着天。后排座位上的雨竹摇下车窗,将一只手慢慢探出去,微风从指间和指缝掠过,轻轻拂面,长发在风中飞舞,这还是雨竹工作以来第一次在深夜乘车浏览这座城市,有种既熟悉又陌生的感觉。看外面世界流光溢彩,五光十色,七彩绚烂,霓虹闪烁好不热闹,尽管时间已经很晚了,可这一条条街道一座座高楼和喧闹的人群,在这浮躁的夜色里无法安静下来,大街上依然人头攒动、车水马龙。在这样的光影下,雨竹有些眩晕,双眼迷离起来,"火树银花不夜天",雨竹轻声呢喃,前排开车的冷俊并不知道雨竹在说着什么,但这一路走来,他总时不时从车里的后视镜看看这个此时安静而又有些忧郁的女孩儿……

穿过一条热闹的夜市街区,车子在一家环境幽静的茶吧前停下。

"冷俊,怎么选这么高档的地方啊,其实我看,街边的小吃摊也是蛮不错的,要几串烧烤,再来上杯扎啤,就等于下基层三贴近了嘛,正巧是个好机会。"秦思璇调侃着,然后半开玩笑半认真地说,"这里太贵了,冷俊小

你是夏天我是叶

弟买单，当真不心疼吗？"

"哎，哪儿能呢，我一直觉得街边儿那些小吃更适合我们这些男人茶余饭后去消遣，吃肉串、喝啤酒、侃大山、发牢骚、看美腿、论美胸……"冷俊这后两句话一出口，立刻意识到什么，吐了一下舌头，看了一眼雨竹，生怕她听了这话难为情，他明白，雨竹原本就不想来，只是碍于情面才没有拒绝。冷俊看雨竹一直在四下张望，左顾右盼的，似乎并没有注意到他说的话，这才放下心来。其实，雨竹并不是没有听到，只是为了避免尴尬，假意没有听到罢了。

冷俊接着说："没事儿，请大姐和小妹吃饭，不能怕贵，这是必须的，再说，也贵不到哪儿去，难得消费一把。如果是天天如此，那我可真请不起喽，最重要的是，这里有停车场，方便，我今晚喝点儿，明天再过来开车。这么晚请你们出来，真给面子，爽快，怎么也得找个差不多的地儿啊，我想，也只有这样的地方才基本能配得上二位享用。咱们是普通老百姓，安享平民之乐，生活在基层，有接地气的快乐，今晚的小聚一定要开怀畅饮，莫要辜负了好时光，今天，就权当是奢侈一回。来来来，快坐，服务生，点单……"

这里的环境的确很好，"优雅"最能概括其特点，室内一切陈设古香古色，很有些古典韵味。文人墨客的诗、书、画点缀墙壁，桌台上各色棋类任选对弈，一曲古筝弹奏《平湖秋月》弥漫心头让人释然轻松，可以说，琴棋书画诗酒茶，在这里无一或缺。

三人坐下，冷俊点了些话梅、杏莆、瓜子之类的小吃，又周到细心地点了蛋糕、面包之类的甜点，他说："夜深了，都忙活到这么晚，怎么也得补充些能量啊。"之后又特地给雨竹要了冰镇饮料，雨竹拒绝了，说最喜欢喝热茶，这淡淡的绿茶最好，冷俊听罢不再勉强。到了秦思璇这里，冷俊一再要求一起来些啤酒，秦思璇没有太过推脱，爽快地答应了。

三个人聊着聊着，话题自然而然又转到了上午的不快之事和韩冰身上，

有些事情，雨竹从未听说过。

冷俊告诉雨竹："有一件事情，你可能不知道，在你到台里前不久，全台刚刚结束了竞聘栏目部主任的事情，你想象不到，什么郑文远、小梅、韩冰、于凯、小谭，还有栏目部编辑室的那两个人都是竞争对手。而韩冰觉得自己是最有实力和希望的，她信心十足满以为主任一职非她莫属，结果没想到宣布结果的时候是郑文远，那就退而求其次，副主任的位置这回总应该轮到她了吧，结果让小梅给坐上了，这一下韩冰可是觉得丢面子丢大了。你没见她那个闹腾啊，我都懒得说。其实，这次当选主任的事情，我和秦姐也都在考核范围内，这回你知道为什么韩冰和我们几个的关系总是不和谐了吧？也知道她对我们为何总是那么一种态度了吧？不过，话又说回来了，即便是没有竞聘的事情，她无论对谁的态度始终都是那个样，一概的'变态'。"

冷俊又说，后来听说，她到台领导那里去闹了一通，又拍桌子又瞪眼睛，摆了功劳摆苦劳，摆了辛劳摆酬劳，台领导被她折腾得实在没办法了，答应以后如果业务需要，可以考虑再增设一个副主任的职位，那自然再无第二人选。从领导办公室一出来，韩冰拐弯抹角让别人叫她"韩主任"，大家这么一起哄，"韩主任"这三个字还就真叫出去了。台领导听说了之后，也不去纠正，任由她这样。还别说，渐渐地这"韩主任"的称呼，竟然也就好像名正言顺了。韩冰自然明白，人们这一声"主任"并不是真的把她当主任，她也不是真的就当上了主任，尽管如此，但她心里却还是受用得很，岂不知在别人的眼里她已经成了笑话。

话说起来，直到现在雨竹才知道，她面试那天，遮挡在屏风后面的评委，就是竞聘主任一职的那几个人，但是，在这些评委当中的确独独没有韩冰。为了她的节目招聘主持人，而又不让她参加把关评审，韩冰心里自然不服气，又气哼哼地去找领导，这回领导的一番话把她挡了回来。领导说："这次当评委有两个条件，一必须是有领导职务的人员，二必须是资深播音主持人员，或者曾经从事过播音主持工作，有一定话筒前经验的人。"韩冰知道，这两

你是夏天我是叶

条她没有一条是符合的,但她还是不服气地问:"那冷俊和秦思璇呢?他们也不符合要求啊,为什么他们两个就可以,要知道这是给我的节目选主持人,可不是给他们自己家里选保姆,怎么就成了他们做我的主他们说了算,我却只能在一边儿晾着?"领导无奈地笑了笑继续解释说:"他们两个都是从话筒前退下来的人,这一点你又不是不知道,当初他们两个人的节目是很受听众欢迎的,只是为了培养新人,给年轻同志更多的机会,所以才从台前转到幕后当起了节目制作人,就是现在,冷俊也还会偶尔去播上一把,带带新人或者是找找感觉怕生疏了业务。"听了这话,韩冰干气着,却又说不出其他话来,回到办公室看哪儿都不顺眼,没头没脑地把牧野从头到脚数落了一番。牧野倒也不生气,偶尔听到过分的地方也会竖起两只耳朵,梗着后脖筋,不知道是酒后的原因还是情绪激动的缘故,满脸通红辩驳上几句,但是很快就被韩冰的士气打压下去,然后满脸肌肉堆起讨好地冲着韩冰笑笑,再没了动静,蔫蔫的待着,任韩冰在那里说着什么……

秦思璇在旁边又说:"说实话,面试那天那么多人,你的表现和业务能力都是最强的,征服了所有的评委,得分最高,大家都高兴这次招聘能有这么一位主持人脱颖而出,都一直推荐你,希望你能在这里留下来,也许正是因为这个缘故吧,韩冰总觉得你是找了关系搬了门子托了人情才进来的,以为你和我们什么关系。"

雨竹心里发着笑又打着战,原来她在一只脚刚刚踏入这个大门或者说还没有踏进来的时候,就已经不知不觉卷入了他们之间的这场纷争中。

无奈、可笑、气愤、迷茫包围着雨竹,她有些不知所措,要怎样继续下去呢?不知道这一切的时候,总想探个究竟,现在知道了,却又不知道怎样去应对……

冷俊抿了一口啤酒,幽幽地说:"说实话,我早就想换个环境了,干了这么多年,有些倦了,有时候甚至会觉得不过如此。"

"怎么,你还是想要离开?"秦思璇遗憾而又无奈地问,雨竹有些意外。

"没做最后的决定。"

"以前就听你提起过,但我还以为经历的事情多了,你的想法会改变,不做这样的打算了呢。"

"那不单单只是一个想法,而是我一直以来追求的梦想。"

"当初,你怀着对这份工作的喜爱,不,是对这份事业的热爱,顶着那么大的压力……唉,不提这些了。"秦思璇的话刚开头,又不说了,好像怕触动冷俊内心什么隐痛。

"其实也没什么,好多事情想开了,也就无所谓了。"

"换个环境,不是那么容易的事情,一切都需要从头开始,你以往的一切都几乎归零,更重要的是——你的人脉,很多时候,人脉是一个成功者最重要的社会背景,才华、人品、业绩,是聚拢人脉的气场,人们往往尊重的是背景,而非本人,中国是一个讲究人情面子的社会,人脉的积累太重要了,舍弃这份财富实在可惜。"

"我明白,所以这也是我一直没有迈出这一步的原因。"

"冷俊,我之前听说了一件事,尽管咱俩关系不错,但是也一直没好问你,话说到这了,不知道方便不方便……"说这话的时候,秦思璇有些犹豫,看了一眼旁边的林雨竹。

"哦,我回避我回避。"

"雨竹,我不是那个意思,并不是让你回避,只是不知道今天这样的场合在这个时候来问冷俊这个问题合不合适,怕他心里不舒服不愿多提。如果顾及你的话,我完全可以不问或者改天再问,又何必抛出这个问题呢。"秦思璇赶忙解释,怕雨竹误会。

"秦姐,我知道你指的是什么,没什么不方便的。雨竹,你也不必在意,秦姐是怕我面子上挂不住不好看,今天,我也不怕你们笑话了。"雨竹立刻明白了他们口中说的是什么事情,她也曾听别人谈起过。

"你听说的没错,的确分手了。"说到这儿,冷俊端起酒杯,一口气,

你是夏天我是叶

干掉了大半杯,"这么些年的情感,就这样说结束就结束了。说来奇怪,我都不知道自己到底是什么样的感觉,痛苦?伤心?失落?再或者解脱后的轻松?都是,但也都不是,伤的太久,痛的太深,或许早已麻木了。"说完,冷俊一饮而尽。

"你离开是为了去找她吗?"

"怎么可能,想想当初为什么会分手,如果真的复合,一定是又一个轮回,再次走回到以前的老路上去,那可真就是重蹈覆辙了。其实,这样的结局不仅仅是因为时间和距离的缘故,更重要的则是因为两个人的思想、价值、观念悄然中都已发生了变化,这就是现实,有些时候人不得不在现实面前低头啊。"

"既然这样,那为什么还想要离开这里呢?你当初的坚持和坚守,不就是为了不想放弃自己的事业和追求吗?都这么久了。我不懂。"

"是啊,我也不懂,过去的我好像很懂一样,但是现在的我却又迷茫起来了。过去总是不断地争吵,为了谁去谁留,为了谁来谁往,电话里,QQ上,可是现在呢?连争吵都没有了。不知道为什么,现在少了羁绊,反而有些无所适从,好像少了动力和冲劲儿一样,或许是没了压力的缘故吧。过去,总想要证明,证明给所有的人看,而现在却发现其实一切只不过是在证明给自己看,人有的时候真是无法解释。"冷俊并不劝酒于秦思璇,而是又自饮了一大杯,随即再次斟满。

"秦姐,你刚才说到坚持和坚守,是啊,即便是现在这种境况,我依然相信我的这份坚持和坚守是正确的,我从不后悔我的选择。我认为一个不成熟男人的标志,是他愿意为某种事业英勇的死去,一个成熟男人的标志是他愿意为某种事业卑贱地活着。可是,我不能这样墨守成规过日子,不能一成不变过生活,每天满足于做这一个小时的节目再无其他,年年岁岁,岁岁年年,我渴望突破,渴望改变,渴望有新鲜的血液注入,渴望活得更有意义和价值,渴望自己的人生真正鲜活跃动起来,可我却总是走不出来,我真的困惑了,

这座城市有我的梦想,有我挚爱的主持事业,也曾给了我无数荣誉和希望,但有时候,突然之间我会对它有种陌生和疏远的感觉,觉得我不属于它,它亦不属于我,有一种想要逃离挣脱的冲动。"冷俊就是这样,说话永远都是从容冷静,淡定自若,这多少有些沉重的话题,从他那富有磁性音色的口中慢慢道来,再加上酒后略带忧郁的神情,竟然给人一种无法言说的迷人魅力。

"但,这个决定真的好难,特别是现在,这里有我的留恋和不舍……"冷俊说得轻描淡写,但在端起酒杯的一瞬间,他的目光不经意地掠过雨竹的脸庞,他想在雨竹如水般明澈的眼眸中寻找些什么。雨竹淡淡地微笑,一弯泓泉在眼中荡漾,所有心事深潜其中……

"这是个不容易的决定,我不知道是否该支持你这个决定,但是,我相信,无论是什么样的决定,那都一定是你正确的决定。好了,不说这个了,大晚上的,搞得这么沉重。来,喝酒,干杯。"秦思璇举起酒杯真诚地对冷俊说道。

"谢谢!好,走一个。"雨竹一直在一旁静静地听着冷俊和秦思璇的对话,她知道,他们之间的关系向来很好,这些话冷俊讲给秦思璇听自在情理之中,然而,从不轻易在别人面前袒露心声的冷俊却把最伤心的往事和最无奈的渴盼悉数展现在自己面前,雨竹明白那是他对她的信任,这"信任"二字冷俊虽从未说出口,但雨竹早已了然于心并由衷地感谢。

她看到眼前这个男人的目光中有灼伤的痛,但脸上却是坚毅和果敢,雨竹的心有一丝动容。放下酒杯之后冷俊不再说话陷入了沉思,用手轻轻在啤酒杯口画着圆,一圈一圈,眼神中透露着些许犹豫,这是雨竹第一次见到冷俊有这样的神情。她清楚地记得第一次对冷俊的表情发生兴趣,就是那天在自己第一次单独上节目的导播间里,冷静、冷淡、冷眼旁观,冷得有些不近人情,那时的冷俊真是"冷"啊,而现在的冷俊,亲切、随和,像一位邻家大哥哥一样,那忧郁的气质,更增加了男性的魅力。雨竹这样想着想着,不知不觉眼前竟浮现出了柳青青娇滴欲言,含羞嗔怪的样子来。把这两个人"联想"在一起,柳青青如果知道了一定会很高兴吧。但冷俊呢?他好像一直对

你是夏天我是叶

柳青青都是若即若离地把握着一定的尺度，不远不近，不冷不热。而把这两个人联系到一起，又为何自己的心里有些不是滋味呢？些许微酸伴着那么一丁点儿的辛辣，淡淡失落在心头，雨竹不愿细想，转而又责怪起自己来："人家冷俊在这里正痛苦得不得了，情感危机，事业瓶颈，生活压力，人家把你当朋友看，并且当要好朋友看，才把这样的心事吐露出来，帮不上什么忙也就罢了，可也不能如此不上心哪。自己可好，思想溜号，臆测他人，还在这里乱点起那个什么'谱'来了。"只见冷俊又端起酒杯和秦思璇"叮当"碰了一下，把一大杯扎啤喝了下去，冰凉的液体"咕咚咚"地滑过喉咙，滋味辛辣微苦，刺激着味蕾好像能浇灭那胸中无尽的惆怅似的，雨竹叹道："时间清瘦，却始终难敌回忆的丰腴，往事若能下酒，回忆便是一场宿醉……"

秦思璇去了洗手间，阁间里只有雨竹和冷俊。恰巧这时有服务生进来续水，冷俊对来人说要点换一首背景歌曲，他在服务单上写下歌名后，交给了服务生。

"在想什么？"两个人看对方许久都没有讲话突然同时问道，先是一愣，之后彼此相视而笑，又是一阵沉默。

"雨竹……"冷俊并不去看她，目光依然盯着杯中的琥珀色，轻轻喊出这两个字，却半天没有开口。

"嗯？"雨竹回应道，也不追问，两个人静默着。

"我今天……我今天看到你哭了……在直播间里。"

好半天，雨竹才问道："你并不在导播间。"

"我跟在你身后上了十八楼，远远地看着你的背影进了直播间，我一直在走廊徘徊，听着导播间音箱里你主持的节目，在直播最后，那首《壮志在我胸》响起的时候，我依靠在导播间的门框上，看到直播间里的你掩面而泣，我的心……"冷俊说到这里，哽咽了。

"冷大哥，别说了……"雨竹感到喉头一阵阵发紧，声音被压抑着，闪闪发亮的双眼噙满泪水，她强忍着不让眼泪掉下来。

这时,那首背景歌曲缓缓响起,那苍凉中略带沙哑的嗓音,那孤独中尽显疲惫的无奈,那独斟独饮独醉独语的怅然若失,仿佛穿透云霄,弥漫了整个夜空,特别此时此刻听来,不知不觉让人怦然心动:

"把我的伤悲我的愁

轻轻注入你眼中

将我的快乐我的痛

斟进你手中酒

把你的希望你的梦

慢慢靠在我怀中

将你的失落你的苦

一杯一杯敬我

人生像醇酒

有时浓烈有时薄

多情岁月滴滴在心头

别让我一个人醉

别让我一个人走

寂寞的路上有你相陪

醒来还有梦

别让我一个人醉

别让我一个人守

漫长的午夜有你相随

明天的爱还要很久

……"

就这样,好半天,两个人才渐渐平复好自己的情绪。

你是夏天我是叶

"不好意啊,冷大哥,今天让你见笑了,竟然又被你看到我哭鼻子了,已经第二次了,生病的时候……唉,有些丢人哪。"雨竹开口,打破了沉默。

"应该说抱歉的人是我,要不是我……"

"看看看,又来了吧?不是都说好了吗,以后不提这事儿。"

"好,不提,不提。流泪有什么丢人的,不是说吗,眼泪本是心上油,不到伤心它不流,男人有时候也是会流泪的。"

"呵,男人落泪,那是不多见的风景啊。"雨竹恢复了之前的状态,微笑着调侃地说。

"说实话,我认为有眼泪的男人才是真性情。雨竹,你想啊,如果一个男人,他有的是力量、刚强、乐观,但他没有眼泪、柔情、苦闷,那他只能是一座完美的雕塑,而不是男子汉。如此说来,不是所有的男人都摈弃眼泪、抛开柔情、远离苦闷的,使之成为一个人,这是最基本的情感表达。"冷俊一边细细品着杯里的啤酒,一边慢慢道来。

"嗯,精彩,独到,我欣赏这种区别于他人看问题的视角。关于哭泣,老残先生刘鹗有段千古奇谈,我特别喜欢:'人品之高下,以其哭泣之多寡为衡。盖哭泣者,灵性之象也,有一分灵性,即有一分哭泣。'所以呀,我也就为我偶尔哭鼻子流眼泪找到了理论根据,有泪尽情流。"

"雨竹,我对你,真是佩服得五体投地,你这小脑瓜儿里到底装了多少智慧啊?无论何时何事你都有自己独到的见解和分析,就连这落泪,你也能引用古今,说出一番林雨竹式的看法来。"

"这哪里是我的看法啊,是先人富有哲理的看法,我只是借用,实在与我无关。"接着又是一阵银铃般爽朗的笑声。

之后,雨竹劝道:"冷大哥,少喝点儿吧,刚才你可是连干了好几杯,喝得太急太猛了,怕是一会儿要难受的。"

"放心吧,没事,这点儿酒我还是能把握住的。不过,你看这酒,其实有时候和眼泪是一样的,是一种宣泄和释放。"冷俊又喝了一大口,看着杯

中的啤酒悠悠地说。

"某种程度上讲,是有些共性,例如透明的本质和苦涩的滋味,但唯一不同的是,酒咽下去或许会变成泪,但眼泪咽下去只能是眼泪。"

"雨竹,你想说什么?"

"我想说,借酒消愁不是你冷大哥的做事风格。"

"你真是小看我了,怎么会呢,最近心情是有些糟糕,思绪也比较混乱,但是,还远没到借酒消愁那一步,今天借着酒劲儿说了一些平时不说的话,释放了一下压抑许久的自己,也不过是性情使然,和饮酒无关。"

"这么说来,你就是那完美的男子汉,而不是'冷俊'的雕塑。"

"啊?哎呀呀,用得好,用得好。"

"哪里,哪里。"

"哟,说什么呢?聊得这么热闹。"这时,秦思璇走了进来。

"哎呀,秦老师,您怎么这么半天啊?"

"哦,我遇到了个熟人,好久不见,这不,就多聊了两句。"

第二天雨竹和冷俊在走廊里相遇,冷俊直呼头疼,揉着太阳穴对雨竹埋怨道:"你真是看热闹不怕事大啊,看着我和秦姐那么喝,你也不拦不劝,今天这叫个难受啊,哎呀,疼死我了。"

"看来你真是喝多不记得了。"

"怎么?难道你拦了劝了?千万别说我喝多忘记了,连你自己都不信。"

"我没拦没劝吗?那你们俩也得听啊。老话不是常说嘛,人生能有几回醉,醉他一回又何妨?冷大哥,你能想起来上一次醉酒是什么时候吗?"

"嗯……那个……唉,还真想不起来。"

"人有时候是需要释放的,这话你昨晚也对我说过。所以说嘛,不管昨夜经历了怎样的百转千回、肝肠寸断,早晨醒来,这个世界依然喧嚣沸腾、热闹非凡。所谓勇气,就是不断经历挫折和磨难,但从不丧失对生活的热情;

你是夏天我是叶

　　所谓志气,就是能在酩酊大醉之后,清醒立定,锐智不减,继续把该做的事做好。冷大哥,其实人有时候挺矛盾的,渴望理解,又害怕被别人看穿,所以说,醉他一次又何妨?只求不丧勇,不失志才好。我觉得,你即便是醉了,也始终保持着一份清醒,不是吗?"

　　"雨竹,每次和你交谈,都总能让人心底豁然开朗、茅塞顿开,真是有醍醐灌顶之功效啊!"

　　"功效?难道我是卖药的吗?"

　　"哈哈,不看广告看疗效。"

　　"咯咯咯……"

　　"你看,我比你大几岁,真的是虚长了。哦,对了,昨天我没有乱说话吧?"

　　"乱了。"

　　"哎呀!"

　　"头发乱了。"

　　"啊?哈哈哈……"

十四

　　在办公楼前,迎面飘来一团"杂色",雨竹抬眼一看,原来是柳青青,穿得花红柳绿。这是柳青青离开栏目后,雨竹与她第一次真正单独的面对面。在此之前,曾经在楼道中、电梯里,再或者开水间,都是擦肩而过,互相不打招呼。柳青青从不掩饰自己的情绪,一脸的不屑,眼神中全是鄙夷和愤怒,使得雨竹开不了口说上半句话。就连上次冷俊邀请吃消夜的时候,柳青青也没有和雨竹正面说过一句话,那不过是为了冷俊,柳青青才不得不出现在雨竹面前,或者说,柳青青才不得不让雨竹出现在自己的面前。看到这种情况,

雨竹就想这误会的扣儿是系上了,但相信总有一天是要解开的,等等吧。而今天,柳青青却没有避开,迎着雨竹走了过来。

"我们谈谈吧。"依然是不依不饶的口气。

"谈什么?"雨竹觉得无论她的态度是好是坏,只要能面对面地聊聊终是一件好事。

"你知道的,还用我说吗?"说完,柳青青扭头径自向办公楼前花坛小亭的方向走去,看着她的背影,雨竹随后跟了过去。

今天的风特别大,吹得柳青青的大摆裙呼啦啦的,雨竹的长发也在风中飘拂。

"你是想让我谢谢你吗?"一开口柳青青就是居高临下、先发制人的口气。

"谢我什么?"雨竹反问道。

"谢谢你做好事不留名呀。"柳青青的话让雨竹分不清正反好坏。

"没那个打算,我只做我应该做的。"不卑不亢是雨竹永远的态度,"看来,是冷老师……"

"这整个大楼里有谁不知道?都炸开锅了,即便他不告诉我,我也会知道的,我又不是聋子、瞎子、傻子!不过,林雨竹,我告诉你,我是不会领你这份人情的。"

"我知道,所以我才拜托冷老师保守秘密,最好永远。"

"这算什么?给个巴掌,再扔颗甜枣?"

"果然还是这样,这就是你想要谈的内容?如果是这样,我们没有必要再谈下去了,或许刚才就不应该跟你到这儿来。"说完雨竹转身就走。

"什么果然?什么还是这样?你别走,话还没说清楚呢!"

雨竹停下来,转回头直视柳青青:"说实话柳青青,我并不欠你的,这一点你心里比我要清楚得多,你的离开不是我造成的,只是我的出现让你有了这样的'误以为',或者你根本就没有什么'误以为',只是拿我说事罢了。

你是夏天我是叶

这样会好听一些,你的面子也会好看一些。你好好想清楚,事情的起因到底是什么,根子在哪里,也许就会得出你走下主持岗位的症结来。如果今天坐到主持位置上的不是我而是其他人,你也一定会面临现在的这种局面,也许比今天的境遇更困难。所以,请你不要继续在我身上'误以为',所以,也请你不要再'果然'和'这样'下去,我希望和你能成为朋友,而不是对立面。"

"我……"

"请你让我把话说完。还是那句话,我做这些,并不是因为觉得亏欠你,对于你,我问心无愧,我只做我认为应该做的事,也没想着让你谢我,当然你也不会谢我。我知道你觉得我并没有为你做什么,但我不这样认为,至少你现在又可以上节目了,这一点,你不能否认吧?我感觉你在这个栏目组会更有发展,我听过几期你的主持,这档节目能更好地发挥和挖掘你自身的一些潜质,是你踏上一个新层次的机会。一个内涵深厚、开拓有方的节目,一定会让主持人不断成长和进步。当然,这样的感觉不一定准确,只是我个人的看法。我之所以向冷老师建议由你来主持这档节目,一来是我看你行,二来更多的是为节目的播出效果和质量着想。对于一个主持人,当然还有制作人、导播、记者等等,凡属和节目有关联的人员,都要以节目质量和播出效果为重,这就是我一直以来始终不敢有丝毫懈怠和马虎的原因。"这些许久以来压抑在雨竹心底的话,今天终于痛快地说出来了。

"青青,我们每个人都不完美,生活也给不了谁绝对的公平。你觉得你受到了不公平的对待,可我也有我的委屈啊。每个人都在社会交往的过程中,不停的摸爬滚打中,来感悟生存的道理和意义,人生的复杂和曲折远远超出我们的想象,你根本无法做好不受伤的准备,但我们可以怀有不伤害别人的道德本分。所以,对待周遭的人和事,慈悲远远比懂得更重要……"

此时的柳青青静静地听着雨竹讲述,脑海中浮现出冷俊诚挚的面容和用心良苦的话语:"人是形形色色多种多样的,但无论如何还是好人多,千万不要把别人想得太坏,多给别人一些理解和包容,多站在别人的立场考虑问

题。这段时间，雨竹一直想找个机会和你好好谈谈，解开你们俩之间的心结，但是你却错误地怪罪了她，把不应该她负的责任，强加在她身上，让她心里特别不好受，这是非常不公平的，将心比心，以心换心，她受的委屈并不比你的委屈少。委屈了一个好人，于心何忍，情何以堪？我可以毫不客气地讲，其实离开韩冰节目组的真正原因，你心里最清楚明了吧？台里好多人都在议论呢，韩冰故意以'迟到'为借口撵你走，那不就是因为……算了，不说也罢，我只是想告诉你，雨竹没有错待你，她远非你想的那样，你自己好好想想琢磨琢磨吧，好自为之……"

　　柳青青一动不动怔怔地看着雨竹，没说一句话，眼里有泪水在打转，雨竹看到她这样，鼻子也有些发酸，眼圈不由得湿润了，心里自责起来，是不是刚才说话太不客气了，语气太重了？唉，怎么总是这样心直口直呢？

　　"话都说清楚了，我要说的就是这些，现在，我可以走了吧？"雨竹尽量把语气放柔和，但不打算上去进一步安慰柳青青，更没有主动示好讨好的想法，她做事向来喜欢自然而然，她希望柳青青自省自检做出正确的判断。看到柳青青还是没有任何反应，雨竹缓缓地转身而去，柳青青仍然站在原地，默默注视着雨竹远去的背影……

　　雨竹走出好远好远，在转角处即将消失之际，身后突然传来了柳青青的声音："雨竹，谢谢你！"

　　这几天晚上，宿舍里就剩下雨竹一个人，甄艳丽好几天没有回来了。开始的时候，雨竹以为她在男朋友那里，以前也经常有这样的情况，轮到她播天气预报的时候，一大早慌忙从外面赶回来，或者干脆找别人替班，时间最长也不超过三两天就回来了，但是这次非常奇怪，一连七八天见不到人影。或许请假了吧，谁家没个急事呢，雨竹这样想着。

　　就在这时，听到有人在敲门，雨竹一边走过去开门，一边说道："忘带钥匙了吧？真是说曹操，曹操就到，正想着你这几天跑哪儿去了，你这就回

你是夏天我是叶

来了。"可是房门打开,门外站着的不是甄艳丽,而是柳青青。自从上次和柳青青谈完后,雨竹心里轻松了很多,特别是柳青青最后的那一句"谢谢",她知道,横在她们俩之间的那道坎儿,彼此都迈了过去,无论将来能不能成为朋友,至少她们都放下了心中的宿怨。

"青青?"

"很意外,是吗?"并不等雨竹请进,柳青青径直走了进来,手里还提着两个鼓鼓囊囊的购物袋儿。

"是,的确很意外,但很高兴,也很欢迎。"

"那好,既然如此,怎么样,陪我喝点?"说着,柳青青从手提袋里面拿出了两瓶红酒,举起来在雨竹的面前晃了晃。

"喝酒?现在几点啊?你这喝了酒,那一会儿怎么上节目呀?"

"你不知道吗?何环宇回来了,今天他的班儿。怎么,听你这口气,好像有点不愿意啊,是没酒量不敢喝呢?还是不愿意和我喝呢?还是不愿意喝我的酒呢?"

"哪儿那么多事,你这练绕口令呢?不就是陪你喝酒吗,来吧,没问题。"

"这还差不多,我可是听说,你曾经在KTV里豪饮,一会儿啤酒一会儿红酒的,好不畅快。"

"听说?那多遗憾呀,今天就让你见识一下真人秀,如何?"

"哈哈,林雨竹,这可是你说的啊,看来我今天还真是不虚此行呀。好了,啰唆了半天,愣在那儿干什么,快来看我都买了什么。"柳青青招呼着雨竹过来。

"哇,你这是要开超市吗?"

"这是牛肉干儿、沙拉,这是小菜儿,我还买了面包、蛋糕、方便面、火腿肠,你看,什么话梅、薯片、酸奶、巧克力,这里全都有。"

"不就是下酒菜吗,你也用不着买这么多吧,哪儿能吃得了呀。"

"我当然知道啦,我不全是为了今天这一顿买的,我知道你平时节约得

很,就台里给的那点儿工资,恐怕连你一个月的饭费都不够,更别说其他花销了,天天方便面,受得了吗?我看你啊,都快成'苦行僧'了。喏,这些呀,够你享用些日子了,你别误会啊,我可没有其他的意思。其实,好几次想给你买些东西送过来,你这人哪,不是我说的,清高得很,怕你非但不领情,反而再把我连同这些大包小包一起扔出去,到时候,我可就和他们一样……"说着,柳青青拿起了一个大包,做着要扔的样子说:"真成'东西'了。"

"那你的意思是说,你不是个东西?"

"啊?"两个女孩儿开怀地大笑了起来。

"林雨竹,你骂人。看,给你送好吃的来,结果还被你不带脏字的连损带贬,既然这样,那我走了。"

"再见,谢谢,不送。"

"少礼,客气,留步。"

"这下可好了,又有美食,又有美酒,太棒了,好久都没有这样美餐过了。不过,你舍得走吗?"两个女孩又是愉快的嬉笑起来……

"红酒应该配高脚杯,可是你这里没有;红酒应该配牛排,可是这里只有牛肉干儿;红酒应该配烛光,可惜你这里连月光都看不到。还有,红酒应该配佳人,这个,这里倒还真有,有的还是两位佳人呢。"雨竹找来两个玻璃杯,柳青青用纤纤玉指边斟满边说着,声音一如既往的娇滴柔媚:

"品葡萄酒是一门学问。不同的葡萄产区,因为水土、气候、温度、湿度和葡萄品种的不同,生产出来的葡萄酒在口味上会有非常大的差异,不过啊,这也正好适应了人们不同口味的需要。所以,每一瓶葡萄酒的标签上都要标明产地、年份、葡萄品种,而不仅仅是品牌。我跟着爸爸妈妈去过法国,在那里,酒瓶与瓶塞那都必须是专用的,人们在品酒的时候都要看一看木头瓶塞上的文字和酒瓶标签上的标注是不是一致。雨竹,好多人在品红酒的时候,特别在意牌子,有的人非常挑剔,这个牌子的好,那个牌子的不好,这个牌子口感发酸,那个牌子口感发甜,一会儿又说那个牌子的口感苦涩。其实,

你是夏天我是叶

对于葡萄酒来说,品牌给我们的,只是一种严格意义上的品质保证,而具体是不是我们所喜欢的口味,其实真正来源于标签上这些细节的说明,喏,你看,就是这里。在美国生产的和在泰国生产的同一款耐克鞋穿起来可能并没有什么区别,但生产于澳大利亚和法国的同一品牌红酒,味道可能就完全不同了。"柳青青陶醉在振振说辞中,一口气讲了这些"品酒之道"。这时,突然间好像意识到什么,停下来看着雨竹。

雨竹读懂了她眼中的含义,笑了笑道:"说吧,我喜欢听,开眼界,长见识,任何一门学问都能丰富人生。你放心,我没往别处想,虽然你柳大小姐有时候是有那么一点矫情,还有那么一点小姐做派,偶尔也会有那么一点优越感,我没说错吧?但是,你怎么可能这大晚上的拎着两瓶红酒,跑到我这里来炫耀你对红酒的独到见解呢?我没那么狭隘,你是真的拿我当朋友,我连这些还看不出来吗?所以,既然是朋友,你大可放心,我是不会曲解你的好意的。"

"瞧瞧你林雨竹,一眼就把我看明白了。不过,快别提什么优越感,我觉得啊,你在我面前才是真正有一种优越感呢。"

"我?怎么会,不可能。"

"什么不会不可能啊。就说主持,现在全台有谁不对你竖大拇指?单凭这一点你难道在我面前没有优越感?再说知识积累和储备,别看我刚才和你说了那么一大堆红酒这红酒那的,可是我知道,你那肚子里才是真正有存货,这一点你在我面前没有优越感?不过有一点,也只有这一点,我在你面前是很有优越感的,而且你无法否认。"

"什么?"

"那就是你上节目是我带出来的,你敢说不是吗?叫师傅,叫师傅,快叫师傅。"两个女孩乐在一起,笑作一团……

"好了,别闹了,这说了半天,红酒还一口没喝呢,我这儿正听得上瘾,你偏偏要停下来,快说,我还等着呢。"雨竹伸手绾起散落下来的头发,重新拢了拢说。

"这品葡萄酒讲究可就太多了,就说这每一口喝下去的量,可不是喝白酒和啤酒那样的豪饮,那是少而又少,一定要突出个'品'字来。不知道你有没有听说,在品红酒的时候,环境、氛围和心情都很重要,环境优雅、空气清新、音乐轻柔、精神放松、心情舒畅,在这样的情境下,饮下这第一口最为关键。"说着,柳青青端起酒杯,轻轻晃动了几下,又高高举起在灯下,明亮的灯光折射在杯中,那金红通透的酒浆色泽诱人,柳青青又把杯子放到鼻子底下闻了闻,这才款款地把酒杯送到唇边,慢慢抿了一小口,动作娴熟,举止优雅,雨竹在一旁学着她的样子做着。

"酒液入口,不要着急咽下去,在口腔里轻轻地用舌尖去搅动,用味蕾去品咂,那纯美甘甜的滋味在唇齿间缓缓荡漾开来,但绝不酸涩,你会发现整个人都神清气爽起来,这才是真正的回味悠长。"

"啧啧啧,听你这话,不喝也醉了。"听着柳青青这一大段关于红酒的说法,看着她优雅的一点点品评着杯中的琼浆玉液,雨竹说:"青青,你的气质,真的和这红酒很配。"

"气质?哼,有什么用?或许你是这样认为,但是有的人却不这么看。我不愿所谓的'空谷幽兰'、'香气悠然',我倒宁愿我是路边的杂草,只要他能看我一眼便是如意。"

"他?哦。他!"雨竹当然知道柳青青说的这个"他"指的是谁。

"对,他。你这样聪明伶俐的一个人,不会不知道他是谁吧,我想你早就看出来了。雨竹,你知道吗,他或许要走了。"

"什么?你听谁说的?"这样的消息连柳青青都知道了,看来冷俊是真的打算要离开了,也许正做着离开的准备呢。

"那天我听到他打电话,不知道打给谁,电话里他说……他说……他要离开,他要离开,你知道吗?他竟然说他想要离开。过去,我总以为这一天不会真的到来,可是……可是,现在他真的要走了,是当真的要走了呀!他怎么可以,怎么可以?"说着,柳青青哽咽了起来。

你是夏天我是叶

"你还记得那天晚上吗？就是他要请客吃消夜的那天，我骗他说，我的车送去保养了，他这才勉强答应送我回家。我的心思他不明白吗？我为的就是能和他多待一会儿，哪怕是路上那短短的一小会儿，只为和他说上几句话。在路上，我问他，为什么电话不接，为什么短信不回，你知道他怎么回答吗？"

雨竹摇头。柳青青继续说道："他反问我，为什么一定要接你的电话回你的短信，你是我什么人？你听听他多不懂别人的心啊，还让我以后除了工作的事儿，不要打搅他。唉！就说现在，我是他节目的主持人，除了做节目，我们真的几乎没有任何接触，因为他从来不给我接触他的机会。雨竹，你明白了吗？对他来说，我的问候是打搅，我的关心是多余。前些日子我正在国外度假散心，听说他生病了，不过就是一个小小的发烧感冒，可我担心得跟什么似的，专门坐飞机大老远从国外赶回来看他，结果呢？结果他就是这样对待我的。"说到这里，柳青青再也控制不住自己的情绪，竟然呜呜地哭起来。雨竹没有劝她，也没有安慰她，只是默默地陪着她，让她尽情地哭泣，对于柳青青来说，流泪是最好的宣泄和释放吧。

过了好一会儿，柳青青渐渐收拾起眼泪，对雨竹说："我真的不明白，他为什么不能接受我，为什么从不给我一丝希望和一次机会，他现在是一个人，我又没有破坏他的家庭，他的感情早在我出现之前就已经……雨竹，你可能会认为我和他当面表白过什么是吗？我没有，我什么都没有对他说过，我的心意他应该知道，可我的暗示他总是视而不见，而他的态度又总让我欲言又止，他就是以这样一种让我'欲说还休'的方式来拒绝我。我柳青青是谁？有多少人排队等着给我提鞋呢！我身边能缺少得了男朋友？"说完，不顾雨竹的阻拦，一口气喝掉了满满一大杯红酒。

"啧啧，瞧瞧，这就是别人排队等着给你提鞋的柳大小姐。"

"这个时候，你还来开我的玩笑打趣我，你林雨竹也太不仗义了吧？一点儿都不哥们儿。"柳青青虽然这样说着，可是也觉得不好意思，挂着泪珠的脸勉强笑了笑，接着又说道：

"可是,可是就算身边有再多的追求者,都不能替代他在我心中的分量和地位。有句话不是说吗,即便是悲剧,也比没有爱情好,但我却是没有爱情的悲剧,雨竹,你说我该怎么办?怎么办?"柳青青再一次哭了起来,并且不听雨竹的劝慰又一把抓起了酒杯仰脖干掉,而且比之前哭得更厉害。

"青青,你不能再喝了,你喝多了。"

……

这一晚,雨竹一直照顾着醉酒的柳青青,柳青青一会儿哭,一会儿笑,一会儿喝水,一会儿呕吐的,折腾了大半夜,雨竹一刻也没有合眼。

雨竹上直播间的时候,柳青青还躺在她的床铺上睡着。一夜没睡的雨竹,头有些晕嗓子有些哑,但还好,没有影响节目播出。下了节目,和韩冰说身体有些不舒服想早点回去休息,韩冰看到雨竹确实打不起精神,也就点头同意了,等雨竹刚一出办公室的门,便和牧野撇着嘴说:"现在的年轻人,没办法,一点都不踏实,浮躁得很,总是坐不下来,唉!"

出了办公楼,远远的,雨竹看到冷俊和秦思璇迎面走过来,有说有笑。走近,秦思璇仔细端详着她问:

"怎么你的脸色看起来这么差?"

雨竹笑笑说:"昨晚没有睡好。"

冷俊接过话来说:"你这失眠的毛病,真的是得好好治一治了,不要总是不当回事儿不重视。"

说话间,秦思璇看了看手表说:"不和你们说了,我这还有事,栏目总监还等着我呢。"说完急急忙忙地走了。

雨竹说:"我也要回去休息了,有些头疼,改天有时间再聊吧。"

"好,快回去补一觉吧,多注意休息。"冷俊说完这话,和雨竹点点头转身往前走去。

"等等!"突然,雨竹脱口叫道。

冷俊转身问道:"怎么了?有事?"

你是夏天我是叶

雨竹想到了昨晚的柳青青,想到了她的醉酒,想到了她的眼泪,想到了她梦中的喃喃呓语,可是……唉,算了。

"那个,冷大哥……哦,没什么,没事了,走了……"

柳青青已经醒了,但是还赖在床上不肯起来,说头晕得厉害,雨竹问她想吃些什么,她直摇头,说千万别和她提"吃"这个字,现在想起什么都想吐。

"雨竹,昨天让你见笑了,谢谢对我的照顾,也谢谢你能听我说那些话,那些肉麻的心里话,真的谢谢。"

"青青,有个说法你知道吗?'心是泪泉'。人在感到委屈难过的时候,能够痛快地流泪哭泣不但能化解郁结愁闷之气,而且也是一件幸福的事情。"

"你认为我昨天的眼泪是幸福的泪水?"

"难道不是吗?有那么一个人能够让你牵肠挂肚相思成灾,虽然他并不在意或根本不知道,但是你能为他哭为他笑,为他伤心为他落泪,他生病了你着急,他失意了你担心,有这样一个人真实存在于你的生活中多幸福啊。如果你并不认为这是一种幸福,那么,还有其他的解释吗?

青青,不是每个人都适合和你白头到老。有的人,是拿来成长的;有的人,是拿来一起生活的;而有的人,则是拿来一辈子怀念的。岁月早晚有一天会老去,或许这份记忆还在,青葱而又鲜活。既然一个无言的结局你已经看到,那就把最深的情感放到心里最隐秘的地方吧,那里别人是闯不进去的。他不在意你,那你就继续当骄傲的公主吧,没必要为了不在意你的人而改变自己。其实,有时候想想,当爱不在的时候,也就是转身的时候。人生处处不就是这样吗?一个人要学会坚强,一旦拥有坚强,远比我们自己想象得要更强大,那是真正的内心强大。当你经历了这些,再回头看的时候,你会发现自己走过了一段连自己都没有想到能够走过来的路,尽管艰辛、坎坷,你会欣然点头道:'也不过如此而已。'当时心痛得好像这辈子都无法愈合,但一转念,便会自问,当初为什么能深陷其中不能自拔?为什么会那样幼稚甚至可笑?

所以,治愈心痛的良药是时间,是成长,是见识,是学识,是磨难,是修养,是一次次的已失去和未得到。青青,喜欢是天性,是与生俱来的。但爱,是心灵的交融,是心性的契合,爱,是需要学习的。你昨天告诉我好多关于红酒的艺术,其实,爱情和红酒一样,也是一门艺术。我觉得,爱的艺术更像是风筝,只有给它风一般的自由,你才能看到它飞舞在蓝天的别样景致,而收放风筝的'秘诀'更是一门需要不断学习的艺术……"

"雨竹,替我保密,好吗?"

"当然,这还用说吗?看来不是你对我了解得不够,就是我们之间的默契程度还欠缺。这是我们俩之间的小秘密,怎么能让别人来分享?"

"啊,雨竹,我饿了,快,给我找些好吃的……"

十五

甄艳丽终于上班了。

雨竹也听说了这几天发生在甄艳丽身上的事情。听秦思璇和柳青青讲,甄艳丽在酒吧因为和别人起了口角争执动起手来,最后竟然惊动了警察,被带到了警局,刑事拘留了七天。

雨竹见到甄艳丽的时候,这回她没有在睡觉,而是正在大口大口地吃着柳青青带来的那一大包好吃的零食,见到雨竹开口就问:"你交男朋友了?"

雨竹被这没头没脑的话问糊涂了:"什么?男朋友?什么意思?我吗?谁说的?"

"和我还装,这有什么啊,我又不上《天气预报》给你广播去。交就交了呗,既正当又正常,又不是未成年,现在小孩子谈恋爱都不是个事儿,你还在这保密呢?搞得挺神秘兮兮的。"

你是夏天我是叶

"我说甄艳丽,你这刚回来,怎么就断定我交男朋友了?"

"这还用问?看这大包小包好吃的就知道,不是男朋友给买的还能是谁给买的?肯定不是女的给你买的,即便不是男朋友,那也一定是个男的。"听了这话,雨竹哭笑不得。

"你怎么不说话?被我说中了吧?我刚才就看见那柜子后面还有半瓶喝剩下的红酒呢,看那包装,价格应该不便宜吧?啧啧,看来还是个有钱人呀,肯为你花钱,挺好,好好把握啊。可千万别像我找的那个,在我面前竟然还敢挑逗别的女人。嘿,说来真是犯贱,那女的还是个顺杆爬,也不睁眼看看姑奶奶我是谁?一个个的都不想活了找死呢。哎,对了,我问你,你和那个他,是不是趁我不在的时候,你们啊?春宵一刻值千金哪。"

"甄艳丽,你这满嘴胡说八道什么呢!都是些什么乱七八糟的啊!是柳青青,听到了吗?是柳青青,搞清楚了吗?是柳青青,我说明白了吗?是——柳!青!青!"

"哟、哟、哟,看、看、看,这咋还急上了,不是就不是,没有就没有呗,我这也没说什么啊。"

雨竹看也没看她一眼,靠在床边,随手拿起一本书读了起来。过了一会儿,情绪渐渐平静下来,心里觉得这样不理睬甄艳丽不合适。又过了片刻,雨竹问道:"艳丽,你这几天怎么回事儿?跑到哪儿去了?也不给个信儿。害得我每天晚上睡不踏实,总担心你半夜跑回来没带钥匙进不了门。"

"嗨,别提了,我想你这是照顾我面子,没挑明了说,其实你都知道了,是吧?"

这回甄艳丽来了劲,放下手中的蛋糕和火腿肠,满嘴渣子连说带比画起来,喷得哪儿哪儿都是……

自那日醉酒吐露心声之后,柳青青经常来找雨竹,有时谈心,有时一起讨论节目中遇到的问题,很快,冰释前嫌的两个女孩成了好朋友。此前知道

她们之间故事的人很是奇怪,这两个人是如何化解矛盾的?再看看她俩之间亲密融洽的关系,有人赞叹着说这真真是咱们楼里的一对"姐妹花"啊!

韩冰看到雨竹和柳青青渐渐要好起来,心里有些不舒服还有些担心,可是她又没办法阻止,人家交什么样的朋友,总不能必须经得她的同意和应允吧?她小心留意观察了些时日,发现最近并没有什么关于她的"负面新闻",而雨竹看她时的眼神和说话时的态度和原来一样并无差异,韩冰这才放心下来。

雨竹把汪悦介绍给柳青青认识,因为雨竹的关系,她们俩很快也成了谈得来的朋友。三个人在一起有聊不完的话题,有无法停止的笑声,只要她们出现的地方便充满了欢乐。她们经常一起逛书店,一起看电影,一起吃路边的小吃,一起在夜市地摊讨价还价,八卦新闻,明星花絮,时尚话题,巷里趣事,海阔天空无所不及。

有一次,三个女孩儿一起去游乐场。雨竹是最怕坐过山车的,但被柳青青和汪悦连拉带拽强行按在座位上扣紧了保险带。在一浪高过一浪刺耳的尖叫声中,过山车终于停了下来。雨竹经过这一番上天入地,腾云驾雾,飞转轮回的折腾,难受得要命,手脚冰凉,耳朵嗡嗡作响,胃里翻江倒海地想要呕吐,而柳青青和汪悦看到雨竹这个样子,竟然在一旁笑得前仰后合,眼泪横飞。这时的雨竹,吐,吐不出来,笑,笑不起来,心里既生气又逗乐,翻着白眼儿,干呕着流眼泪,指着柳青青和汪悦半天说不出话来。雨竹越是这样,她俩越是笑得厉害,终于,雨竹经不起这两个人的合伙"戏弄","扑哧"一下笑出了声来,进而三个人相视捧腹大笑,你指指我,我点点你,围着圈子直打转。打那以后,只要一提起这事儿,三个女孩子依然大笑不止,在她们心中,那是一张永放光彩的生活插图。

柳青青的大小姐习惯,花钱大手大脚满不在乎,见什么买什么,喜欢什么要什么,在这方面,雨竹和汪悦总是劝着她,约束着她,避免她乱花钱。

你是夏天我是叶

又有一次，三个女孩子逛了一下午书店，华灯初上的时候才抱着好多新买的书走出书店大门，三个人站在车水马龙的街边直嚷嚷着肚子饿。柳青青提议去吃大餐，由她买单，雨竹和汪悦不同意，要到夜市一条街。柳青青本是不愿意的，但一票反对拗不过雨竹和汪悦的两票赞成，只好答应。柳青青奇怪自己，又不是第一次来这样的地方，为何今天的感觉和以往完全不同？她从来不知道原来夜市是一个这么有意思的地方，有那么多好玩好看好吃的东西，哪儿哪儿都新鲜。雨竹说带她吃花样不重复最好吃的小吃并保证她绝不后悔来这一趟，王悦说一定让她吃一回还想第二回，念念不忘还再来，绝不会比所谓高档大餐的滋味差。

初秋时节，天气没有一丝凉意，整条夜市街区人来人往，熙熙攘攘，人们的脸上洋溢着安逸的笑容。

在夜市大排档的一家朝鲜风味小吃摊前，三个人只点了一碗冷面，碗里有半个鸡蛋、两片儿苹果，三个女孩儿边嘻嘻哈哈分吃一碗面边夸奖着面的味道，老板见状以为是吃不起饭的穷学生，又给她们多添了一些面在碗里，雨竹忙微笑着道谢。可再看看三人的装束，特别是打量了一番柳青青后，嘴里嘀咕着："现在的年轻人真是搞不懂，宁可饿着肚子吃不饱，也要浑身上下穿名牌，想不通啊想不通。"雨竹三人一听，互相扮着鬼脸吐了吐舌头，微笑着继续吃那一碗面。三个人吃完面道过谢走了之后，老板过来收拾碗筷，意外发现桌子上多压着一碗面钱。

三个女孩儿一路说说笑笑，穿梭在人头攒动的夜市小巷，这儿瞅瞅那儿看看，开心惬意溢于言表。

"老板，来一碗麻辣烫，多放些辣椒，对，没听错，是三个人一碗。"

"师傅，来一根烤肠，对，没听错，是三个人一根。"

"小妹妹，来一份铁板鱿鱼须。"

"小兄弟，来一串儿酱香烤豆腐，再来一个烤红薯，哦，外加一小份红豆粥。"

"你们俩看,那边是什么?哈,是在表演溜溜球啊,走,过去看看。"

"这里这里,瞧,这是什么,嗨,现场剪影。师傅,给我们三个一人剪一个,一定要把我们剪得漂漂亮亮的啊。"

"快过来,这儿怎么围了那么多人呀,这些小伙子们街舞跳得可真棒啊,啧啧,好帅,加油啊!哈哈……"

"青青,这件衣服你看怎么样?我俩都觉得你穿着应该挺好看的,样式和质量都还不错,经济实惠,你要不要尝试一下,老板刚说了,可以给你算便宜一些。"

"……"

华彩的夜景,青春的身影,姐妹的情分……

汪悦的出租屋从来没有像现在这样热闹过,隔三岔五就会传来欢歌笑语,像青春的港湾,跳动着活力的音符,摇摆着律动的节奏,飞翔着快乐的旋律。这里俨然已经成了三个女孩儿的聚点儿和联络处了。

这天,三个人又聚在一起,商量好一起下厨做饭,并且每人都要各自做一道拿手好菜来。原本雨竹和汪悦都以为,柳青青在家是娇生惯养的大小姐,衣来伸手饭来张口,一定不会做饭。结果令她俩没想到的是,柳青青当着二人的面着实亮了一手,一道黑椒牛排做得是相当纯正地道,满屋飘香,馋得雨竹和汪悦直咽口水。

"吃牛排最讲究用刀叉了,不过,只要味道好,用筷子也是一样的,所谓包子好吃不在褶上,对吧?好了,现在我们吃吧。"柳青青说完笑眯眯地看着雨竹和汪悦,但她们二人却并不动筷子。

还没等柳青青搞清楚状况,突然,雨竹和汪悦同时快速拿起筷子抢着把盘子里的牛排往自己碗里夹,嘴里还喊着:"这是我的,这是我的……"

柳青青见状,嘴里嚷嚷着:"哎呀,这是我做的,我还没吃呢,给我留一块儿,留一块儿,别抢别抢……"

你是夏天我是叶

　　雨竹做了青红彩椒素炒土豆丝，汪悦做了个韭黄炒白果，又煲了个珍珠翡翠银耳汤。就这样，一顿饭三个人吃得是有滋有味，大饱口福。之后，又个个捂着肚子不是喊吃多了，就是说撑着了，彼此开涮玩闹，自嘲"没出息"。

　　饭后，汪悦拿出速溶咖啡说："怎么样，你们俩要不要来一杯？"

　　"当然，这是我的最爱。"雨竹答道。

　　"你呢，柳大小姐？"汪悦又问。

　　"当然，这也是我的最爱。"柳青青说。

　　"怎么，你不是从来都喝那种咖啡豆现磨现煮出来的咖啡吗？也不知道是谁说的，这样的速溶冲剂最难喝。"汪悦模仿着柳青青的口气故意说。

　　"没错，我是说过。可是，你这里也得有我才能喝上啊。再说了，路边的小吃摊我已经吃过了，再往这里看，街边的地摊货我也穿上了，那喝一杯速溶咖啡又算得了什么呢？悦，还磨蹭什么，赶快给本'小主'呈上来。"柳青青先顽皮地指着自己身上的衣服，紧接着又翘起兰花指做出准备接杯的姿势，脸上的表情得意扬扬，看到柳青青耍宝搞怪的样子，雨竹和汪悦接过话茬又打趣说闹了半天，这才罢了。

　　"唉，对了青青，上次你给我讲了那么多关于红酒的小常识，我知道喝咖啡也是有很多讲究和说法的，这方面你也一定知道得不少吧？"

　　"上次？什么时候啊？我怎么不知道？你们俩背着我到什么地方偷喝红酒去了？"

　　"哪里有，怎么可能会少得了你呢，只不过那时还不认识你。嗨，都是老皇历了，不提也罢。"柳青青看了看雨竹，彼此会心地微笑，转而对汪悦说。

　　"我就说吗，怎么可能。还好还好，错过了红酒，遇上咖啡，还不算亏哟。"汪悦端着三杯咖啡走来，依次送到两人面前，随后在旁边坐下。

　　"喝咖啡的确也是有一大套说辞，不过其实我知道的也不是很多。外国人对于喝咖啡是很讲究的，而咱们中国人，更多的是上流社会重要场合遵循这些规矩，咱普通老百姓过日子如果也总那样，岂不是要做作得累死了。"

"不过,有些社交场所品茶饮酒、谦让端恭的基本礼仪,我觉得多了解多遵循一些还是好的。"雨竹拿起杯子喝了口咖啡点头说道,汪悦在一旁也连连称是。

柳青青也赞同雨竹的观点,于是又开口说道:"喝咖啡前要温杯;喝的时候正确的拿杯方法是左手端着咖啡碟,右手捏住杯耳,注意,手指是不可以穿过杯耳的;咖啡勺不能拿来盛咖啡喝,搅拌的时候勺子也不可以碰到杯子,那样既不正规又不礼貌。这里面还有好多规矩和讲究,真要说起来,学问也多着呢。说实话,咱们中国人是不太会喝咖啡的。"

"是啊,就拿我来说吧,虽然真的是爱极了咖啡,但条件限制也只能喝这样简易包装的,像你刚才说到的这些知道得也很有限。我一直觉得,喝咖啡需要一种心情,说实话,那种小资情调,我真的还是蛮喜欢的。在慵懒的午后,着一袭白裙,赤脚坐在落地窗前,阳光倾泻暖暖洋洋,柔柔的风从窗台吹过,抚动淡紫色的纱幔,旁边盛开的幽兰暗香沁脾淡然飘溢,捧读一本自己喜爱的书,品尝一杯馥郁浓香的咖啡,恬静、怡人,你们说,这是多么惬意的时光啊。"

"啧啧啧,雨竹,你说得好美啊,真让人憧憬哪。"听了这番话,王悦赞叹道。

"雨竹,我觉得,你应该去学画画。"柳青青说。

"什么?学画画?"雨竹有些意外。

"青青,你是不是被雨竹给'说醉'了,这正说着咖啡呢,你怎么就想到画画了?跑题了啊,这是哪儿到哪儿啊。"

"悦,你这不也说好美吗?你也一定觉得雨竹刚才的话,就像给咱们描绘了一幅浪漫唯美的图画,有种身临其境的感觉,远远望去仿佛是一幅能够触摸到的多彩油画。我想,她如果学美术的话,一定会是个不错的画家。"

"哪儿有啊青青,我不过是故意附庸风雅,引逗你们玩儿的,就被你夸得这么神奇了。"

你是夏天我是叶

"哎呀呀，我说二位，我是不知道这幅看得见摸不着的油画到底是雨竹绘制的还是青青你涂抹的，我只知道，现在杯中的咖啡喝完了，我要再去冲泡一杯，请问'林妹妹'和'柳小姐'两位小主谁还需要，本姑娘愿意斟茶倒水侍奉左右，啊？"

"那还等什么，就劳烦姑娘，再给我二人各斟添半盏过来。"雨竹话音刚落，三人互相对视了一下，紧接着爆发出快乐的笑声。

汪悦端着咖啡再坐回来的时候，嘴里说道："雨竹，咖啡你是爱极了的，可是，我知道，你还是离不了你的奶茶呢。"

"是啊雨竹，我也见过你喝奶茶，那叫一个香，就好像刚才吃饭的时候你吃咸菜一样，我的妈呀，我在旁边看着，那咸菜疙瘩好像被你吃出了牛肉干儿的味道，我拿过来一尝，什么牛肉干儿呀，就是咸菜味儿啊。"

"你没听人家说吗，咸菜就饭，一吃一个肉蛋，老百姓家家腌咸菜，可见咸菜多受平民欢迎。"雨竹双手握杯接着说："的确，对我来说，如果说咖啡是一种心情的话，那奶茶就是一种习惯，一种从小养成的习惯，改不了也离不开。"

"是啊青青，咱们这位'林妹妹'，那是酷爱喝奶茶，别看她人秀气得很，可喝起奶茶来，可是大碗喝奶茶，喝大碗奶茶。"说着说着，汪悦竟然唱了起来："我带着那童心，带着思念么再来一口大碗儿茶。啦……世上的饮料有千百种，也许它最廉价，可为什么，为什么，为什么它醇厚的香味儿，直传到天涯……"

"青青，你看，她这是又拿她的专业在这儿显摆呢。"雨竹开玩笑地说。

"什么呀，今儿一天都没练声，我这是唱两声开开嗓子。好听吧？大有绕梁三日，不绝于耳的感觉吧？"

"哎，行了，行了，这不是练声的地方，大休息日的，你也不怕一会儿楼上楼下的邻居来找你。"

"嗯，说得有道理，好吧，没关系，那就留着下次，下次啊，一定好好显摆显摆。"汪悦的话，虽有自我调侃的味道，但却一脸认真，故意摆出一

副明星大腕儿的派头和架势,雨竹和柳青青互相使了个眼色,突然,两个人一左一右两面夹击,对着汪悦就是一阵胳肢。汪悦躲闪不及,被雨竹和柳青青逮了个正着,她一边笑着,一边躲着,一边反击着,最后笑得岔了气,只好姐姐妹妹地祈求告饶,三个人好不容易平静下来,个个气喘吁吁地又坐回到桌子旁。

"青青,刚才说了半天,那你最喜欢喝的是什么咖啡啊?"汪悦好奇地问。

"我啊,最喜欢卡布奇诺。"

"卡布奇诺?那可是最大众化的一种咖啡,你为什么喜欢?"柳青青的答案有点意外,雨竹以为她说出的一定是某一品名高级的咖啡。

"的确,卡布奇诺在咖啡里是最平民化的。咖啡里最讲究也最昂贵的要数蓝山咖啡、琥爵咖啡和猫屎咖啡了。不过,尽管这些咖啡名贵,但是,以我个人口味和喜好来说,独独钟情于卡布奇诺,虽然价格低廉,却口味颇佳。当然,我之所以喜欢,不单单因为这些,的确还有另外的原因,那就是因为卡布奇诺这个名字的含义。"

"含义?看来这个名字不仅仅是简单的外国语音译而已。"

"嗯,是啊。其实,从严格意义上来说,卡布奇诺不能算作咖啡品种,只是咖啡的一种喝法,或者说是一种加工方法。"柳青青说到这里,拿起杯子,低头轻轻抿了一口,咂了一下嘴。

雨竹看了看柳青青,又冲汪悦玩笑着说道:"悦,你听出来没,这里面有故事,这就是她所谓的'知道的不是很多'。"

"雨竹,你又打趣我,我就比你多知道了这么一丁点儿,可是你却比我丰富不知多少呢?"

"哎呀,你们俩真是的,互相打什么岔,青青你快讲,我这正听到兴头上呢。"雨竹微笑着不再说话,柳青青接过刚才的话题,继续说道:

"卡布奇诺,好像是一个什么意大利人创造的,据说有一种什么煮咖啡的机器就是他发明的,我想应该是挺古老的吧。也不知道是怎么鼓捣的,大

概是发明咖啡机的时候,需要各种实验来尝试,所以碰巧就创造了现在的卡布奇诺咖啡了。

"关于'卡布奇诺'这个名字,我听说这里面还有个说道,这个意大利人在做出卡布奇诺咖啡时发现,当时意大利卡布奇诺教会修士们深褐色外衣上覆着的头巾的颜色,和这咖啡的颜色简直像极了,所以,这种咖啡也就因此得名——卡布奇诺。说道归说道,也不知道是真是假,无从考证。不过,卡布奇诺的味道真的非常纯美,浓浓的咖啡上倒入发泡牛奶,那是一种让人无法抗拒的独特魅力,第一口喝下去时,可以感觉到奶泡的香甜和酥软,第二口可以真正品尝到咖啡豆原有的苦涩和浓郁,当味道停留在口中,你又会觉得多了一份香醇和隽永。一种咖啡可以喝出多种不同的味道,不觉得很神奇吗?可以说,卡布奇诺香、甜、浓、苦的滋味充分表现了意式的热情与浪漫特色,真真是一款充分洋溢着南欧风情的罗曼蒂克咖啡。"说到这里,柳青青陶醉地舔了一下嘴唇,仿佛刚喝了一杯卡布奇诺一般意犹未尽。

"这样说来,那我是不是还可以有和你不一样的理解和感受呢?卡布奇诺,每一口都是微甜相伴的苦涩滋味,大量的泡沫就像现在年轻人浮躁的生活,而泡沫破灭和那一点点的让人欲罢不能的甘苦醇美又像是梦想与现实的冲突。那么,只有品尝过生活的悲喜艰辛后,生命的香醇甘美才会真正令人陶醉其中,久久不已。"

"哎呀,该怎么办才好?林雨竹啊林雨竹,你总是能从不同角度解读别人眼中看到的一样事物。唉,什么时候,我也能拥有这样才思敏捷的智慧头脑啊。"柳青青赞叹着说到。

"快得了吧,青青,你可能都不知道,其实你所了解、熟悉和掌握的,很多都是我们羡慕而且不具备的,很多地方,我们欠缺得很哪。就像现在你给我们讲的这些常识也好传说也罢,有些我们听都没听过。"雨竹说这话时,汪悦的眼神中也流露出赞许的目光。

"真的吗?"柳青青的表情有些兴奋。

"当然。"汪悦顽皮地眨了眨双眼答道。

"听你们俩说这话我真是宽心,好像我就是饮食专家、美食顾问了一样,我看我到饮食节目去做个主持人也是不错的选择哦,下一步可以考虑。"柳青青开着玩笑又说:"唉,话说到这儿了,你们俩喜不喜欢吃哈根达斯和提拉米苏?"

"柳大小姐,你这是故意在馋我们俩是吧?好吃的谁不喜欢啊。不过说实话,价格真的有些贵,平时舍不得买来吃。你可不许笑话我们俩啊,就拿哈根达斯来说,上大学那会儿,记得有一次我和雨竹实在想吃得不得了,可是一个哈根达斯对于穷学生来说实在是太奢侈了,于是,我们两个人下了好大的决心才买了一份,你一口我一口,放到嘴里半天不舍地咽下去,这才算解了解馋。就算是现在有了工作挣了工资,那也不轻易买一回,生存不易,生活更不易,别的且不说,就这每月的房租、通讯、水电暖哪一样不要钱?哪里有多余的钱去买这些零食美味,至于提拉米苏,到目前为止,我呀,也只是尝过那么一两回。"汪悦吞咽着口水说。

"抱歉啊,我不是有意让你们回忆起那段苦日子的。你们也知道我从小到大没过过什么苦日子,但是,这不代表我不了解你们的感受,你们要相信我,我绝对没有别的什么意思。"说这话时,柳青青一脸诚恳,语气里流露着谦逊和善意,眼里甚至涌上了不易察觉的湿润。

"嗨,这是哪儿的话,你想多了。说实话,那样的日子我并没觉得苦,现在想来反而充满了乐趣和感慨。再说,我觉得有时候人过一些苦日子反倒是一件好事。放心吧,我们打心眼儿里拿你当朋友,所以,你不用解释这么多。好了,不说这些了,快点接着讲,我和悦都等着听呢。"雨竹解释说,汪悦也在一旁笑眯眯地点头。

"那就请继续哈根达斯和提拉米苏吧。"雨竹和汪悦默契地分别做出请的手势。

"卡布奇诺,Cappuccino 的密语是等待爱情期待爱情的意思,也有暗恋、

225

你是夏天我是叶

我爱你、我很喜欢你的喻义。而哈根达斯还有提拉米苏也有同样差不多的意蕴,只不过后者一个是冰淇淋一个是蛋糕。但'爱她就请她喝卡布奇诺'和'爱她就请她吃哈根达斯'并没有什么本质上的不同,而提拉米苏则暗含着'记住我'或者'带我走'的隐喻。对于年轻的情侣们来说,他们要的是如同卡布奇诺一样香浓的爱情,甜蜜的滋味也像哈根达斯和提拉米苏一样美好。所以,在很多派对和聚会上,或者一些咖啡屋西餐厅里,成双入对的情侣很多时候对这三样都是格外的青睐,而单身贵族也喜欢点这几种来享用,因为他们希望有这样美好喻义的美食同样可以带给自己好的爱情运气和希望。"

柳青青说到这里,神情专注,脸上洋溢着微笑,似乎整个人都沉浸在了其中。雨竹突然想到了一个情节,上次,也就是冷俊要请消夜的那个晚上,柳青青几乎用祈求的口吻,希望冷俊能带她喝一杯卡布奇诺,怪不得呢,原来真正的含义在这儿呀,可见当时柳青青是多么的用情用心呀,她不好直接说出口,而是用这样隐射和含蓄的方式表达。可是,冷俊却拒绝了她,那么,冷俊的拒绝,只是单纯的拒绝?还是正因为知道这咖啡的含义,所以才不给柳青青任何幻想的机会呢?再看看此时柳青青的表情,雨竹知道,她并没有忘情于冷俊,只不过,不得已将这份感情深埋心中掩藏起来罢了。

"嘿,想什么呢,怎么愣神儿了?"雨竹正思忖着,汪悦用胳膊碰了一下她说。

"哦,没有。我是想起了一句话,关于咖啡的。"

"是什么?"柳青青问。

"看,我们的'林妹妹'又开始'红楼梦'了。"王悦嬉笑着说。

"去你的,就你总是打趣我。"

"悦,你别捣乱,雨竹,你快说,我这还等着听呢。"

"我曾经看到过这样一句话:咖啡,纯得像天使,黑得像魔鬼,苦得像生命。你们说,是不是很有哲学道理?"

"嗯,有点意思。"柳青青点头。

"林妹妹,你的咖啡哲学还真是好玩儿。不过,这么罗曼蒂克的时刻,瞧瞧人家青青,多有情调又浪漫,不是咖啡就是牛排,不是红酒就是音乐。林雨竹,你也和人家学学,别整天奶茶加文学的,也整点美酒加咖啡的唯美情怀。"汪悦叽里呱啦地说着,话音还没落,只见雨竹迅速从书桌上拿起笔写了起来,头也不抬。

"哎哎哎,干吗呢,生气了?我也没说什么啊?"雨竹自顾自地写着,并不理会汪悦。

"嘿,我说,这还来劲了不是,什么时候学得这么小气呀?"

见雨竹仍不抬头应声搭话,柳青青和汪悦好奇,一边凑将过来,一边继续问道:"这好好的说咖啡呢,怎么又写起东西来了?"

"你不是说让我向青青学习吗?这不,正学着呢。"

"什么?什么学习,你怎么学习?我怎么没听懂啊?"王悦和柳青青一起发问。

"我呢,突然灵感光顾。青青,你说得真的太好了,继续继续,不要停下来啊。这回可好了,明天,哦,不,明天的播出稿已经准备好了,后天,后天的节目又有内容了……"

"再来一杯卡布奇诺吧!

来了,先坐下吧,喝杯我为您煮的卡布奇诺。
听我慢慢为你诉说真正的卡布奇诺和它的蕴含吧!
秋日的午后,阳光温柔而又舒适,照得人懒洋洋,微微秋风吹落金黄和枫红,洒落一地,走在铺满落叶的小路上,听秋蝉私鸣。街角的咖啡店典雅舒缓的钢琴曲在耳畔流淌回转,心情宁静而又安逸,咖啡的香浓和音乐一起弥漫在空中,沁浸每一个角落。窗外车流不息,熙攘忙碌,窗内窗外,仿佛两个不同的世界,喝一杯暖暖

你是夏天我是叶

的卡布奇诺,温暖在心头。

我是一个爱喝咖啡的女孩,尤其钟爱那甜中带苦的卡布奇诺。卡布奇诺不同于摩卡的优雅厚重,也不同于拿铁与焦糖玛奇朵轻柔的甘甜,它不像各类茶品那样清香质朴;也不像果饮那样酸甜生津;更不像红酒越久越怡人,但它有自己独特的韵味,那是略带苦涩的滋味,也正是这样的滋味,酝酿出不一样的香浓。

卡布奇诺用它特有的浓郁醇香和甜中带苦的味道打动和俘虏了太多太多的人,其中也包括我。卡布奇诺,也许你只知道叫作卡布奇诺,却不明白这个名字的真正含义。

卡布奇诺——意大利语翻译成中文是我爱你的意思。等待爱情、期待爱情,就是卡布奇诺直白而又热烈的含义。的确,它的滋味和爱情别无两样,甜中带苦,苦中有甜。

卡布奇诺在自己的爱情中,提拉米苏、哈格达斯是它的左右和伴侣,因为那是爱情最完美的组合,是情感最恬静的驿站,更是世间最浪漫的搭配——Cappuccino-Tiramisu-Haagen-Dazs。

你还记得那小说中常有的情节吗,男女主角坐在咖啡馆里,点一杯咖啡,品一份蛋糕和冰激凌,卿卿我我地悄声说着情话,咖啡的醇香在空中蔓延,如同幸福与爱恋的味道。又有谁能不被陶醉其中呢?

卡布奇诺的味道,是坚守的味道,是忍耐寂寞饮尽孤独的味道,苦中带甜,却又始终如一。我想,只要怀着不变真心,不忘初心,无论历经怎样的千难万险,一定会收获完美的爱情,就像哈根达斯和提拉米苏对卡布奇诺的爱情一样,回眸处,带走的不只是美味和回忆,还有那份收获在手的爱和幸福。

卡布奇诺,是感悟人生,香甜而又微苦,就像生命的滋味,人生的道路从来没有坦途,成功时请不要忘却曾经奋斗的艰辛苦难,

那里一定有苦中作乐的别样时光,唯此是支撑自己的坚定力量。

卡布奇诺,是永恒执着,味道无论再怎样香醇,都有着专属它的苦涩,如果说它的浓郁芳香是青春年轮的书束,那苦涩便是如歌行板的插曲,而永远不变的甜美是岁月赋予你的勇气和信念。

卡布奇诺,是浪漫唯美,给你瞬间丝滑般的享受,你一旦爱上它,便会久久为它着迷,一辈子无法改变的钟情于它。

卡布奇诺,是希望的等待,希望是甜美,等待是苦涩,请放心,你一定会等到那个有缘人,终有那么一个人出现在你人生最美的时光,在某一处的阳光下和你一起品尝一杯卡布奇诺,我相信那一定是等待和希望的完美结合,那一定是苦涩和甜美的并蒂交融。

卡布奇诺,当然也有它的忧伤,也曾爱过、伤过、痛过、付出过……

现在,现在需要做的就是——等待,等待着懂它的人来品尝,请不要让它等太久……

那杯喝完了吗?请把一切烦恼都抛开,请把等待和期望一起开启,那么,幸福和爱一定会被捧在掌心,请问,再来一杯卡布奇诺吧?

亲爱的听众朋友,今天的直播到这里马上就要结束了,但愿我们的节目也能像卡布奇诺一样,带给您历久弥新的浓香和醇美。怎么样,现在要不要来份哈根达斯,或者再来一块提拉米苏何如?好的,朋友们,雨竹也该去喝杯上午茶了,今天我就选卡布奇诺,你呢?那就让我们带着这份香甜的美味和无限的憧憬,明天同一时间再会吧。"

下了节目,在快到办公室的走廊里,雨竹迎面遇到端着水杯的冷俊。

"饿吗?"一见面,冷俊突然这么问。

"什么?"

"我有些饿了。"

"怎么，没吃早餐啊？"

"吃过了。但是也不知道被谁把肚子里的馋虫勾起来了，一会儿卡布奇诺，一会儿哈根达斯，一会儿又是提拉米苏的，想不饿都不行。"

"嗨，原来是这么回事啊。那你这端着水杯做什么？"

"这不，我这里既没有咖啡，又没有冰激凌和蛋糕，连屋里的暖壶都空了，又懒得下楼打水，到别的办公室蹭杯水喝。唉，对了，你的上午茶呢？"

"哦，在办公室。"

"当真卡布奇诺？是速溶的吧？"

"不，我决定不喝咖啡改喝白茶了。"

"白茶？哎呀，雨竹，好茶啊。看来你不但对喝咖啡感兴趣，对品茶也有研究？那白茶可是茶中珍品呀。"

"嗯，所以我现在是掌控'黑白两道'，可以随意换盏。"雨竹此话刚出，冷俊就已经被逗得嘿嘿嘿笑出了声，雨竹连忙用一只手指"嘘"声示意，又看了看旁边两个办公室的房门，冷俊这才忍住。

雨竹一脸认真，继续说："冷大哥好像对这白茶也挺感兴趣，想要吗？我那里有的是，要多少有多少。"

"要多少有多少？看你这表情说得真事儿一样，不像是开玩笑啊？"

"没开玩笑。"

"当真？"

"当真！"

"那好，既然这样，那我向你讨一盏茶吃，不知怎样？"

"行啊，没问题。这样冷大哥，一会儿我把茶给你送到办公室。"

"好，那我等你的茶来了，再去别的办公室找水喝。"

"一言为定。"

片刻工夫，冷俊办公室外有人敲门，随着冷俊说出"进来"二字，应声

推门而入的正是雨竹。只见雨竹提着一个暖壶,边走边还微微有些喘息。

"雨竹,瞧你,送茶就可以了,这都成了送茶水了。怎么,你……你这是跑到楼下开水间打水去了?"

"是啊,我们屋也没水了,我想,干脆打一壶上来得了,省得冷大哥你到处找水喝。"

"你这样说,我真是不好意思,我这个大哥哥还让你这个小妹妹照顾,来来来,快给我。"说着,冷俊忙迎上去接过雨竹手中的暖壶。

"今天这屋儿倒是清静得很啊,其他人呢?"

"有的上节目去了,有的请假了,有的就是办自己的事情去了,我不太管他们,无论是实习生也好,正式工也罢,只要能把节目做好,其他的都可以宽松对待。"

"那敢情好。青青也不在,是查资料去了吧?她昨天说过的。"

"对,她去阅览室了。"

自从雨竹和柳青青的关系密切起来之后,偶尔雨竹会来这间办公室找柳青青,因为韩冰的原因,柳青青是不方便到隔壁办公室找雨竹的。有时候冷俊也在,但依然不怎么交流,只是和雨竹点点头算是打招呼,而冷俊对柳青青除了工作方面的事情,几乎不开口多讲一句话。有时候柳青青会一面和雨竹说着话,一面眼神向冷俊的方向瞟去,每到这时,冷俊便装作不知自顾自地忙着手中的工作。

"哎,雨竹,你拿来的茶呢?白茶。"

"哦,别急,在这呢。"雨竹说着来到办公桌前把冷俊的杯子拧开杯盖儿,提起脚下的暖壶"哗"的一下倒了满满一大杯白开水。

"这……这?"冷俊不解地看着雨竹。

"正宗上好的白茶,富含多种维生素和矿物质,生津止渴、清热解暑、降火明目,绝对的绿色纯天然,是您工作学习、居家旅行必备之饮品。冷大哥,请慢用。"说着端到冷俊面前。

你是夏天我是叶

冷俊哑然,并没有接杯,只是看着雨竹,而雨竹则不语,笑意盈盈同样看着冷俊,片刻之后,雨竹终于忍不住笑起来,抖动的手把杯中的水溢出来又溅在手背上,"哎哟",尽管嘴上喊着疼,但雨竹还是笑弯了腰。

"啊哈,好你个淘气的鬼丫头,当真是被你给'涮'了。快,看看烫着没有?不许再笑了,要不……要不你把水杯放下再笑吧,当心真的烫伤了。"

"你今天的节目很精彩。"冷俊端着那杯"白茶",一边"品"着,一边和坐在对面的雨竹说,"选题抓得不错,看来你对喝咖啡很有研究呀。"

"我哪儿有啊,是青青,她给我的灵感。"于是,雨竹把如何策划和构思这一期节目的整个过程告诉了冷俊。

"哦?柳青青,嗯,这样说来,细想,有些像她的风格给你的灵感,小资得很哪。不过,我也真是佩服你,就那么一杯小小的咖啡,能让你挖掘出一期节目来,真真的不容易。"

"冷大哥,你也一定遇到过这样的情况,有时候写东西,苦思冥想怎么都没出路,卡在那里动弹不得,进不是退不行,一遍又一遍推翻自己的构思和设定,仿佛思想被禁锢了,手中的笔也被束缚了一般,甚至还会不自信地怀疑自己笔下写出的那些字,以及写字的能力,往往我们就是在这样犹豫和半信半疑当中完成自己的创作的。可是,有的时候却是行云流水般顺畅,才思泉涌,妙笔生花,写的是酣畅淋漓,落笔有神,这个时候,一定是自信满满。"

"我猜想,今天这期节目,你在策划的时候一定属于后者。"

"嗯,我承认,灵感来了,真的是挡也挡不住呀。"

"是啊,现在我看到的,就是坐在对面自信满满的林雨竹。"

"如果这期节目真的做得好,三分之一功劳是我的,另外三分之一功劳是青青的。"

"那剩下的三分之一呢,当属谁的功劳?"

"就是那杯咖啡——卡布奇诺的功劳了。"

"哈,既然你这么爱喝卡布奇诺,有时间我请你一杯如何?"

听到冷俊的话,雨竹不由得又想起了柳青青请求冷俊带她喝一杯卡布奇诺的那个晚上,柳青青失望的眼神和落寞的表情,在雨竹脑海中格外清晰。对于冷俊发出的邀请,雨竹一时不知道如何回答,如果说过去不曾知道这小小一杯咖啡的含义,雨竹很可能会答应冷俊的邀请,可是现在,她不好轻易做出决定。

"冷大哥,杯中的'茶'凉了吧,要不要再添些热的啊?"

……

雨竹和冷俊说笑间,门外响起了脚步声,柳青青拿着一个笔记本走了进来,雨竹站起来走过去说:"青青,资料查到了吗?这好半天不见你人影儿。"

"你不像是来找我的啊?"柳青青一进门,见雨竹和冷俊有说有笑,不由得语气里酸溜溜的。

雨竹和冷俊知道柳青青一定是误会了,两个人一脸的尴尬。冷俊觉得为了避免难堪,离开最为妥当,于是说道:"你们聊,我还有些事,先走了。"说罢,转身向门口走去。

"哎……"看到冷俊这样,柳青青欲言又止想要挽留,她对着冷俊的背影轻声唤了一声,但冷俊并没有回头,径直走了。

"青青……"这时,雨竹伸手去扶柳青青的肩膀,谁知,柳青青微微一闪,躲过了雨竹伸出的手,她自顾收拾着办公桌上的东西,并不看雨竹,更不讲话。雨竹看此情形,再加上对柳青青性格的了解,知道现在说什么也无用,便说:"那你忙吧,我先走了。"雨竹本想和她坐下来聊聊,但她觉得,此时任何一句话,都显得多余,柳青青是不会搭茬的,她只好转身离开了。

办公室里只剩下柳青青自己,她把手中摆弄着的报刊书籍放在一边,慢慢坐下来静静地发呆。至今,她还清楚记得那天醉酒之后向雨竹吐露的心声,她更记得雨竹劝慰和安抚自己时所说的那些温暖和感动的话,句句依然在耳。可是,当她听到雨竹和冷俊发自内心的欢笑,听到冷俊对雨竹发出的共品卡

你是夏天我是叶

布奇诺的邀请,尽管雨竹并没有作答,但她还是有些接受不了。柳青青觉得冷俊才是属于她自己的卡布奇诺,怎可以由别人品尝?但有一件事柳青青不得不承认,冷俊和雨竹的关系一直相处得非常融洽,而且他们二人之间似乎很是有些默契,虽然平时看起来并无太多交集,但柳青青觉得,总有些什么是她琢磨不透参悟不清的,她说不清楚这是一种什么感觉,也曾久久思量过,是他们彼此之间的眼神?表情?还是心灵的……她有些害怕这种无交流的交流,于无形之中无须言说对白的况味,让她好是无奈。

柳青青独自沉思,这一坐就是好半天,良久都没有动一动,她背对着门,没有人知道她在想什么,只见她的肩膀在一耸一耸地抽动,这真真都是卡布奇诺惹的祸。

柳青青获奖了。

上午全台开会,特别通报了这一好消息。柳青青做的某一期节目在报送给全省优秀广播电视节目评选活动中,获得了广播组听众最喜爱的节目三等奖,而她本人也获得了优秀主持人评选当中的潜力新人奖。借此机会,还一并通报了本台参加全国媒体研修班的唯一人员名单——冷俊。

有人为雨竹鸣不平,认为她更有能力和实力参与竞争,甚至很有可能获得更高奖项。说实话,坐在台下的雨竹,看着台上的柳青青,心里很是为她感到高兴,毕竟,雨竹依然愿意相信她们之间仍是朋友,但同时,雨竹心里也的确有些淡淡的失落感在纠结。荣誉,人人渴望,这是专家和大众肯定自己的最好证明。虽然在校时拿了不少各类奖项,但毕竟和这样的荣誉有太大的区别,这样的机会很是难得,好几年才评选一次,在本地区来说,这是业

内最高级别的评审了。可在这次评选活动中,雨竹的节目压根就没有报送参选。台里规定,凡属这样的活动,必须经由每组节目制作人亲自领表、申请、筛选并审核节目,然后上报台里编审,之后完成报送。前段时间或许是因为牧野被打无人顶班的原因吧,韩冰忙得根本无暇顾及此事,恰巧雨竹又在病中,等韩冰想起来的时候,已经过了报送的截止日期,结果这件事也就给耽搁了。

冷俊也很为柳青青高兴。在柳青青又坐回到话筒前的这段时间里,她的努力和进步是看得见的,无论是编辑稿件的质量,还是话筒前的状态,都有了很好的提升。他知道,这很大程度上是雨竹的功劳,平日里雨竹没少帮着柳青青策划节目,并且帮她发声练习找感觉找状态,当然,冷俊心里也明白,柳青青认真的动力更多的是和他冷俊分不开的,至于其中的原因吗……再看看此时台上柳青青向自己投射来的欣喜热切的目光,冷俊心中不由地又念起了雨竹……本栏目组成员获奖,他这个节目制作人自然脸上有光有面子,可是,他心里遗憾,替雨竹遗憾。他想,如果雨竹能够参选的话,那结果一定更让人喜悦,可是,如果仅仅是如果,遗憾依然是遗憾。

会后,回到办公室,韩冰甩出一句:"什么世道,耗子都成精了!"说完,她抬头看到雨竹抱着一大堆资料去阅览室了,甄艳丽跟在后面也出了门,其他更无一人回应她方才说过的话。韩冰愈发懊恼,可又没办法发作,只好独自坐在那里生闷气。她心想,要不是牧野那个不争气的……还有那个狐狸精……唉,自己一定不会把这事儿耽误的。她心里明白,以雨竹采编播节目的质量,如果能参评的话,得奖的希望是大大的,那样今天全场最有面子的制作人应该是她韩冰而非冷俊。看看今天他们栏目组所有人那个得意劲儿啊,特别是冷俊和柳青青,一个准备上京研修,一个已经喜获荣誉,两个人在台上发言的时候,那叫一个嘚瑟呀……

韩冰总是有一种贪天之功据为己有和自我安慰的意识倾向。她对别人的长处看不到,对别人的成绩不承认,对别人的荣誉向来不服气。这不,她又

你是夏天我是叶

认为冷俊没什么可得意的,不就是上个北京,参加个所谓的研修班吗。而柳青青,"哼,即便是在你冷俊的栏目获了奖,那也是在我韩冰的节目中得到的锻炼和成长,所以,才能有今天的成绩。如此说来,我才是真正培养和点拨她的那个幕后高人,那个默默无闻甘于付出和奉献的人是我韩冰。包括现在的林雨竹,她那么受欢迎,能离得开我韩冰这么长时间的悉心栽培和提点吗?"不管别人信不信,反正韩冰自己是这样自以为是的。

真的是一场秋雨一场寒,前些日子几场连绵阴雨,把原本厉害的"秋老虎"赶跑了,转眼,深秋已登场。路边,那原本葱翠油绿的树叶,渐渐变成金黄灿灿,枫红艳艳,层层叠叠斑斑斓斓的色彩,尽染霜秋大地。

因为路上连续堵车,雨竹不停地看表,心里着急得不得了。今晚,在省大剧院有场高规格高水准的文艺演出,荣幸的是,汪悦作为新秀也被邀请参演,对于一个刚刚毕业的大学生来说,能够得到这种锻炼和实践的机会实在不容易。据说整个晚会的演出票早就销售一空了,可以说真真是一票难求。即便像汪悦这样的演职人员,每人也仅能得到一两张特殊的内部票。所以,如此重要的演出,雨竹作为汪悦最最要好的朋友,又怎能缺席呢?

可是,雨竹今天出发得有些晚了。临从单位出来的时候,冷俊叫住她似乎有话要说。

"冷大哥,你……有什么事情吗?"

"怎么,你赶时间?"看到雨竹匆忙的样子,冷俊问到。

"是,我现在有一件非常重要的事情。"

"非常重要?"

"对,非常重要的人,非常重要的事。"

猛不丁听雨竹口中说出"非常重要的人"这几个字,冷俊大感意外,是什么样的人能让雨竹如此重视这样上心?看来关系一定非同一般哪!想到这

里,一种从未有过的感觉在冷俊心底泛起,他只觉得自己的心一点点往下沉,沉到了底谷,那说不清道不明的滋味涌上心头,像一团乱麻缠绕在他的脑际,放在衣兜里的手紧攥成拳。片刻之后,他努力让自己平心静气,使说话语气自然如常:

"哦,那……那你去吧,快去吧,可别耽误了。"

"冷大哥,那你找我……"

"没什么事,是……是关于节目的,以后再说吧,不打紧的。"

"好,那要是真没什么要紧事,我就先走了啊。"

"好、好,快去吧。"

望着雨竹远去的背影,冷俊把手从衣兜里伸出来,掌心微微出汗,潮湿了的还有他那颗心,他低头看了看摊开的双手,又向雨竹消失的方向望了望,轻声叹了口气,他看了看腕上的时间,又把手放回到衣兜里……

还好,演出开始之前雨竹赶到了大剧院。在后台见到了已经准备停当只等上场的汪悦。今天汪悦打扮得格外漂亮迷人,一袭深浅相间的宝蓝色晚礼拖地长裙,单肩斜跨,嵌满闪亮装饰水钻,衬托出玲珑曲线,银色长流苏耳环和颈间项链儿配饰熠熠闪光,点缀得恰到好处,脸上容妆底色自然柔和,唇、眼、腮色彩浓淡相得益彰,云鬓如黛,松松挽起的发髻上簪着几朵银白色的满天星小花,显得格外素雅娴静。

"哎呀,我的林妹妹,你怎么才来啊!这都快开始了。"汪悦一看到雨竹立刻埋怨着说。

"抱歉啊,单位临时有些事耽误了,再加上又一路堵车,所以……"雨竹顽皮地吐了一下舌头,向汪悦眨了眨眼睛,歉意地说。

"之前我这还指望你帮我提包换服装呢,就是不见你人影。喏,墙角的那一堆,看到了吗?都是我的,看好了啊。"

"好嘞,没问题,今天我就是你的助理,任由你差遣,或者当你的经纪人也可以。"

你是夏天我是叶

"快拉倒吧,哪儿有助理、经纪人比明星大腕儿来得还晚的。"

"哟,还来劲拽上了,这就成明星大腕儿了,还是自封的。"

"怎么了?就算现在不是,那也早晚的事儿,哼!"

"那好吧,大明星,演出马上就要开始了,你是第几个节目?嗨嗨嗨,和你说话呢,听到没有,你这一个劲儿的往台下瞅什么呢?"雨竹正说着,发现汪悦站在侧幕条后面总是往观众席上望。

"没看什么,没看什么,你别在后台待着了,瞧,开始清场了,这是你的座位票,快到台下去吧。"

……

当雨竹抱着汪悦的一大堆服装、鞋子、提包之类的东西,又回到后台的时候,演出快要结束了。

"悦,你今天唱得太好了,再加上这服装、发型、配饰,简直太完美了,当真是明星大腕儿,好耀眼哪。"雨竹激动地说。

"完美?真的?真的这么好啊?"

"当然,你的实力和我的鉴赏力,这两者你都不应该怀疑吧?再说,你听刚才现场观众的掌声和欢呼声,那不是最好的说明吗?真的特棒!"

"啊哈,歌唱万岁!观众万岁!我太开心了。"

"嘘,小点声,我这是偷偷跑上来的,你想让舞台总监把我撵出去啊。来,赶快换衣服吧,这礼服太薄了,小心着凉。"

"雨竹,嗯……你刚才有没有遇到什么熟人啊?"汪悦一边换着服装,一边问。

"熟人?有啊。"

"谁?"

"还不就是咱们学校那几个学声乐的师哥、师姐、学弟、学妹们呗,只要这种场合,一准儿有他们。"

"再没遇到其他人?"

"没有啊,还会有谁?你今天到底是怎么了?一个劲儿地往观众席上看。"

"我、在、找、人。"汪悦一字一顿地说。

"你在找谁?"

"你猜……"

"那,也许是位男士,是你特邀专请的?从你的关注度来说,这位男士似乎并未到场。这样说来,不是普通歌迷,应该是拜倒在你的石榴裙下的那个他吧?是不是啊?老实交代。"雨竹一边猜测地说着,一边笑眯眯地看着汪悦。

"什么乱七八糟的,你这想象的翅膀张得可够大的啊。快点,别光站着动嘴,也动动手,把后背的拉链帮我拉上。哎哟,慢点、慢点,头发,夹住我头发了……"

事情往往就是这样巧合。演出散场,所有的观众、演员纷纷从通道往外走。雨竹和汪悦兴致勃勃谈论着整场演出的效果,也不紧不慢地跟着往外走。偏偏这个时候,雨竹无意中看到,在她前方不远的地方有两个熟悉的身影,一前一后。看来他们是相约一起来看演出的,雨竹第一个反应在心里这样想到。随后,她觉得自己的大脑突然之间有些混沌,潜意识里竟然有种想要避开这两个人的感觉,可是她没办法抵抗人群的力量,只能随着人潮走,慢不下来也停不了。就在这时,脚下不知被什么东西绊了一下,一个踉跄跌撞着向前险些扑倒,不由地"哎哟"一声,好不容易站稳,发现前面好多人频频回过头来,也因为如此,一直向前涌动的人群竟然从她们身后分流出左右两股绕着走开了。

"雨竹?你……不要紧吧?"

"哦,冷大哥啊,没事儿的。"

"哟,雨竹啊。"

你是夏天我是叶

"青青呀。"

柳青青除了雨竹喊出的那声"哎哟"之外什么都没有听到,因为她相信转过身来自己眼睛所看到的,是冷俊在雨竹身旁伸着帮扶的双手。

冷俊没想到雨竹会出现在这里,眼神里有意外的喜悦。他听到雨竹喊柳青青,用同样意外的眼神回头看去,发现对方也同时正在看着他,柳青青对雨竹的出现似乎并不惊讶,但此时见到冷俊她好像有些没想到,再看看冷俊看雨竹的神情,她的心不由地又隐隐作痛起来。

"这么巧啊。"雨竹有些没话找话,她不知道说这话时该看向谁。

"巧?我看是巧安排吧。"柳青青说完这句话,见雨竹和冷俊二人并不搭话,她心里更加不是滋味。

"青青,谢谢你能来。"汪悦一看,忙上前打圆场,一边和柳青青打着招呼,一边向雨竹说:"那个……雨竹,你看,青青也来了。"

"是啊,我当然要来,这么好的'戏',我怎么能错过呢?"柳青青一语双关,大小姐的做派又上来了。

"青青,你这是干吗啊,先前不是都说好了吗。"看柳青青如此,汪悦心里着急,忙拽了一下柳青青的衣袖小声说。

"一会儿我还要赶回去看电视连续剧呢,今天剧情可谓是急转直下,我同样不想错过精彩。"

汪悦话中的意思,明显是和柳青青约好的,这时雨竹才明白,原来汪悦口中所说的那个"熟人"指的就是柳青青,这是雨竹没有想到的,她在心里多少有些埋怨汪悦,明知道最近她和柳青青之间有些小误会,还做这样的安排。就算你想让柳青青来,那至少也要提前知会一声啊,现在这倒好……

雨竹心里气不过的还有更重要的一点,那就是汪悦和自己这么多年建立起来的深厚感情,是柳青青不能相提并论的。平时,无论什么事汪悦都要和自己商量,怎么这次做这样的安排?连一句通气的话都没说就擅作主张,这真让雨竹无法理解。瞧瞧柳青青的酸劲儿,再看看几个人面面相觑这个尴尬,

雨竹觉得，在这件事情上，汪悦没有站在自己的角度想问题，考虑实在欠妥。

自上次办公室里，柳青青看到雨竹和冷俊在一起有说有笑，便有意疏远了雨竹，连汪悦那里她也不肯去了。今晚汪悦这么做的出发点很简单，就是想让这两个小姐妹消除彼此之间的误会，重拾友谊，她们两个之前由产生误会到消除误会再到成为好朋友，是多么的不容易。而现在又几乎回到了最初的状态，这使雨竹非常困扰和不安，也是汪悦不愿看到的。

"我是想解开你和柳青青之间的疙瘩，你看你俩最近多别扭啊，我看着都烦。可能是我想得太简单了吧，总觉得，你俩能坐在一起看我的演出多好啊，一起给我鼓掌，一起为我喝彩，共同为我加油，多亲热呀，看完演出，这些日子的不愉快就统统烟消云散了。我之所以没提前告诉你，是因为青青一直都没确定到底来不来，我判断她大概真的不来了，既然不来，那就更没有必要和你提起了。"事后，汪悦解释道。

"可结果呢？当时的尴尬和难堪你不是都看到了吗？我不知道青青来，柳青青知道我一定会来，这是咱俩的关系决定的。悦，我和青青之间的症结，不是我的问题，是她的问题，你明白吗？"

的确，柳青青早就断定今晚雨竹一定会来，她没有坐到汪悦提前安排好的座位上，她知道，那样一定会和雨竹并肩而坐，她不愿和雨竹重新拉近关系。可是令她没有想到是，与雨竹同来的竟然还有冷俊。而冷俊也同样感到意外，他完全没有料到，在这里会同时遇到雨竹和柳青青两个人。

冷俊为了缓和气氛，向雨竹问道：

"雨竹，这位是？怎么，不给我介绍介绍吗？"

"哦，冷大哥，这位是汪悦，我的大学同学加好友，今晚舞台上最闪亮的那一位，未来的明星。"

"悦，这位是……"

汪悦说："不用介绍了，我刚才都听到了。今天我才对上号，原来，您就是传说中的那位名嘴冷俊啊。"

你是夏天我是叶

冷俊听罢，有礼而谦虚地笑着说："怎么，江湖上有关于我的传说？"

"当然，就拿……"雨竹怕汪悦说话唐突，忙用胳膊碰了碰她，汪悦故意大声说："你碰我干什么。"雨竹一下子不自然起来，赶快说："人都走得差不多了，咱们也快走吧。"说话间，几个人已经来到了剧院门口。

"我送你们吧。"冷俊说。

"不用了。"三个女孩竟然同声回答。本来是一团和气的好姐妹，现在却平添了不该有的别扭。汪悦说这三个字是客气，柳青青说这三个字那是赌气，而雨竹说这三个字则是避嫌。

"那好吧。青青，你开车了吧？"冷俊突然问道。

"干吗？"柳青青一脸诧异，这可是好半天冷俊对自己说的第一句话。

"如果开车了，那你送她们二位回去吧，注意安全。"冷俊说话向来简洁明了。

柳青青现在倒是很乐意领这份差事，因为这样，冷俊就没有单独和雨竹相处的机会了，她暗自在心里高兴，所以痛快地说："好吧，我来送。"而雨竹对今晚冷俊和柳青青的关系有些看不明白了……

冷俊点点头，看了一眼雨竹，又和汪悦笑着道别，然后径直向停车场走去。

看冷俊走远，雨竹说："青青，你送悦回去吧，我自己打车就行。"

"什么？那怎么行，你是不是又要去赶末班车？"汪悦急忙说道。

"你看看这都几点了，哪儿还有什么末班车。没关系的，我打车就行。"

"如果不介意的话，还是我送你吧，更何况，我这也是受人之托忠人之事哪。"

"是啊，是啊。再说这条路这个时间不好打车的。"汪悦急得跟什么似的。

"不打紧的，我还是打车吧，这样不至于太绕。时间太晚了，咱们三个又都不是一个方向。你想啊，等青青把咱们俩送到地方，她自己再回去，等于绕了大半个城市，那都得什么时候了。所以，最好的办法就是青青送你我打车，这样省时省事效率高，你就听我的吧，啊。一会儿你们就从停车场的

通道直接走吧,我到正面的大门口去打车,那里是大道,也安全,放心吧。"

雨竹这番话,柳青青没有想到,在这清冷的夜里,又带给她许多温暖和感动,她的内心有种酸楚的滋味涌上:"雨竹,没关系的,还是坐我的车,我送你吧,耽误不了多长时间的。"

"别再争了,就按我说的办吧。青青,那你开车慢点,路上注意安全。走了。"柳青青刚才的这句话,让雨竹心里轻松了许多。

这条路,这个时间,真的不好打车。雨竹往前走了一截儿,仍然不见出租车的影子,再看看四周,车辆行人都很少,昏黄的街灯把自己的影子拉得很长,她心中不免有些害怕。

夜深了,气温有些低,起风了,雨竹紧了紧风衣外套的腰带,更加快了行走的步伐。

就在这时,一辆汽车从后面快速驶来,"嘀嘀"地按着喇叭,变换着的灯光晃得雨竹睁不开眼,然后"唰"的一下停在了她的身旁,着实把她吓了一跳,她头脑里第一个反应就是,完了,遇上坏人了。

"雨竹,是我,快上车。"

"冷大哥?怎么……"

"先上来再说。"

……

汽车启动,行驶在晚风夜色中,行驶在宽阔笔直的大道上。车里,冷俊把空调暖风开得很大,直扑雨竹的脸,他关心地问:"还冷吗?"

雨竹没有回答,只是摇了摇头,微笑着。

"刚才没吓到你吧?"

"吓到了。"

"哦?呵呵,抱歉啊。"

"你刚才那开车的架势,让我想起了看过的警匪片里的镜头,心里老紧

你是夏天我是叶

张了,心想那不都是影视剧吗,难道就要发生在我身上了?你瞧,我这手里一直攥着手机,一旦遇到紧急情况,立刻想办法报警。"冷俊一看,果真,雨竹的手里紧握着手机。

"怨我怨我,老远看你在冷风里一边走一边东张西望的,一定是在截车。就想着一脚油门快点开过来,结果给你的信号太强了,反把你给吓到了。"

"嗨,说是说,没那么夸张,谢谢冷大哥哟。唉,对了,你还没告诉我你怎么没走呢?难不成是又折返回来了?"

"我的确一直没走。"

"怎么?"

"有些不放心。"

"不放心什么?你也知道青青要送我们的。"

"所以我才不放心。"

"为什么这么说,有什么不放心的?大家都是朋友。再说,还是冷大哥你要青青送我们的呢,既然拜托人家,就要相信人家。"

"我不是不放心她,而是不放心你。"

"我?我怎么了?"

"我不确定你一定会坐柳青青的车回去,所以,就在不远的地方等等看,结果还真被我等着了。看来我的直觉还真是很厉害。那你现在和我说说吧,怎么不坐柳青青的车让她送你回去呢?"

"冷大哥觉得我不坐青青的车回去有什么其他特殊原因?"

"是,我是有这样的想法,最近你俩之间的别扭我也看到了,所以我想,是不是因为这个,所以你才……"

"还真不是,冷大哥你想多了。其实没什么,我就是觉得时间太晚了,路也有些远,绕来绕去的太麻烦,你看,起风变天了,又这么冷,所以,不想给青青增加麻烦。她送汪悦就可以了,我打车走,这样省事儿,还能早点儿回去休息,都累了一天了。冷大哥,你不知道,我啊,因为晚上总是失眠,

所以到了早晨特别贪睡,有时候,真的不想离开被窝。你有没有这样的体会,一大早,闹钟响了又响,迷迷糊糊对着钟表看了又看,那是在看几点吗?那是在看还能睡几分钟。"雨竹伸了一个懒腰,押了押胳膊顽皮地说。

"你说的还真是那么回事儿。不过,虽然你长时间睡眠不好,但我从来没见你有过呵欠连天,萎靡不振的时候,在别人的眼里,你每天都是情绪饱满精神焕发。"

"是吗,我已经习惯了。只要每天睁开双眼就会觉得时间好宝贵,恨不得掰开了揉碎了来过,觉得自己有用不完的力气使不完的劲儿,觉得有太多太多的事情没有完成等着去做。不过,也没你刚才说得那么邪乎,什么精神饱满不知疲倦呀,其实,我也有倦怠乏力懒得动弹的时候。特别是明明累得困得不得了,却偏偏睡不着,我又不敢吃安定,怕有依赖,所以,哎呀,每到这时,那才叫个烦心痛苦呢。"

"雨竹,我给你提个意见好不好?"

"是什么?"

"你的弦儿绷得太紧了,适当的放松和休息是你现在最需要的。你瞧,上次生病,可不就是这样的缘故吗?我不赞成你这个样子。当然,我也知道,好多事情,不是你想怎么样就能怎么样的。"

"是,冷大哥你说得对。其实,并不是我想要这个样子,只是眼下非这样不可。我也知道,玩儿,那多有意思多诱人哪,看电影,唱KTV,逛商场买漂亮衣服,茶吧酒吧出出进进,购物聊天娱乐消遣,轻松安逸,逍遥快活。可青春真的经不起肆意挥霍,时间不等人哪,当你觉得一切还来得及的时候,往往错过了最美的风景。所以……"

"雨竹,我不知道这世上怎么会有你这样的女孩儿!"

"嘶。"雨竹吸了一口气说,"这话,听起来有点别扭,是在夸人吗?"

"啊?是是是,怪我没表达清楚意思,怪我怪我。"

"咯咯咯……"

你是夏天我是叶

正说着,雨竹的手机响了。

"悦,你到了是吗?哦,还没有啊?我呀……"雨竹看了一眼身边的冷俊说,"嗯,已经坐上车了,放心吧,一会儿到了我告诉你一声。另外,你让青青慢点开,好的,注意安全,早点休息,拜拜。"

"那个……冷大哥,抱歉啊,我没说搭的是你的车。"

"这有什么,如果我是你,也会这样回答,我明白的。"

汪悦放下电话,对手握方向盘正在开车的柳青青说:"这回放心了吧,她已经坐上车了,你自己不打电话,非要我来问。"

"我这人最知道好歹了,她为我考虑不让我送,我自然也要关心她一下。这么晚了,不好截车,问一声也是应该的吗。"

"最识好歹?我怎么没看出来啊?你说雨竹对你好不好?可你呢,现在对她是爱答不理、冷嘲热讽的,我可真是有点儿看不惯噢。别的什么都不说,就拿你这次获奖,如果没有人家雨竹那么帮你搞策划做选题,你说,你有多大的把握和希望?最识好歹,你说笑话呢吧?"

"你当然向着她说话了,你们俩多少年的感情了,我在你俩面前就是个外人。"

"什么叫我向着她呀,我那是向着理。你说这话,也不怕我和雨竹寒心,如果不把你当朋友,雨竹怎么会这样为你着想,我又在这儿苦口婆心地劝你。其实,我都知道,你俩之间根本没什么,那就是个误会。"

"误会?谁说是误会?一定是雨竹她这么和你说的,我可不这么认为,你说这话就是不明真相。"

"哎呀,我说柳大小姐,瞧你这不依不饶的,你能不能搞搞清楚状况再发言?"

"我怎么就没搞清楚状况,她明明知道……知道我心里……她还……"

"明知道,明知道什么?正因为雨竹明知道你柳青青的心思,所以才总

是迁就和包容你。就拿今晚来说吧,你以为我刚才没看出来你那酸不溜丢的劲儿是因为什么?告诉你吧,人家雨竹不是和你那个什么冷大哥一起来的,今晚啊,纯属是个巧合,无意中凑到一起的。看你当时那含沙射影、话中有话的醋劲儿,雨竹说什么了?什么都不和你计较,那不是理亏,是人家大度。"

"什么?你说的是真的?他们俩不是一起相约来看你演出的吗?"

"我有必要说假话吗?是你自己太敏感,不,简直是太神经,说风就是雨,看到什么就自由发挥想象,难不成你以前遇到过什么事儿,留下了后遗症?"

听汪悦说到这儿,柳青青竟然愣了一下,脸上有些不自然的神情。随即,立刻又回到话题上:

"不完全是你说的这样,她……她就是没有顾及我的感受,哼,也许,心里还瞧不起我呢,反正……反正这回,雨竹她就是不够意思,不够姐妹情谊,我打心底里气不过她。"柳青青说着,竟然眼眶有些发酸。

"喊,快得了吧,没有谁瞧不起你,因为别人根本就没瞧你,大家都忙得很,哪儿有那个闲工夫……哟哟哟,这来劲儿了是吧?怎么的,还抹开眼泪儿了?好好开车,注意前方。"

"汪悦,你还说没向着雨竹呢,我都这么伤心难过了,你也不说安慰我几句,还用这种教训人的口气和我说话,我真是白交你这个朋友了。不,是白交了你和林雨竹这两个朋友了。"柳青青说话一向娇滴发嗲,尽管情绪稍有激动,但听起来却更像是在撒娇。

"别,你这可就有些过了啊,怎么那么较劲呀,你真不拿我俩当朋友了?可是我们俩依然把你当成自己人。你看雨竹,刚才说什么都不让你送她,那不是在替你着想吗?不拿你当朋友又拿你当什么?"柳青青听汪悦这么说,没有吱声。汪悦见状,知道至少在这点上,柳青青心里还是认同的。

"好啦,青青。"这时,汪悦把声音放柔和了下来,随手递过来一张纸巾,慢慢地说:"你是个聪明人,好多话不需要多说,更不需要明讲。其实你比谁都明白,你呀,是在心里把雨竹当成了自己的假想敌,你给自己设定了这

你是夏天我是叶

样一个假想的对象,就可以为自己情感困顿找一个抚慰的合理借口,以此来欺瞒你那颗所谓受伤而脆弱的玻璃心。特别是,这个人如果是雨竹,无形中会让你觉得这个理由更充分更合理,对自己更有说服力,因为雨竹真的是太优秀了,有多少人对她钦慕不已,这样一个出色的假想敌,使你的挫败感有了可以安放的借口。其实,你已经不是第一次犯这样的错误了,上次你和雨竹之间的误会不也是同样如出一辙吗?话又说回来了,就算人家雨竹和冷俊之间有什么故事,产生什么情感,那也是再合情合理自然正常不过的事情了,因为冷俊不是你的什么人,他不属于你,你的生气没道理。"

夜,有些寒。天空没有星星,汽车载着一路灯光前行,柳青青和汪悦谁都没有再说话。人可能就是这样吧,我们有时候的确需要借助别人的力量,才能将自己沉浸中的意识唤醒,最刺痛人心的话语往往会起到猛药一般的效果。

这些日子,柳青青真是恨自己,恨自己错把雨竹当朋友,她认为雨竹不仅仅是辜负了自己满满的信任,更重要的是背叛了自己,她觉得自己简直就是世上最傻的傻瓜。柳青青想要去问清楚,但又无法问清楚,她害怕听到最不愿听到的,可是又等不到雨竹主动来找她解释,于是,心里便愈加生气。在她看来,不解释便是没法解释无话可说,那么如此,一切料想便是真相,都是事实。

雨竹不想解释,觉得没有必要,更何况,她不认为有什么是需要解释的。她觉得从她进入广播电台的第一天起,太多太多的时候总是在向别人解释,解释彼此的误会,解释自己的想法,解释事情的缘由,向韩冰解释,和甄艳丽解释,特别是与柳青青解释的次数和话语是最多的,直解释得她口干舌燥、疲惫不堪。雨竹真的感到好累,太累了,难道人与人之间一定要这样猜测和怀疑吗?就不能多一些信任和理解吗?难道生活就是在不断的解释当中度过的吗?接下来,接下来还要有多少事向多少人讲多少话来解释呢?

"是啊,我有什么资格和立场呢?"柳青青在心里这样想,汪悦此时的

这番话,一语戳中她的要害和软肋。其实,她的内心又何尝不明白这一点呢?她又想,当真是自己太在乎了,还是一直以来都在寻找一个台阶给自己的悲伤以自怨自艾的理由才可心安?冷俊的心思和态度,不用再多说了,只不过自己一直不愿承认和面对罢了,这种自欺欺人的梦幻,是到了该清醒的时候了。至于雨竹,她一直那么大方、大度、自然、坦诚,可是,自己却以己之心度人之腹,唉,柳青青呀柳青青……

冷俊看了一眼迈速表,心里调侃地想:"不能再慢了,已经是自行车的速度了。"可他真希望,如果可以,现在宁可是骑着一辆自行车,后车架上坐着雨竹,两个人一路说说笑笑优哉游哉,那也别有一番乐趣。

"哎,前面前面,注意!注……"正想着,冷俊突然听到副驾上的雨竹大声说了一句,话音还没落,只听"咣当"一声,汽车的底盘儿被狠狠磕了一下。

冷俊停下车的第一个反应赶忙问:"雨竹,你没事吧?"见雨竹摇头,这时他才从后视镜里往外看去,原来,刚才走过的道路不平,有一处凹陷下去的不大不小的路坑,着实颠簸了一下。

"想什么呢?冷大哥,看,吓了一跳吧,开车一定要注意力集中,你刚才一定是溜号了。"

"呵,你说得对,以后一定注意。不过,我的确在想一件事情。"

"工作上的?"

"是。"

"那,方便告诉我吗?"

"就是和你有关联的。"

"哦,什么事儿啊?"

"怎么样,对这次研修班感兴趣吗?"

"嗨,说起研修班了,还没来得及祝贺你呢,恭喜恭喜啊。"

"谢谢!不过,你想不想去?"

你是夏天我是叶

"我？有没有搞错啊？怎么可能！"

"雨竹，这次为期半年的研修班，机会特别难得，说实话，我觉得你去更合适。"

"这是不可能的事，台里的人选是你啊。机会难得，来之不易，所以才更应该要好好珍惜和把握，这是多少人眼巴巴盼都盼不来的呀。"

"我知道，可是，我也有我的具体情况。我一直在准备出国的事情，那也是我的梦想哪，怕是这期间签证等相关手续就要办下来了。我想，这两者之间大概是要冲突了，这也是我当初犹豫要不要参加考试的原因。"

"是这样啊。"雨竹不知为何，听到冷俊突然说要走，心里瞬时有种空荡荡的感觉，有种恋恋不舍的依赖。

"所以我想，把这次参加研修的机会让出来，让更需要的人去，而我觉得你是最合适的人选。"

"冷大哥，我觉得事情没有想象中这么简单。你想啊，全台职工大会都通报过了，怎么可能轻易更改说换人就换人呢？再说了，就算你要出国不能参加，那也不一定就会换成我啊。想参加的人太多，合适的人选也太多，能力比我强、资格比我老、资历比我深的大有人在。我一个刚刚才来几天的新人，一点竞争优势都没有，怎么可能吗，不可能的，不可能。"

"的确不简单，也的确不会轻易更改，可是我会向领导推荐并说明原因，我的意见台里领导还是蛮重视的。"话虽这样说，但冷俊也知道雨竹的话说得在理，这其中有太多的困难和不易，可他还是愿意为了雨竹争取一下，万一，万一真的就可以了呢。

"即便这样，我还是不认为那个幸运的人会是我。我知道，许多人都看好我，对我也非常认可，但这并不代表什么，这社会有时候是要看背景和后台的，有时候又是最讲究论资排辈儿的，再不然，你就得响当当地拿出点儿什么来才有说服力，可是这几点我都不具备。"生存的不易，生活的压力，使雨竹深刻地领悟到了这一点。

"那也不尽然,你有着别人无法企及的地方,你的实力就是你最好的证明,你的业务能力那更是没的说,最重要的是你善良的人品和对责任的担当,这些都是你的优势。"

"你是在说我吗?"听雨竹这样说,冷俊愣了一下,不明白什么意思。

"原来我是这个样子啊,天天照镜子也没看出来呀。"冷俊一听原来是玩笑话,两个人相视而笑。

雨竹像在思考着什么,半晌,她说:"不如让青青去,你看合适不合适?"对于这个突然的建议,冷俊着实感到意外,他不明白雨竹为什么会这样提议,他甚至在心里有些生雨竹的气了。

冷俊沉默不语,双目紧盯着前方,并不看雨竹。雨竹看出他的情绪变化,柔声说道:"冷大哥,你不要误会,我怎能不知道你一心为我好,处处为我着想呢?这次研修班是全国性的培训,好多顶级媒体人都要现场客座,亲授传媒知识,我也是心向往之。可是,你想过没有,如果提议让我去,怕是没有说服力,台里领导也会因此为难,到最后是什么样的结果,我想现在就可以预见。"

"难道换做青青去,就有说服力,领导就不为难?"冷俊心里不解,他甚至觉得在这一点上,雨竹很可笑。

"别的暂且不说,就说她这次获奖,台里上上下下重视的程度你也看到了,而且,青青这回是一下就拿了两个奖项,我听大家伙儿议论说,这是好多年都没有过的事情了,用事实说话,就单凭这一点也足以让众人点头,你说,这样的说服力还不够吗?趁热打铁,如果你现在推荐的是她,别人不会提出什么异议,台里领导也好做决定不至于太为难。再者,青青这段时间的进步和成长,以及她的努力,都是大家有目共睹的,我为她高兴,相信你也一样,如果这次她真的能得到这个宝贵的学习机会,相信未来的她一定会有更好的上升空间和发展前景。所以说,青青去,是最合适的人选,冷大哥,你说呢?"

雨竹的一席话,冷俊无法作答,他知道雨竹说得在理,但他依然保持着

沉默，好半天才开口："这就是你刚才口中说的'响当当地拿出点儿什么来'吧？你倒是替她安排打算得挺好，我是觉得你比她更需要这次机会，这可不是年年都举办的，也不是人人都能有份儿的。你光看到柳青青的进步和成长了，怎么没想着让自己更上一层楼？你是一个坚持执着的人，怎的这次就不想争取一下呢？"

听冷俊这样说，雨竹也在心里问自己相同的问题。她发现，从刚才冷俊说要出国起，心里便有了一丝眷恋和惆怅。她有些搞不懂，自己甘愿放手这次或许有可能争取到的机会，同时力荐青青去研修班学习，到底是因为无私的关怀，还是内心深处有那么一点点小小的自私的想法在作祟。半年，研修班的时间是半年，而冷俊出国也一定会是在这段时间里，雨竹脑海中突然像电影蒙太奇一般，频频闪过与冷俊相识以来的每一次相处，那花坛前的倾心交谈，那和着月色花香的歌声，那直播间内外的默契配合，那昏倒时托住自己的双手和焦急的眼眸，雨竹好想留一些时间和空间给自己慢慢体会。就像今天，就像今晚，就像此时，哪怕默默地在他身旁不言不语也好啊……可是，与此同时雨竹又有些自责，怎么可以这样，青青将心底秘密毫不保留坦诚相告，而自己却心存为己之思，岂不是辜负了人家这份信任？唉，这还像我吗？挣扎和矛盾纠结在一起，雨竹困惑了……

长久以来，雨竹始终不曾思考过"情感"二字，可今晚似乎一切来得太突然，可是，来的是什么呢？她觉得自己的思想一下子变得复杂起来没有头绪……

冷俊看到雨竹半天不说话似乎又在沉思，以为是自己刚才的态度影响到了雨竹，忙说："雨竹，我说话的口气有什么不好的地方，你可千万别介意啊。"

"怎么可能，不会的，多想了。"雨竹缓过神，微笑着回答。

"好吧，我尊重你的意见，如果你决定这样做，那我就帮忙推荐青青把握这次机会。"

"嗯！好，就这样吧。不过，我觉得，无论是她现在的进步，还是将来

的发展，都和冷大哥你有着密不可分的关系呀。"雨竹半开玩笑半认真地说。

"哈，你别这样说，我可没那么大本事，无论什么时候，她取得的成绩，都是她自己努力的结果，如果按你的逻辑来考虑，她的成长和提高你才是真正的功臣。再说，雨竹，我不喜欢你总是把我和她联系在一起，好像要把我往她身边推一样。"冷俊说的这几句话语速非常快，情绪竟然还有些激动。雨竹见状在心里想："我哪里有，又怎么会，你不知道，我的那一点点小小的私心，是不会把你和青青联系在一起的，又怎么会把你推向她的身边呢？"

"什么功臣不功臣的，这也太夸张了吧。好了，我们不谈这个了。对了，冷大哥，我没想到你今天也来看演出，而且这么凑巧，竟然遇到了。"旋即，雨竹转移了话题。

"是，我也没想到。"说完，冷俊像想起了什么似的说："对了，雨竹，我给你看一样东西。"随后，从衣兜里掏出了什么，交到雨竹手中。

雨竹接过来一看，原来是今晚的演出票。

"怎么？"

"我好不容易搞到两张，想着，你一定对这样的晚会感兴趣，但看到你那么匆忙地要离开，所以，我也就没……"

雨竹明白了，在出发前，冷俊叫住她原是要请她一起看演出的，因为自己急着赶路，结果冷俊没能开口，现在这张票早已在冷俊出汗的手心里被攥得皱皱巴巴。

"哦，原来，冷大哥是自己一个人来的呀？我还以为是和……"

"当然是我一个人，不然还有谁？哈，我明白了，你是说以为我是和……嗨，怎么可能呢？你这小脑瓜平时不是挺灵光的吗，怎么这个时候反而不会分析判断犯起糊涂来了。说实话，刚遇见你们的时候，我心里在想，这怎么就像约好了一样，到得可真够齐的啊，后来你一介绍汪悦，我就什么都明白了。"

"的确，人是都到齐了，可并没有事先约好……"想到最近柳青青对自

己的态度，雨竹的话有些无奈，冷俊听罢不知道该如何安慰，他明白，这其中缘由因他而起，因此只能以沉默替代所有的语言。

半晌，冷俊打破沉闷，试探地问：″嗯……你那个'非常重要的人'呢？怎么好像，没……没看到啊？″

″哦？哦，你已经见过了啊。″

″我见过了？″

″对呀。″

″谁啊？″

″汪悦哪。″

″汪悦？″

″是呀，她就是我说的'非常重要的人'，不然你以为呢？″

这个答案有些意外，令冷俊心情的豁然舒畅，他没想到整晚的困扰和忧郁，此时竟然就这样的云开雾散了，他马上开心地笑了起来，连说了好几声谢谢，并且高兴地打起了口哨哼起了歌。

″谢谢？谢谁？″

″汪悦。″

″她？为什么？你们不是刚认识吗？″

″谢谢她是汪悦。″

″什么？谢谢她是汪悦？″

″对，我真的好感谢她是汪悦，她的确是'非常重要的人'，不仅仅对你，对我也一样重要。″

″我……怎么听不懂？什么意思？″

″你不需要懂，我懂就可以了。″

……

″雨竹、雨竹，慢点儿，等一下，等一下啊……″刚出楼门，雨竹就听

到身后传来一个熟悉的声音,回头一看——柳青青。

"哎呀,我说你走那么快干吗?我喊了好几声,你都不搭理人。"柳青青一边快步往过走,一边呜哩哇啦地说着,手上还拿着东西。

"青青?哦,我没听到啊。你找我……有事?"雨竹迟疑地问。

"这话说得奇怪,没事就不能找你?"今天的柳青青和平时有些不一样,多了几分爽快,少了几分忸怩,说着话,已经到了雨竹面前。

"那……"

"快快快,接着,接着,搭把手,烫死我了,烫死我了。"柳青青说着,把手里捧着的牛皮纸袋儿一下子塞到了雨竹手中,随后立刻将双手放在自己的耳朵上,直喊烫。雨竹接过一看,原来是两个烤红薯。

"趁热快吃吧,这是那家烤的,香着呢。你不是说,他们家烤的火候儿最好吗?"

瞬间,温暖从雨竹的手尖袭遍了全身,她颠了颠手里的牛皮纸袋,开玩笑地说:"你怕烫,我就不怕啊?再说了,至于的吗,怎么那么夸张啊,不就是个'烫手的山芋'吗,都凉了一半儿了,还把你烫得差点跳起来?"

柳青青听罢,把手从耳朵上拿下来,挑了挑眉毛,撇着嘴说:"我说林雨竹林妹妹,你这人怎么这样啊,'西洋镜'是不能揭穿的,懂吗?真没意思。这红薯,你吃不吃?不吃我可拿走了啊,亏我跑了个大老远给你买回来,谁想到你就这样,真是的。"说话间,柳青青大小姐的模样又表现了出来。

雨竹一边笑一边说:"吃,当然吃,柳大小姐的一番心意,怎么能拒绝呢。况且,现在这红薯温度正好,暖心暖胃,谢谢喽。嗯,好吃好吃,真好吃,唉,你要不要也来一块儿,给,尝尝,拿这块儿大的……"

那晚,汪悦和柳青青的交谈对话,雨竹已经知道。所以当柳青青喊住她时,雨竹并不意外。她知道,柳青青也同自己一样,非常珍惜彼此间的情谊。雨竹在心里更加肯定,柳青青是个值得尊重和交往的好朋友。

"这烤红薯吃得不过瘾不解馋。青青,你有时间吗?怎么样,咱们买上

你是夏天我是叶

羊肉、蔬菜、佐料，到汪悦那儿吃火锅，你觉得如何？"

"好啊好啊，说得我都馋了，今儿的天气，正适合吃涮羊肉，走走走，赶紧的……"

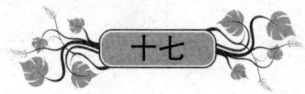

柳青青上研修班去了。当得到这个好消息的时候，她的心情复杂极了，一半高兴一半失落。高兴的是，这样难得的机会竟然幸运地降临到自己的头上，失落的是，她不得不和"那个人"说再见了，尽管她明白，她和他是不会有结果的……

她知道在研修班这件事情上，雨竹再一次帮了忙，柳青青心里既感动又愧疚，她为自己之前对待雨竹的态度感到无比懊恼。雨竹真诚地安慰她，说过去的事就让它过去吧，并开玩笑地说："哪里是帮你的忙，分明是我自己帮自己的忙，少了你在我身边叽叽喳喳，我倒是能清净几天。"临行前，柳青青对雨竹说："少了我这个竞争对手，凡事，你好好'把握'吧。其实，我从来都不是你的对手。"说完挥挥手笑着向安检口走去……

时间过得飞快，转眼到了冬季。最近这些日子，天一直都是阴阴的，零零散散的小雪花，时不时从天空中飘落下来。是"春天的使者"吗？来得恰逢其时，来得如约而至。雨竹不由得兴奋起来，她细细算来，在广播电台这栋大楼里上班，已经大半年时间了，雨竹感谢"时间老人的恩赐"，让她成长成熟了不少……

汪悦打来电话，说今天休息，二人约好下午见面，她在电话里嚷嚷着不能总吃方便面之类的话，说是要炖条大鱼给雨竹补补身子。听到汪悦又责备

又关怀的话,雨竹顿时觉得,这个寒冷的冬天变得温暖了许多。她抬头看了看那唯一一缕从通风口射进来的阳光,心里无限愉悦,灿烂的笑容在脸上浮现……

站台,就在广播大院的大门口,一出门就能直接坐上公交车,麻烦的是,路上还要倒三趟车然后步行走上一大截路,才能到汪悦的出租屋,好多时间都耗在了路上。汪悦在电话里催说,鱼已经下锅好半天了,就等着雨竹去吃呢。

冬季的日照,别有一番风韵,阳光不再展现她炽烈的热情,太阳的步履懒懒洋洋慢慢悠悠,连颜色也变了样,红得有些发黄,有种可人的温柔与妩媚……

"也不知道这次到底能不能考上,唉,愁死了。"

"嗨,谁知道呢,听天由命吧。"

"就是,管他呢,反正刚才已经报名了,行不行到时候再说。"

"是啊,电视台的主持人可不是那么好当的,哪儿那么容易考上,要想考上,总得有点儿真本事,电视台的饭碗怕是不好端呀。"

"我听说,这次报名人数多了去了,可这招聘的名额就那么几个,不知道谁能成为幸运的那几个。"

……

在旁边等公交车的两个衣着时尚的女学生,互相议论着。说者无心,听者有意。两个人的这番交谈,引起了同样在一旁等车的雨竹的注意。招聘主持人?电视台?同在一个广电大院里,消息这么闭塞,竟然一点儿都不知道。这个大院东面那栋楼,是雨竹心中一直向往的地方,不知道仰望了多少回,此刻就在身后,雨竹忍不住回头又望了一眼那个梦寐以求的地方,那里有自己的梦想啊……

"请问,两位同学,你们刚才说的是电视台正在招聘主持人,是吗?哦,

你是夏天我是叶

不好意思啊,刚才你们的谈话,我在旁边无意中听到了。"

"是啊。"

"那请问是什么时候?现在吗?看样子你们这是刚刚报完名出来?"

"对,我们刚刚报了名。"两个女孩看到雨竹用询问的眼神看着她们,其中一个顺手将手中的一张招聘简章递给了她:"这上面都写着呢,你赶快看看吧,公交车马上就要来了。"雨竹接过报纸感激地和两位女孩点点头,匆忙看了起来。远远的,公交车已经缓缓驶来,雨竹没有更多的时间和办法来仔细逐条阅读,直接拣最主要的几条记下。大概的内容是,电视台要新开设并着重打造一档综艺类节目,现在正在招兵买马,而招聘主持人是整个前期准备工作当中的重中之重,对于三个月的试用期和试用期后的工资待遇等,雨竹倒是没有太在意,她把目光落在了报名时间截止的日期上,天啊,那不就是今天吗?

"看完了吗?"

"马上、马上……"

"哎呀,快点啊,公交车都来了,要挤不上了。"

"好,马上啊,我再看一下,马上就好……"没等雨竹再仔细看看,手中的报纸已经"嗖"的一下被两个女孩收回,她们急着去挤公交车了。不过,还好,报名联系的热线电话,雨竹凭着记忆,已经背了下来。掏出手机正要拨号想再仔细咨询一下,可是手机上的时间显示提醒着她事情紧迫。算了,打什么电话啊,耽误工夫。今天是报名截止的最后一天,现在已经接近下班时间了,这样的机会绝不能错过,无论行不行都要试一试。想到这里,她转身往回走,一路小跑,向宿舍的方向奔去……

当雨竹出现在电视台报名室的时候,脸红扑扑的,额头上满满都是渗出的细小汗珠,负责报名的老师是一位五十多岁的男同志,他抬头看了看眼前这位女孩子,问道:"现在是几月份,外面很热吗?"。

雨竹先是愣了一下,随即明白过来,用手摸了摸自己的脸和额头,一边

轻轻擦汗一边面带微笑地说:"老师,您不知道,我是刚刚才听说咱们这里招聘主持人的事情,今天不是最后一天了吗?眼看这时间又快下班了。我啊,从外面一路小跑回到宿舍,拿了我的毕业证、学位证、身份证、普通话等级证书、还有这些大大小小各类比赛的获奖证书和荣誉证书,还有我的照片,一寸的、二寸的都有,还有生活照、艺术照。哦,对了,这里还有复印件,身份证的、学历证书的,都是一式两份,差点忘了,还有个人简历。我想这些都是报名必备的资料吧?"她一边说着,一边从怀里把手提袋儿里的东西一件一件地拿出来摆放到桌子上,竟然快铺满整个桌面了。

报名的老师看到雨竹这样,禁不住"呵呵"笑起来,说:"这几天来报名的人真不少,但没有几个人能把所需要的资料准备这么齐全的,不是落了身份证,就是没带毕业证,要不就是忘了拿照片,好多人都要跑个来回,甚至是跑好几个来回。即便是带全的人,那也一定是先打了咨询电话才来的,像你这样一下子就能把自己所有该准备的、该带上的都带来,还真是头一个。单凭这一点来判断,你是一个想问题认真、仔细、全面的孩子。这次招聘主持人,需要的不仅仅是形象好、口才好,更需要的是像你这种心思缜密,做事周全,应变能力强的年轻人。小姑娘,好好加油努力哦,我可是看好你的。"

"谢谢老师,谢谢您的夸奖和鼓励。其实,我没有您说得这么好,我这不是怕耽搁了时间耽误事吗?别人知道得早,人家有时间可以来来回回地跑,但我不可以啊,今天是报名的最后一天啦,我没有时间浪费在跑路上面,只怕是我来这里问明白了,等回去拿全了东西再来,这儿早就下班了。所以,我能提前想到什么就拿什么,看来还真是都给碰对了。咯咯咯……"那位老师听到雨竹这样说,用力地点了点头。

登记、填表、贴照片、审核毕业证等等,报名进行得很顺利。当雨竹走出报名室的时候,心情好得不得了,好久没有这样的好心情了,真的好久好久了。她在心里问自己,从什么时候起把快乐弄丢了?是的,大概就是从踏进这所广电大院的那一天开始,郁闷便缠绕在身边。但是现在报了名,依然

你是夏天我是叶

　　还是在这个大院里，心情却即刻焕发出久违了的快乐，脚步也跟着轻松起来。她一边走着，一边禁不住嘴里哼唱起了歌曲。唱着唱着，她突然静了下来，在心里提醒自己，这不过是报了个名而已，严峻的考试还在后面等着呢，过好笔试、面试的每一关才是最最重要的，加油！想到这里，雨竹在心里又喊了一声"天啊"，又是考试，从小到大不知道考了多少回试，其他类别的考试大都淡忘了，只是突然又想到了之前考电台时的情景，目光不由得投向了西面的广播大楼，心里涌起了难言的感慨……

　　就在这时，电话响了起来，雨竹接通，还没有张口说话，电话那端汪悦就大声地嚷嚷了起来："我说，你不是早就出发了吗？怎么还不到啊？我在窗口都望眼欲穿了，你是在挑战我已经饥肠辘辘的肠胃吗？"

　　"好了，好了，我这就过去。"

　　"啊？什么？你还没出发？怎么搞的，你不是早就在路上了吗？你想饿死我啊？"

　　"你再稍微忍耐一下啊，马上马上，本来是已经在等公交车了，可是临时有事给绊住了。"

　　"事？什么事？难不成你遇到了什么帅哥，走了桃花运，刚刚来了场艳遇？"

　　"什么乱七八糟的啊，你呀，一天就知道惦记着这些事儿，我现在可没那份儿闲情逸致。行了，等见了面再和你说吧，不是艳遇是机遇。"

　　"那好吧，不管艳遇、机遇，都是好事，再加上我的红烧'礼遇'，就更美上加美了，吉祥有'遇'嘛。那我就等你来了一起开饭，不过，我告诉你，你可得给我快点啊！"

　　"行了，行了，大不了今天的碗我洗、地我拖、屋子我收拾，这下总该满意了吧？"

　　"哈哈哈，等的就是你这句话，半天才说。那行了，你赶紧吧，今天的鱼可是炖得时间够长的，味道嘛，你就别提有多美了，那叫一个香啊……"

从十八楼的直播间到十六楼的办公室,两层楼的距离,雨竹习惯了走楼梯,今天下了节目,她像往常一样想照直走回办公室。今天节目的导播是韩冰,她这个人只要节目结束曲一响起,便会立刻头也不回地走掉,雨竹觉得这样挺好,只要能少些接触,彼此都舒服。

从直播间出来,雨竹心里还在想着节目的事情,走着走着,竟然多下了一层楼,发觉的时候,人已经站在了十五楼,抬头看到楼梯口对面墙上的"15",知道自己走错了,于是,转身准备往上走。哎,不对啊,恍惚之间她好像看到了韩冰的背影向走廊深处走去,那里是仓储室的地方。这到底是几楼?是真看错了吗?雨竹又抬头看了看头顶上的数字,的确是"15",不是"16"。韩冰是一个从来都不串办公室的人,况且,十五楼是技术维修部门,主要针对直播系统和卫星传输设备进行检查、监测、保养、维护,基本不会和一线的编辑、记者、主持人、制作人产生工作上的交集。虽然同属一个单位并在一栋大楼里办公,但雨竹来台里这么久,十五楼都有些什么人一概不知,一个都不认识,何况特别是韩冰那样的人,更不太可能和十五楼的人有什么往来。那韩冰也和自己一样,走错多下了一层楼?这也未免太巧了吧。正在思忖之际雨竹又看到另外一个熟悉的身影同样在走廊的尽头闪过,像是很早就等在那里一样……

回到办公室,韩冰的确不在。如果刚才没看错,雨竹不太明白,为什么韩冰和甄艳丽非要躲到十五楼的仓储室旁见面说话,搞得神神秘秘的,像影视剧里的情节一样。

怎么搞的?突然,雨竹脑子里再一次想到了那只茶杯,那只带着唇膏印的茶杯,那只带着唇膏印半温热的茶杯,那只在韩冰家里见到过的带着唇膏印半温热的茶杯……

这之后,在电梯口、在楼梯间,她又无意中碰到过几次韩冰和甄艳丽在一起,旁边没有其他人,而每次这两个人似乎总在争论着什么,接着彼此谁

你是夏天我是叶

也不说话,远远看去,脸上都有不悦的神情。雨竹没有走近,不是绕道就是放慢自己的脚步。她想,两个人躲在无人的仓储室见面说话,为的就是回避众人,不希望被别人看到,自己又何必上前去讨那个嫌呢,更何况,又是这样的两个人,少见最好。

这天傍晚下班的时候,韩冰依然坐在座位上没有走。雨竹心里觉得有些奇怪,每天,韩冰和牧野总是这栋大楼里下班最早的两个人。而牧野,通常没有一个星期是坐满班的,总要有那么一天半天根本不来上班,就像今儿个,一整天压根儿就没见到他人影。对于这两个人的特殊作息时间,台领导也是没办法,只能睁一眼闭一眼的算了。而甄艳丽也早就离开办公室,不知道跑到哪儿去了。雨竹看韩冰还没有要走的意思,试探地说:"韩主任,还不下班吗?时间差不多了。"

"哦,是吗,时间过得这么快,我都没太注意。我这手头还有点事儿,不过也快忙完了,小林你先走吧,我来关窗锁门,赶快回去吃饭吧。"

这是怎么了,这是韩冰吗?怎么今天态度出奇的好?她这态度一好,雨竹心里反而不踏实直犯嘀咕,不由地又想起了上次在韩冰家请客吃饭擦玻璃的事情来。怎么?又有这样类似的事儿?还是这回又有其他什么"差遣"?

韩冰看到雨竹愣在那里,以为雨竹不好意思先走。于是,脸上露出了一丝难得的笑容:"没关系的小林,你先走吧,你看大家都走了,我这也要走呀。你快回去吧,我来锁门。"说着,韩冰起身开始收拾办公桌上的东西,放抽屉的放抽屉,上锁的上锁。

"那我先走了韩主任,要起风了,您也早点回去吧,韩主任再见。"

"好,明天见。"

雨竹离开办公室的时候,带着好多疑问,韩冰今天这是怎么了?一反常态啊。凭自己对韩冰的了解,她一定是有什么事情,回到宿舍好半天,雨竹一直在判断韩冰的态度,这些和自己有关吗?

灯明晃晃地亮着,甄艳丽不在宿舍,没事她是不太可能待在这里的,如果在,那也一定是在床上睡她的"美容觉"。前一阶段还热血沸腾地准备好好学习专业知识,几天的新鲜劲儿一阵风过去了,她又恢复到以往的状态,那些向雨竹借来的专业书被扔在一边,蒙上了一层灰尘。无奈,雨竹一本本擦干净,把卷角的展开或破碎的页码粘贴好,重新放回到了自己的书架上。

真的是有些饿了,雨竹一进门什么都顾不上,赶忙泡了一袋儿方便面大口吃起来,一边吃一边在心里嘟囔着:"这个汪悦,怎么还不来电话?说好了下班之后要去书店逛逛买几本新书回来,怎么搞的。"再一想,哎哟,对啦,上班的时候习惯把手机调成震动,以免在办公室影响其他人工作,下班后还没调到铃音状态呢,估计汪悦来电话自己没有感觉到。雨竹随手打开身边的手提包里外摸索翻看了一阵儿,可是没找到手机。心里奇怪,又在床铺和床头柜上找了半天,还是没有找到,怎么?丢了?不可能呀,下午哪儿都没去啊。再说,明明下班前还在办公室和汪悦发短信来着。哦,一定是落在了办公室。雨竹摇摇头拍了一下自己的脑门,年纪轻轻的最近怎么越来越健忘了?她喝掉了最后一口面汤,换上运动鞋就往外走,汪悦联系不上自己,又该呜里哇啦地乱叫了。

"不是和你说了吗,有什么事咱们外面说去,别在办公室里。这才刚下班,好多人还没走呢,你要是再早来一会儿,林雨竹还在呢。"办公室里,韩冰这样不耐烦地对甄艳丽说。

"怎么,你怕见人吗?"

"说什么呢你?我怕?我怕什么?我为什么要怕?"

"哦,是吗?那你为什么做贼心虚总是躲着我啊?"

"我哪里躲着你了?我为什么要躲着你啊?你不是每天都跟着小林上节目吗?这一个屋子里办公,我怎么可能躲你呢?"

"也是,你能躲得了吗?我没到这组的时候,见你一面真是挺难,但现

你是夏天我是叶

在我就在这儿，自然你是想躲也躲不掉的。不过，这单独和你说几句话，还是有些费劲。我想，你现在最头疼最后悔的，大概就是把我弄到你的栏目组，可现在却没办法把我弄出去，是吧？"

听到这话，韩冰说话的语气不仅一下子软了下来，而且温柔了很多："艳丽，不是和你说了吗，让你再等等，我正在积极地运作呢。你看，你这不都已经跟着上节目了吗？这就是迈出的第一步，千万别小看这第一步，这是很关键的第一步。这就离主播已经不远了，哦，不，是区别不太大了，都是每天到直播间里播音主持嘛。你再耐心等些日子，我想应该快了，我也是很想栽培你的。林雨竹她不行，我早就看出来了，她不如你，只是她比你运气好了一些。"韩冰的话里分明带着祈求的味道。

"运作？下次你再找理由的时候，能不能换个说法啊？在我这儿这个词儿已经不新鲜了也不好使了。再说，林雨竹不好？那在你韩冰眼里谁又是好的呢？"

"哟，没看出来啊，你这是在替她打抱不平？看来，她带你上节目带出感情来了，你们俩倒是姐妹情深啊。"听到甄艳丽这样的话，韩冰又绷起了脸。

"哈哈，你恐怕忘记了，当时是谁嚷嚷的，说林雨竹托门子找关系把我的位置给顶替了？当时我还真以为我掏的钱没她掏的多呢，所以才一次次满足你的要求填满你的钱包，但同时这也撑破了你无底的贪婪和欲望。后来我反过闷儿来了，不是那么回事儿，林雨竹是一定没给钱的，但我的钱可一分不差地给了你，至于你把这钱给谁了，给没给，这就是你的事儿了。"甄艳丽在说话的时候，步子一直慢慢往前走，和韩冰脸对脸，几乎快要贴在一起，目不转睛地盯着韩冰。

甄艳丽的话句句击中韩冰的要害和穴位，逼得韩冰躲无处躲，藏无处藏，脸"唰"的一下子变了色，惨白得吓人："给了！给了！当然给了！该打点的我都打点了，只是到最后，我也不知道是怎么搞的，让林雨竹捡了这么大个便宜。只怪当时我身体突然不舒服，没能坚持着去当评委，不然的话，现

在每天坐在主播位置上的人一定是你也只能是你。"

"呵,是吗?那我怎么听说,评委席里压根就没你的座位呢?啊?"

一听这话,韩冰立刻来了斗志,马上和刚才判若两人,又像刺猬一样,把浑身的刺全都立了起来:"谁说的?谁说的这话?到底谁说的?你告诉我,我倒要去问问他,怎么就没我呢?给我的栏目选主持人,能不听听我的意见吗?笑话!简直可笑至极!"

甄艳丽后悔,自己千不该万不该,不该鬼迷心窍信了韩冰的话,当了一个特大的大傻瓜,她反问道:"你刚才说什么?你想栽培我?哼哼,可是,本姑娘我现在不想让你栽培了。"

韩冰的脸色更不好看了,但又马上戏剧性地恢复了笑容,赔着笑脸说:"艳丽,你这是什么意思啊?你一定要有耐心。哎,现在有些人真不是好人,拿了人家的好处,还不给办事。你说说,这些领导一个个都是什么东西,没一个好玩意儿。"

"是啊,你说得还真对,现在有些人真的不是好人,的确是拿了人家的好处不办事,你倒真了解这些人啊?!你不是说,只要你韩冰想办的事,就没有办不成的吗?哼!办不成拉倒,我看你呀,就这点儿本事,但我那白花花的银子不能白扔了。"

现在,韩冰只要一听甄艳丽提到"钱"就分外紧张:"艳丽,不急不急,你再等等看啊。我也是一直想让林雨竹走。说实话,为了你,我没少出难题为难她,可是,偏偏这个小丫头片子运气特别的好,每次都让她躲过去了。"

"这个我不管,她走与不走和我没一毛钱关系。更何况,我对能不能上你这个节目已经不感兴趣了。一个小时的直播也就那样,没什么特别,和那两三分钟的天气预报没太大不同,只不过一个时间长,一个时间短而已,没劲!况且,在你眼皮子底下做事,那还不得憋屈死,简直没有人身自由。想想都可怕,真不知道那个林雨竹怎么能受得了,不,是怎么能忍得下。所以,我改主意了,你呢,也不用继续再为我费时费力,直接把我给你的钱吐出来

完事,从此以后,大道通天咱们各走一边。"

听了甄艳丽不依不饶一追到底决绝的话,韩冰立时没了主意,她看到,此时想把甄艳丽的气势压下去已不可能,讨好、卖乖、哄顺也不会有效,没等她开口说什么,只听甄艳丽又数落开了:

"你真把我当傻子了?我最后落选的理由是什么?你应该比谁都清楚,说什么我头发的颜色太扎眼,这是选主持人呢,还是选发型师呢?我播音主持好不好和我头发是什么颜色有关系吗?你当我不明白这话是你编排的由头放出的风,那些评委都坐在屏风后面,根本就看不到我,怎么可能单单知道我头发颜色呢?"

"你这都是打哪儿听来的?想象力也太丰富了吧?我怎么可能这样说你呢,你是我要启用的人,要怪就都怪那些评委,太不地道,拿了好处不办事。"

"省省吧。我是你要启用的人?你要不是看在钱的份儿上,会搭理我?评委?你别拼命往评委那儿扯。评委到底见没见到钱的影儿,你心里有数我心里也有数。还有你口中那些所谓的中间人,大概根本就不存在吧。给你的那份儿已经不少了,没想到你是一个大子儿都不肯放过,全都成了你的囊中之物。不过,这倒也没关系,你只要把我的钱,从你嘴里分文不少地吐出来,我就当什么事都没发生过,回去继续播我的天气预报。"甄艳丽此时亮明了底牌,韩冰反而死猪不怕开水烫了,她摆出一副无所谓的样子。

"好!"韩冰干脆撕破脸皮说道,"的确,这些钱我是都拿着呢,可那又怎么样?羊毛就应该出在羊身上,你也不掂量掂量自己,你觉得有钱就能坐上主播的位置?喊,你睁开眼看看,当今社会谁办事儿不花钱?花了钱办不成的多了。但也有例外,你不是也说林雨竹一分钱都没送吗?那人家怎么就考上了呢?不是我嘲笑你,你呀,差得远呢,好好努力吧。"

"怎么,我还不够努力吗?"

"你都努力到警察局去了。"韩冰终于忍不住了,她不想和甄艳丽再继续扯皮下去,她想尽快结束她们之间的谈话,"你的努力就是每天睡懒觉,

逛大街,你的努力就是争风吃醋地去蹲班房,你的努力就是每天打扮得花枝招展去挖别人家的'墙角'私会男人干那龌龊的勾当。你这种'努力'的人,让我觉得恶心想吐,没这闲工夫在这儿跟你瞎扯。"说着,韩冰拿起桌子上的手提包就要往外走。

甄艳丽一把紧紧抓住韩冰的胳膊,并不生气,竟然面带微笑:"怎么,想走?难不成也是赶着去私会吗?是啊,私会怎么了,韩大主任,你也是过来人,最应该明白和了解热恋中人的感觉的吧。哦,对了,抱歉啊,我竟然忘记了,你韩冰已经许久没有被人爱或者爱别人了吧。呀,那也不对,或许,韩冰你也会赶个时髦什么的,玩儿个办公室恋情也说不准哪。"

"甄艳丽,你给我闭嘴,赶快给我闭嘴,你别逼我,否则的话,别怪我对你不客气!"韩冰早已按捺不住胸中的怒火,一面挣脱着被甄艳丽牢牢钳住的胳膊,一面咆哮道。

"得,这就急了?我话还没说完呢。你刚才说什么来着?'挖墙脚'?谁呀?你说的是我吗?还是你自己?那个夜夜躺在你床上的牧野是你的墙脚还是你挖来的墙脚?啊?!柳青青不就是因为在办公室里撞见了你和牧野的那点破事,被你随便找了个什么理由给撵走的吗?可笑的是,后来又来了林雨竹这个替罪羊,以为是自己挤走了柳青青,一直心怀愧疚难过得要命。我说你韩冰,可真够歹毒阴险的啊,嫁祸于人可以做得这样不留痕迹。不过,话又说回来了,你该不会以为,你们这段香艳史,真是那个柳大小姐说出去的吧?其实,就算柳青青不说,这全台上上下下、老老小小,谁人不知哪人不晓这风流韵事的男女主角?别说这整栋大楼里了,就算整个广电大院,只怕你们俩也是那家喻户晓、茶余饭后谈论的明星焦点,轶闻热议啊。"

"啪!"响亮清脆的一声之后,便是一阵许久的沉默。

……

"你,你敢打我,你竟然敢打我!"突然,甄艳丽爆发出一声怒吼,不顾一切地冲上去,和韩冰扭打撕扯在了一起……

你是夏天我是叶

　　嘴角淌着鲜血的两个人，韩冰的衣领被扯开，裤子撕破了裤裆，被揪下的一撮儿头发还攥在甄艳丽的手里，脸、脖子、手背到处都是甄艳丽长长指甲留下的道道血印。而甄艳丽本来穿的就暴露，这下被韩冰拉扯揪拽得露出了里面红色的内衣，一只夸张的大耳环不知道什么时候掉了下来被甩在了哪里，珍珠项链儿揪断了线绳，颗颗珍珠蹦蹦跶跶地跳了一地，一只高跟鞋的鞋跟也被撇掉。气力耗了多半的两个人，一个半靠在沙发边坐在地上，一个骑坐着倒了的脸盆架子倚在墙上，气喘吁吁，虎视眈眈地看着对方，狼狈至极。

　　"甄艳丽，就你这公安局进公安局出的，台里已经决定要开除你了。你凭什么说给我送过钱？谁看到我拿了你的钱？你有证据吗？你有证据吗？你有吗？我可警告你，拿不出证据来，我告你恶意诽谤，我告你蓄意污蔑，我告你人身攻击！"韩冰几近癫狂，嗓子哑得快要喊不出声来。

　　"哼哼，韩冰，你不让我好活，我绝不让你好过。我一共给你进贡过多少次钱，不记得了是吗？你得寸进尺一次比一次要得多，一次比一次要得狠，就像个永远填不满的无底洞！借着这次让我上节目的机会，你再一次狮子大开口，敲了我多少钱？还有，你以为我和牧野真有什么关系吗？牧野背叛了你，那是他的事儿，可我不可能捡你的破烂儿，明告诉你吧，我就是想利用他和你之间这层'特殊'关系——打、探、你，报复你，搬倒你。没想到吧？""打探你"三个字，甄艳丽说得是一字一顿，分外用力，紧接着发出了一阵分不清是哭还是笑的怪音。

　　韩冰听到这番话很意外，但更多的是即将再一次被点燃的怒火，她觉得自己快要爆炸了，双眼仿佛能喷出火来。她一直认为是她韩冰套取甄艳丽的钱财并将甄艳丽玩弄于股掌之间，可谁料到自己竟然早就被眼前这个货色给"设计"了，更让她无法接受的是，自己竟然在不知不觉中乖乖钻进了这早就备好的圈套里，真是小看这个人了，而这番话也彻底证实了此前自己对甄

艳丽和牧野交易目的的猜测。

在此前,甄艳丽就觉得自己最大的错误和失败就是以为金钱是万能的。当最后一次把钱交到韩冰手里的时候,她就想:"你要的不就是钱吗?九十九拜都拜了,还差最后这一哆嗦吗?行,你要多少我悉数奉上就是了,哼!我要的就是一个小时直播的主播位置。那可真是一寸光阴一寸金啊。"没想到,白花花的银子打了水漂,"既然到了这个份儿上,那咱们今儿就到了最后算总账的时候了。前前后后你向我要了多少次钱,这些钱加起来的总数是多少,自然你韩冰心里有本账,我这里更是笔笔门儿清。"

想到此,甄艳丽从骑着的脸盆架子上下来,干脆一屁股坐到了地上,因为用力太猛,刚才散落在地面上的珍珠颗粒把她硌得龇牙咧嘴,她边揉边说道:"现在,我帮你简单回忆一下,还记得那次在你家吧?如果我没记错的话,那天牧野也在场,当然了,你的那个家牧野又有哪儿天不在呢?哦,不够准确,应该说,你的床上又有哪天没有牧野给你卖力求欢呢?这样说或许才更合适吧,一对不过是为了满足彼此生理需要的狗男女,你们俩倒还真般配。"和韩冰大起大落的情绪比起来,甄艳丽倒一直显得轻松得很。

此时的韩冰一脸无所谓:"甄艳丽,怎么着?就算当时牧野在场,难不成你还指望着他能站出来为你作证?你是白日做梦,还是异想天开?你去问问看,我赏给他的那点'甜头'看他舍不舍得吐出来?再让他想想,以后苦行僧的生活怎么过?我韩冰从来不做养虎为患的事情。没想到吧,想和老娘我玩儿,你还嫩了点儿。"

"我当然没想着牧野这个吃软饭的会出来给我作证,不过,你以为一个能被你'糖衣炮弹'收买了的人,怎的就不会被别人收买而背叛你呢?"甄艳丽说这话的时候洋洋得意,韩冰听罢,神情一下子紧张起来,甄艳丽见状立刻"嘎嘎嘎"干笑了两声,但她又立刻把脸绷了起来,直视着韩冰。

韩冰不知道此时甄艳丽葫芦里到底卖的是什么药,但心里有了一丝可怕的预感:"甄艳丽,你到底想怎么样?你这个卑鄙无耻的小人。"

你是夏天我是叶

"卑鄙无耻？你倒还真给我提了个醒儿。咱们俩到底谁是卑鄙无耻的小人？我给你讲个故事吧。我男朋友曾经接到过一个匿名电话，其实我早就知道那是你打的。我没想到的是，我还真把牧野的胃口给吊起来了，他是不到黄河不死心，不但不办事，还百般纠缠耍赖撒泼，我是摆也摆不脱，甩也甩不掉，为了能尽快搞定他，我只能演一出给你看。我想，以你的性格一定会大闹一场，嘿，万万没想到，你韩冰是哪颗药吃错了，竟然当场没有发作。"

"这就是老娘高明之处，你，差远了。"

"别急啊，好戏还在后面呢。"

"可你的那个电话，却让整个事情变得更精彩。谁知道你这个自以为是的蠢女人，一个电话打到了我男朋友那里把什么都说了，这下可好，我还挨了几拳头，不过我这好解释，是牧野要强迫我。其实说简单点儿，是你，让牧野挨了一顿爆揍，还白白搭进去了那么多钱。也行啊，我被你私吞了的钱，在牧野这儿找回来一些，这还多亏了你帮忙啊。瞧你，是有多恨他呀，那可是你的老情人啊，不对，应该说，是咱俩共同的情人。你说，要是牧野知道他搂了这些年，每晚在他怀里极尽男女之事的你，竟然是那个让他不但丢了钱财，还险些赔上性命的人，他会是什么反应？恐怕这回报'110'的人应该是他了吧？啊？还有，你那天收到的告密短信，就是我发给你的，你果然如约而至，看到好戏了吧？！"

"什么？！"韩冰没有想到那条短信竟然是甄艳丽发来的，她一下子从地上弹跳了起来，可是，刚才打斗时腰也扭了脚也崴了，根本站不起来，她又重重跌回到沙发上。

"姓甄的，你这样给老娘下'套儿'，休想要回一分钱，没人能证明我收了你的钱。"

"用不着别人，我自己就能证明。"

"你？笑话，谁信？"

"我会让你明白的。现在我只和你单说一笔。如果你不记得了，那我就

给你提个醒，×月×日那天我去你家，那不是第一次给你上供，却是第一次去你家给你上供，那是一笔不小的数目，这你不应该忘吧。那天我还不小心把一只耳环掉在了你那里，第二天，你哈巴狗似的追在屁股后面给我送过来，这你也总不会忘记吧，我今天还特意戴来给你看看。只是，你韩冰心眼儿不正，什么东西经过了你的手，都会变形走样，那么一对精致高档的耳环，拿回来的时候圆也不圆了，长的也变短了，当时有求于你，懒得和你计较。"

"哎呀，我说甄艳丽啊甄艳丽，精致？高档？还有什么？统统说出来听听，精致、高档，也配用在你身上？你爹妈还真会给你起名字——真！艳！丽！哼哼！在我看来不过是——俗！厌！利！世俗、庸俗、恶俗的'三俗'小人而已。实话告诉你，你那些所谓的精致和高档，不过是我们家小狗儿比利嘴里叨来衔去、含来舔去耍弄的玩儿物，你还挂在耳朵上挺美，我也给你提个醒，可小心千万别得了狂犬病啊！"

"呵，简直笑死人了，太可笑了，谁不知道你韩冰，冰冷的面孔，冰冷的手段，冰冷的心肠，你不是说我是'三俗'小人吗？你这'三冰'恶人比我强到哪儿了？你那些龌龊的勾当，别以为别人不知道，那就像狐狸的尾巴，是藏不住的，竟然还在这儿教训我？还在这儿黑老鸹骂猪黑呢！"

没等甄艳丽的话说完，韩冰突然仰天狂笑："我就是骂你这黑猪头，黑猪……"

听了韩冰的话，甄艳丽一时怔住了，瞬间，立刻意识到自己骂人却骂了自己，更加恼火："你知道人和猪的最大区别吗？那就是猪一直是猪，而人有时候却不是人。既然这样，那好吧，今天我这见利忘义的'三俗'小人还就和你这油盐不进水火不容的冷血动物杠上了。狂犬病？你得吧！嗯？哼！这世界真是奇怪，是谁把你这条疯狗放出来乱咬人的？我要真是得了狂犬病，一定会咬住你这个同类，不！松！口！"最后三个字，甄艳丽说得咬牙切齿，她用带血渍的手背在嘴角抹了一把，嘴像机关枪似的又开始"扫射"了："事已至此，我劝你，别得意得太早，你不是口口声声和我要证据吗？刚才说的

你是夏天我是叶

这些你如果觉得还不够充分和详尽，还不足以证明你的贪得无厌的话，那你千万别急，你需要什么，我这里就有什么，我百分之百的绝对配合。你有、我有、全都有，呀哈，什么录音啊、视频啊的，保证出乎你的预料，让你惊喜不断，意外连连，不知道你感不感兴趣哪？但是我担心我说的这些话你不想听，或者是害怕听了吧？！哦，对了，差点忘了告诉你，你知道吗？我刚来的时候给牧野打了个电话，只对他说了一句话，嘿嘿嘿，你能猜到是哪句话吗？对了，就是那句话：匿名电话……"

已经崩溃疯狂的韩冰彻底失去了理智，她咆哮着发出了一声狮子般沉闷的怒吼："甄艳丽，今天跟你没完，我和你拼了……"

十八

韩冰和甄艳丽的打斗和叫骂声，惊动了楼里的保安和还没下班的同事，有人忙进去拉架，有人在旁边观战，后来有人只好报了警，再后来她们俩被警车带走了。据说，当时两个人浑身是血，韩冰的一只胳膊断了，肋骨也断掉了好几根儿，头被撞成严重的脑震荡；甄艳丽则胳膊脱臼，耳朵被撕开。在警车上，虽然两个人戴着手铐，但彼此还在下面踢着脚……

明白了，现在终于全都明白了。雨竹的脚僵在门外，腿像灌了铅一样怎么都迈不开步子。长久以来，那些迷茫、困惑、不解和疑问，在这一刻统统全都被解开。雨竹心里不知道是什么样的感觉，说不上来，也无法形容，轻松不是，释然不是，幸灾乐祸更不是，相反是一种无比的沉重，心灵的沉重，精神的沉重，这种沉重因何而起？不知道，真的不知道，雨竹心里没有答案……

  电视台的考录是在半个月以后进行的。这些日子，只要有时间雨竹就做一些准备工作，看看书，复习复习。其实，说到复习准备，雨竹也不知道究竟该怎么准备，或者说该准备些什么，只是自认为可能会考到的地方自己多留心留意一些。对于这次考试，除了汪悦之外，雨竹没有和其他任何人提起。

  从报名到考试再到接到聘用证书，整整经历了两个月的时间。考试结束后，等待的时间显得那么漫长，雨竹以为自己落选了，以为这一次她从事电视工作的梦想与自己失之交臂了。这两个月，她经历了从严冬到春暖的过程，在万物复苏的季节里，雨竹迎来了她人生中的又一个春天……

  相反，在春暖花开的时候，韩冰和甄艳丽的人生却走向了最寒冷的季节。甄艳丽因为故意伤害和敲诈勒索罪，被判了刑。韩冰则涉嫌行贿受贿和诈骗，也同样被提起诉讼，但是她不服判决一再上诉，据说，她还供出了背后上层的"圪蛋"，但终审判决还是驳回上诉，维持原判，等待她的将是漫长的铁窗生涯。而牧野也被甄艳丽与韩冰的案子牵涉其中，在他半百人生的时候，再一次成了失业者。

  台里面对栏目部又做了大的调整，韩冰监制的这档节目交给了秦思璇来负责，而冷俊的那档节目则暂时由何环宇负责，待柳青青研修班结业归来后，便移交给她制作策划。

  雨竹因工作变更又要搬家了，依然搬回到汪悦的出租屋里，每天还是会倒几路公车，穿越大半个城市，来到广电大院里上班。但不同的是，这回，她向东走。新的工作，新的环境，雨竹充满了期待，心里洒满了阳光，明亮而温暖，她的人生之路，风光无限，四季花开……

你是夏天我是叶

也就在那天清晨,冷俊拎着皮箱,离开了这座城市,他选择了另外一个陌生而又遥远的地方——地球另一端的那个国度。雨竹没有去送行,因为她不知道该说些什么,梁实秋说:"你走,我不送你。你来,无论多大风多大雨,我要去接你。"雨竹害怕离别,她期待重逢……

冷俊在走的前一个晚上,内心十分纠结。原本从不吸烟的他,竟然也抽起了烟,一支接一支地点燃,又一支接一支地熄灭,每一支,他都只吸一两口便扔掉了,那未燃尽的烟蒂,长长短短堆满了烟灰缸,丝丝缕缕的青烟把整个房间弥漫得一片幽蓝……

在花坛小亭旁,这里留下了冷俊与雨竹无数美好的回忆,此时此刻,两个人谁都没有说话,只是静静地在旁边的小路上并肩走着。冷俊怀中紧紧抱着一个包装精美的盒子,看起来无比珍贵,他那明亮的双眸似有诉不尽的万语千言。花坛里已经有嫩绿的小芽破土而出,透露着夏天的讯息,阳光很暖摇碎点点金黄,把两个人的影子拉得那么长又离得那么近,有时候甚至重合在了一起。无言中,雨竹的心里油然生出丝丝落寞和缕缕伤感……

久久静默中,冷俊喃喃地说:"保护好自己,雨竹。"

雨竹也深情答道:"一样,冷大哥,千万珍重!"

这时,冷俊停下脚步,转身面向雨竹,眼中是果敢和坚毅,他郑重地说:"雨竹,如果可以的话,我希望有那么一天,能够带着你一起去看大海。"听了这话,雨竹吃惊地看着冷俊,更让她想不到的是,冷俊接下来的脱口而出:

"……也曾幻想赤着脚踩在松软的沙滩上,拾起的海螺和贝壳带着海水的颜色和泥土的味道串成美丽的配件装饰着我的梦;还曾幻想着海风吹动我白色衣裙和飘逸长发,没有比基尼的性感,没有太阳伞的艳丽,在微微的海风中裙角飞扬、秀发飘飘,亦如我纷飞的思绪;少女情怀总是诗,也曾落入俗套地幻想着和心爱的人儿手牵着手一起在海边看日出日落、听波涛汹涌,那太阳蹦出海平面的一刹,那夕阳西下出港晚归的船儿勾勒出我们爱的剪影。没有海枯石烂、天荒地老的誓言,有的是心灵深处那一份默契、真诚和执

着……听,听,听到了吗?和着海浪声,那来自彼此灵魂深处爱的呼唤!"

生活就是这样百转千回,总会在你不经意的时候,给你意想不到的惊喜和回赠。这时,冷俊把手中那个怀抱已久包装精美的盒子交到雨竹手里,雨竹不知何意,用询问的目光看着冷俊,冷俊并不回答,用眼神示意她打开。雨竹剥去外表华丽的包装纸,打开盒子的一刹那,她惊呆了,简直无法相信自己的眼睛,几乎不能呼吸,雨竹根本没办法形容内心的感受,仿佛有千军万马从胸中奔腾而过,又像有波涛汹涌的巨浪在席卷撞击着她,那无法言说的感动、感叹和感慨像惊涛拍岸一样带给她强烈的震撼,使她久久说不出话来。

原来,冷俊将雨竹这近一年来在各级各类报刊上发表的文章尽心搜集、整理、剪贴下来,并做成了精美的文集图册,而在每一页的空白处,又都有他亲手绘制的精美彩色画图。雨竹一篇篇翻看,心中一阵阵感动,那页眉上的朵朵浪花,那页脚下的株株幽兰,那绚烂的七色彩虹,那飞翔的各式风筝,都是冷俊妙手丹青一笔笔精心勾勒出的,特别是还有……还有在封面扉页上的那枝苍翠碧绿、傲人挺拔、幕天席地的——"雨竹"……

雨竹此时再也无法抑制自己的情感,她眼前渐渐朦胧起来模糊了视线,一大滴晶莹饱满的泪珠落在面前的文集上并立刻晕开,紧接着,眼泪像断了线的珍珠,扑簌簌地掉下来。她没有去擦拭,任由泪水打开情感的闸门,在清丽娟秀的脸庞无声滑落,她,早已泣不成声。冷俊有些慌乱,又心疼不已,他最怕看到雨竹落泪,雨竹的每一滴眼泪,对他来说都是一种不忍和不舍,那泪水分明是落在他心上痛在他心里。终于,冷俊鼓足所有的勇气,伸手欲将雨竹轻揽怀中,而这一次雨竹没有拒绝,她的头轻靠在冷俊肩上,泪水滴落在他肩头。那宽阔的胸膛是栖息的港湾,那抚摸自己秀发的双手暖暖柔柔,那深情的双眸盛着无尽的怜爱,雨竹感到一种从未有过的别样情愫缠绕心中。就在这时,冷俊在雨竹耳畔一字一句轻声问道:"何当共剪西窗烛?我等你的答案。"

你是夏天我是叶

雨竹缄默，含泪微笑点头，两人良久地注视和对望，秋波相融，心语相通……

站台上，从研修班请假急匆匆赶回来的柳青青在拥挤的人群中，哭得梨花带雨，花枝乱颤，谁见谁怜。她第一次也是最后一次拥抱了冷俊，并对他说："拥抱真是一种奇妙的东西，即便靠得再近，也看不见彼此的脸，就如同我一直在你身边，却始终走不进你心里一样。但是，我的这颗玻璃心不会再为你碎了，你永远都是我的'已失去'和'未得到'。我要学会成长，在没有你陪伴的岁月里成长……"

就在雨竹离开地下室宿舍的那天，天空又飘起了小雨，又是一个雨季来临了，亦如雨竹来时的日子。地下室里，那唯一一处通风口里射进来的那一缕阳光，正好打在了雨竹住过的床铺上，她又坐了下来，仔细环视着这间阴冷、潮湿的宿舍。没变，似乎什么都没变，窗户到门边的距离永远都是七步；变了，又似乎什么都变了，时光流逝，又是一年……她轻轻地把钥匙放在床头柜上。在打开房门迈出脚步的那一瞬间，雨竹情不自禁地回头，眼泪突然夺眶而出，汩汩的泪泉喷涌不断。此时离去，雨竹心头骤然涌起千丝不舍，万缕留恋。那长久的伤痛和不平，随着自己的频频回望，顿时烟消云散，心底萦绕着说不清道不明的淡淡感怀，这复杂的情感和纠结的情绪该如何自处？这曾经寒暑自知的地下室，我该怎样向你道别？让眼泪痛快地流一回吧，像这夏天的细雨，绵绵滋润着大地、草原、河流、山川，花树峥嵘，万绿千红……

二〇一五年十二月一日凌晨两点

后记

　　起笔这篇《后记》的时候，恰逢"父亲节"来临。微信朋友圈里满满的都是"父爱如山"的帖子和内容，大家都在选择最好的礼物献给父亲，以表达对父亲的无限敬意。人之大德，莫过于"孝"字当先，我也希望能以自己独特的方式，给父亲献上一份不一样的礼物。

　　父亲于我，是父，亦是领我入门的文学老师，更是我的人生导师。若今天说到我的文学创作，那必定是得益于曾经也有着同样文学情怀的父亲，如果没有父亲做引路人，怕是此生无法成就我的"写作梦"。然而，父亲从没有刻意让我做这样或那样的选择，只是在无形和点滴熏染之中，我和写作竟有着这样的缘分。

　　至今无法忘却，小时候，父亲总是牵着我的小手在晨曦薄暮中漫步，教我背诵七律、五绝，从那个时候起，我知道了"首"不是"手"，"三千尺"绝非"三千尺"，虽然不太理解"恰似一江春水向东流"的无限惆怅，但对"……手可摘星辰……恐惊天上人"充满了奇妙幻想，那稚嫩的童音合着仄平，如今依然萦绕在脑海间。我想，那时候父亲与我留在小路上的大大小小脚印和被夕阳拉长了的身影，或许与影视版的《爸爸去哪儿》有些不一样的意义吧。还有在那上学的路上，无论寒冬酷暑，年幼的我坐在自行车前梁上，父亲一

你是夏天我是叶

边蹬着车一边给我讲解昨晚温习过的语文课文。每到这时父亲总是会启发我，也是从那个时候起，我知道了划着船在"子夜"时分，走出"林家铺子"走出水乡乌镇的茅盾还有一个名字叫沈雁冰，知道了"围城"里的钱钟书，也知道了有着"繁星春水"般梦境的冰心和在"呼兰河"畔长大的萧红，都是了不起的作家。还知道了为女孩"插花"的小仲马，和"悲惨世界"里的维克多·雨果等等。我幸福地荡着双腿，依靠在爸爸的胸膛，任脚下车轮丈量出我和父亲一起走过的温馨岁月……就这样，直到有一天我可以用手中的笔和属于自己的语言方式来描述心中的故事，来表达对情感以及一切事物的观点和看法的时候，我才发现，其实，许久以来父亲一直在我的写作道路上实现着他的文学梦，从帮我批阅修改小学第一篇作文开始，到今天这二十万字小说的通篇校对，父亲无时无刻不在打磨他心中的"写作梦"。父亲，作为我作品永远的第一读者，在我所有的创作过程中，给予了我无限能量和动力，最大的理解、支持和尊重，而我，最希望的是，自己可以成为父亲心中最自豪的那部作品。我不知道是我选择了文学创作，还是文学创作选择了我，唯有一点可以肯定，这是我和父亲两代人的梦想，我愿意承载着父亲的文学之梦一路前行……

说到这里，该说说这部小说——《你是夏天我是叶》了。

细心的读者不难发现，书中有这样一段话："春华似霞，秋叶如丹，都是一年好风景，青春由此美丽，岁月因她辉煌。"这段话，是我大学系主任，我区已故著名作家沙痕老师送给我的，我将这段话引入作品当中，以此来表达我对沙痕老师最深切的怀念。沙老师曾给我写过一段评语："……我想你会成功，我坚信这一点，因为你是一个有心人。"学生领悟先生鞭策、鼓励、厚爱之尊意，而这部小说的出版，也仅仅是学生向老师呈上的一份作业。我知道，积极阳光地面对生活的态度，艰难逆境中从不气馁的勇气，努力奋斗不断拼搏的自己，一定是沙老师希望看到的。我也相信，这样的我，今天的我，

未来的我,定不可辜负老师对我的期望和厚爱。

我人生的第一部小说,终于付梓成册。细细算来,从动笔开篇到与大家见面,前前后后、断断续续竟然历经了近三年的时间。任何艺术形式的创作都必然要经历一个艰难辛苦的过程,特别是对于我这样一个初次尝试写作长篇小说的新人来说更是如此。

在这近三年的创作时间里,除了每日烦琐的工作之外,我把主要的时间和精力都用在了这本书的写作上。很多时候,忙碌一整天后回到家里,整个人早已筋疲力尽,几乎没有精神和气力再坐到电脑前敲敲打打。父母心疼我,劝我休息,说只这一晚把写作的事放一放。特别是在遇到创作瓶颈,没有创意的时候,倦怠慵懒的情绪总是会左右我,可是我想,真若如此,岂不辜负了我许久对文学创作的热情和喜爱?那也着实违背了自己写作的初衷!于是,每每拖着疲惫的身体静心坐下来往往早已是深夜,甚至凌晨。

文学创作的神奇和奥妙,真的是具有不可估量的能量,尽管困乏至极,但只要灵感闪现,走进指尖笔端,走进人物内心,走进故事当中去,很快便会忘却劳累和困顿,继续着笔下人物的悲欢离合、爱恨情仇、嬉笑怒骂,和他们纠缠在一起,随着他们哭,跟着他们笑,幸福着他们的幸福,悲伤着他们的悲伤……在一次次反反复复的涂涂写写修修改改中,案头一稿稿一沓沓的增删文字不断叠加,那朱红水笔勾勾画画圈圈点点,起承转合的不仅仅是人物命运和故事情节,更是自己笔耕过程中勾勒出的心路历程。好多次,我一边写作一边流泪,泪水滴落在键盘上模糊了视线,是伤心,是感动,抑或是其他?我不去细思量,但无论是怎样的情感,这都是最真实的表达,就像小说结尾写到的那样:"让眼泪痛快地流一回吧,像这夏天的细雨,绵绵滋润着大地、草原、河流、山川,花树峥嵘,万绿千红……"

是到了该感谢一些人的时候了。

你是夏天我是叶

  首先,我要特别感谢内蒙古电视艺术家协会副主席、久享盛誉的著名作家路远叔叔给予我的大力帮助和支持。路远叔叔在繁忙的工作之余,以洋洋洒洒数千字的书面形式,归纳总结并列出条目,极其负责任地对本书提出了中肯而又宝贵的修改意见和建议,使得我在全书整体构架、段落布局、语言叙述以及艺术表现形式的创作上,有了很大的进步和提升,更感谢路远叔叔在出版一事上多有费心,才使本书得以顺利与广大读者见面。

  同时,我还要感谢锡林郭勒盟宣传部副部长、文联主席季华先生,多年来在我文学创作道路上给予的关怀、提携,以及在此书写作中的悉心点拨和指导。

  感谢远在安哥拉公出的赤杰叔叔和北京民族出版社编审乌日娜阿姨对本书的关注和肯定,以及所有给予我信任、鼓励,为我加油的家人和朋友们。

  最后,我要诚挚感谢锡林浩特市政协领导和同志们一直以来对我的理解和支持,在此,谨致耿耿谢忱!

  《你是夏天我是叶》是一部歌颂青春、赞美青春、致敬青春的小说,是献给广大读者特别是青年朋友的作品。今天,双手呈送于大家面前,是对这许多年一路走来关心、支持、帮助我的所有人的回馈和报答。当然,我也用这部作品来慰藉自己的心灵,并以此证明自己对青春年华的珍惜。但愿,我的青春岁月会因这本书的问世而更加美丽……

  此时,窗外更深露重,但启明星已悄悄升起,就着破晓的微光,我最想说的是:"爸爸,这是女儿能送给您最好的礼物,不知您是否满意?!"

二〇一六年六月二十一日凌晨于锡